藍小說⑨①③

村上春樹作品集

挪威的森林

村上春樹著　賴明珠譯

ISBN 957-13-2300-4

挪威的森林

獻給許多的節日

1

我三十七歲，當時正坐在波音七四七的機艙座位上。巨大的飛機正穿過厚厚的雨雲下降著，準備降落在漢堡機場。十一月冷冷的雨，將大地染成一片陰暗，使那些穿著雨衣的維護人員，和垂掛在一片平坦的機場大樓頂上的旗子，和BMW的廣告招牌等，一切的一切看來都顯得像法蘭德斯派陰鬱畫的背景似的。要命，我又來到德國了啊，我想。

飛機著地之後，禁菸的標幟燈消失，從天花板開始播出輕聲的BGM（背景音樂）。不知哪個交響樂團正甜美地演奏著披頭四的〈挪威的森林〉(Norwegian Wood)。而那旋律就像每次那樣令我混亂。不，那是平常所不能比的，更強烈地令我混亂，使我動搖。

我爲了不讓頭漲得快要裂開，而彎下身子用雙手掩蓋著臉，就那樣靜止不動。終於有一位德國空中小姐走過來，用英語問我是不是不舒服。不要緊，只是有點頭暈而已，我回答。

「眞的不要緊嗎？」

「不要緊，謝謝妳。」我說。空中小姐微笑一下走開了，音樂變成比利・喬(Billy Joel)的曲子。我抬頭眺望著浮在北海上空的陰暗烏雲，想著自己往日的人生過程中所喪失的許多東西。失去的時間，死去或離去的人們，已經無法復回的思念。

一直到飛機完全停止，人們鬆開安全帶，開始從行李櫃裏拿出皮包和外套之類的爲止，我仍然還留在那草原上。我嗅著草的氣息，用肌膚感覺著風，聽鳥啼叫。那是一九六九年秋天，我即將滿二十歲的時候。

和剛才同一位空中小姐走過來，在我旁邊的座位坐下，已經不要緊了嗎？她問。

「不要緊，謝謝妳。只是有一點感傷而已(It's all right now, thank you. I only felt lonely, you know.)」我說著微笑了。

「Well, I feel same way, same thing, once in a while. I know what you mean.（我也有時候會這樣。我瞭解)」她說著搖搖頭，站了起來，對我露出非常美麗的笑臉。「I hope you'll have a nice trip. Auf Wiedersehen!(祝你旅途愉快，再見。)」

「Auf Wiedersehen!」我也說。

在經過十八年歲月之後的今天，我依然能夠清楚地回想起那草原的風景。在連續下了幾天輕柔的雨之間，夏天裏所堆積的灰塵已經被完全沖洗乾淨的山林表面，正閃耀著鮮明湛深的碧綠，十月的風到處搖曳著芒草的穗花，細長的雲緊緊貼在像要凝凍了似的藍色天頂。天好高，一直凝視著時，好像眼睛都會痛起來的地步。風吹過草原，輕輕拂動她的頭髮再穿越雜木林而去。樹梢的葉子發出沙啦沙啦的聲音，遠方傳來狗吠的聲音。簡直像從別的世界的入口傳來似的微小而模糊的叫聲。除此之外沒有任何聲音。任何聲音都沒傳進我們耳裏，迎面沒有遇到任何人。只看見兩隻鮮紅的鳥從草原裏像害怕什麼似地飛了起來，往雜木林的方向飛走而已。一面走著直子一面告訴我關於井的事。

所謂記憶這東西，眞是不可思議。當實際置身其中時，我幾乎沒有去注意到那些風景。既不覺得是印象特別深刻的風景，也沒想到在十八年後竟然還會記得那風景的細部。老實說，對那時候的我來說，風景怎麼樣好像都無所謂似的。我只想著我自己的事，想著那時候身邊並肩走著一個美女的事，想著我和她的事，並且又想回我自己的事。那是不管看見什麼、感覺什麼、想到什麼，最後終究會像boomerang木製彎刀一樣丟出去，總會回到自己手上的年代。何況我正在戀愛，那場戀愛把我帶進一個非常麻煩的地方。讓我沒有任何多餘的心情去轉向周遭的風景。

但現在首先浮上我腦海裏的卻是那片草原的風景。草的氣味、微微帶著涼意的風，山的稜線、狗的吠聲，那些東西首先浮了上來。非常清楚。因爲實在太清楚了，甚至令人覺得只要一伸手好像就可以用手指一一觸摸得到似的。然而那風景中卻見不到人影。沒有任何人在。直子不在，我也不在。我們到底消失到什麼地方去了呢？我想。怎麼會發生這種事情呢？曾經顯得那麼重要的東西，她和那時候的我和我的世界，全都到什麼地方去了呢？對了，我現在甚至沒辦法立刻想起直子的臉。我手上有的只是沒有人影的背景而已。

當然只要花一些時間我還是可以想起她的臉。小而冷的手，摸起來滑溜溜的，筆直而漂亮的頭髮，柔軟的圓形耳垂和那緊下方的一顆小痣，一到冬天經常穿的高尙駝毛大衣，總是一面盯著對方凝視一面發出疑問的毛病，經常會因爲一點什麼而容易發抖的聲音（簡直像在強風吹拂的山丘上談話似的），這些印象一一累積下去時，忽然很自然地她的臉就浮上來了。首先是側臉浮上來。這也許因爲我和直子總是並肩走著的關係吧。所以我每次想起她時最先想到的總是她的側臉。然後她轉過來面向著我，微微笑起來，稍微偏著頭，開始跟我說話，凝神注視我的眼睛。就像在澄清的泉水底下尋找一閃而過的小魚的影子那樣。

但要像這樣等到直子的臉浮上我腦子裏來需要花一些時間。而且隨著歲月的逝去，所需要的時間也逐漸拉長。雖然很悲哀，但這卻是事實。起初只要五秒鐘就能想起來的，逐漸變成十秒、變成三十秒、變成一分鐘。就像黃昏的影子一樣逐漸拉長。而且終究會被夕暮吸進黑暗中去吧。對，我的記憶正從直子所站立的地方確實地漸漸遠離而去。就像我過去確實地逐漸遠離我自己所站立的地方而去一般。而唯有風景，那十月草原的風景，簡直就像電影中象徵的一幕場景般，不斷反反覆覆地浮上我的腦子裏。而且那風景執拗地繼續踢著我頭腦的某個部分。喂，起來呀，我還在這裏呢，起來呀，起來想一想，爲什麼我還在這裏的理由。不痛。完全不痛。只是每踢一下便傳來空虛的聲音而已。而且連那聲音也可能總有一天會消失掉吧。就像其他的一切終究都已經消失掉了一樣。但在漢堡機場的德航機艙中，那些比平常更長久而強烈地踢著我的頭。起來呀，想清楚吧。所以，我正在寫這篇文章。我是無論如何不試著寫成文章便無法清楚理解事物的那種人。

她那時候說了什麼話呢？

對了，她跟我說到原野上井的事。我不知道那種井是不是眞的存在。或許那只是存在她心中的印象或記號也不一定——就像那些黑暗的日子裏，她在腦子裏紡出的其他多數的事物一樣。但自從直子告訴我那井的事情之後，我變成沒有那井的樣子便想不起草原的風景了。實際上眼睛並沒有見過的井的樣子，在我腦子裏卻深深烙印在那風景中成爲不可分離的一部分。我甚至可以詳細地描寫出那井的樣子。井在草原末端開始要進入雜木林的正好分界線上。大地洞然張開直徑一公尺左右的黑暗洞穴，被草巧妙地覆蓋隱藏著。周圍既沒有木柵，也沒有稍微高起的井邊石圍。只有那張開的洞口而已。圍石被風雨侵蝕開始變色成奇怪的白濁色，很多地方已經裂開崩落了。看得見小小的綠色蜥蜴滑溜溜地鑽進那樣的石頭縫隙裏去。試著探出身體往那洞穴裏窺視也看不見任何東西。我唯一知道的，總之那是深得可怕而已。無法想像的深。而且在那洞裏黑暗──好像把全世界的所有各種黑暗都熔煮成一團似的濃密黑暗──塞得滿滿的。

「那眞的──眞的很深喏。」直子一面愼重地選著用語一面說。她經常用這種方式說話。一面尋找著正確的用語一面非常慢地說著。「眞的很深。不過誰也不知道那在什麼地方。只知道是在這一帶的某個地方而已。」

她這樣說完後，便把雙手揷進斜紋毛外套的口袋裏，看著我的臉好像在說眞的噢似地微笑起來。

「不過那樣不是太危險了嗎？」我說。「某個地方有深井，但誰也不知道那在什麼地方。那麼掉下去的話不是一點辦法都沒有嗎？」

「一點辦法都沒有吧。咻嗚嗚，碰！那樣就完了。」

「那種事情實際上難道沒發生過嗎？」

「有時候會發生啊。大概兩年或三年一次吧。突然有人不見了，不管怎麼找都找不到。於是這一帶的人就說，那是掉進野井裏去了。」

「好像不是很好的死法噢。」我說。

「很慘的死法啊。」她說著，把沾在上衣的草穗用手拂落。「如果就那樣脖子骨折斷，很乾脆地死了還好，萬一因爲什麼原因只有腳扭傷了就一點辦法都沒有了。儘管大聲叫喊，也沒有人聽見，不可能有誰會發現，周圍只有蜈蚣或蜘蛛在爬動著，周圍散落著一大堆死在那裏的人的白骨，陰暗而潮濕。而上方光線形成的圓圈簡直像冬天的月亮一樣小小地浮在上面。在那樣的地方一個人孤伶伶地逐漸慢慢地死去。」

「光想到這裏就毛骨悚然了。」我說。「應該有人找到它把圍牆做起來才好啊。」

「但誰也沒辦法找到那井。所以不可以離開確實的路噢。」

「不會離開的。」

直子把左手從口袋伸出來握住我的手。「不過，你沒問題。你什麼都不用擔心。你就是在黑夜裏在這一帶盲目前進也絕對不會掉進井裏的。而且我只要像這樣緊緊貼著你，就不會掉進井裏了。」

「絕對嗎？」

「絕對。」

「妳怎麼知道這種事情？」

「我知道啊。就是知道。」直子依然緊緊握著我的手那樣說。然後沉默一會兒繼續走著。「那種事情我知道得很清楚。這跟道理沒關係，只是感覺得到。例如像現在這樣緊緊跟你連在一起時，我就一點也不害怕了。多麼惡劣黑暗的東西都不會來引誘我了。」

「那麼事情就簡單了。只要一直維持這樣不就好了嗎？」我說。

「這個——你是眞心說的嗎？」

「當然是眞心的啊。」

直子站定下來。我也站定下來。她把雙手放在我肩膀上從正面一直注視著我的眼睛。她的瞳孔深處漆黑沉重的液體正描繪出圖形不可思議的漩渦。那樣一對美麗的眼珠長久之間探視著我的內心。然後她挺起身子把她的臉頰輕輕貼在我的臉頰上。那動作在一瞬之間令我感到胸部快要窒息的溫暖而甜美。

「謝謝。」直子說。

「哪裏。」我說。

「你能這樣說我非常高興。眞的噢。」她好像有點感傷似地一面微笑一面說。「但這是辦不到的。」

「爲什麼?」

「因爲那樣做是不行的啊。因爲那樣太過份了。那——」話說到一半直子突然打住,就那樣又繼續開始走起來。我知道很多想法正在她腦子裏團團轉著,於是我也不插嘴地在她身旁默默地走著。

「因爲那樣——是不對的,對你或對我都是。」隔了好一會兒她才這樣繼續說。

「是怎麼個不對法呢?」我以平靜的聲音試著問她。

「因爲一個人一直永遠繼續保護另一個人,是不可能的啊。假定噢,假定我跟你結婚了噢。你在公司上班喏。那麼當你去上班的時候,到底有誰來保護我呢?你去出差的時候,到底有誰來保護我呢?難道我能夠到死都黏著你嗎?嘿,這樣不是很不公平嗎?這樣不能叫做人際關係吧?而且你有一天會對我感到厭煩喏。我的人生到底算什麼呢?難道只爲了保護這個女人嗎?我受夠了。那麼我所抱的問題並沒有得到解決呀。」

「這不會繼續一輩子的。」我把手放在她背上說。「有一天終究會結束的。結束之後我們再重新思考一次就好了。想想以後要怎麼辦。那時候或許是由妳來幫助我也不一定了。我們並不是盯著收支決算表活著的。如果妳現在需要我的話妳就儘管使用吧。對嗎？妳爲什麼要這樣僵硬地想事情呢？嘿，肩膀放輕鬆一點哪。就是因爲妳太緊張了，才會那樣在乎地看事情的，只要肩膀放鬆的話身體就會變輕啊。」

「你爲什麼這樣說呢？」直子以乾得可怕的聲音說。

一聽到她的聲音，我就想到自己大概說錯什麼了。

「爲什麼呢？」直子一面注視腳底的地面一面說。「只要肩膀放鬆身體就會變輕，這種事我也知道啊。你這樣說一點也幫不上忙。嘿，你知道嗎？如果我現在把肩膀的力量放鬆，整個人就會散開喲。我從以前就是這樣活過來的，現在也只能夠這樣才活得下去喲。一旦放鬆力氣的話就恢復不了原樣了。我會變成四分五裂——會不知道被吹到什麼地方去喲，你爲什麼不明白呢？你不明白這個，怎麼能夠說要照顧我呢？」

我沉默不語。

「我比你想像中的混亂得更深喏。黑暗、冰冷而混亂著……嘿，爲什麼那時候你要跟我睡覺呢？爲什麼不丟下我不管呢？」

我們非常安靜地在松樹林裏走著。路上到處散落著因夏天結束而死去的蟬所留下的乾枯死骸，那在鞋子底下發出啪哩啪哩的聲音。我和直子簡直像在尋找什麼似地，一面望著地面一面慢慢走過那松樹林中的路。

「對不起。」直子說著溫柔地握住我的手腕。然後搖了幾次頭。「我不是有意傷害你的。請不要介意我說的話。眞的很抱歉。我只是對自己生氣而已。」

「我想我大概還沒有眞正瞭解妳吧。」我說。「我不是頭腦好的人，我需要時間去瞭解事情。但只要有足夠的時間，我就可以好好瞭解妳，那麼我想我可以比全世界的任何人都更瞭解妳。」

這時我們站定下來，在安靜中側耳傾聽著，我用鞋尖踢著蟬的死骸和松球，抬頭看看從松樹枝幹間可以看得見的天空。直子雙手插進外套口袋裏，什麼也沒看地一直沉思著。

「嘿，渡邊君，你喜歡我嗎？」

「當然。」我回答。

「那麼你可以聽我兩件請求嗎？」

「三件都聽。」

直子笑著搖搖頭。「兩件就可以了。兩件就夠了。一件是，你能這樣來看我，我非常感謝，希望你能明白。我非常高興，眞的——得救了噢。就算你看不出來，其實是這樣噢。」

「我還會再來看妳。」我說。「還有一件呢？」

「希望你能記得我。我曾經存在，而且曾經像這樣在你身邊的事，你可以一直記得嗎？」

「當然會一直記得啊。」我回答。

她就那樣一句話不說地開始自己先走了起來。穿透林梢的秋日陽光閃閃爍爍地在她外套的肩膀上舞動著。又傳來狗叫的聲音，但這次感覺比剛才似乎稍微接近我們的方向了。直子走上像小丘般隆起的地方，穿出松林外，快步走下和緩的斜坡。我在她兩、三步後面跟著走。

「到這邊來呀，那邊也許有井噢。」我朝她背後出聲招呼著。直子站定下來微微一笑，輕輕抓住我的手臂。於是剩下的路我們兩個人便並肩走著。

「你眞的永遠不會忘記我嗎？」她以細小得像耳語般的聲音問。

「永遠不會忘記呀。」我說。「不可能忘記妳的。」

＊

雖然如此記憶仍然確實地遠離而去，我已經忘掉太多事情了。像這樣一面追溯著記憶一面寫文章時，我的情緒經常會變得很不安。因爲會忽然想道說不定自己已經喪失最緊要部分的記憶了也不一定。我想我身體裏甚至或許有可以稱爲記憶邊土（Limbo 地獄邊緣）的黑暗地方，重要的記憶或許全部積在那裏已經化爲柔軟的泥了吧。

但無論如何，現在這是我所能得手的全部了。我胸前正緊緊抱著那已經變得很單薄，而且現在仍一刻比一刻變薄下去的不完全的記憶，懷著像在啃骨頭般的心情繼續寫著這篇文章。爲了遵守和直子的諾言，我除此之外沒有別的辦法了。

更早以前，我還年輕，那記憶還更鮮明時，我曾經有幾次想試著寫出有關直子的事。但那時候一行也寫不出來。雖然明知道只要寫出最初的一行，或許接下來的一切都會順利地寫出來，但那一行就是怎麼也出不來。一切都未免太清楚了，不知道該從什麼地方下手才好。就像未免太明白的地圖，有時會因爲太明白了而幫不上忙一樣。但我現在知道了。終究——我想——能夠裝進所謂文章這不完全的容器的東西，唯有不完全的記憶或不完全的想法。而且我想關於直子的記憶在我心中變得越薄，我似乎變得越能夠深入瞭解她了似的。爲什麼她要拜託我「請不要忘記我」，那原因現在我也明白了。當然直子是知道的。她知道在我心中有關她的記憶總有一天會逐漸變淡下去的。因此她才會不得不那樣對我要求。「請你永遠不要忘記我。記得我曾經存在過。」

想到這裏我傷心得不得了。爲什麼呢？因爲直子甚至沒有愛過我啊。

2

從前從前，話雖這麼說，其實頂多也不過是二十年左右以前的事，我曾經在一個學生宿舍裏住過。我十八歲，剛剛上大學。對東京的一切還一無所知，而且是第一次一個人生活，因此父母親很擔心，便爲我找到那個宿舍。那裏有附餐，各種設備齊全，對於一個未經世故的十八歲少年也總可以活得下去吧。當然費用也有關係。住宿舍的費用比一個人在外面租房子住要便宜多了。因爲只要有棉被和枱燈，其他一切都不需要自己買。以我來說如果可能的話是想租一間公寓一個人輕鬆自在地過日子，但一想到私立大學的註册費、學費和每個月的生活費時，就不能任性開口要求了。而且我終於也想到住什麼地方都無所謂嘛。

那個宿舍在東京都內一個視野良好的台地上。佔地廣闊，周圍圍著高高的水泥牆。穿過大門，正面聳立著巨大的櫸樹。樹齡據說至少也有一百五十年了。站在樹下抬頭仰望時，天空被那綠葉完全遮蓋住。

水泥鋪道像是順著那巨大的櫸樹而迂迴似地轉彎，然後再度恢復成直線穿過中庭。中庭兩側有兩棟鋼筋混凝土的三層樓建築物，平行地排列著。是開有許多窗子的大建築物，令人看了有一種公寓改造成的監獄，或監獄改造成的公寓般的印象。但絕不是不清潔，也沒有陰暗的印象。從經常敞開的窗戶可以聽見收音機的聲音。

每個房間的窗簾全都是奶油色的，最看不出被日曬而褪色的顏色。

沿著鋪道筆直走，正面則有兩層樓的總部建築物。一樓有餐廳和大澡堂、二樓有講堂和幾間會議室，然後甚至還有不知道要做什麼用的貴賓室。總部建築物旁邊是第三棟宿舍。這也是三層樓的。中庭很寬闊，在綠草坪中自動灑水器一面反射著陽光一面團團地旋轉著。總部大樓後面有個棒球和足球兼用的操場和六個網球場。可以說應有盡有。

這個宿舍唯一的問題是，那根本上的可疑氣味。宿舍是由以某個極右翼人物為核心的實體不明的財團法人所營運的，那營運方針——當然是說從我的眼裏看來——是扭曲得相當奇怪的。這只要讀過宿舍指南的說明文和宿舍生規則的話，大概就可以知道。「致力追求教育根幹，育成國家有為人才」，這是本宿舍創設的精神，而且所謂有許多贊同該精神的財界人士捐出私款……等等只是表面的臉孔，至於背後的情形則照例曖昧模糊。到底正確是怎麼樣誰也不知道。有人說只是節稅對策，有人說是賣名行為，也有人說是以設立宿舍為名目其實卻以形同詐欺般的手法取得這塊一等地。不，還有人說是有更深的解讀法。根據他們的說法，設立者的目的是想以這個宿舍出去的畢業生在政財界形成地下派閥。確實宿舍裏有召集宿舍生的菁英組成特權俱樂部般的組織，雖然詳細情形我不清楚，但每個月他們會和設立者一起開幾次類似研究會之類的會，而只要加入那俱樂部的人將來就業也不用擔心。那些說法之中到底哪些是正確的，哪些是錯誤的，我也無法判斷，然而那些說法卻有所謂「總之這裏有些可疑的氣味」的共通點。

不管怎麼說，總之由一九六八年春天到七〇年春天為止的兩年之間，我是在這有點可疑氣味的宿舍裏度過的。如果有人要問為什麼在那樣可疑的地方居然能住到兩年之久呢？我也答不上來。從日常生活的層次來看的話，管他右翼也罷左翼也罷，僞善也罷僞惡也罷，都沒什麼大不了的差別。

宿舍的一天從莊嚴的升旗典禮開始。當然也播放國歌。就像體育新聞和進行曲分不開一樣，升旗和國歌也切不開。升旗台在中庭的正中央，從任何一棟宿舍的窗戶都看得見。

升旗是東棟（我所住的宿舍）舍長的任務。他是個身材高高眼光銳利的六十歲左右的男人。看來好像很硬的頭髮混雜著少許白髮，日曬過的脖子上有一道長長的傷痕。這個人物據說是陸軍中野學校（諜報士官學校）出身的，不過這也眞假不明。在他身旁跟隨著一個立場像協助升旗的助手般的學生。這個學生的事誰也不清楚。剃個光頭，每次都穿著學生服。既不知道姓名，也不知道他住哪個房間。在餐廳和澡堂都從來沒碰過一次面。連是不是眞的學生都不清楚。不過因爲穿著學生服所以大概還是學生吧。只能這樣子想沒有別的辦法。而且他跟中野學校氏正相反，個子矮小、有些肥胖而膚色白。這令人極端恐怖的二人組每天早晨六點便在宿舍的中庭升起「日之丸」國旗。

我住進宿舍當初，由於稀奇而經常特地在六點起床觀望這愛國性的儀式。淸晨六點，幾乎和收音機的時報同時，這兩個人便出現在中庭。學生服當然不用說，穿的是學生服和黑皮鞋，中野學校則身穿夾克和白運動鞋。學生服拿著桐木做的薄盒子。中野學校則提著SONY手提式錄音機。中野學校把錄音機放在升旗台的腳邊。學生服打開桐木盒子。盒子裏放著折疊整齊的國旗。學生服畢恭畢敬地將國旗交給中野學校。中野學校將國旗綁在繩子上。學生服按下錄音機的按鈕。

「君之代……」（唱起國歌）

於是國旗沿著旗桿慢慢升了上去。

唱到「細石的——」左右時國旗升到旗桿正中央一帶，唱到「迄」時正好升到頂點。於是兩個人挺直背脊採取「立正」姿勢，筆直仰望國旗。如果天空晴朗爽風吹拂的話，這確實是個相當可觀的光景。

黃昏的降旗典禮大致上也採取和這同樣的儀式進行。只是順序和早晨的完全相反。國旗慢慢降下，收進桐木盒子裏。夜晚國旗不飄。

爲什麼夜晚要把國旗降下來，我不明白那理由。夜晚國家還繼續存在，而且還有很多人在工作著。像道路工人、計程車司機、酒吧女、夜勤消防員、大樓警衛，這些夜晚工作的人們不能夠得到國家的庇護，我覺得似乎不太公平。不過這種事或許其實沒那麼重要也不一定。大概誰也沒在意過這種事。在意的恐怕只有我吧。而且我也只是偶爾想到而已，完全沒有再深入追究的意思。

宿舍房間的分配原則上一、二年級學生兩個人一個房間，三、四年級學生一個人住一間。二人房間大約是將六疊榻榻米房間稍微變細長的大小，盡頭的牆壁上設有鋁框窗子，窗前設有可以背對背做功課的書桌和椅子。入口左邊是鐵製雙層床。家具全都極端簡潔而堅固。除了書桌和床之外有兩個衣櫃，一張小咖啡桌，還有固定好的架子。再怎麼善意地看都談不上是有詩意的空間。大多的房間架子上都排列著電晶體收音機、吹風機、電熱水瓶、電熱器、速泡咖啡、茶包、方糖，和煮泡麵用的鍋子和幾件簡單餐具。泥灰牆上不是貼著《平凡*Punch*》雜誌上的美女彩色照片，就是不知道從什麼地方撕來的色情電影海報。其中也有開玩笑地貼著豬交尾相片的，但那是例外中的例外，大多房間牆上貼的都是裸女、或年輕女歌星或電影明星的相片。桌上的書架則排列著教科書、字典和小說之類的。

因爲全是男生的房間，因此大體上都髒得可怕。垃圾箱底下黏著已經發霉的橘子皮，代替菸灰缸的空罐頭裏塞滿了十公分左右的菸蒂，那些還冒煙時，多半是以咖啡或啤酒把火澆熄的，因此發出悶臭的氣味。餐具全都是發黑的，很多地方黏著莫名其妙的東西，地上散亂著泡麵的塑膠袋、啤酒空瓶子、什麼的蓋子之類的。誰也沒想到要用掃把掃到畚斗裏倒進垃圾箱裏。風一吹時灰塵便滾滾飛揚起來。而且每個房間都散發著嚴重的氣味。雖然因房間不同那氣味多少不同，但構成氣味的東西則完全相同。汗水、體臭和垃圾。大家都把要洗的衣服丟進床下，因爲沒有人定期曬棉被，因此棉被便吸滿了汗水而放出無可救藥的氣味。在那樣的一團混亂之中居然沒有發生致命性的傳染病，到現在我都覺得不可思議。

但和那比起來，我的房間則像屍體放置所一般清潔。地上一塵不染，窗玻璃亮得毫不起霧，棉被每週曬一次，鉛筆都整齊地收放在筆筒裏，連窗簾都每個月洗一次。因爲我的同居者是接近病態的有潔癖的人。我跟別人說「那傢伙連窗簾都洗」時，誰也不相信。誰都不知道窗簾偶爾也是需要洗的。他們相信所謂窗簾這東西是半永久性地掛在窗子上的。「那個人個性異常」他們說。於是大家開始叫他納粹或突擊隊。

我的房間甚至連美女海報也沒貼。代替的是貼阿姆斯特丹的運河相片。我貼上裸女相片時，他就說「嘿，渡邊君，我，我不太喜歡這種東西。」於是把那撕下來，換貼上運河的相片。我也並不特別想貼裸女照因此也沒抱怨什麼。到我房間來玩的人看了那運河相片說「這是什麼？」我就說「突擊隊看著這個自慰呀。」雖然是開玩笑說的，但大家一下就信以爲眞。因爲大家實在是太簡單就相信了，於是不久我開始想道也許眞的是這樣也不一定。

雖然大家都很同情我和突擊隊同寢室，但我自己並不覺得有多討厭。只要我保持身邊清潔，他便對我的一切都不干涉，因此我反而覺得很輕鬆。掃除他全都幫我做好了，棉被是他幫我曬的，垃圾也是他包辦丟的。我要是一忙起來連著三天沒洗澡時，他便尖著鼻子聞一聞，然後忠告我說還是去洗個澡比較好，也會告訴我差不多該去理髮了，或鼻毛剪一剪比較好之類的。傷腦筋的是只要屋裏有一隻蟲子他就要滿屋子噴殺蟲劑，那時候我就不得不到鄰室的大混亂中去退避一下了。

突擊隊在某所國立大學專攻地理學。

「我啊，正在念地、地、地理喲。」第一次見面時，他跟我這樣說。

「你喜歡地理嗎？」我試著問他。

「嗯，大學畢業後我要進國土地理院去，製作地、地、地圖。」

原來世上有各種志願有各種人生目的呀，我重新感到佩服。那是我來到東京之後最先感到佩服的事情之一。確實如果沒有一些對製作地圖懷有興趣抱著熱心的人的話——雖然或許也不需要太多——那會是很傷腦筋的。不過每次嘴巴一提到「地圖」這字眼時就會口吃的人，居然想進國土地理院，這件事也有一些奇怪。他因情況不同有時會口吃有時不會口吃，但「地圖」這字眼一出口時，則百分之百確實會口吃。

「你，你是專攻什麼的？」他問。

「戲劇。」我回答。

「你說戲劇是要演戲嗎？」

「不，不是的。是讀戲曲。研究啊。比方拉辛（Jean Baptiste Racine 1639～99，法國劇作家、詩人）伊歐內斯克（Eugène Ionesco 1912～94，法國劇作家）和莎士比亞之類的。」

除了莎士比亞之外的人名我都沒聽過，他說。我也幾乎沒聽過。只是課程概要上這樣寫而已。

「不過總之你喜歡這些對嗎？」他說。

「也沒什麼喜歡哪。」我說。

這回答令他感到混亂。一混亂起來口吃就變嚴重。我覺得自己好像做了一件很壞的事似的。

「對我來說，念什麼都沒關係。」我說明。「不管是民族學也好，東洋史也好。只是碰巧碰上了戲劇，一時的心血來潮。如此而已。」但這說明當然不能讓他服氣。

「我眞不明白。」他以眞的不明白的臉色說。「我，我的情況，是喜歡地、地、地圖，因此在學習製作地、地、地、地圖噢。爲了這個而特地進東京的大學，家裏還寄生、生活費來喲。可是你卻說不是這樣……」

他所說的才是正確的。我放棄不再說明了。然後我們用火柴棒抽籤，決定雙層床鋪的上下位置。他抽到上層我抽到下層。

他經常都身穿白襯衫、黑長褲和深藍色毛衣。理光頭，個子高高的，顴骨凸出。上學時總是穿學生制服。皮鞋皮包也都是黑色的。一看就是一副右翼學生的模樣，因此周圍的傢伙也都叫他做突擊隊，不過其實說起來他對政治是百分之百的不關心。因爲要選西裝太麻煩，因此總是那一身裝扮而已。他所關心的只限於海岸線的變化和新鐵路隧道的完成，這一類的新聞事件。一談起這些事，他便一面口吃地說說停停，一面繼續連談一小時、兩小時也談不完，非等到我這邊逃走或睡覺了才罷休。

每天早晨六點「國歌」代替鬧鐘叫他起床。原來那炫耀式洋洋得意的升旗典禮也並不是毫無用處的。然後穿上衣服到洗手間去洗臉。他洗臉要花非常長的時間。令人懷疑他是不是把牙齒都一顆一顆取出來刷洗的。回到房間之後便啪啪地發出聲音把毛巾的縐紋拉平掛在蒸汽暖爐上烘乾，把牙刷和肥皀放回架子上。然後轉開收音機開始跟著收音機的口令做體操。

我晚上多半讀書讀到很晚，早上都熟睡到八點左右，因此他雖然起床東摸摸西摸摸，轉開收音機開始做體操了，我還在呼呼大睡。但這種時候，當收音機體操播到跳躍部分時一定會醒過來。不可能不醒來。因爲他每跳躍一次——而且眞的是高高地跳躍——那跳動就會使床鋪咚咚地上下震動。三天之間，我勉強忍耐下來。因爲人家告訴我在共同生活中某種程度的忍耐是必要的。但第四天早晨，我已經到達忍無可忍的地步了。

「很抱歉，收音機體操可以請你到屋頂或什麼地方去做嗎？」我堅決地說。「因爲被你這樣一做我就醒過來了。」

「可是已經六點半了啊。」他臉上一副難以相信的表情說。

「這我知道啊。六點半吧？六點半對我來說還是睡眠時間。要問爲什麼我也無法說明，不過總之是這樣啊。」

「不行啊。到屋頂去做的話三樓的人會抱怨哪。在這裏做的話下面是儲藏室所以沒有人會抱怨。」

「那麼到中庭去做吧。在草地上。」

「那也不行啊。我，我的不是電晶體收音機，沒有電源就不能用，不播音樂我就不會做體操了。」

確實他的收音機是極老型電源式的，另一方面我的則是電晶體的，但只有FM是聽音樂專用的。眞要命，我想。

「那麼彼此妥協吧。」我說。「你做收音機體操沒關係。不過只有在跳躍部分請停止。因爲那個非常吵人。這樣可以嗎？」

「跳、跳躍？」他吃了一驚似地反問回來。「你說跳躍，是指什麼？」

「所謂跳躍就是跳躍啊。蹦蹦跳的那玩意兒。」

「沒有那個啊。」

我的頭開始痛起來。雖然也想算了吧，但既然說出口了還是說清楚比較好，於是我一面實際唱起NHK收音機體操第一首的旋律一面在地上蹦蹦地跳著。

「你看，就是這個啊，不是確實有嗎？」

「是、是有的。確實有啊。我沒注、注意到。」

「所以呀。」我在床上坐下來說。「只有那個部分請你省略掉。因爲其他部分我全部忍耐。所以只有跳躍部分請你停止，讓我好好睡覺好嗎？」

「不行啊。」他也眞乾脆地說。「只有一個地方抽掉我辦不到啊。十年來每天每天都做過來了，一開始做，就會下、下意識地全都做下去。要是一段抽掉的話，會全、全、全部都做不出來了。」

我除此之外什麼也不能說了。到底能說什麼呢？最簡單乾脆的是把那可恨的收音機趁他不在的時候從窗戶丟出去，但這樣做的話可以眼看著即將引起像打開地獄蓋子般的大騷動。因爲突擊隊是對自己的東西極端愛惜的人。我失去了語言空虛地坐在床上時，他便一面露出微笑一面安慰我。

「渡邊君哪，一起起來做體操不是很好嗎？」他說，然後出去吃早餐。

*

我一提起突擊隊和他的收音機體操的事，直子就咯咯地笑了。雖然我並沒有打算當笑話說，但結果我也笑了。終於看到她的笑臉——雖然那只在短短的一瞬間便消失掉了——但真的是好久沒看見了。

我和直子在四谷車站下了電車，從鐵路旁的土堤上往市谷方向走。那是五月中旬一個星期天的下午。從早晨就啪啦啪啦下下停停的雨到中午以前已經完全停了，低垂陰鬱的烏雲似乎已被從南方吹來的風給趕走消失了。鮮綠色的櫻樹葉子迎風搖曳，閃閃爍爍地反射著陽光。日光已經是初夏的了。迎面而過的人們已脫下毛衣和外套，披掛在肩膀上或挽在手腕上。在星期天下午溫暖的陽光下，每個人看來都那麼幸福。土堤對面看得見的網球場上，年輕男子脫下襯衫只剩一件短褲在揮著球拍。只有並排坐在長椅上的兩個修女還整齊地身穿黑色冬季制服，令人覺得好像只有她們周圍夏天的陽光還沒有到達似的，雖然如此她們兩人臉上也以滿足的表情在陽光下快樂地交談著。

走了十五分鐘後，背上開始滲出汗來，於是我脫下厚厚的棉襯衫只剩一件T恤衫。她把淺灰色運動衫的袖子捲到肘部以上。好像經常洗的樣子，已經褪色了但感覺相當好。我覺得好像很久以前看她穿過那同一件運動衫似的，但並沒有明確的記憶。只是這樣覺得而已。當時我對直子並沒有記得多少事情。

「團體生活怎麼樣？跟別人一起生活愉快嗎？」直子問。

「我也不太清楚。因為才經過一個月多一點而已。」我說。「不過還不太壞。至少沒有無法忍耐的事情。」

她在飲水處站定下來，只喝了一小口水，便從長褲口袋拿出白色手帕來擦嘴巴。然後彎下身子小心謹慎地重新繫好鞋帶。

「嘿，你覺得我也能過那種生活嗎？」

「妳是說團體生活嗎？」

「對。」直子說。

「不知道。因爲這種事情是決定於想法。要說有不少麻煩事確實有。規則很嚕唆，無聊的傢伙驕傲神氣，而室友一大清早六點半就開始做收音機體操。不過如果想成這種事到什麼地方都一樣的話，就不會太介意了。如果想成只能在這裏過下去的話，自然也就能過下去了。就是這麼回事啊。」

「說得也是。」說著她點點頭，有一會兒好像在想什麼似的。然後像在探視什麼稀奇東西般凝神注視我的眼睛。仔細看時她的眼睛深沉清澈得令人心驚。在那之前我還沒注意到她的眼睛是那麼清澈的。仔細想想還沒有機會一直注視直子的眼睛過。單獨兩個人走在一起這是第一次，談這麼長的話也是第一次。

「妳打算住宿舍或什麼地方嗎？」我試著問。

「不，不是這樣。」直子說。「只是，我在想而已。想到團體生活到底是什麼樣子。而且那也就是說……」直子一面咬著嘴唇一面尋找著適當的用語或表現，但好像終究沒有找到的樣子。她嘆了一口氣垂下眼睛。「我不太清楚，沒關係。」

那是會話的結束。直子再度朝東邊開始走起來，我在那稍後一點走著。

和直子沒見面幾乎已經一年了。在那一年之間直子瘦得快要令人認不出來。她特徵的豐滿臉頰，肉已經明顯地消瘦掉，脖子也顯然變細了，不過雖然說瘦了，卻完全沒有露骨感或不健康之類的印象。她的瘦法看來非常自然而文靜。簡直像是悄悄藏身在某個狹小細長的地方時，身體不知不覺之間自己就變細了那樣似的。而且直子比我以前所想的要漂亮多了。關於這個雖然我本來想跟直子說點什麼的，但不知道該怎麼表達才好，結果什麼也沒說。

我們並不是有什麼目的而來到這裏的。我和直子是在中央線的電車上偶然相遇的。她一個人出來正想去看電影，而我正打算到神田的書店去。兩邊都沒有特別重要的事。直子說下車吧，我們就下了電車。而那裏碰巧是四谷車站而已。其實只剩下兩個人之後，我們並沒有什麼特別值得交談的話題。連直子爲什麼會突然說出下車吧，我也完全無法瞭解。根本從一開始就沒有所謂話題可言。

走出車站之後，她也沒說要去哪裏，就開始兀自快步地往前走。我沒辦法只好跟在她後面追上去走。直子和我之間始終保持著一公尺左右的距離。當然如果想要縮短那距離的話也是可以的，只是不知道爲什麼有點畏縮而沒有辦到。我在直子一公尺左右的後方，一面看著她的背和直溜溜的黑髮一面走著。她頭上夾著一個茶色的大髮夾，頭一轉向側面時便看得見小而白皙的耳朵。偶爾直子會轉向後面來對著我說話。有些我可以順利回答，有些我不知道該怎麼回答才好。有些則沒聽清楚她在說什麼。不過，不管我聽得見或聽不見，她似乎都無所謂的樣子。直子把自己想說的話說出來之後，就又朝前面繼續走。好吧，這是個很適合散步的晴朗日子嘛，我這樣想而作罷。

不過以散步來說，直子的走法卻有些太認眞了。她在飯田橋向右轉，走出壕邊，然後穿過神保町的十字路口走上御茶水的斜坡，就那樣一直走過本鄉。並沿著都營電車的鐵路走到駒込。相當有一段的路程。到了駒込時，太陽已經西沉了。是個溫暖舒服的春天黃昏。

「這是什麼地方？」直子好像忽然回過神來似地問。

「駒込。」我說。「妳不知道嗎？我們繞了一大圈呢。」

「怎麼會到這裏來呢？」

「是妳走來的啊。我只是跟在後面而已。」

我們走進車站附近的麵店吃了一點東西。因為口渴了於是我一個人喝了啤酒。從點東西到吃完為止，我們沒說一句話，我走得有點累了，她把雙手放在桌上又在想什麼出神。電視新聞報導著今天星期天到處遊樂場所都充滿人潮。而我們則從四谷走到駒込，我想。

「妳身體滿強壯的嘛。」我吃完麵之後說。

「你很驚訝嗎？」

「嗯。」

「我中學時候還是長距離賽跑的選手，跑過十公里和十五公里呢。而且因為我父親喜歡登山，小時候一到星期天就去登山。你記得嗎？屋子後面就是山對嗎？所以自然腰腿變得很強壯啊。」

「這倒看不出來。」我說。

「是啊。大家都以為我是很脆弱的女孩子。不過人是不能光看外表噢。」她這樣說完好像補充似地稍微笑了一下。

「很說不過去，我這邊倒是累趴趴的了。」

「對不起噢，讓你陪我耗了一天。」

「不過能跟妳聊一聊很好啊。因為我們不是從來也沒有兩個人單獨談過一次話嗎？」我說，不過到底說過些什麼話，我連想都完全想不起來了。

她沒什麼特別用意地玩弄著桌上放著的菸灰缸。

「嘿，如果可以的話——我是說如果不會給你帶來麻煩的話——我們能不能再見面？雖然我很瞭解照道理我是不應該這樣說的。」

「道理？」我吃了一驚說。「妳說的道理是指什麼？」

她臉紅了起來。大概是我太過於驚訝了吧。

「我也說不上來。」直子辯解似地說。她把運動衫的兩邊袖子拉到手肘上，然後又拉回原位。電燈將她的寒毛染成金黃色。「我沒有打算說什麼道理的。本來打算用不同說法說的。」

直子手肘支在桌上，看了一會兒牆上的月曆。看來好像在期待從那上面能不能找到什麼適當的表現法似地看著。但當然沒有找到那種東西。她嘆了一口氣閉上眼睛，玩弄著髮夾。

「沒關係呀。」我說。「妳想說什麼我好像有點懂。雖然我也不知道該怎麼說才好。」

「我沒辦法好好說。」直子說。「最近一直繼續這樣。就是想要說什麼，每次也只能想到一些不對勁的用語。不對勁的，或完全相反的。可是想要修正時，就更混亂而變得更不對勁，這樣一來也變成搞不清楚自己最初到底想說什麼了。感覺簡直像自己的身體分開成兩個，在互相追逐一樣。正中間立著一根非常粗的柱子，我們一面在那周圍團團轉著一面互相追逐噢。正確的語言總是由另一個我擁有著，這邊的我卻絕對追不上。」

直子抬起臉來注視我的眼睛。

「這種感覺你瞭解嗎？」

「每個人多多少少也都有這種感覺喲。」我說。「大家都想表現自己，但卻無法正確地表現，因而開始焦慮。」

我這樣說，直子似乎有些失望的樣子。

「跟那個又有點不同。」直子說，但除此就什麼也沒再說明了。

「要見面也完全沒關係呀。」我說。「反正星期天我都閒得在睡覺，走一走對健康有益呀。」

我們搭上山手線電車，直子在新宿轉中央線。她在國分寺租了一間小公寓住。

「嘿，我說話的方式跟以前有點改變嗎？」臨分手時直子問。

「好像有點變噢。」我說。「不過我不太清楚是什麼地方怎麼改變了。因爲老實說，那時候雖然常見面，但我不太記得有談過什麼話。」

「對噢。」她也承認。「下星期六打電話給你好嗎？」

「好啊，當然。我等妳。」我說。

*

第一次遇見直子是高中二年級的春天。她也是高二學生，上的是有教養的教會女子學校。如果太熱心用功的話，就會被人家在背後指指點點地說「沒教養」的那種有教養學校。我有一個好朋友叫 Kizuki（與其說是好朋友不如說是我名副其實唯一的朋友），直子是他的女朋友。Kizuki 和她幾乎是一出生就認識的青梅竹馬，兩家距離還不到兩百公尺。

就像很多的青梅竹馬一樣，他們的關係非常開放，想要兩個人單獨在一起的那種願望似乎並不太強。兩個人經常互相到對方家裏去，然後就跟對方的家人一起吃晚飯，或打麻將。也跟我一起做過幾次兩對的約會。直子帶著她的同班同學一起來，四個人到動物園去，或去游泳，去看電影。不過雖然直子帶來的女孩子也算可愛，但對我來說，卻有點過於有教養了。對我來說倒不如有些粗線條但卻能夠輕鬆談話的公立高中的同班同學個性比較適合。直了帶來的女孩子們那看來可愛的腦袋裏到底在想什麼，我完全無法瞭解。我想也許她們也無法瞭解我吧。

因此 Kizuki 停止再邀我做兩對的約會，而變成只有我們三個人到什麼地方去或一起聊天。Kizuki 和直子和我三個人。想起來雖然有點奇怪，但結果那樣是最輕鬆、最順利的。第四個人插進來時氣氛就有些不對勁。三個人的時候，簡直就像我是來賓，Kizuki 是能幹的主持人，直子是助手的電視談話節目一樣。每次 Kizuki 都是座上的核心人物，他很擅長這樣。Kizuki 確實有冷嘲熱諷的傾向，別人往往會覺得他傲慢，但他本質上是個親切而公平的人。三個人的時候他對直子和對我都一樣公平地談話、開玩笑，用心不要讓哪一邊覺得無聊。如果有一邊長久沉默時他就會對那一邊說話，巧妙地引出對方的話題。看著他這樣雖然會覺得很累吧，但其實或許並沒有那麼嚴重。他擁有能夠隨時隨地看出當場氣氛而瞬間巧妙對應的能力。而且更進一步，他還擁有每次都能從對方不太有趣的話中，找出好幾個有趣部分的難得才華。因此和他談起話來，我就會變成感覺自己好像是個非常有趣的人正在過著非常有趣的人生似的。

其實他絕不是屬於社交型的人。他在學校裏除了我之外跟誰都處不好。我無法瞭解像他那樣頭腦聰明而有談話天才的人，爲什麼不把那才華朝向更廣大的世界發揮，卻滿足於只集中在我們三個人的小世界裏呢。還有爲什麼他會選我當朋友呢？我也不明白那理由。因爲我是個喜歡一個人讀書聽音樂算起來很平凡而不顯眼的人，不是 Kizuki 會特別注意到，而來跟我說話的那種擁有什麼特別才華與眾不同的出色人物。雖然如此，我們還是立刻氣味投合地變成了好朋友。他父親是牙醫，以技藝高明和收費高昂而聞名。

「下星期天要不要做雙對約會？我的女朋友上女子高中，可以帶可愛的女孩子來。」才剛認識 Kizuki 時他就這樣說。好啊，我說。就這樣我見到了直子。

我和 Kizuki 和直子雖然好幾次這樣子一起度過時間，但是 Kizuki 一旦離席剩下我們兩個人單獨在一起的時候，我和直子卻無法順利交談。兩個人都不知道到底該說什麼才好。實際上，我和直子之間沒有任何稱得上共通話題的東西。所以沒辦法我們幾乎什麼也沒談地只是喝喝水或玩弄著桌上的一些東西而已。並且等著 Kizuki 回來。Kizuki 一回來，談話又再開始。直子算是不太說話的，我也屬於與其自己說不如喜歡聽對方說的那一型，因此和她兩個人單獨在一起的時候，我會有點不自在。並不是性向不合或這一類的，只是單純的沒話說。

在 Kizuki 葬禮之後的兩星期左右，我和直子只見過一次面。因為有一點小事而約在喫茶店見，但事情一談完之後就沒什麼話可說了。我試著找了幾個話題向她開口說，但話總是說到一半就斷了。再加上她的說話方式裏不知道怎麼總覺得有點稜角。看來直子好像有點在生我的氣似的，但我不太知道那原因是什麼。就那樣我和直子分開了，直到一年後在中央線的電車上偶然相遇為止，一次也沒碰過面。

或許直子生我的氣，是因為和 Kizuki 最後一次見面談話的人竟然不是她而是我也不一定。雖然我覺得這種說法也許不太好，不過我好像可以瞭解她的心情。對我來說可能的話我也願意跟她交換。但結果那種事情已經是過去的事，再怎麼想也沒辦法了。

那個五月舒服的下午，吃過中飯之後，Kizuki 對我說下午要不要翹課去打撞球。我對下午的課也沒什麼特別的興趣，因此便溜出學校逛下斜坡走到港邊去，進到一家撞球場，打了四場左右的撞球。最初那場球我輕鬆地贏了之後，他忽然認眞起來剩下的三場全部是他贏。依照約定我付了球場的費用，在玩球之間他一個笑話也沒說。這是非常稀奇的事。打完球之後我們休息一下抽了菸。

「今天很稀奇你滿當眞的嘛。」我試著問他。

「今天不想輸。」Kizuki好像很滿足似地一面笑著說。

他那一夜，死在自己家的車庫裏。他把N360汽車的排氣管接上塑膠管，把窗子縫隙用膠帶封貼起來，然後打開引擎。我不知道到死爲止花了多少時間。父母親去探訪生病的親戚，回到家要把車停進車庫時，一開門他已經死了。車上的收音機還開著，雨刷上夾了一張加油站的收據。

既沒有遺書也想不到他有什麼動機。因爲是他最後一個見面說話的對象，我被叫到警察局去問話。我對調查的警察說完全沒有那種預兆，他跟平常完全一樣。警察似乎對我和Kizuki都不太有好印象的樣子。高中課程會翹課而去打撞球的人會自殺，他似乎並不覺得太奇怪。報紙上登出一篇小報導，於是事件便結束了。紅色的N360處分掉了。教室裏他的書桌上有一段期間裝飾了白色的花。

自從Kizuki死後到高中畢業爲止的十個月左右期間，我無法在周圍的世界裏將自己淸楚地定位。我跟某個女孩子好起來，跟她睡了覺，但結果維持不到半年。她對我沒有什麼要求。我選了一個不需要太用功就進得了的東京一家私立大學參加入學考試，沒有什麼特別興奮感動地入了學。那個女孩子叫我不要去東京，但我無論如何想離開神戶那地方，並且想到一個誰也不認識的地方開始過新生活。

「你已經跟我睡過覺了，所以我怎麼樣你都無所謂了對嗎？」她說著哭了。

「不是這樣。」我說。我只是想離開那個城市而已。但她不瞭解。於是我們分開了。在開往東京的新幹線上，我想起她的好處和優點，覺得自己非常殘酷而後悔，但已經無法挽回了。於是我決定忘掉她。

到了東京住進宿舍開始新生活時，我該做的事情只有一件。那就是努力不要去深入思考所有的事情，讓自己和所有的事情之間保持應有的距離——只有這樣而已。我決定把貼了綠色絨毯的撞球枱、紅色N360和書桌上的白花，全部忘得一乾二淨。火葬場高高的煙囪冒出來的煙，放在警察局詢問室裏圓圓胖胖形狀的文鎮，這一切。剛開始時看來還算順利。然而不管我多麼努力想遺忘，我心中還是留下某種模糊的空氣團似的東西。而且隨著時間的經過那團塊開始形成清晰而單純的形狀了。我可以把那形狀轉換成語言。那就是這個樣子。

死不是以生的對極，而是以其一部分存在著的。

化爲語言之後雖然很平凡，但那時候那種感覺不是以語言的形式，而是以一股空氣團塊的形式存在我身體裏面。在文鎮中，在撞球枱上排列著的紅色和白色的四個球中，死都存在著。而我們簡直一面把那些像微細的灰塵一般吸進肺裏一面活著。

到那時候爲止，我一直把死這件事當做與生完全分離而獨立存在的東西來掌握。也就是「死終有一天會把我們確實捕捉在手上。但相反地說，直到死將我們捕捉的那一天來臨之前，我們不會被死所捕捉。」那種想法對我來說覺得像是極端正常而理論性的想法。生在這邊，死在另外一邊。我在這一邊，不在那一邊。

然而以Kizuki死的那一夜爲界線，我已經再也不能夠那樣單純地掌握死（還有生）了。死並不是生的對極存在。死是本來就已經包含在我這個存在之中了，這個事實是不管多麼努力都無法忘掉的。因爲在那個十七歲的五月的夜晚捕捉了Kizuki的死，在那同時也捕捉了我。

我身體裏面一面感覺著那空氣的團塊一面送走十八歲的春天。但和那同時也努力不要變嚴肅。因爲我稍微感覺到了變嚴肅不一定和接近事實是同義的。但不管怎麼想，死都是一件深刻嚴肅的事實。我在那樣令人窒息的背立性中，繼續無止盡地原地繞圈子。現在回想起來那眞是奇怪的每一天。在生的正中央，一切的一切都繞著死爲中心而旋轉著。

3

下一個星期六直子打電話來，星期天我們約會。我想大概可以稱爲約會吧。除此之外我想不到適當的語言。

我們和以前一樣地在街上走，走進某個餐廳去喝咖啡，又開始走，傍晚吃過飯然後道一聲再見便分手。她依然只有斷斷續續地不太開口，她自己似乎不太在乎那樣，而我也沒有刻意多說什麼。心血來潮時談起彼此的生活和大學的事，但都是些片斷性的，都不是和什麼有關聯而能接著談下去的。而我們一概不提過去的事。我們大體上就是一個勁地在街上走。值得慶幸的是東京街頭很大，怎麼走都走不完。

我們幾乎每週見面，就那樣子到處走。她走在前面，我走在她後面一點。直子擁有各式各樣的髮夾，每次都讓我看見右側的耳朵。我那時候因爲總是看她的背影，因此只有這些現在還記得。直子害羞的時候常常用手玩弄頭髮。而且動不動就用手帕擦嘴角。用手帕擦嘴是想要說什麼時的習慣動作。在看著那個樣子之間，我好像開始漸漸對直子懷有好感起來了。

她上武藏野偏遠地方的女子大學。以英語教育聞名的小型大學。在她公寓附近有一條清潔的渠水流過。我們有時在那邊散步。直子也曾經讓我進到她的屋子裏做菜給我吃，但在屋子裏和我兩個人單獨在一起，她似乎也沒在意。在沒有任何多餘東西的房間裏，如果不是窗邊的角落裏晾著絲襪的話，實在不覺得那是女孩子的房間。看來她生活似乎非常樸素而簡潔，也幾乎沒有朋友的樣子。這種生活樣子是從高中時代的她所無法想像的。就我所知過去的她經常都穿著華麗的衣服，被一羣朋友包圍著。看到那樣的房間時，我想到她或許也跟我一樣，想上大學離開原來的城市，到一個誰都不認識的地方開始過新生活吧。

「我選這裏的大學，是因爲我們學校沒有人來這裏。」直子笑著說。「所以才會來，我們那些同學都去上比較響亮的大學了。你知道吧？」

不過我和直子的關係也不是說毫無一點進展。直子一點一點地習慣我，我也一點一點地習慣直子。暑假結束新學期開始之後，直子極自然地，簡直像是當然似地，和我並肩走在一起了。那大概是直子把我當做一個朋友來承認的記號吧，我想，和她這樣美麗的女孩子並肩走的感覺並不差。我們兩人在東京街頭漫無目的地繼續走著。走上斜坡，渡過河流，越過鐵路，無止盡地繼續走。並沒有任何要到什麼地方去的目的。只要能走就好了。簡直像在治療靈魂的宗教儀式一樣，我們目不斜視地走，下起雨的話就撐起傘來走。

秋天來了，宿舍的中庭被櫸樹的落葉蓋滿了。穿上毛衣就有一股新季節的氣味。我穿破了一雙鞋子，買了一雙新的鞣皮鞋子。

那時候我們談了些什麼話，我已經想不太起來。我想大概沒什麼了不起的話吧。我們依然完全不提我們過去的事。Kizuki 的名字幾乎沒有出現在我們的話題之中。我們依然還是談得不太多，那時候我們已經完全習慣於兩個人默默地在喫茶店面對面地坐著了。

因爲直子想聽突擊隊的事，所以我經常講。突擊隊曾經跟班上的女生（當然是地理學系的女生）約會過一次，但到了傍晚一副非常失望的神情回到宿舍。那是六月的事。於是他問我「那、那個，渡邊君，你跟女、女孩子啊，平常都，說些什麼話呢？」我已經記不得是怎麼回答他的，但總之他是完全搞錯發問對象了。七月裏有人趁他不在的時候，把阿姆斯特丹運河的相片拿下，換貼成舊金山的金門橋的相片。理由只是想知道一面看著金門橋能不能自慰。我隨便回答說他非常高興地在做噢，下次就有人把它換成冰山的相片。相片每次被換掉突擊隊就非常混亂。

「到底是誰，做這、這、這種事的？」他說。

「誰知道，不過有什麼關係。這些都是很漂亮的照片哪。管他是誰做的，不都值得感謝嗎？」我安慰他。

「雖然話是沒錯，可是很不舒服啊。」他說。

像這些有關突擊隊的事一提起來直子每次都會笑。因爲她很少笑，因此我就常常提到他，但老實說把他當做笑話的材料我並不覺得多好過。他只是在不太富裕的家庭長大的有點過於認眞的第三個男孩子而已。而且只有製作地圖是他小小人生中的小小夢想。誰能夠把那當笑話呢？

雖然如此「突擊隊笑話」在宿舍裏已經是不可或缺的話題之一了，事到如今我想要收斂都收斂不了。而且能看到直子的笑臉對我來說自然也是可喜的事。因此我便繼續提供有關突擊隊的笑話。

只有一次直子問過我有沒有喜歡的女孩子。我提到已經分手的女孩子。我說她是個好女孩，我也喜歡和她睡覺，現在雖然有時候會很懷念地想到她，但不知道爲什麼卻沒有動過心。大概是我的心有一層堅硬的殼似的東西，我想能穿過那個進到裏面的東西非常有限吧，我說。所以大概沒辦法很順利地愛別人吧。

「過去沒愛過什麼人嗎？」直子問。

「沒有。」我回答。

除此之外她什麼也沒再多問。

到了秋天結束冷風吹過街頭的時候，她常常會把身體靠近我的手臂。透過厚厚的毛大衣料子，我可以輕微地感覺到直子呼吸的氣息。她的手挽著我的手臂，或把手插進我大衣的口袋，眞正很冷的時候，她會緊緊抓著我的手臂發抖。但也只不過那樣而已。她的那種動作並不意味著更多的什麼意思。我雙手依然插在大衣的口袋裏，和平常一樣地繼續走。因爲我和直子都穿著橡皮底的皮鞋，因此幾乎聽不見兩個人的腳步聲。只有踏在掉落在路上的大片懸鈴木落葉時才會發出咔嗞咔嗞脆脆的聲音。一聽到那聲音我就覺得直子很可憐。她所要的不是我的手臂而是某個人的手臂。她所要的不是我的溫暖而是某個人的溫暖。而我是我自己的這件事，令我覺得好像有點羞愧似的。

隨著入冬的加深她的眼睛感覺上好像變得比以前更透明了。那是無止盡的透明。有時直子會毫無特定理由地，像在尋找什麼似地往我眼睛裏凝視，每次這樣的時候我的心情就會變得好像怪寂寞似的無奈。

我開始想通也許她想對我傳達什麼吧。但直子卻無法適當地把那化爲語言，我想。不，在化爲語言之前，她還無法掌握自己心裏的東西。所以話才出不來。因此她老是玩弄著頭髮，用手帕擦擦嘴角，無意義地一直注視著我的眼睛。如果可能的話我也想緊緊擁抱直子安慰她，但總是猶豫不決而最後作罷。因爲覺得也許那樣會傷害直子。所以我們還是依然不變地繼續在東京街上走著，直子在虛空中繼續尋找著語言。

每次直子打電話來時，或我星期天臨出門的時候，宿舍的傢伙都會嘲笑我。那要說當然也是當然的事，大家都深信我已經有了女朋友。既不知如何說明才好，也沒有必要說明，因此我也就置之不理。傍晚回來時一定有人會發出是採取什麼體位的，她穿什麼顏色的內衣，之類無聊問題，我每次都隨便應付地回答。

*

就這樣我從十八歲變成十九歲。太陽升起又沉下，國旗升起又降下。而每到星期天來臨時，我便和死去的朋友的女朋友約會。自己現在到底在做著什麼？往後將要做什麼，我完全不知道。大學的課程中我讀了克勞岱(Paul Louis Charles Claudel)，讀了拉辛(Jean Baptiste Racine)讀了艾森斯坦(Sergei Eisenstein)，那些書幾乎對我沒有發生什麼作用。我在大學的班上一個朋友也沒有，宿舍裏的交往也都是泛泛之交。宿舍的傢伙因爲我總是一個人在讀書而以爲我想當作家，但我並沒有想過要當什麼作家。什麼也沒想當過。

有好幾次我想跟直子說出這種心情。我覺得如果是她的話也許某種程度上可以正確瞭解吧。但我找不到適當表達的字眼，眞奇怪，我想。這樣的話簡直好像她那尋找語言的毛病已經傳染到我這邊來了嘛。

一到星期六晚上，我就坐在有電話的門廳椅子上，等待直子的電話。星期六晚上大家多半都出外去玩了，因此門廳總是比平常少人而寂靜。我每次都一面凝視著閃閃飄浮在那樣沉默空間的光的粒子，一面努力想看出自己的心。我到底在尋求什麼呢？還有別人到底在對我尋求什麼呢？但總是找不到像答案的答案。我有時會試著伸出手向飄浮在空中的光的粒子，但指尖都接觸不到任何東西。

*

我雖然經常讀書，但並不屬於讀很多書的那種讀書家，只是喜歡把中意的書反覆讀好幾遍而已。我當時喜歡的是 Truman Capote、John Updike、Scott Fitzgerard、Raymond Chandler 等作家，但在班上或在宿舍裏都找不到一個喜歡讀這類小說的人。他們讀的多半是高橋和巳、大江健三郎或三島由紀夫，或現代法國作家的小說。因此當然話也談不來，於是我就變成一個人默默地繼續讀書了。而且同樣的書我會重讀好幾遍，有時閉上眼睛把書的香氣吸進腦裏去。光聞著那書的香氣，觸摸著書的頁面，我就可以感覺到很幸福了。

對十八歲那年的我，最棒的書是約翰・厄普戴克(John Updike)的 *Centaur*，但重讀了幾次之後，那逐漸失去最初的光輝，而把榜首的地位讓給費滋傑羅(Scott Fitzgerard)的《大亨小傳》(*The Great Gatsby*)。而且從此以後 *The Great Gatsby* 對我來說一直繼續是最棒的小說。我一心血來潮就從書架上拿出 *The Great Gatsby*，隨便翻開任何一頁，便專心入神地讀起來，成爲一種習慣，但從來沒有一次失望過。沒有一頁是無聊的一頁。我想爲什麼這麼棒呢？而且想把那棒的感覺傳達給別人。但我周圍沒有人讀過 *The Great Gatsby*，連可能會想要讀的人都沒有。一九六八年讀費滋傑羅雖然還不至於算是反動，但絕不是受到鼓勵的行爲。

當時我周圍只有一個人讀過 *The Great Gatsby*，我和他親密起來也是因爲這個原因。他是名叫永澤的東京大學法學院的學生，學年比我高兩年。我們同住一個宿舍，算來只是互相認得對方臉的關係而已，有一天我在餐廳照得到陽光的地方，一面曬著太陽一面讀 *The Great Gatsby* 時，他就到我身邊坐下來問我在讀什麼。*The Great Gatsby* 我說。他問有趣嗎？我回答說這是從頭讀第三次了，但每次重讀有趣的部分就更增加。

「能讀 *The Great Gatsby* 三次的人的話，應該可以跟我做朋友。」他好像在說給自己聽似的。於是我們變成了朋友。那是十月的事。

永澤這個人，是你越瞭解他就會越覺得奇怪的人。在我的人生過程中曾經和許多奇怪的人相遇、認識，或擦肩而過，但從來還沒有遇過像他這樣奇怪的人。他是我所遙不可及的讀書家，但原則上死去還不到三十年的作家的書，他碰都不碰。只有那種書我才相信，他說。

「並不是說不相信現代文學喲。只是我不想因爲閱讀未經時間洗禮的東西而浪費寶貴的時間。人生很短哪。」

「永澤兄喜歡什麼樣的作家？」我試著問。

「巴爾札克、但丁、約瑟夫・康拉德、狄更斯。」他即席回答。

「都不算是當代作家啊。」

「所以我才讀啊。跟別人讀一樣的東西只能跟別人想法一樣。那是鄉下人，俗人的世界。正常人不會做那樣可恥的事。你知道嗎？渡邊？在這個宿舍裏稍微有點正常的只有我跟你喲。其他的全是像紙屑一樣的東西。」

「你怎麼會知道這種事呢？」我吃驚地問。

「我知道啊。好像額頭上附有記號一樣知道得很淸楚噢，只要一看就知道了。而且我們兩個都讀 *The Great Gatsby*。」

我在腦子裏試著計算。「不過史考特・費滋傑羅死掉才不過二十八年哪。」

「那有什麼關係，只差兩年。」他說。「像史考特・費滋傑羅這樣傑出的作家是可以稱爲低於標準桿 Under Par 的。」

其實他暗地裏是個古典小說的讀書家這件事，在宿舍裏完全沒有人知道，就算知道大概也幾乎不引人注意。再怎麼說大家首先知道的第一點是他頭腦很好。一點都不費力地就進了東京大學，拿到沒得抱怨的成績，將來大概會參加公務員考試進入外務省，當外交官吧。父親在名古屋經營大醫院，哥哥也是東大醫學院畢業的，將來準備接管父親的事業。好像是完全沒得挑剔的一家。零用錢有一大把，而且風采又好。因此每個人都對他另眼看待，連舍長對永澤說話口氣都強硬不起來。他對誰有什麼要求時，人家都會二話不說地照辦。沒有理由不那樣。

永澤這個人身上似乎天生俱備了自然能夠吸引人跟隨他順從他的什麼似的。他擁有能站在人們之上迅速判斷狀況，俐落派給人確切指示，讓人們乖乖順從的能力。他頭上好像飄浮著俱備那能力的一輪天使的光暈般，任何人看一眼就會覺得「這個男人是特別的存在」而敬畏他。因此對於像我這種沒什麼特徵的人居然會被選為永澤兄的私人朋友，大家都非常驚訝，因此連我不太認識的人也對我懷起些許的敬意了。不過大家似乎不知道，那理由非常簡單。永澤兄之所以喜歡我，是因為我對他一點也不覺得尊敬或佩服的關係。雖然我對他的人性中非常奇怪的部分，和複雜的部分是懷有興趣，但對他的成績好或光暈或男子氣概則絲毫不關心。他對這個也許覺得滿稀奇的吧。

永澤兄這個人以極為極端的形式同時擁有若干相反的特質。他有時候會溫柔得連我都感動的地步，而同時又壞心眼得可怕。一面擁有令人驚訝程度的高貴精神，同時又毫無救藥的世俗。一面率領著人家樂天地往前衝，內心深處卻在陰鬱的泥沼底下孤獨地翻滾。我對他的這種內心的背反性，從最初開始就很清楚地感覺出來了，為什麼其他的人卻看不出他的這一面，我實在不瞭解。這個男人也抱著這個男人自己的地獄而活著。

但我想原則上我對他是懷有好感的。他的最大美德是正直。他絕對不會說謊，對自己的過失或缺點總是會確實承認。也不會隱藏對自己不方便的事。而且他對我總是不變的親切，很多方面都很照顧我。要是他沒有這樣做的話，我想我的宿舍生活可能會比較麻煩而不愉快吧。雖然如此我對他卻從來沒有一次坦然地把心交出去過，在這一層面我和他的關係，就跟我和 Kizuki 的關係，完全不同種類。自從有一次我目睹永澤兄喝酒醉時對待一個女孩子非常惡劣以來，我便決心無論如何對這個男人都不交出自己的心了。

永澤兄在宿舍裏擁有幾種傳說。首先第一個是他曾經吃過三隻蛞蝓，另外一個是他擁有非常大的陰莖，到目前爲止曾經跟上百個女人睡過覺。

蛞蝓的事是眞的。我問他時，他就說眞的啊。「吃了三隻大的。」

「爲什麼會做這種事呢？」

「有很多原因。」他說。「我住進這宿舍那年，新生和高年級生之間有一點小磨擦。那是九月的事吧，沒錯。於是我代表新生到高年級生的地方去談判。對方是右翼的，還拿著木刀什麼的，根本沒有談話的誠意。於是我說我明白了，只要我能辦到的話我什麼都做，所以請把事情做個解決吧。於是他們竟然說那你把蛞蝓吃掉。好啊，我說吃就吃吧。於是我就吃了。他們竟然收集了三隻大的來呢。」

「有什麼感覺？」

「什麼什麼感覺，吃蛞蝓時的感覺，只有吃過蛞蝓的人才知道。蛞蝓就這麼黏黏滑滑地通過喉嚨，冰冰的滑落肚子裏去，實在受不了噢，眞的。冷冷的，嘴巴裏留下難聞的味道。一想起來就可怕。拚命壓制住噁心想吐的衝動，因爲一吐的話又得重新再吞哪。就這樣我終於把三隻全部吞進去了。」

「吞進去以後有沒有怎麼樣。」

「當然回到房間我就咕嚕咕嚕大口喝鹽水。」永澤兄說。「你說難道還能怎麼樣。」

「說得也是。」我也承認。

「不過從此以後，誰都不能再對我說什麼了。連高年級在內誰都不能了。能夠吞下三隻蛞蝓的人除了我誰也不能。」

「大概沒有人吧。」我說。

要檢查陰莖的大小很簡單。只要一起洗澡就行了。那確實是相當可觀的。說是跟上百個女人睡過覺那是太誇張了。七十五個左右吧，他考慮了一下後說。不太記得了不過七十個是有噢。我說我只跟一個睡過，他就說那很簡單哪。

「下次你跟我去。沒問題，馬上可以辦到。」

我那時候完全不相信他的話，但實際做看看眞的很簡單。實在是太簡單了，甚至令人氣餒。我跟他一起走進澀谷或新宿的酒吧或餐廳（每次大概都固定的），找到適當的兩個女孩子搭訕（世界上充滿了兩個一組的女孩子），喝喝酒，然後到飯店去做愛。總之他很會說話。雖然並沒有說什麼不得了的話，但他說著話時女孩子大多都會暈了頭地佩服他，被他的話所吸引，不知不覺就喝得過多醉了起來，於是就跟他睡了。何況他又英俊，又和氣，又聰明，女孩子們只要跟他在一起，好像就會覺得很舒服似的。而且，這對我來說雖然非常不可思議，但跟他在一起時好像連我看起來都變成一個有魅力的男人了似的。我被永澤兄催促著開始說些什麼時，女孩子們就會像對他那樣地對我的話非常佩服而笑得很開心。這全部都是因爲永澤兄的魔力。我每次都佩服那眞是不簡單的才能啊。和這比起來，Kizuki座談的才能簡直像是騙小孩的玩意兒似的。格局完全不同。雖然一方面被永澤兄的那種才能所吸引，但我還是覺得非常懷念Kizuki。我重新感覺到Kizuki眞的是個誠實的人。他把自己那微小的才能特別只爲我和直子保留。和他比起來永澤兄卻把那壓倒性的才能簡直像在玩遊戲似地到處散播。大體上他並不是眞心想跟眼前的女孩子睡覺。對他來說，那只不過是單純的遊戲而已。

我自己並不太喜歡跟不認識的女孩子睡覺。以處理性慾的方法來說是輕鬆的，和女孩子互相擁抱互相撫摸身體本身是快樂的。但我討厭的是早晨的分手之際。一覺醒來眼睛睜開時身旁有個不認識的女孩子呼呼睡著，房間裏飄著酒的氣味，床、燈光、窗簾和一切的一切都是賓館特有的粗俗東西，我的頭因爲宿醉而昏昏脹脹的。終於女孩子醒過來了，窸窸窣窣地四處尋找內衣。然後一面穿著絲襪一面說「嘿，昨天晚上有沒有好好戴上那個？因爲我正好碰上危險期。」然後對著鏡子說頭好痛啦粧上不去啦之類的，一面嘀嘀咕咕的，一面塗口紅戴假睫毛。我討厭這些。所以雖然其實不一定非要留到早上不可的，但總不能一面在意著十二點的門禁時間一面引誘女孩子（這種事情在物理上是不可能的），因此無論如何還是事先安排好拿到外宿許可。這樣的話就不得不在那裏留到早晨，一面感到自我厭惡和幻滅一面回到宿舍。覺得日光非常眩眼，嘴裏沙沙的，腦袋好像是別的什麼人的腦袋似的。

我大概這樣子跟女孩子睡過三次或四次之後，就試著問永澤兄。這種事情連續做上七十次難道不覺得空虛嗎？

「你如果覺得這樣很空虛的話，證明你還是個正常人，那是值得高興的事。」他說。「到處跟不認識的女人睡覺什麼也得不到。只有感到疲倦，變得厭惡自己而已。這個我也一樣。」

「那爲什麼還要那樣拚命做呢？」

「那要說明很困難。你知道，杜斯妥也夫斯基對賭博寫過什麼嗎？就跟那個一樣啊。也就是說，當可能性充滿身邊的時候，要毫不動搖地走過去是一件非常困難的事。這個，你明白嗎？」

「好像有一點。」我說。

「天黑了，女孩子走出街上，在那邊徘徊著喝著酒。她們在尋求什麼，我能夠給她們那個什麼。那眞的是很簡單的事噢。就像轉開水龍頭喝水一樣簡單。那種事轉眼之間就搞定了，對方也在等待著這個。這就叫做可能性啊。那種可能性就躺在你眼前，你能夠視若無睹眼睜睜地走過去嗎？自己有能力，而有地方讓你發揮能力，你能夠默默地就那樣走過去嗎？」

「我從來沒有站在那樣的立場過，所以不太淸楚。到底是怎麼一回事也無法想像。」我笑著說。

「在某種意義上是很幸福噢，那樣。」永澤兄說。

家境富裕卻住進這宿舍裏來，原因就是爲了會玩女人。他父親擔心他到了東京一個人生活可能會不自禁地到處玩女人，因此強迫他四年之間要住宿舍。本來永澤兄對住哪裏都無所謂，他對宿舍的規定也不太在意，而隨自己高興地過著日子。心血來潮時便拿個外宿許可出去獵艷，或到女朋友的公寓去住。雖然拿外宿許可相當麻煩，但以他的情形幾乎是通行無阻的，而只要他幫忙開口我也就受到同樣的待遇。

永澤兄有個自從上大學之後就開始交往的正式女朋友。叫做初美姊，是和他同年的女孩，我也見過幾次面，是個感覺非常好的女孩子。並不美得令人吃驚注目的地步，外表算起來甚至可以說屬於平凡的，爲什麼像永澤兄這樣的男生會跟這種程度的女孩子在一起呢？我起初這樣想，但稍微談一談之後，誰都沒有理由不對她懷有好感。她是這種典型的女孩。安穩、理智、有幽默感，又體貼入微，總是穿著漂亮高尙的衣服。我非常喜歡她，心想自己如果有這樣的女朋友的話，才不會跟其他無聊女子睡覺呢。她也喜歡我，熱心邀我說要介紹她社團的學妹給我，可以四個人一起約會，但我因爲不想重複過去的失敗，因此每次都找藉口逃掉。初美姊所上的大學是專門讓特別有錢的千金小姐們上的有名女子大學，跟那樣的女孩子我不可能談得來。

她大概也知道永澤兄經常到處和別的女孩睡覺的事，但她對那件事卻一次也沒抱怨過。她雖然認眞愛著永澤兄，但對他卻沒有一點勉強。

「跟我在一起委曲她了。」永澤兄說。我也這樣覺得。

*

冬天裏我在新宿一家小唱片行找到打工的工作。工資雖然不怎麼高，但工作很輕鬆，每星期值三次晚班就可以，也很方便。又能便宜買唱片。聖誕節我買了有直子最喜歡的〈Dear Heart〉那首曲子的亨利・曼西尼的唱片當禮物。我自己包裝好綁上紅色絲帶。直子送給我她自己編織的毛線手套當禮物。拇指的部分有點短，但暖和倒是很暖和。

「對不起，我手很不靈巧。」直子臉紅起來害羞地說。

「沒問題。妳看，正好可以戴進去。」我戴上手套讓她看。

「不過這樣手就不用再伸進大衣口袋裏了對嗎？」直子說。

直子那個冬天沒有回神戶。我也打工到年底，結果就那樣繼續留在東京。反正回去神戶既沒有什麼有趣的事，也沒有想見的對象。過年期間宿舍的餐廳關門，於是我便到她的公寓去用餐。兩個人一起烤年糕，作簡單的雜煮年菜來吃。

從一九六九年的一月到二月發生了相當多的事情。

一月底突擊隊發高燒到將近四十度躺在床上起不來。因此和直子的約會我爽約了。我好不容易才得到兩張音樂會的招待券，約了直子去聽。音樂是直子最喜歡的布拉姆斯第四號協奏曲的演奏，她很開心地期待著。然而突擊隊在床上輾轉反側，看來痛苦得快要死掉的樣子，總不能丟下他不管就自己出去。又找不到能代替我看護他的愛管閒事的人。我買了冰塊回來，用幾個塑膠袋疊在一起作成冰袋，把毛巾冰冷爲他擦汗，每一小時量一次體溫，連襯衫都幫他換。熱度一整天都不退。但到了第二天早上他卻一股腦地起床了，好像什麼也沒發生過似地開始做起體操。量量看體溫是三十六度二，眞無法想像也有這種人。

「眞奇怪，我從來沒有發燒到這麼嚴重過。」突擊隊的說法好像那都是我的過失似的。

「可是燒過了啊。」我火大地說。並且把因爲他發燒而白白浪費掉的兩張票拿給他看。

「不過幸虧只是招待券。」突擊隊說。我眞想把他的收音機提起來往窗外丟，但因爲頭痛起來而鑽進床上睡覺。

二月裏下了幾次雪。

二月結束左右，我因爲無聊的事吵架而揍了住在宿舍同一樓的高年級學長。對方頭撞上水泥牆。幸虧傷不太嚴重，永澤兄把事情順利擺平，但我被叫到舍長室受到警告，從此以後宿舍住起來也變得有點難過了。

就這樣學年結束，春天來了。我有幾個學分不及格。成績平平。大半是C或D，有少數B而已。直子沒有當任何學分地順利升上二年級。季節轉了一圈。

四月中旬直子二十歲了。我是十一月生的，因此她比我大差不多七個月。直子二十歲了這件事感覺有點不可思議。對我和直子來說覺得好像在十八和十九之間來來去去會比較對似的。十八的後面是十九，十九的後面是十八——這樣還可以瞭解。然而她卻二十歲了。而且到秋天我也會變二十歲。只有死者永遠還是十七歲。

直子生日那天是雨天。學校下課後，我在附近買了蛋糕搭上電車，到她的公寓去。既然二十歲了，就來慶祝一下吧，是我提議的。因爲我覺得如果立場倒過來的話我可能也會這樣希望。獨自一個人過二十歲生日，一定很難過吧。電車很擠，加上搖得厲害。因此好不容易來到直子住的地方時，蛋糕已經倒垮成羅馬圓形劇場遺跡般的形狀了。雖然如此還是把準備好的二十根小蠟燭插上，用火柴點上燭火，把窗簾拉上電燈熄滅，總算有生日的樣子。直子開了葡萄酒。我們喝了酒，吃了少許蛋糕，用過簡單的晚餐。

「居然變二十歲了覺得有點像傻瓜一樣。」直子說。「我完全沒有變二十歲的準備。感覺好奇怪。好像被人家從身後強迫推出來了似的。」

「我還有七個月可以慢慢準備。」我說著笑了。

「眞好啊，還十九歲。」直子好像很羨慕似地說。

吃著飯之間我說突擊隊買了新毛衣的事。他到目前爲止只有一件毛衣（深藍色的高中制服毛衣），這下子好不容易終於有兩件了。新的這件是編織有鹿的花樣的紅黑兩色的可愛毛衣，毛衣本身很漂亮。但他穿上走出去大家都忍不住笑出來，可是他完全無法理解大家爲什麼要笑。

「渡邊君，有、有什麼好笑的呢？」他在餐廳坐在我旁邊這樣問。「難道我臉上黏著什麼嗎？」

「什麼也沒有，沒什麼好笑的。」我壓制住表情說。「不過是一件很好看的毛衣，這件。」

「謝謝。」突擊隊非常高興地微笑起來。

直子一聽到這個話題就高興。「我好想跟這個人見面噢。只要一次就好。」

「不行。妳一定會忍不住笑出來。」我說。

「你想我眞的會忍不住笑出來嗎？」

「可以跟妳打賭。我每天跟他在一起，有時候還是會覺得奇怪得忍不住呢。」

吃過飯我們兩個人一起把餐具清洗乾淨，坐在地上一面聽音樂一面喝剩下的葡萄酒。我喝一杯之間她就喝了兩杯。

那天直子很難得地說了很多話。她談起小時候的事，學校的事，家庭的事。每一種都很長，簡直像工筆畫一樣清晰。我一面聽著那些話一面佩服她記憶力眞不得了。但在那之間我漸漸發現她的說話法中含有什麼。有什麼怪怪的。有什麼不自然而扭曲。雖然每一件事都是正常的也是合理的，但那連續法卻怪怪的。A的話題不知不覺之間變成被包含在那裏面的B的話題，終於又變成包含在B裏的C的話題，而那卻無止盡地繼續下去。沒有所謂結束這東西。我剛開始還適度地搭腔漫應著。但不久也停下來了。我放唱片來聽，一張播完後抬起唱針再放下一張。全部播放過一遍之後，又從第一張開始放。唱片總共只有六張，循環的順序最初是〈Sgt. Pepper's Lonely Hearts Club Band〉最後是 Bill Evans 的〈Waltz For Debby〉。窗外繼續下著雨。時間慢慢流過，直子一個人繼續說著。

直子說話方式的不自然，似乎因爲她是一面留意著不要觸及某幾個點。當然 Kizuki 也是那重點之一，但我感覺她所避開的似乎不只是那個而已。她一方面有好幾個不想說的事，一方面把不關緊要的事情連細部都不放過地繼續說。不過因爲直子是第一次這樣熱心地說話，因此我也就讓她一直說下去。

然而手錶指了十一時之後我有點不安起來。直子已經不停地繼續說了四個小時以上。而回家的末班電車時間快到了，還有宿舍門禁的時間限制。因此我在適當時候，打斷她的話說。

「我差不多要走了。得趕電車時間。」我一面看手錶一面說。

但我的話似乎沒有進入直子的耳朵裏似的。或者進到她耳朵裏了，但她似乎不瞭解那意思。她一瞬間閉嘴不說，立刻又開始繼續說起來。我放棄地重新坐下，喝著剩餘的第二瓶葡萄酒。既然已經變成這樣了，就讓她盡興地說下去比較好吧。末班電車也好，門禁也好，一切都順其自然吧，我心裏這樣決定。

但直子的話沒有繼續很長。一留神時，直子的話已經結束。話的結尾法，好像是被扯斷了似地浮在空中。要正確說的話她的話並沒有結束。只是不知道在什麼地方忽然消失掉了。她似乎想努力繼續說下去。但那裏已經什麼也沒有了。有什麼損壞了。也許破壞那個的是我。也許我說的話終於傳進她耳朵裏，花了點時間她瞭解了，因此使得讓她繼續說的能量似的東西被破壞了。直子嘴唇依然微微張開著，恍惚地望著我的眼睛。她看來就像正在運作中的機器電源被拔掉了似的。眼睛簡直就像被不透明的薄膜覆蓋著似的模糊不清。

「我並不打算打斷妳。」我說。「只是時間已經晚了，而且……」

眼淚湧出她的眼睛順著臉頰流下，發出很大的聲音滴落在唱片套上。她的眼淚一湧出來之後，就停不下來了。她雙手支在地上往前彎身，簡直像在吐似地哭起來。我第一次看見人那樣激烈地哭。我輕輕伸手搭在她肩膀上。她的肩微微抖顫著。然後我幾乎是無意識地把她的身體摟緊。她在我的臂彎中一面抖抖顫顫地一面不出聲地哭泣著。由於眼淚和熱的呼氣，我的襯衫濕了，而且越來越濕透。直子的十根手指簡直就像在尋找——尋找過去曾經在那裏的重要的什麼——似地在我背上摸索著。我用左手支撐著直子的身體，右手撫摸著她直溜溜柔軟的頭髮。我長久之間保持那樣的姿勢，等著直子停止哭泣。但她卻不停地哭。

＊

那一夜我跟直子睡了。我不知道這樣做對不對。即使經過將近二十年的現在，我依然不知道。我想大概永遠都不會知道吧。但那時候除了這樣做之外沒有其他辦法。她情緒很激動，又混亂，希望我能使她平靜下來。我把房間的電燈關掉，慢慢地溫柔地為她脫掉衣服，自己也把衣服脫了。然後互相擁抱。溫暖的雨夜，我們赤裸著並不覺得冷。我和直子在黑暗中就那樣無言地互相探索著彼此的身體。我親吻她的唇，用手輕輕包住她的乳房。直子握住我變硬的陰莖，她的陰道溫暖濡濕正需要我。

雖然如此當我進入裏面時，她卻感覺非常痛。我問是第一次嗎，直子點頭。因此我有些困惑起來。因為我一直以為 Kizuki 和直子睡過了。我把陰莖推進最深處，就那樣保持安靜不動，長久之間緊緊擁抱著她。並等她平靜下來之後才慢慢開始動，花了很長時間才射精。最後直子緊緊抱著我的身體發出了聲音。這是我所聽過的高潮聲中感覺最悲哀的聲音。

一切結束之後，我試著問她為什麼沒有和 Kizuki 睡。但這種事情是不應該問的。直子把手從我身上移開。又開始無聲地哭泣起來。我從壁櫥裏把棉被拿出來讓她躺下。然後一面望著窗外繼續下著的四月的雨一面抽菸。

到了早晨雨停了。直子背朝著我睡。或許她一夜也沒睡地一直醒著也不一定。不管是醒著也好睡著也好，她的嘴唇已經失去一切的語言，身體像凍僵了似地變得僵硬。我好幾次試著向她開口說話，但她都沒有回答，身體一動也不動。我長久之間一直看著她赤裸的肩，但終於放棄地決定起床。

地上唱片套、玻璃杯、葡萄酒瓶和菸灰缸之類的依然還照昨天晚上的樣子留在那裏。桌上已經不成形狀的生日蛋糕還剩下一半。看來簡直像時間突然停在那裏，一切變成不能動了似的。我把散亂在地上的東西收拾整齊，在流理台喝了兩杯水。書桌上放著辭典和法語動詞變化表。桌前的牆上貼著月曆。那是沒有相片、沒有畫、沒有任何東西只有數字的月曆。月曆上完全潔白，既沒有寫字，也沒有做記號。

我把掉落在地上的衣服撿起來穿上。襯衫的胸口還濕濕冷冷的。臉湊近時還聞得到直子的氣味。我在桌上的便條紙上寫道，等妳平靜下來之後，我想跟妳好好談談，所以請盡快打電話給我，祝妳生日快樂。然後我又再望了一次直子的肩膀，才走出房間輕輕把門關上。

*

一星期過去了，她還是沒打電話來。因爲直子住的公寓是不幫人家轉接電話的，因此星期天早晨我就到國分寺去看看，她不在，而且原來掛在門上的名牌也拆掉了。連玻璃窗外的遮雨窗板也緊緊關閉著。我去問管理員時，管理員竟然說直子已經在三天前搬家。至於搬到什麼地方去就不太清楚了。

我回到宿舍後寫了一封長長的信寄到她神戶的住址。不管直子搬到什麼地方去，那封信總該會轉寄給直子吧。

我把自己的感覺坦白地寫下來——我對很多事情都還不瞭解，雖然很認眞地努力想去瞭解，但或許需要一些時間吧。而且經過那些時間之後自己到底會在什麼地方，現在的我也完全無法預測。所以我對妳不能做任何承諾，也沒有理由對妳做任何要求，或排列出美麗的話語。最主要的是我們彼此對對方的事都太不清楚了。不過如果妳肯給我時間的話，我將盡我的全力，我想我們應該可以彼此多瞭解對方的。總之我想再見妳一面，慢慢的談一談。自從 Kizuki 死了以後，我已經失去可以把自己的心情坦白說出來的對象了，這在妳來說大概也一樣吧。我想或許我們比自己所想的更需要彼此也不一定。而且正因爲這樣我們才繞了相當大的圈子，在某種意義上甚至走偏了。我也想過或許不應該那樣做的。但卻又只能夠那樣做。而且那時候我對妳所感覺到的那種既親密又溫暖的情緒是我過去從來沒有感覺過的感情。希望妳能回我信。不管是怎麼樣的回信都沒關係，總之我想看——我寫的內容大致是這樣的信。

但沒有回信。

我身上好像失落了什麼，然後沒有東西塡補上去，就那樣依然以純粹的空洞被懸在那裏。身體不自然地輕，聲音空虛地響著。我每星期比以前更規矩地去大學上課，每堂課都正常地出席。雖然課程很無聊，我跟班上同學也沒話說，但除此以外也沒事可做。我一個人坐在教室最前面一排的邊端聽課，跟誰都不說話，一個人吃飯，香菸也戒了。

五月底大學開始鬧學潮搞罷課。他們喊出「大學解體」的口號。要搞結構、搞解體，就去搞吧！我想。解體之後七零八落，用腳踐踏得粉碎吧！我一點都不在乎。我想。那樣的話我也可以清爽一點，以後的事自己總可以處理。如果需要我幫忙我可以支援。就放手去搞吧。

大學被封鎖起來，課也停了，於是我開始到貨運行去打工。坐在運貨卡車的助手席，去幫忙搬運裝卸貨物。工作比預料的吃力，剛開始時全身疼痛，早晨甚至起不了床，但相對的酬勞也高，而且在忙著勞動時也可以忘記自己內心的空洞。我每週五天白天到貨運行工作。三天夜晚到唱片行打夜工。而沒有工作的夜晚就在房間裏一面喝威士忌一面讀書。突擊隊一滴酒都不沾，而且對酒精氣味非常敏感，我每次躺在床上喝著純威士忌時，他就抱怨說臭得無法看書，能不能到外面去喝。

「你出去呀！」我說。

「可是，在宿、宿舍裏面不能喝酒，是規、規定啊。」他說。

「你出去！」我重複道。

他不再多說什麼。我情緒變壞了，便到屋頂上去一個人喝威士忌。

到了六月我再寫了一封長信給直子，還是寄到神戶的地址。內容大致和上次的一樣。而且最後補充道等回信實在很難過，至少讓我知道我是不是傷害到妳了。我把那封信塞進郵筒之後，可以感覺到我心中的空洞似乎又稍微加大一些了。

六月裏，我有兩次和永澤兄一起上街去跟女孩子睡覺。兩次都非常簡單。其中一個女孩我把她帶到旅館的床上，正要脫她的衣服時，她發起脾氣來抵抗，但當我嫌麻煩地在床上一個人看起書來時，不久她又自己把身體挪過來。另外一個女孩在做完愛之後，想知道有關於我的所有的事。比方到目前爲止跟幾個女孩子睡過覺啦、什麼地方的人啦、上什麼大學啦、喜歡什麼音樂啦、讀過太宰治的小說沒有啦、如果到國外旅行想去什麼地方啦、你覺不覺得我的乳頭比別人大一點啦，總之各式各樣的問題問個沒完沒了。我應付著回答，她就睡著了。醒來時她說想一起吃早餐。於是我和她一起走進喫茶店，吃了優待早餐難吃的土司和難吃的蛋，喝了難喝的咖啡。而且在那之間她還一直在問我問題。父親的職業是什麼？高中時代的成績好不好？幾月生的？吃過青蛙沒有？等等。我開始頭痛起來，因此吃過東西之後，便說我現在差不多必須去打工了。

「嘿，我們已經不能再見面了嗎？」她好像頗寂寞似地說。

「不久以後還會在什麼地方見面哪。」我說完就那樣分手了。而且剩下自己一個人之後，想道要命！我到底在做什麼啊！好厭煩。我想我不該做這種事。但當時卻不能不做。我的身體非常飢餓乾渴，需要跟女人睡覺。我一面跟她們睡覺，一面一直想著直子的事。想到黑暗中直子白皙浮現的裸體、她的吐氣、雨的聲音。而且越想到這些我的身體便越發多餘地飢餓，並乾渴。我一個人走上屋頂喝威士忌，想著我到底要往什麼地方去才好呢？

七月初直子來信了。是一封短信。

很抱歉晚回你信了。不過請你諒解。我花了相當長一段時間，才好不容易能夠寫得出文章來。而且這封信也是重寫過十遍的。對我來說寫文章是一件非常艱難的事。

我從結論開始寫。首先大學已經暫且決定休學一年。雖然說是暫且，不過我想恐怕再也不會回去大學也不一定。所謂休學畢竟只不過是手續上的事而已。雖然或許你會覺得很突然，但其實這是從很久很久以前就一直在想的。關於這件事雖然好幾次想跟你談，但終於到最後都無法坦白說出來。因爲我非常害怕開口提起。

很多事情都請你不要介意。就算發生了什麼，就算沒發生什麼，我想結果大概都會變成這樣。或許這種說法會傷害到你也不一定。如果眞是這樣的話那麼我向你道歉。我想要說的是，請你不要因爲我的事而責備你自己。這眞的是我自己應該確實全部負責的。這一年多以來，我拖拖拉拉的一延再延，因此想必你也被我連累了很多吧。而且這大概已經是極限了。

國分寺的公寓退掉之後，我就搬回神户家裏，有一段時間常上醫院。據醫生說京都的山中有適合我的療養院，因此我想去住一陣子。在正確的意義上不是醫院，而是爲了更自由療養的一種設施。關於細節則等以後有機會再寫。現在還寫不太出來。現在我所必要的是在某個和外界隔離的安靜地方讓精神鎮靜下來。

對於一年之間你能陪在我身邊，我眞的很感謝。這一點請你一定要相信。你並沒有傷害我。傷害我的是我自己。我這樣覺得。

我現在還沒有和你見面的心理準備。並不是不想見面，只是還沒有準備好。如果我覺得準備好了的話，會立刻寫信給你。我想那時候或許我們可以彼此多互相瞭解一些吧。正如你所說的那樣，或許我們應該彼此多瞭解對方一些的。

再見。

這封信我重讀了幾百遍。而且每重讀一遍心情就變得受不了的悲哀。那種感覺就如一直注視直子眼睛時所感覺到的同一種悲哀。那種無奈的心情我無法帶到任何地方去，也無法收藏到任何地方去。那就像從身邊吹過而去的風一般，既沒有輪廓，也沒有重量。我連把那穿戴在身上都沒辦法。風景從我眼前慢慢通過。他們所說的語言卻傳不到我耳裏。

每到星期六晚上我依然坐在門廳會客室的椅子上消磨時間。雖然沒有電話可能打進來，但也沒有其他事情可做。我每次總把電視機打開播出棒球實況轉播，假裝在看那比賽。然後我把隔在我和電視之間茫漠模糊的空間切割成兩段，又再把那被切割成的空間再度切成兩段。然後反覆幾次又幾次地繼續切下去，最後切成可以放在手掌上那麼小的空間。

到了十點鐘我把電視關掉回到房間，然後睡覺。

*

那個月的結尾突擊隊給我螢火蟲。

螢火蟲被裝在速泡咖啡的瓶子裏。瓶子裏還裝有草的葉子和一點點水，蓋子上開了幾個細小的氣孔。因爲周遭還亮亮的，那看來並沒有什麼特別，只像是水邊黑色的昆蟲一樣，但突擊隊主張那不會錯就是螢火蟲。關於螢火蟲我很淸楚噢，他說，而我也沒有任何否定這個的理由或根據。好吧，那就是螢火蟲了。螢火蟲不知怎麼臉上表情好像很睏的樣子。而且每次想要往滑溜溜的玻璃牆上爬時總會又往下滑落。

「本來在庭院裏的噢。」

「這裏的庭院？」我驚訝地問。

「你知道，這、這附近的飯店一到夏天不是會放螢火蟲來招徠客人嗎？就是那個飛散到這裏來的啊。」他一面把衣服之類的和筆記本往旅行提袋裏塞一面說。

自從進入暑假以來已經過了幾星期，還留在宿舍裏的差不多只有我們了。因爲我是變得不太想回神戶而繼續在打工，而他則是因爲有實習。不過那實習也結束了，他正準備要回家去。突擊隊的家在山梨縣。

「這個送女孩子最好，對方一定會很高興噢。」他說。

「謝謝。」我說。

天黑後宿舍便靜悄悄的，感覺簡直像變成廢墟一樣。國旗被降下來，餐廳的窗戶透出燈光。因為學生人數減少的關係，餐廳的燈總是只亮一半。右半邊的電燈是關著的，只有左半邊打開。雖然如此依然輕微散發著晚餐的氣味。是奶油燉湯的氣味。

我拿著裝了螢火蟲的速泡咖啡瓶子到屋頂上去。屋頂上沒有人影。不知道是誰忘了收的白襯衫還掛在曬衣繩上，像什麼的空殼子般在黃昏的風中搖擺著。我沿著屋頂角落的鐵梯攀登到水塔上去。圓筒形大儲水槽在白天之間盡情吸滿熱量到現在還是溫熱的。我在狹小的空間坐下來，倚靠在扶手上時，只稍微缺了一角的白色月亮便浮上眼前。可以看見右手邊新宿街頭的光，左手邊池袋街頭的光。汽車的車前燈化為鮮明的光河，從一條街往另一條街流。混合著各種各樣聲音的柔和吟聲，簡直就像雲般朦朧地浮在街上。

瓶子底下螢火蟲微微發著光。但那光實在太微弱了，那顏色實在太淡了。雖然我最後一次看見螢火蟲是很久以前的事了，但在那記憶中螢火蟲是在夏夜的黑暗中發出更清晰鮮明的光的。我一直以為所謂螢火蟲是會發出那樣鮮明如炬般光亮的東西呢。

或許螢火蟲正虛弱得快要死了也不一定。我拿著瓶口試著輕輕搖幾次。螢火蟲的身體撞在玻璃壁上，只稍微飛了一下而已。但那閃光依然只是模糊微弱的。

我試著回想最後一次看見螢火蟲是什麼時候？還有那到底是在什麼地方呢？我可以想到那光景，然而卻想不起時間和地點。夜晚的黑暗，聽得見水聲。也有磚砌的老式水門。用把手一圈圈旋轉著打開、關閉的水門。

不是很大的河。岸邊的水草好像把河面的大部分都覆蓋隱藏了似的小河。周遭是黑漆漆的，如果把手電筒一關掉時連自己的腳邊都看不見的暗。而且水門的深潭上方飛著好幾百隻之多的螢火蟲。那光簡直就像旺盛燃燒的火粉般映照在水面上。

我閉起眼睛讓身體暫時沉浸在那記憶的黑暗中。風的聲音比平常聽得更清楚。其實並不很強的風，但卻不可思議地留下鮮明的軌跡吹過我身體周圍。睜開眼時，夏夜的黑暗稍微加深了些許。

我打開瓶蓋抓出螢火蟲來，放在突出大約三公分左右的水塔邊緣。螢火蟲似乎還無法掌握自己所處狀況的樣子。螢火蟲　會兒在瓶子周圍搖搖晃晃地繞著圈子，一會兒把腳搭上像結疤般翹起的油漆上。暫時往右邊前進確定已經走到盡頭之後，又回頭往左邊走。然後花時間爬上瓶子蓋頂，一直安靜地蹲在那裏。螢火蟲簡直像斷了氣似地，就那樣動也不動了。

我依然倚靠在扶手上，望著那樣的螢火蟲。我和螢火蟲雙方身體都長久不動一下地靜止在那裏。只有風從我們周圍吹拂而過。黑暗中櫸樹無數的葉片相互磨擦著。

我一直繼續等待下去。

螢火蟲飛起來是在那很久之後的事。螢火蟲好像想起什麼似地忽然展開羽翅，下一個瞬間已經越過扶手浮在淡淡的黑暗中了。牠簡直就像要取回失去的時間一樣，迅速地在水塔旁邊畫出弧線。並短暫地稍許停留瞬間等那光線能夠被清晰地看出暈染進風中，然後才終於朝東方飛走。

螢火蟲消失之後，那光的軌跡依然長久留在我的印象中。在閉上眼睛的厚重黑暗中，那微弱而輕淡的光，就像喪失可去之處的遊魂般，長久長久繼續徘徊不去。

我在那樣的黑暗中幾次試著伸出手。手指接觸不到任何東西。那微小的光總是在我手指的稍前方一點點。

4

暑假裏大學請求機動隊出動，機動隊把障礙欄敲毀，逮捕了躲在裏面的全體學生。當時所有的大學都在做著同樣的事，所以並不算特別稀奇的事件。大學並沒有所謂的解體。大學既然已經投下了大量資本，這種東西總不會因爲學生一鬧暴動，就說「哦，是嗎？」便乖乖地被解體的道理。而大學也不以爲那些搞障礙物封鎖的傢伙們眞的想把大學解體掉。他們只是要求變更改革所謂大學這機構的主導權而已，對我來說主導權怎麼變都完全無所謂。所以罷課被制服了，我也沒什麼特別的感慨。

到了九月抱著期待大學已經幾乎化爲廢墟而去看看時，大學竟然還完全無傷地在那裏。圖書館的書既沒被掠奪，教授室沒被破壞掉，學生課的建築物也沒被燒毀。那些傢伙到底在搞什麼嘛！我愕然地想道。

罷課解除，在機動隊的占領之下，重新開始上課，最先去出席上課的居然是那些罷課學潮中居於領導地位的傢伙。他們若無其事地到教室來記筆記，被喊到名字時乖乖地回答。這就奇怪了。因爲罷課決議依然有效，誰都沒有宣言終結罷課了啊。只因大學引來機動隊破壞掉障礙欄而已，原理上罷課還繼續。而且他們在決議罷課時信誓旦旦地把想說的話全都大聲痛快地喊出來，把反對罷課（或表明疑問態度）的學生臭罵一頓，或羣起批鬥一番。我還跑去找他們，問問看爲什麼不繼續罷課，要來上課呢。他們答不出來。因爲沒有理由可答。他們怕出席數不足會把學分當掉。這種傢伙居然喊得出要罷課，我覺得眞是怪透了。這種卑鄙傢伙只要風向一轉，聲音就會一會兒變大，一會兒變小。

喂！Kizuki，這是個爛透了的世界，我想。就是這些傢伙確實拿到大學學分，走出社會，勤快地製造卑鄙社會的。

有一陣子我決定即使去上課，被點到名時也不回答。雖然明明知道就算這樣做也毫無意義，但不這樣做實在氣不過。然而卻因此使我在班上的立場變得更孤立。被叫到名字也不回答時，教室裏便流動著一股不自在的空氣。誰都不跟我講話，我也不跟誰講話。

到了九月的第二週，我獲得一個結論，就是所謂大學教育是完全無意義的。而且我決定把它當做對抗無聊的耐力訓練期間來掌握。反正現在在這裏停止上大學走出社會也沒什麼特別想做的事。我每天到大學去上課記筆記，空閒時間就在圖書館讀讀書查查資料。

*

九月都已經第二週了，突擊隊還沒有回來。這與其說是稀奇不如說是驚天動地的事件。因爲他的大學已經開始上課了，而突擊隊會翹課簡直是不可能的事。他的書桌和收音機上積了一層薄薄的灰塵。架子上整齊地排列著塑膠杯、牙刷、茶葉罐、噴霧殺蟲劑之類的東西。

突擊隊不在的期間由我打掃房間。這一年半的期間裏，保持房間清潔已經成爲我習性的一部分了，如果突擊隊不在，只好由我來維持那清潔。我每天掃地板，三天擦一次窗戶，每週曬一次棉被。並且期待著當突擊隊一回來時，就會說「哇，渡、渡邊君，怎麼啦?好清潔喲。」這樣讚美我。

然而他卻沒有回來。有一天我從學校回來一看，他的行李全部不見了。房間門外他的名牌也拆掉，只剩下我的。我到舍長室去試著問看看他到底怎麼了。

「退舍了。」舍長說。「那個房間暫時由你一個人住。」

我雖然試著詢問到底發生了什麼事，但舍長什麼也不肯告訴我。他是屬於凡事都不告訴別人，只把由自己一個人包辦管理一切事物當做無上喜悅的那種俗物。

有一段期間房間牆上還貼著冰山的海報，但我終於還是把那撕下來，換貼上 Jim Morrison 和 Miles Davis 的海報。因此房間變得比較像我的了。我用打工存起來的錢買了一組小音響。於是到了晚上便一個人一面喝酒一面聽音樂。雖然常常會想起突擊隊，不過一個人那樣子生活也滿好的。

*

星期一上午十點鐘開始上「戲劇史II」有關 Euripidēs（尤里庇蒂，希臘三大悲劇詩人之一 BC 486-406）的課，上到十一點半結束。下課後我走到離學校大約步行十分鐘的地方一家小餐廳去吃煎蛋包和沙拉。那家餐廳離開熱鬧的馬路，價格也比適合學生的食堂稍微貴一些，但因爲比較安靜所以可以坐得住，又吃得到美味的煎蛋包。一對不多話的夫婦和一個打工的女孩子總共三個人在工作。我一個人在靠窗邊的位子坐下來用餐時，有四人一組的學生走進店裏來。兩個男的兩個女的，全都穿著滿清爽的服裝。他們在靠近入口的桌子坐下看著菜單，紛紛討論了一會兒，終於由一個人整理好要點的菜，把那傳達給打工的女孩。

不久後我發現其中的一個女孩不時往我這邊瞄著。頭髮非常短的女孩，戴著深色太陽眼鏡，穿著白色棉質迷你洋裝。因爲對那張臉沒有看過的記憶，於是我繼續吃我的東西，過一會兒後她忽然站起來往我這邊走來。並且一隻手支在桌子邊緣叫我的名字。

「渡邊君，對嗎？」

我抬起頭再仔細看一遍對方的臉。但不管看幾次依然不記得曾經看過。因爲她是非常引人注目的女孩子，如果曾經在什麼地方見過的話，應該立刻想得起來才對的。何況知道我名字的人，在這大學裏面也不太多。

「可以坐下來一下嗎？還是有人要來，這個位子？」

我莫名其妙地搖搖頭。「沒有人要來呀。請坐。」

她發出咔啦咔啦的聲音把椅子拉開，在我對面坐下，從太陽眼鏡後面一直注視著我，然後把視線移向我的盤子。

「好像很好吃的樣子噢，這個。」

「好吃啊。洋菇煎蛋包和豌豆沙拉。」

「嗯。」她說。「下次我也來點這個。因爲今天已經點了別的。」

「妳點了什麼？」

「焗通心粉。」

「焗通心粉也不錯。」我說，「不過妳說我曾經在什麼地方見過妳嗎？但我怎麼都想不起來。」

「Euripides。」她簡潔地說。「Electra。（希臘之神伊列克特拉）『不，連神也不肯傾聽不幸者所說的話』。剛剛才下課對嗎？」

我認眞地看她的臉。她把太陽眼鏡摘下來。這一來我才終於想起來了。在「戲劇史II」的課堂上曾經見過的一年級女生。只是髮型實在變得太厲害了，一時搞不清楚是誰。

「可是妳，暑假以前頭髮不是長到這裏的嗎？」我用手比一比肩下十公分左右的地方。

「對。夏天裏燙了頭髮。可是那個樣子好悽慘喏。曾經有一次認眞地想死掉算了呢。眞的太慘了。看起來好像頭上糾纏著海帶芽的溺死屍體一樣。不過倒過來想想，如果要死的話不如乾脆一點，就自暴自棄地剪了個和尙頭。涼快倒是挺涼快喲。這個。」她說著，用手掌沙啦沙啦地撫摸長度大約四公分或五公分左右的頭髮。然後朝著我咧嘴微笑。

「不過這一點都不壞喲。」我一面繼續吃煎蛋包一面說。「能不能讓我看一下側面？」

她轉向側面，就那樣維持五秒鐘左右不動。

「嗯，我覺得非常配。一定是頭的形狀很好吧。耳朵看起來也漂亮。」我說。

「是啊。我也這樣覺得。理個和尙光頭試試看，嗯，覺得這樣也不壞嘛。不過男人都沒有一個這樣說過我的。光會說些像小學生一樣嘛，或者像集中營裏出來的，之類的。嘿，爲什麼男人那麼喜歡女孩子留長頭髮呢？那簡直是法西斯獨裁主義者嘛。好無聊。爲什麼男人都認爲頭髮長的女孩子高尙溫柔有女人味呢？我就知道二百五十個左右長頭髮而低級的女孩子，眞的噢。」

「我倒喜歡妳現在這個樣子。」我說。而且那不是謊話。長頭髮時的她，在我的記憶裏只是極普通的可愛女孩子而已。但現在坐在我前面的她，簡直像爲了迎接春天的來臨而剛剛跳出來的小動物般全身洋溢著活潑靈動的生命感。那眼珠簡直像獨立的生命體般快樂地靈活打轉，笑著、生氣著、吃驚著、感嘆著。我好久沒有目睹這樣生動的表情了，因此有一會兒佩服地盯著她的臉看。

「你眞的這樣覺得？」

我一面吃著沙拉一面點頭。

她再度戴上深色太陽眼鏡，從那後面看我的臉。

「嘿，你不是說謊的人吧？」

「我是想盡量做個正直的人的。」我說。

「哦。」她說。

「爲什麼要戴那樣深色的太陽眼鏡呢？」我試著問看看。

「頭髮忽然變這麼短就覺得非常無防備呀。簡直像赤裸裸地被丟出人羣裏似的，完全沒有安全感。所以戴上太陽眼鏡啊。」

「原來如此。」我說。並把剩下的煎蛋包吃了。她以興趣濃厚的眼光一直看著我把那吃完。

「妳不回那桌去行嗎？」我手指著跟她一起來的三個人的方向說。

「沒關係呀。等菜來再回去就行了。沒什麼事啊。不過我在這裏會不會妨礙你？」

「一點都不妨礙，我已經吃完了。」我說。並且看她沒有回自己那桌去的意思，於是點了餐後的咖啡。老闆娘一面把盤子收掉，一面把糖和奶精放下。

「嘿，今天上課點名的時候，你為什麼不回答？渡邊不是你的名字嗎？你叫渡邊徹？」

「是啊。」

「那麼為什麼不回答呢？」

「今天不太想回答啊。」

她再一次把太陽眼鏡摘下放在桌上，用簡直像在窺視柵欄裏關的珍奇動物般的眼神一直注視著我。「『今天不太想回答啊。』」她重複道。「嘿，你這說法怎麼好像是亨佛利・鮑嘉一樣呢。又酷又硬的。」

「怎麼會。我只是極普通的人哪。到處都有的。」

老闆娘把咖啡送來放在我前面。我沒放糖也沒放奶精就那樣輕輕啜起來。

「你看你，果然不放糖也不放奶精吧。」

「只不過很單純地不喜歡甜的東西而已呀。」我很有耐性地說明。「妳大概有什麼誤會吧。」

「你怎麼曬得這麼黑呢？」

「一直徒步旅行了兩星期左右啊。到處走。背著行囊和睡袋。所以曬黑了。」

「到什麼樣的地方？」

「從金澤繞能登半島一圈，然後走到新潟。」

「一個人？」

「是啊。」我說。「雖然有人說隨處都會遇到旅行伴侶。」

「會發生羅曼史嗎？在旅行途中認識女孩子。」

「羅曼史？」我吃驚地說。「嘿，我覺得妳果然對我想法有誤差噢。背著睡袋滿臉鬍子到處走的人，到底要在什麼地方如何能夠遇到羅曼史呢？」

「經常都那樣一個人旅行嗎？」

「是啊。」

「喜歡孤獨嗎？」她手托著臉頰說。「喜歡一個人旅行，一個人吃飯，上課的時候一個人離得遠遠的孤伶伶地坐？」

「沒有什麼人喜歡孤獨的。只是不勉強交朋友而已。因為就算那樣做也只有失望而已。」我說。

她把太陽眼鏡的彎勾銜在嘴裏，以含含糊糊的聲音說「『沒有什麼人喜歡孤獨的。只是討厭失望而已』。」

「如果你要寫自傳的話，那時候可以用這句獨白喲。」

「謝謝。」我說。

「喜歡綠色嗎？」

「為什麼？」

「因為你穿著綠色的 Polo 運動衫哪。所以我問你是不是喜歡綠色。」

「沒什麼特別喜歡。什麼都行啊。」

「『沒什麼特別喜歡。什麼都行啊』」她又再重複。「我非常喜歡你的說話方式噢。好像在清潔地塗著牆壁的水泥一樣。以前有沒有被人這樣說過，被別的人？」

沒有，我回答。

「我，名字叫做綠(Midori)。可是完全跟綠色不搭配。很奇怪吧？你不覺得這很糟糕嗎？這簡直像是被詛咒的人生一樣嘛。嘿，我姊姊叫做桃子噢。不奇怪嗎？」

「那麼妳姊姊跟粉紅色搭配嗎？」

「非常搭配。就像是為了穿粉紅色而出生的人似的噢。哼，實在不公平。」

她那桌的菜送過去了，穿著格子上衣的男的喊著「喂，Midori，吃飯囉。」她轉向那邊舉起手表示「知道了」。

「嘿，渡邊君，你有記筆記嗎？戲劇史II的？」

「有啊。」我說。

「不好意思可以借我嗎？我休息了兩次。而在那一班，我又沒有認識的人。」

「當然可以。」我從書包裏拿出筆記，確定沒有寫什麼多餘的東西之後交給綠。

「謝謝。嘿，渡邊君，後天你會來學校嗎？」

「會呀。」

「那麼十二點到這裏來好嗎？還你筆記請你吃中飯。你總不會是不一個人吃飯就鬧消化不良吧，不會這樣吧？」

「怎麼會。」我說。「不過不需要什麼謝禮。只不過借看一下筆記而已。」

「沒關係啦。我，喜歡謝禮嘛。嘿，沒問題噢？不在你的手冊上寫下來不會忘記嗎？」

「不會忘的。後天十二點跟妳在這裏見面。」

從那邊傳來「喂！Midori，不快點過來都要涼掉了。」的聲音。

「嘿，你從以前就是用那種方式說話的嗎？」綠不理會那聲音地說。

「我想是吧。不過我沒怎麼留意過。」我回答。被人家說我說話方式很奇怪，眞的這倒是第一次。

她考慮了一下什麼，但終於咧嘴一笑站了起來，回到自己那桌去。我走過那桌的旁邊時綠向我舉起手。其他三個人只瞄了我的臉一眼而已。

星期三到了十二點綠還沒有出現在那家餐廳。我本來打算先喝啤酒等到她來的，但店裏客人開始多起來，沒辦法只好點菜，一個人吃。吃完之後已經是十二點三十五分了，綠還是沒有出現。我付了帳，走出外面，在餐廳對面小神社的石階坐下，一面讓醉意清醒一面等她到一點，但那樣還是不行。我放棄了回到大學，到圖書館去看書。然後從兩點開始去上德語課。

下課後，我到學生課去查選課登記簿，「戲劇史II」的班上發現了她的名字。叫做Midori名字的學生只有小林綠一個人而已。其次再翻一翻作成卡片式的學生名簿從六九年入學生中找出「小林綠」來，把住址和電話號碼抄在手册裏。住址是豐島區，住的是自己家。找到公共電話亭去撥了那號碼。

「喂喂，小林書店。」是男人的聲音說。小林書店？

「對不起，請問綠小姐在嗎？」我問。

「不，綠現在不在。」對方說。

「去大學上課了嗎？」

「嗯，大概是去醫院吧。請問你貴姓？」

我沒有說出姓名，只道了謝把電話掛上。醫院？她難道受傷或生病去住院了嗎？但從男的聲音又完全感覺不到那一類非日常性的緊迫感。「嗯，大概是去醫院吧」，那簡直就像在說醫院是生活的一部分似的口氣。比方到魚店去買魚了之類的，那種程度的輕淡說法。我對這點試著稍微思考了一下，但又嫌麻煩便不再想而回宿舍去，躺在床上把向永澤兄借來的約瑟夫・康拉德的《吉姆爺》(*Lord Jim*)剩下的部分讀完，於是到他那裏去把書還給他。

因為永澤兄正要去吃飯，我便跟他一起到食堂去吃晚飯。

外務省的考試怎麼樣了？我問他看看。外務省的第二次高考在八月剛考過。

「普通啊。」永澤兄若無其事地回答。「那種東西普普通通的考就會過的。集體討論、面試之類的，就和跟女孩子搭訕沒什麼兩樣。」

「那麼也就是說很簡單囉。」我說。「什麼時候發表？」

「十月初。如果考上的話，請你吃美味的東西。」

「嘿，所謂外務省第二次高考是怎麼樣的？全都是像永澤兄這樣的人去考嗎？」

「怎麼會。大概都是些呆子。不是呆子就是怪胎。想當官僚的人百分之九十五都是垃圾。這可不是說謊噢。那些傢伙連字都不太會念呢。」

「那為什麼永澤兄要進外務省呢？」

「有很多原因哪。」永澤兄說。「比方喜歡到外地去上班之類的，各種原因。不過最大的原因是想試一試自己的能力。既然要試就想進到最大的容器裏去試。也就是國家啊，想在這個龐大得愚蠢的機構中，試一試自己能夠爬到多高，自己擁有多少力量之類的。你明白嗎？」

「聽起來怎麼好像在玩遊戲一樣。」

「是啊。就是像玩遊戲一樣。我幾乎沒有所謂權力欲或金錢欲之類的。眞的噢。雖然也許我是個無聊的任性男子，但這些東西卻沒有得令人吃驚的程度。也就是所謂無私無欲的人喏。只有好奇心而已。而且想在這廣大強悍的世界裏試一試自己的力量。」

「另外大概也沒有所謂理想之類的東西吧？」

「當然沒有。」他說。「人生不需要這種東西。需要的不是理想，而是行動規範。」

「不過，也有很多不是這樣的人生吧？」我問。

「你不喜歡像我這樣的人生嗎？」

「少來了。」我說。「沒什麼喜歡或討厭的。不過不是嗎？我既進不了東京大學，也不能高興起來就跟喜歡的女孩子睡覺，口才又不好。別人不會另眼看待，也沒有女朋友。從二流私立大學文學院出來將來不可能有什麼展望。我能說什麼呢？」

「那麼你羨慕我的人生嗎？」

「不羨慕。」我說。「因爲我已經太過於習慣我自己了。而且老實說，我對東大和外務省都沒興趣。唯一覺得羨慕的是擁有像初美姊這麼棒的女朋友吧。」

他暫時沉默地吃著東西。

「嘿，渡邊君。」吃完飯後永澤兄對我說。「我覺得我跟你從這裏出去經過十年或二十年後，還會在什麼地方碰面。而且覺得會因為某種形式而互相關聯。」

「聽起來簡直像狄更生的小說一樣嘛。」說著我笑了。

「說得也是。」他也笑了。「不過我的預感常常很準喏。」

吃過飯我和永澤兄兩個人到附近的小酒吧去喝酒。就那樣在那裏喝到九點多。

「嘿，永澤兄。對了，你所謂你人生的行動規範到底是什麼樣的東西？」我試著這樣問。

「你，一定會笑的。」他說。

「我不會笑。」我說。

「做一個紳士。」

雖然我沒有笑，但差一點沒從椅子上跌倒下去。「你說紳士就是那個紳士嗎？」

「是啊，那個紳士啊。」他說。

「所謂做一個紳士，是指什麼樣的事情呢？如果有定義的話，可以告訴我嗎？」

「不做自己想做的事，而做應該做的事就是紳士。」

「你是我所遇到過的人裏面最奇怪的人。」我說。

「你是我所遇到過的人裏面最正常的人。」他說。於是他把帳全部幫我付了。

＊

第二週星期一「戲劇史II」的教室裏小林綠也沒有出現。我環視整個教室一周，確定她不在之後便像平常一樣坐在最前面一排的座位，決定在老師來以前給直子寫信。我寫了暑假去旅行的事。寫關於走過的路線，通過的每一個地方，遇到的一些人。還有寫說每到晚上總會想起妳。不能跟妳見面之後，我終於才明白自己是多麼的需要妳。大學雖然無聊得不得了，但就當做是自我訓練，確實地出席上課做功課。自從妳不在之後，做什麼都變得很無聊。想跟妳見一面好好聊一聊。如果可以的話，我想去造訪妳住的那家療養院，跟妳會面好幾個小時，那是不是有可能？還有如果可能的話想和從前那樣，再度兩個人並肩散散步。或許帶給妳麻煩，但不管多短的信都好，希望妳回我信。

只寫了這些，我就把那四張信紙整齊地折疊好，放進事先預備的信封裏，寫上直子老家的地址。

終於面貌憂鬱的小個子教師走進來點名，用手帕擦著額上的汗。他的腳不好，總是拿著一支金屬手杖。「戲劇史II」雖然還不能算很快樂，但至少是值得一聽的像樣課程。還是很熱噢，他這樣說完便開始講尤里庇蒂(Euripides)戲曲中有關deus ex machina的角色分配。在尤里庇蒂和愛斯裘洛斯(Aischylos)與沙孚克里斯(Sophokles)希臘三大悲劇作家的作品中，神如何不同。在經過十五分鐘左右時教室門打開，綠走了進來。她穿著深藍色運動衫、奶油色棉長褲，戴著和上次一樣的太陽眼鏡。她向教師露出「對不起遲到了」似的微笑然後在我旁邊坐下。並從肩袋裏拿出筆記，交給我。筆記裏夾著一張寫著「星期三對不起。生氣了嗎？」的便條紙。

上課進行到一半左右，教師正在黑板上畫希臘劇的舞台裝置圖時，門又開了，進來兩個戴著安全帽的學生。

簡直像說相聲的搭檔般的二人組。一個瘦瘦高高皮膚白皙，另一個矮個子圓臉黑皮膚，留著不搭配的鬍子。高個子抱著煽動學潮的傳單。矮個子走到教授那裏，說上課的後半段想當做討論請諒解。說是現在的世界正被比希臘悲劇更嚴重的問題所籠罩。那不是要求，是單方面的通知。教師說雖然我不以爲比希臘悲劇更嚴重的問題正存在於現在的世界上，但因爲說什麼大概都沒用，所以你們就依你們喜歡的去做吧。於是手用力抓緊桌子邊緣把腳放下，拿起手杖一面跛著腳一面走出教室。

高個子的學生發著傳單時，圓臉的學生便站上講壇去演說。傳單以將所有事象單純化的獨特簡潔文體寫著「粉碎欺瞞式校長選舉」「集結全力支持新全國學生罷課」「打擊日帝＝建教合作路線」。立說堂皇，內容也無懈可擊，但文章卻缺乏說服力。既無信賴感，也沒有感動人心的力量。圓臉的演說大致也半斤八兩。老調重彈。旋律相同，只是歌詞的助詞不同而已。這些傢伙眞正的敵人不是國家權力，而是想像力的欠缺吧，我想。

「走吧。」綠說。

我點頭站起來，兩個人走出教室。離開時圓臉的對我說了什麼。但不太清楚在說什麼。綠說「再見。」朝他揮揮手。

「嘿，我們是反革命嗎？」走出教室後綠對我說。「如果革命成功的話，我們大概就會被並排吊在電線桿上吧？」

「被吊起來之前最好先吃中飯比較好。」我說。

「對了，雖然有點遠，不過我想帶你去一家餐廳。花一點時間沒關係吧？」

「可以呀。反正到兩點開始的課之前也是閒著。」

綠帶我搭巴士，去到四谷。她帶我去的餐廳在四谷車站後面稍微偏遠一點的便當屋。我們在餐桌坐下後，什麼都還沒說，就送來用朱紅漆四方容器裝的每天菜色不同的便當和木製湯碗。確實是值得特地搭巴士來吃的店。

「好吃噢。」

「嗯。而且還滿便宜的噢。所以我從高中時候開始就偶爾來這裏吃中飯。嘿，我高中學校就在這附近呢。非常嚴格的學校噢，我們是偷偷跑來吃的。因爲要是被發現到校外吃，就會被退學的學校啊。」

太陽眼鏡摘下來後，綠的眼睛比上次我看到她時顯得有點睏的樣子。她一會兒玩弄著戴在左手腕上的銀色細手鐲，一會兒用小指尖在眼睛邊輕輕抓一抓。

「妳很睏嗎？」我說。

「有一點。睡眠不足啊。忙東忙西的。不過沒問題，不用擔心。」她說。「上次對不起噢。忽然發生走不開的重要事情。而且是當天早上忽然發生的，一點辦法都沒有。本來想打電話到那家餐廳的，又不記得餐廳的名字，也不曉得你家的電話號碼。你等很久嗎？」

「沒什麼關係。反正我是時間過剩的人。」

「剩那麼多啊？」

「甚至想分一點時間給妳，讓妳可以在那裏睡覺呢。」

綠托著腮咧嘴微笑，看我的臉。「你還滿體貼的嘛。」

「不是什麼體貼，只是單純的空閒。」我說。「對了，那一天我打電話到妳家，妳家人說妳去醫院了，發生什麼事嗎？」

「我家？」她眉頭稍微皺起來說。「你怎麼知道我家的電話號碼？」

「當然是在學生課查的啊。誰都可以查。」

原來如此似地點了兩、三次頭，她又玩弄起手鐲。「對了，我倒沒有想到這個。這樣的話也可以查出你的電話號碼噢。不過，關於那醫院的事，等下次再談。現在不太想談。對不起。」

「沒關係。我好像說了多餘的話了。」

「不，沒這回事。只是我現在有點累而已。累得像被雨淋濕的猴子一樣。」

「妳回家去睡覺是不是比較好。」我試著問。

「還不想睡呀。我們走一走吧。」綠說。

她帶我到從四谷車站走一小段路的地方，她高中念的學校前面。

當通過四谷車站前時，我忽然想起，和直子一起走過的那無止盡步行的事。這麼說來一切都是從這個地方開始的。如果那個五月的星期天，我沒有在中央線的電車裏偶然遇見直子的話，我的人生或許也就和現在相當不同吧，我忽然想。而且緊接著，又想道不，就算那時候沒有遇到，結果或許也一樣也說不定。我們大概是因爲應該在那時候遇到而遇到的，就算那時候沒遇到，也會在別的什麼地方遇到吧。雖然沒有特別的根據，但我這樣覺得。

我和小林綠兩個人在公園的長椅上坐下，眺望她曾經上過的高中學校的建築物。校舍上攀爬著綠藤，屋簷上停著幾隻鴿子正在讓翅膀休息。是富有古老情趣的建築物。校園裏長有巨大的樫樹，從那旁邊筆直冒出一道上升的白煙。夏末殘留的陽光讓煙看來格外朦朧。

「渡邊君，你知道那煙是什麼嗎？」綠突然說。

不知道，我說。

「那是在燒衛生棉喏。」

「哦？」我說。除此之外，我不知道該說什麼才好。

「生理衛生棉、棉條之類的東西。」說著綠笑了。「大家不是都把那丟在洗手間的垃圾筒裏嗎，因爲是女校啊。校工就把那收集起來在焚化爐裏燒掉。那就是那煙。」

「這樣想著看著時不知道怎麼有點可怕噢。」我說。

「嗯，我每次從教室窗戶看見那煙時也這樣覺得。好可怕噢。我們學校初、高中合起來有接近千名的女孩子對嗎。不過因爲也有那個還沒開始的女孩，所以如果算九百人的話，假設其中五分之一正在生理期的話，大概就有一百八十人喏。於是，一天就有一百八十個人份的衛生棉被丟進垃圾筒噢。」

「應該是這樣噢。雖然不清楚詳細的計算是怎樣。」

「相當的量吧。一百八十個人份哪。把那些四處收集起來燒掉不知道是什麼樣的感覺噢？」

「眞無法想像。」我說。這種事我怎麼會知道呢？我們就那樣兩個人眺望了一會兒那白煙。

「其實我很不想去上那學校的。」綠說著輕輕搖頭。「我本來想上極普通的公立學校的。極普通的人去上的極普通的學校。而且希望能快快樂樂自由自在地度過青春期。但由於父母的虛榮而進了那裏。你知道的，小學時候成績如果不錯就會有這種事不是嗎？老師會說以這孩子的成績可以進那裏喲。結果，就被送進去了啊。雖然上了六年，不過怎麼樣都沒辦法喜歡。我一面只想著要早一天離開這裏，要早一天離開這裏，一面去上學。嘿，我甚至還因為沒有遲到、沒有缺席而被表揚過呢。那樣討厭學校的，你知道為什麼偏偏會這樣嗎？」

「不知道。」我說。

「因為我討厭死學校了。所以一天都沒請過假。心想我才不輸你呢。我還想過要是輸了一次的話就完了。我害怕如果輸了一次的話，可能就會那樣滑溜溜地繼續往下滑。連發燒三十九度的時候還爬著去學校呢。老師說小林妳不舒服嗎？我還說不，沒問題地撒謊硬撐呢。於是以無遲到、無缺席領到獎狀和法語辭典。所以，我在大學才主修德語喲。因為我受不了讓那家學校施恩。這不是開玩笑的噢。」

「妳討厭學校的什麼地方？」

「你喜歡學校嗎？」

「沒什麼特別喜歡或討厭哪。我只是上極普通的公立學校，不過並沒有特別在意過。」

「那家學校啊。」綠一面用小指尖抓抓眼睛旁邊一面說。「是聚集菁英女子的學校噢。聚集上千個教養好成績也好的女孩了。當然，全是有錢人的女兒。要不然也上不了。學費很貴，經常要捐款，說到修業旅行還包下京都的高級旅館，用漆器餐几吃懷石料理，一年一次到 Hotel Okura 的餐廳講習西餐禮儀，總之不是普通的噢。嘿，你知道嗎？我那年級一百六十個人裏，住豐島區的學生只有我一個而已喲。我有一次試著查了一下全部的學生名簿。大家大概都住什麼地方呢？眞不得了噢，千代田區三番町、港區元麻布、大田區田園調布、世田谷區成城……幾乎全是這些地方的噢。只有一個是從千葉縣的柏來的女孩子，我試著和那個女孩子親近一點。是個好女孩喲。因爲她說到我家來玩嘛，雖然遠了一點，所以我說好啊，就去看看。眞的嚇了一跳。因爲光是繞基地一周就要花十五分鐘啊。有大得不得了的庭園，有兩隻大得像小型車的狗，在大口大口地咬著牛肉塊吃呢。雖然這樣那女孩子還爲自己住在千葉覺得自卑呢，在班上。要是快遲到了的話，就讓人家用賓士車送到學校附近的女孩子噢。車子是有專屬司機開的，說到那司機就像出現在『青蜂俠』裏的司機一樣頭戴帽子，手戴白手套噢。雖然這樣，那女孩還覺得自己很羞恥呢。眞是難以相信，你能相信嗎？」

我搖搖頭。

「住在什麼豐島區北大塚的，找遍全校只有我一個人喏。而且父親的職業欄居然是『經營書店』。因此班上同學對我都覺得很稀奇。說是可以盡情看喜歡的書眞好啊。不是開玩笑噢。大家所想的是像紀伊國屋一樣的大型書店哪。那些人一提到書店只能想像到那種。不過，要說到實物就慘兮兮了。小林書店。可憐的小林書店。咯啦咯啦打開門時眼前排列著成排的雜誌。最確實暢銷的是女性雜誌、新的性技巧。附圖解四十八種方法成册附錄的那種。附近的太太買了那個，坐在廚房的桌邊熟讀起來，等先生回來之後可以試一試。那還滿可怕的噢。到底世間的太太都是在想什麼活著的。還有漫畫。這個也暢銷。*The Magazine*、*Sunday*、*Jump*。當然還有週刊雜誌。總之幾乎都是雜誌。雖然有少年文庫，但沒有什麼不得了的。偵探的、歷史的、風俗的東西，因爲只有這些才賣得出去。還有實用書。下圍碁法、盆栽的培養法、結婚典禮致辭實例、不可不知的性生活、立即有效戒菸法，等等。還有我們家還兼賣文具呢。在收銀機旁邊排出原子筆、鉛筆、記事本之類的。只有這樣。旣沒有《戰爭與和平》、沒有《性的人間》、也沒有《麥田捕手》。這就是小林書店。這種東西到底什麼地方讓人羨慕呢？你羨慕嗎？」

「那情景可以浮在眼前。」

「嗯，就是這種書店。附近的人都到我家來買書，我們也送貨，也有很多從前就有的老顧客，一家四口是夠吃了。也沒有貸款。兩個女兒都可以送到大學念書。不過只有這樣而已。除此之外我們家沒有餘裕可以給什麼特別多餘的東西。所以不該送我去上那種學校的。那只有變悽慘而已。每次要捐什麼款的時候，父母親就嘀嘀咕咕地念。跟班上同學到什麼地方去玩時，到了吃飯時間我的心就怦怦跳，唯恐進了太貴的餐廳錢不夠付。那種人生很黑暗喏。你家有錢嗎？」

「我家？我家是極普通的上班族。沒什麼特別有錢，也不特別窮。讓孩子上東京的私立大學，我想是很辛苦，不過小孩只有我一個，所以還不成問題。每個月寄的生活費不多，所以我在打工。是極平凡的家啊。有個小庭院，有一部 Toyota Corolla。」

「你在打什麼樣的工？」

「每週三次到新宿的唱片行值夜班。工作很輕鬆。安靜坐著看店就行了。」

「哦？」綠說。「我以爲渡邊君是從來沒有爲錢辛苦過的人呢。光看外表，總覺得是這樣。」

「沒有什麼特別辛苦過啊。只是沒有那麼多錢而已，世上大多的人都是這樣啊。」

「在我所上過的學校，大多的人都是有錢人。」她把雙手掌心向上放在膝蓋上說。「問題就在這裏喲。」

「那麼從今以後妳可以看到不是那樣的世界，讓妳看到膩爲止。」

「嘿，你覺得有錢人最大的有利點是什麼？」

「不知道。」

「可以說我沒錢。例如我跟班上同學說我們來做個什麼吧，於是對方就會這樣說『我現在沒錢，所以不行』。換成相反的立場時，我實在說不出這種話。因爲如果我說『現在沒錢』的話，那是指眞的沒錢的意思。只有悽慘而已。就跟漂亮女孩說『我今天臉色很難看所以不想出去』一樣。要是醜女孩的話，妳說這種話看看吧，只有被笑而已喲。那就是對我來說的世界喲。到去年爲止的六年間。」

「不久就會忘記的。」我說。

「眞想快點忘記。我啊。上了大學眞的是鬆了一口氣喲。因爲有很多普通人。」

她稍微彎曲嘴唇微笑，用手掌撫摸短髮。

「妳有沒有打什麼工？」

「有，我在寫地圖的解說。你知道，買地圖和小册子之類的不是會附有嗎？當地街坊的說明啦、人口啦、名勝啦，寫有各種關於這些東西的那種。這裏有這樣的登山路線，有這樣的傳說，開這樣的花，有這樣的鳥之類的。就是寫這種稿子的工作啊。那種事情眞的很簡單。一會兒工夫就寫好了。到日比谷圖書館去花一天查書的話，就可以寫一册出來。只要知道一點小訣竅的話，想做多少工作都會自己找上門來。」

「妳說訣竅是，什麼樣的訣竅？」

「也就是啊，只要把別人不寫的東西加進去一些就行了啊。這樣地圖公司的負責人就會覺得『那女孩子能寫文章』。會非常佩服妳喲。把工作轉派給妳做。不需要什麼不得了的事情就行噢。只要稍微一點點就行了。例如說，雖然爲了建水庫而把一個村子沉進水裏，但候鳥們現在依然還記得這個村子，季節一到，就可以看見鳥羣在那湖上不停地繞著飛的光景，之類的。如果能放進一個這樣的插曲的話，大家都會非常高興。你看，不是很情景性、情緒性嗎？普通一般打工的女孩子不太會下這種工夫噢。所以我賺的錢還不少噢，靠寫那稿子。」

「不過妳還眞會找出這種插曲啊。很能幹。」

「是啊。」說著綠稍微歪一下頭。「如果想找的話，總可以找到什麼的，如果找不到的話，就去捏造個無害程度的也行啊。」

「原來如此。」我佩服地說。

「Peace。」綠說。

因爲她想聽我住的宿舍的事，於是我照例提到升降國旗和突擊隊的收音機體操的話題。綠也爲突擊隊的事而大笑。突擊隊似乎能夠讓全世界的人心情愉快。綠覺得很有意思，所以說無論如何一定要去一次那宿舍看看。看了也沒什麼趣味的，我說。

「幾百個男生在骯髒的房間裏喝酒、自慰而已。」

「渡邊君也做嗎？那種的？」

「沒有人不做啊。」我說明。「就跟女孩子有生理一樣，男孩子會自慰。大家都做。誰都在做。」

「有女朋友的人也做嗎？換句話說有做愛對象的人也一樣嗎？」

「那不是問題。我隔壁房間慶應的學生還自慰後才去約會呢。說是因爲那樣比較能夠鎭靜下來。」

「這種事我不太淸楚。因爲一直上的是女校。」

「而且這種事在女性雜誌的附錄上也不會寫噢。」

「完全對。」說著綠笑了。「對了，渡邊君，下星期天有沒有空？有時間嗎？」

「任何星期天都有空啊。不過六點開始必須去打工。」

「方便的話要不要到我家來玩一次？到小林書店。店是關閉的，不過我傍晚以前必須看家。因爲也許有重要電話會打進來。嘿，要不要來吃中飯？我來做。」

「很感激。」我說。

綠從筆記本撕一頁幫我詳細畫出到她家的路線地圖。並拿出紅色簽字筆，在她家所在的地方做個巨大的×號。

「一找就知道了。因爲掛有小林書店的大招牌。十二點左右來好嗎？我會準備中飯。」

我道了謝把那地圖收進口袋。並說差不多要回大學去上兩點開始的德文課了。綠說她要去一個地方，便從四谷搭電車。

星期天早晨，我九點起床刮鬍子、洗衣服，把洗的衣服拿到屋頂去曬。很棒的天氣。開始有初秋的氣味。成羣的紅蜻蜓在中庭迴旋飛翔，附近的孩子們帶著網子在後面追捕牠們。沒有風，日之丸的國旗搭啦地往下低垂著。我穿上燙得平平整整的襯衫離開宿舍走到都營電車的車站。星期天的學生街簡直像死絕了似的空蕩蕩的幾乎沒有人影，大多的店都關著。街上的各種聲音比平常更清晰地響著。穿著木屐的女孩子一面發出咔啦咔啦的聲音一面橫切過柏油路，都電車庫旁邊有四、五個小孩排著空罐頭往那當目標投著石子。有一家花店開著，於是我在那裏買了幾株水仙花。雖然在秋天買水仙花好像有點奇怪，不過我從以前開始就很喜歡水仙花。

星期天早晨的都電，只有三人一組的歐巴桑搭乘。我上車時歐巴桑便輪流著往我臉上和我手上的水仙花看。

一個歐巴桑看見我的臉便微笑，我也微笑。然後在最後面的座位坐下，眺望著就在窗外正通過的成排古老房子。電車緊貼著一家家的屋簷外行進。有一家的曬衣陽台上一連排列著十個番茄盆栽，在那旁邊一隻大黑貓正在曬太陽。還可以看見小孩子們在庭院裏吹肥皀泡泡。不知道從什麼地方傳來石田鮎美的歌。甚至還飄著咖啡的氣味。電車像縫合著如此親密的後街般滑溜溜地跑著。在途中的車站有幾個乘客上來，但三個歐巴桑好像不會厭倦似地交頭接耳繼續熱心地談著什麼。

在大塚站附近我下了都電，依照她爲我畫的地圖走在不太起眼的大馬路上。沿街排列著的商店每一家看來生意都不怎麼興旺。每家店建築物都是老舊的，裏面暗暗的。有些招牌的字都快消失看不清楚了。從建築物的老舊和風格來看，可以知道這一帶似乎沒有受到戰爭的轟炸。所以這些房子才會留了下來。當然也有重建過的，每家或多或少都有增建，或局部修補過，但那些多半看起來比完全是老房子顯得更骯髒。

大多數的人埋怨車子太多、空氣惡化、噪音、房租過高而搬到郊外去，留下來的只有便宜的公寓、公司宿舍，或不容易搬家的商店，或頑固地死守著從以前就一直住慣的土地的人而已，是這種氣氛的街坊。由於汽車排氣汚染的關係，簡直像罩上一層雲霧般，一切的一切都模糊地淡淡發黑。

在那樣的路上走了十分鐘左右，在加油站的街角往右轉時有一條小商店街，可以看見正中央一帶「小林書店」的招牌。極普通的街坊的極普通的書店。跟我小時候，雜誌發刊日迫不及待地跑去買期待已久的少年雜誌時一樣的書店。站在小林書店前面時，我心情變得有點懷念。每一個街坊都有這樣的書店。

書店的鐵捲門完全拉下來，鐵捲門上寫著「週刊文春・每週四發售」。離十二點雖然還有十五分左右，但拿著水仙花在商店街上走著磨時間也不太對勁，於是我按了鐵捲門旁邊的門鈴，往後退兩、三步等待回音。等了十五秒左右但沒有回答。我正在猶豫要不要再按一次門鈴時，上方傳來咯啦咯啦開窗的聲音。抬頭一看，綠把頭伸出窗外向我揮手。

「你打開鐵捲門進來嘛。」她大聲吼。

「來早了一點，可以嗎？」我也大聲吼回去。

「沒關係呀，眞的。上二樓來吧。我，現在手沒空。」於是咯啦咯啦把窗子關上。

我發出巨大無比的聲音把鐵捲門往上推高一公尺左右，彎身走進裏面，再把鐵捲門拉下。店裏黑漆漆的。我一面被用繩子綁著放在地上準備退還的賣剩雜誌絆住差一點跌倒，一面好不容易才摸到店的後面，用手摸索著脫下鞋子走上去。屋子裏昏暗模糊。從地面踏上地板的地方像是簡單的客廳，放著一組沙發。不是很寬敞的房子，從窗戶射進來像古老波蘭電影一樣昏暗的光線。左手邊有像倉庫似的儲藏空間，還看得見廁所的門。沿著右手邊很陡的階梯小心往上走後就上到了二樓。因爲二樓比一樓明亮多了，讓我放鬆不少。

「嘿，在這邊。」綠的聲音不知道從什麼地方傳來。上了樓梯的地方右手邊是像餐廳的房間，那後面有廚房。房子本身雖然是舊的，但廚房好像改建過了，流理台、水龍頭和收藏櫥櫃都閃閃發亮地新。而綠就在那裏準備餐點。鍋裏正在煮什麼發出咕滋咕滋的聲音，有烤魚的香味。

「冰箱裏有啤酒，你先坐在那邊喝好嗎？」綠往這邊瞄一眼說。我從冰箱裏拿出罐裝啤酒來在餐桌坐下來喝。啤酒讓人覺得好像已經在那裏冰了半年之久似的冰得很透。餐桌上放著白色小菸灰缸、報紙，和醬油罐。也有便條紙和原子筆，便條紙上寫著電話號碼和像是買東西計算之類的數字。

「我想再十分鐘就可以做好了，你在那裏等一下好嗎？能等嗎？」

「當然等啊。」我說。

「一面等一面讓肚子更餓一點喏，量相當多噢。」

我一面啜著冰冰的啤酒，一面望著正在一心一意做著菜的綠的背影。她一面快速靈活地移動著身體，一面一次同時完成四種左右的做菜程序。在這邊才嘗過煮的東西的味道，又在砧板上快速運刀細切，再從冰箱拿出什麼來裝在盤碗上，還把用完的鍋子刷地洗乾淨。從後面看著時那姿勢令人想起印度打擊樂器的演奏者。才剛敲響那邊的鈴了又打這邊的板子，再敲水牛骨，這個樣子。每個動作都敏捷而沒有浪費，整體平衡性非常好。我佩服地望著。

「有什麼要我幫忙的就讓我來做。」我試著出聲說。

「沒問題。我很習慣一個人做。」綠說著回頭朝這邊一笑。綠在修長的牛仔褲上穿一件海軍藍色T恤衫。T恤衫背上大大地印刷著蘋果唱片公司的蘋果商標。從後面看時，她的腰臀之間細得令人吃驚。令人覺得好像在成長中該讓腰臀堅固紮實的一個過程裏發生了什麼而跳過去了似的纖細瘦弱。因此穿起牛仔褲時體態比一般女孩子穿緊身牛仔褲時看來更有中性化的印象。從流理台上的窗戶射進來明亮的光線，彷彿爲她的身體輪廓朦朧地加上一道邊線一般。

「妳不必做得那麼豐盛啊。」我說。

「一點也不豐盛。」綠沒回頭地說。「昨天我很忙都沒空好好買菜，只用冰箱現成的東西湊合著簡單做而已。所以你完全不用介意。眞的啊。而且，好客是我們的家風。我們家裏人，不知道爲什麼最喜歡招待客人了，基本上，這簡直是有點病態了。其實並不是特別親切的家庭，也不是特別有人望，不過總之一有客人來，就會想盡辦法招待。全體都有這種傾向，不知道是幸還是不幸。所以，我爸爸自己幾乎不喝酒，家裏卻到處都是酒。你想爲什麼呢？爲了請客人哪。所以啤酒你儘管喝，不要客氣。」

「謝謝。」我說。

然後我突然想起來，我把水仙花放在樓梯下。在脫鞋子時放在旁邊就那樣忘記了。我再一次下樓去把躺在昏暗中的十株白色水仙花拿上來。綠從餐櫥裏拿出細長的玻璃杯，把水仙插在那裏。

「我最喜歡水仙了。」綠說。「從前在高中的文化節還唱過〈七朶水仙〉喏。你知道〈七朶水仙〉嗎？」

「知道啊，當然。」

「我以前參加過民謠社。彈吉他。」

於是她一面唱著〈七朶水仙〉一面把菜裝在盤子上。

綠做的菜遠超過我想像的豐盛。醋泡鰺魚、肥肥厚厚很有份量的蛋捲、自己做的鰆魚西京漬、煮茄子、蓴菜湯、香菇飯，還附有大量切細的黃蘿蔔上面灑了芝麻。調味是完全關西風味的清淡。

「味道太棒了。」我佩服地說。

「嘿，渡邊君，老實說你對我做的菜不抱什麼指望對嗎？從外表看來。」

「嗯，是啊。」我老實說。

「因爲你是關西人所以喜歡這種調味吧？」

「妳特地爲了我而把味道調淡的？」

「怎麼會。再怎麼說也不會做這麼麻煩的事，我家平常都吃這樣調味的。」

「那麼，妳父親或母親是關西人嗎？」

「不是。父親一直是這邊的人，母親是福島人。我們親戚之中都找不到一個關西人呢。我們是東京・北關東系的一家。」

「這我就不太明白了。」我說。「那麼爲什麼做得出這麼像樣的正統關西風味的料理呢？向誰學來的嗎？」

「嗯，這個說來話長。」她一面吃著蛋捲一面說。「因爲我媽最討厭所有冠上家事名字的東西，幾乎不做什麼料理的。而且你知道，我們家要做生意，所以一忙起來就打電話叫外送的菜，到肉店就買現成馬鈴薯肉餅了事，經常都這樣噢。我從小時候就最討厭這樣。討厭得不得了。有時候做三天份的咖哩就每天吃那個。結果有一天，那是我初中三年級的時候，我就下定決心要自己做像樣的東西。於是到新宿的紀伊國屋書店去買了看起來最豪華的料理書回來，把那上面所寫的從頭到尾全部學會。從砧板的選法、菜刀的磨法、魚的剖法、柴魚的削法、到一切的一切。而寫那本書的是關西人，所以我的料理就全部變成關西風味了。」

「那麼，這些全是從書上學來的？」我吃驚地問。

「然後還存錢到正統的懷石料理店去吃噢。就那樣把味道記下來。我的感覺還滿敏銳的。雖然理論性的思考不行。」

「沒有人教，就能做出這個樣子，我覺得眞不簡單喏，眞的。」

「是很辛苦啊。」綠一面嘆氣一面說。「因爲我們一家人對做菜完全不理解也不關心。你說要買菜刀或鍋子也不會給你錢。說是現在的就夠了啊。開玩笑，用那樣薄的菜刀怎麼能剖得下魚呢。可是你如果這樣說，他居然說魚不用剖就可以了。所以沒辦法啊。只好趕緊努力存零用錢，買一些厚菜刀啦、鍋子啦、濾簍啦。你相信嗎？十五、六歲的女孩子拚命努力存錢，買濾簍啦、磨刀石啦、炸鍋的。身邊的朋友都領厚厚的零用錢，去買漂亮衣服啦、鞋子的噢。你也會覺得很可憐吧？」

我一面啜著蓴菜湯一面點頭。

「高中一年級的時候，我無論如何很想要蛋捲鍋。可以做出蛋捲的那種細長銅鍋。於是我用準備買新胸罩的錢買了那個。結果很慘。因爲我有三個月左右只靠一件胸罩過日子噢。你相信嗎？晚上洗了，拚命晾乾，早上又穿那個出去。如果沒乾的話眞是悲劇喲，這。世界上什麼事情最悲哀，沒有比穿著不乾的胸罩更可悲的事噢。眼淚都快掉出來了。尤其你想到那是爲了什麼蛋捲鍋的時候。」

「嗯，想必是這樣。」我一面笑一面說。

「所以我媽死了以後，嗯，雖然對我媽過意不去，不過我有點鬆一口氣。於是我用家計費隨自己高興買喜歡的東西。所以我現在像樣的料理用具還滿齊全的噢。因爲我爸完全不知道家計費是怎麼用的。」

「妳媽是什麼時候去世的？」

「兩年前。」她簡短地回答。「癌症。腦腫瘤。住院一年半痛苦又痛苦，到最後頭腦都不清楚了變成藥罐子，那樣還死不了，幾乎是像安樂死的狀態死的。怎麼說呢，那是最壞的死法噢。本人也痛苦，周圍的人也辛苦。因爲這樣我們家錢都沒了。一根兩萬圓的針不停地注射，又不能不請特別護士，各種開支。因爲要看護她我都不能好好讀書，第一年沒考上，眞是有夠悽慘喏。這還沒完——」她正想說什麼但又改變主意停了下來，放下筷子嘆一口氣。「不過話題變得滿灰色的。怎麼會說到這裏來呢？」

「從胸罩前後開始的。」我說。

「那個蛋捲。你注意吃噢。」綠以認眞的表情說。

我把自己的份吃完之後肚子已經很飽了。綠沒有吃多少。光做菜就飽了噢，綠說。吃過飯她收拾餐具，擦過桌子，便不知道從哪裏拿出 Marlboro 的香菸盒來，含起一根，用火柴點上。然後拿起插了水仙的玻璃杯來看了一會兒。

「好像就插這裏比較好。」綠說。「不用移到花瓶就行了。這樣插，好像剛剛才從那邊的水邊摘了水仙來，暫且先插在玻璃杯裏的感覺。」

「在大塚車站前面的水邊摘來的。」我說。

綠咯咯地笑了。「你這個人眞的很怪喲。用不是開玩笑的表情說笑話。」

綠托著腮把菸抽一半，便在菸灰缸裏用力磨擦似地按熄。煙似乎跑進眼睛裏了，她用手指揉著。

「女孩子應該以更優雅的方式弄熄香菸喏。」我說。「那樣簡直像是砍柴的女人一樣嘛。不要想勉強按熄。要慢慢從周圍轉著按熄。那樣就不會變得皺巴巴的。這樣實在有點過份。還有不管怎麼樣都不要從鼻子噴煙。一般女孩子跟男孩子兩個人吃飯的時候，也不大會提到三個月就靠一件胸罩過日子的話題。」

「我是砍柴的女人哪。」綠一面抓著鼻子旁邊一面說。「爲什麼不能變高雅一點。偶爾會開玩笑地做做，但不習慣。其他還有什麼話要說？」

「Marlboro 也不是女孩子抽的菸。」

「沒關係，反正抽什麼都一樣難抽。」她說。然後把 Marlboro 的紅色硬盒拿在手中團團轉著。「上個月剛開始抽的。其實並沒有眞的特別想抽，只是想抽一下試試看，忽然這樣想。」

綠把放在桌上的雙手合起掌來想了一下。「不爲什麼啊。渡邊君不抽菸嗎？」

「爲什麼這樣想？」

「六月戒掉了。」

「爲什麼戒掉了？」

「嫌麻煩哪。半夜菸沒了時的辛苦，之類的。所以戒掉。我不喜歡像這樣被什麼所束縛。」

「你這個人的個性對事情都可以很清楚地去思考噢，一定是。」

「嗯，也許吧。」我說。「大概因爲這樣所以不太被別人喜歡。從以前就這樣。」

「那是因爲，你看起來好像覺得不被別人喜歡也無所謂的樣子啊。所以某種人就會火大吧。」她一面托著腮一面以含糊的聲音說。「不過我喜歡跟你說話。而且你說話的方式很不一樣。『我不喜歡像這樣被什麼所束縛。』」

我幫忙她洗盤子。我站在綠旁邊，把她洗好的餐具用毛巾擦乾，疊放在調理台上。

「對了，妳家裏人都去哪裏了，今天？」我試著問。

「我媽在墳墓裏呀。兩年前死掉的。」

「這個，剛才聽過了。」

「姊姊和未婚夫去約會。大概開車到什麼地方去兜風了吧。我姊姊的他在汽車公司上班。所以非常喜歡汽車。我可不喜歡汽車。」

綠說到這裏就默默地洗盤子，我也默默地擦著。

「剩下來的就是我爸爸了。」過一會兒綠說。

「對。」

「我爸去年六月到烏拉圭去就沒回來了。」

「烏拉圭？」我吃了一驚說。「爲什麼又會到什麼烏拉圭去呢？」

「他想移民到烏拉圭去呀，那個人。雖然說起來好像很愚蠢似的。有一個他在軍隊時認識的朋友在烏拉圭有農場，他突然說出，如果到那裏去的話總有辦法的，就那樣一個人搭上飛機飛走了啊。我們拚命阻止他噢，說到那種地方去什麼也做不成的，語言既不通，何況爸爸連東京都幾乎沒離開過呢。但不行。那個人一定是因爲我媽死了深受打擊吧。所以頭腦的箍都鬆掉，搞不清楚了。那個人是這麼愛我媽的噢。眞的。」

我沒辦法適當搭腔，只是張開嘴巴望著綠。

「我媽死的時候，你知道我爸對我跟我姊說了什麼？他這樣說噢。『我現在非常後悔。我與其讓媽媽死，不如讓妳們兩個死還好多了』。我們啞然地說不出話來。不是嗎？你想，再怎麼樣也不該那樣講的。當然，失去最愛的伴侶的難過、悲哀、痛苦，那些我們都瞭解喲。我們也覺得很可憐喏。可是對親生女兒，總不能說妳們替媽媽死該有多好吧？你不覺得那樣有點太過份嗎？」

「嗯，是啊。」

「我們也很傷心哪。」綠搖搖頭。「總而言之，我們家人都有一點怪喲。不知道什麼地方少一根筋。」

「好像是。」我承認。

「不過你不覺得人與人相愛應該是很美好的嗎？居然愛太太愛到能夠對女兒說妳們替媽媽死該有多好？」

「要是這樣說或許也是吧。」

「於是就到烏拉圭去了。把我們都丟下不管。」

我默默擦著盤子。我把全部盤子都擦好之後，綠便把我擦過的餐具整齊地收進餐櫥裏。

「然後妳爸有沒有跟妳們聯絡？」我問。

「只有一次寄明信片來。是今年三月。但詳細情形什麼也沒寫。只寫說這邊很熱，或水果沒有所想的那麼好吃，之類的而已。眞是開玩笑。一張無聊的驢子照片的明信片。頭腦有問題喲，那個人。連有沒有見到那個朋友或認識的人都沒寫。雖然最後寫說等稍微安定之後會叫我和姊姊過去，但從此就沒音訊了。這邊寫信去也沒有回信。」

「那麼如果妳爸爸叫妳們到烏拉圭去，妳怎麼辦？」

「我會去看看哪。因爲好像很好玩嘛。姊姊說絕對不去。我姊最討厭不清潔的東西和不清潔的地方。」

「烏拉圭會那麼不清潔嗎？」

「不知道啊。不過她這樣相信。她說路邊到處是驢子的糞便，那上面蒼蠅成羣的飛，抽水馬桶的水都不怎麼沖，蜥蜴、蠍子爬來爬去的。她大概在什麼地方看過那樣的電影吧。我姊也最討厭蟲子。我姊最喜歡的是坐著閃閃發亮的汽車到湘南一帶去兜風。」

「哦。」

「烏拉圭，不錯嘛。我可以去看看喏。」

「那麼現在是誰在經營這家店呢？」我問看看。

「我姊心不甘情不願的做著啊。住在附近的一個親戚叔叔每天來幫忙，也幫我們送貨，我有空的話也幫忙，反正書店也不是什麼重勞動，所以總可以應付過去的。等到實在做不下去的時候，就打算把店收起來賣掉。」

「妳喜歡妳爸嗎？」

綠搖搖頭。「也沒什麼特別喜歡。」

「那爲什麼要跟去烏拉圭呢？」

「因爲我相信他。」

「相信他？」

「對，雖然不是特別喜歡我爸，但倒是相信他。因爲太太死了深受打擊，可以把家、女兒、工作都丟掉，一個人一身輕地就跑去烏拉圭的人，我相信他。你明白嗎？」

我嘆一口氣。「好像明白，又好像不明白。」

綠覺得奇怪的笑了，輕輕敲我的背。「沒關係啦，因爲怎麼樣都無所謂呀。」她說。

那個星期天下午發生了很多亂七八糟的事。是個奇怪的一天。綠的家附近發生火災，我們上到三樓的曬衣露台觀看，然後不知不覺就親吻了。這樣說起來好像傻瓜一樣，不過事情就是照這樣進行的。

我們一面談著大學的事一面喝著餐後的咖啡時，就聽見消防車的警報聲。警報聲似乎漸漸變大，數目也增加了。窗下好多人在跑著，有幾個人大聲喊著。綠走到臨街面的房間去，打開窗戶往下看後，說一聲你在這裏等著噢，就不見了。聽得見咚咚咚快步上樓的聲音。

我一個人一面喝著咖啡一面想著烏拉圭到底在什麼地方。巴西在那邊，委內瑞拉在那邊，這一帶是哥倫比亞，我一直在想，但總是想不起烏拉圭在哪一帶。不久綠下來了，她說，嘿，快點一起過來吧。我跟在她後面登上走廊盡頭的狹小而陡的樓梯，上到寬闊的曬衣露台。曬衣露台比周圍各家的屋頂都高出一截，可以一眼望盡附近。從隔了三家到四家的那邊正猛烈地冒著黑煙，乘著微風流往大馬路的方向去。散發著一股焦臭味。

「那是阪本先生家。」綠把身體探出扶手外說。「阪本先生家以前開和室裝潢店。現在已經把店關起來不做生意了。」

我也把身體探出扶手外去眺望那邊看看。正好被三層樓的建築遮住，看不清詳細狀況，不過三、四輛消防車聚集在那裏似乎正在繼續作業著。但因爲道路狹小，只有兩輛進得去，其他的車子正在大馬路上待機。而馬路上照例聚集了一羣看熱鬧的人。

「有什麼重要東西的話整理一下，這裏最好也準備避難比較好。」我對綠說。「現在幸虧風向相反，但也許什麼時候會轉向也不一定，那邊馬上又是加油站。我幫妳忙去整理東西吧。」

「沒有什麼重要東西呀。」綠說。

「不過總是有什麼吧。存款簿啦、印鑑啦、證書之類的東西。總之眼前如果沒錢也傷腦筋吧。」

「沒問題的。我不逃。」

「就算這裏燒了起來？」

「嗯。」綠說。「死掉也沒關係呀。」

我看綠的眼睛。綠也看我的眼睛。我完全不知道她現在說的多少是認眞的多少是開玩笑的。我看了她一會兒，但不久也開始覺得不管怎麼樣都無所謂了。

「好吧，我知道了。我陪妳。」我說。

「你可以跟我一起死啊？」綠眼睛閃亮地說。

「怎麼可能。危險起來我就逃走了。想死的話妳一個人去死吧。」

「好冷淡喏。」

「光是請我吃個中飯就要我跟妳一起死，沒那麼便宜喲，如果是晚餐的話還差不多。」

「哦？算了，總之在這裏先一面觀望一下發展一面來唱歌吧。等到不妙的時候再去考慮好了。」

「唱歌？」

綠從樓下搬了兩塊座墊、四罐啤酒和吉他到曬衣露台來。於是我們一面繼續眺望著瀰漫冒升的黑煙一面喝啤酒。然後綠彈起吉他唱起歌來，做這種事不會招惹鄰居反感嗎？我試著問綠。因爲我想一面觀望鄰居的火災一面在曬衣露台飲酒唱歌，實在不是一件多正常的事。

「沒問題呀。我們向來決定不理會鄰居的事。」綠說。

她唱起過去唱過的民謠。就算客套，她的歌和吉他都不敢恭維，但她本人看來卻非常快樂的樣子。她一首接一首地唱著〈Lemon Tree〉、〈Puff, the Magic Dragon〉、〈500 Miles〉、〈Where Have All the Flowers Gone?〉和〈Michael, Row Your Boat Ashore〉。剛開始綠還教我低音部準備兩個人合唱，但我唱得實在太糟了，於是放棄，然後她就一個人痛快地繼續唱下去。我啜著啤酒，一面聽她唱歌，一面小心注意地眺望火災的情形。煙勢忽而變急，忽而轉緩地反覆著。人們大聲叫著什麼，命令著什麼。報社的直昇機啪噠啪噠地發出巨大的聲音飛來攝影然後飛回去。我想但願沒把我們也拍進去。警察用擴音機朝向看熱鬧的人吼著請往後面退。小孩以哭聲喊著媽媽。不知道什麼地方發出玻璃杯破裂的聲音。風終於不安定地舞起來，白色灰燼般的東西紛紛飛到我們旁邊來。雖然如此綠依然一面小口啜著啤酒，一面心情愉快地繼續唱下去。把知道的歌全唱過一遍之後，接下來開始唱起自己作詞、作曲的奇怪的歌。

想爲你作燉湯，
但我没有鍋子。
想爲你織圍巾，
但我没有毛線。
想爲你寫詩，
但我没有筆。

「這歌叫做〈一無所有〉。」綠說。歌詞糟糕、曲子也糟糕。

我一面聽著那樣亂七八糟的歌，一面想道萬一加油站燒起來，這一家也將會遭殃吧，之類的事。綠唱累了把吉他放下，像要曬太陽的貓一般往我肩膀上一靠。

「我作的歌怎麼樣?」綠問。

「很特別而有獨創性,很能表現妳的人格。」我小心地回答。

「謝謝。」她說。「『一無所有』——這是主題。」

「我好像可以瞭解。」我點頭。

「嘿,我媽死的時候,啊。」綠朝向我這邊說。

「嗯。」

「我一點也不悲哀。」

「嗯。」

「還有我爸不見了也完全不悲哀。」

「是嗎?」

「是啊。你不覺得這樣很過份嗎?太冷漠了吧?」

「不過大概有很多原因吧?才會變那樣的。」

「是啊,是有過很多事情。」綠說。「相當複雜噢,我們家。不過啊,我一直這樣想。不管怎麼樣,總是親生的父母,死了,分離了總會悲傷吧。但不行。什麼都沒有感覺喲,既不悲哀,也不寂寞,既不難過,幾乎也不太會去想噢。只是偶爾會在夢中出現而已。我媽出現,從黑暗深處一直瞪著我這樣責備我噢,『我死了妳很高興對嗎?』我並沒有高興,對我媽死掉的事。只是沒有那麼悲哀而已。老實說我一滴眼淚也沒流。小時候養的貓死的時候我還哭了一整個晚上呢。」

怎麼會冒出這麼多煙呢？我想。既沒看見火，也沒看見火勢擴展的樣子。只是接連不斷地冒著煙而已。這麼長時間到底在燒什麼呢，我覺得好奇怪。

「不過這不能完全怪我。當然我也有薄情的地方。這點我承認。不過，如果他們——我爸跟我媽——能夠多愛我一點的話，我想我的感覺會比較不一樣的。也許會悲傷多了。」

「妳覺得沒有怎麼被愛過嗎？」

她歪著頭看我的臉。然後猛一點頭。「大概介於『不夠多』或『完全不足』的中間吧。我總是很飢餓。只要一次就好，我希望能充份地被愛。到能夠說好了，肚子飽了，謝謝招待的程度。一次就好噢。只要一次。但他們一次也沒有這樣給過我。我一撒嬌就被推開，光會抱怨說太花錢了，一直都這樣。因此我這樣想，我要自己去找、去得到能夠百分之百愛我的人。小學五年級或六年級的時候這樣下決心。」

「不得了。」我佩服地說。「於是有成果嗎？」

「很難。」綠說。並一面眺望煙一面思考了一會兒。「大概期待太久了吧，我要求極完全的東西。所以很難。」

「完美的愛？」

「不是啦。再怎麼說我也不至於這樣要求啊。我所追求的只是單純的隨心所欲。完全的隨心所欲。例如說我現在向你說我想吃草莓蛋糕，於是你把一切都放下跑去買，並且呼呼地喘著氣回來說『嗨，Midori，草莓蛋糕噢』並遞過來，於是我說『嗯，我已經不想吃這個了』而把它從窗子裏往外一扔丟掉它。我所追求的是這樣的東西。」

「我覺得那跟愛沒有任何關係呀。」我有些愕然地說。

「有啊。只是你不知道而已。」綠說。「女孩子啊，這種事情有時候非常重要呢。」

「把草莓蛋糕往窗外一扔？」

「是啊。我希望對方男的這樣說。「我瞭解了，Midori。我瞭解。我應該推測到妳變得不想吃草莓蛋糕了。我眞是像驢子人便一樣笨而粗心。我再出去買一次什麼給妳向妳道歉吧。妳想要什麼？巧克力慕斯，還是起司蛋糕？」

「那麼會變怎麼樣？」

「對方能這樣爲我，我就會相對的愛對方。」

「我覺得相當不可理喻。」

「可是對我來說那就是愛喲。雖然誰都不會瞭解我。」綠說著輕輕在我肩膀上搖搖頭。「對某種人來說，所謂愛是從非常微小，或無聊的地方開始的噢。如果不從這種地方開始的話，就無法開始噢。」

「我第一次遇到像妳這種想法的女孩子。」我說。

「這樣說的人倒有很多。」她一面玩弄著指甲的乾皮一面說。「不過我，只能認眞的這樣想。我只是老實說而已。既沒有想過跟別人想法不同，也不要求那種東西。不過我老實這樣說時，大家都以爲是開玩笑或演技做作。因此有時候會覺得一切都變得很煩。」

「於是想乾脆在火災中死掉算了？」

「唉呀，這個不是那樣啦。這個啊，只是好奇心而已。」

「在火災中死掉的事？」

「不是，我只是想看你怎麼反應而已呀。」綠說。「不過死本身我一點都不怕噢。這是眞的。那只不過是被煙嗆到昏倒過去，就那樣死掉而已呀，一會兒之間。完全不可怕。跟我所看到過我媽或其他親戚的死比起來的話。嘿，我們家親戚全都是得了重病痛苦極了而死的。怎麼好像有這種血統似的。到死爲止非常花時間。甚至到最後都不知道是活著還是死了。留下的意識說起來只有痛和苦而已。」

綠含起 Marlboro 菸點火。

「我害怕的是，那種死法。慢慢慢慢的死的陰影侵蝕生命的領域，等到一留神時已經昏暗得什麼都看不見了，周圍的人，也覺得我與其說是個生者，不如說更接近死者，那樣的狀況。我討厭那樣噢。我，絕對無法忍受。」

結果火勢終於在三小時後被控制住。旣沒有嚴重延燒，也沒有人受傷。消防車只留下一輛，其他都開回去了。人們吵吵鬧鬧地一面說話一面從商店街退走。交通管制的巡邏車留下來停在路上紅燈一圈一圈地旋轉著。不知從什麼地方飛來的兩隻烏鴉停在電線桿頂眺望著地上的模樣。

火災結束後綠好像有點疲倦的樣子。體力消耗掉了，恍惚地眺望著遠方的天空。而且幾乎不開口了。

「累了？」我問。

「不是。」綠說。「只是好久沒有這樣無力。空空的。」

我看綠的眼睛，綠也看我的眼睛。我抱住她的肩膀，親了她的嘴唇。綠只稍微抖動了一下肩，但立刻放鬆身上的力氣閉上眼睛。五秒或六秒，我們悄悄地接吻。初秋的太陽將她的睫毛影子照落在她的臉頰上，可以看見那細微地顫抖著。

那是一種溫柔、安穩，而且不知要去向何方的漫無目的的接吻。如果沒有在午後的陽光中，坐在曬衣露台喝啤酒觀望火災的話，我那天大概不會和綠接吻吧，我想這種心情也許她也一樣。我們從曬衣露台一直眺望著閃閃發光的家家戶戶的屋頂、煙和紅蜻蜓之類的東西，心情變得溫暖親密，也許在潛意識中想把那以什麼形式留下來吧。我們的接吻是這種類型的接吻。但當然正如所有的接吻都一樣，並不是完全不含有某種危險的。

首先開口的是綠。她悄悄握住我的手。然後好像有點說不出口似地說自己有正在交往的人。我說這大概可以知道。

「你也有喜歡的女孩子嗎？」

「有啊。」

「可是星期天總是有空？」

「非常複雜。」我說。

於是我知道初秋午後瞬間的魔力已經消逝無蹤了。

到了五點我說要去打工了，於是離開綠家。我試著邀她要不要一起到外面隨便吃點什麼，但她說可能有電話來而拒絕了。

「一整天都必須待在家裏等電話，眞的很討厭。只有一個人在的時候，覺得身體好像要一點一點腐爛掉似的。逐漸腐爛溶解，最後只剩下綠色黏稠的液體而已，被地底吸進去。然後只留下衣服。會這樣覺得噢，一整天一直等的時候。」

「如果下次又要等電話的話，我可以陪妳一起等。附帶午餐噢。」我說。

「可以呀，我還會事先準備好餐後的火災呢。」綠說。

*

第二天「戲劇史II」的課綠沒有出現。下課後我到學生食堂一個人吃又涼又難吃的快餐，然後坐在陽光下眺望周圍的風景，身旁兩個女學生站著繼續談了好長的話。一個胸前像在抱嬰兒般寶貝地抱著網球拍，另一個拿著幾本書和 Leonard Bernstein 的LP唱片。兩個都長得很漂亮，好像很愉快地談著話。從學生社團室傳來有人在練習貝斯的音階。到處聚集著四、五個成羣的學生，他們各自針對什麼主題發表意見，或歡笑，或喊叫。停車場裏有人在玩溜滑板。抱著皮包的教授一面閃避那溜滑板一面穿過那裏。中庭裏一個戴安全帽的女學生正往地面彎著腰寫著美帝侵略亞洲如何如何的直立看板。和平常一樣的大學午休時間的風景。但好久沒看了，重新眺望那樣的風景之間，我忽然發現一個事實。每個人看起來都那麼幸福。我不知道他們是眞的幸福，或者只是看起來這樣而已。但總之那個九月底舒服的午後，每個人看來都很幸福，因此我感覺到平常所沒有的寂寞。因爲我覺得似乎只有我一個人不適應那風景。

不過試想一想這幾年之間，我又曾經適應過什麼樣的風景呢？我想。我所記得的最後的親密光景，是和Kizuki兩個人一起撞球的海港附近撞球場的光景。而那一夜Kizuki已經死掉了，從此以後我和世界之間便夾進某種不順暢的冷空氣。我試著想一想對我來說，Kizuki這個男人的存在到底是什麼呢。但我無法找到答案。

我所知道的只是由於 Kizuki 的死，應該稱爲我的青春期機能的一部分，似乎已經完全而且永遠地損傷掉了這回事。我可以清楚地感覺到並瞭解到。但那意味著什麼，會帶來什麼樣的結果，則完全在我的理解之外。

我長久坐在那裏眺望校園的風景和在那裏往來的人們以消磨時間。也想到或許可以見到綠，但結果那天她終於沒有出現。午休結束後我到圖書館去預習德語。

*

那個星期六下午，永澤兄到我房間來，說今晚要不要出去玩，我可以幫你申請外宿許可。好啊，我說。這一個多星期我的頭腦混亂不清，覺得不管是誰都好，想跟人一起睡覺。

我傍晚洗澡、刮鬍子，在 Polo 襯衫外面套一件棉外套。然後和永澤兄兩個人在食堂吃了晚餐，搭巴士到新宿街上。在新宿三丁目的喧鬧中下了巴士，在那一帶閒逛之後，進到每次去的那附近的酒吧，等適當的女孩子出現。雖然那家店以很多女孩子結伴來爲特色，但偏偏那天幾乎可以說完全沒有女孩子接近我們身傍。我們在不醉的程度內一面小口啜著威士忌蘇打，一面在那裏坐了將近兩小時。看來滿有親和性的兩個女孩子到櫃台坐下點了 gimlet 和 margarita。永澤兄立即過去搭訕，但兩個人都在等男朋友。雖然如此我們還是暫時四個人親密地談了一會兒，但她們等的朋友來時，兩個人便到那邊去了。

換一家店吧，永澤兄說著便帶我到另一家酒吧去。稍微深入僻靜一點的地方一家小店，大多的客人都已經有伴了正在鬧著，後方那桌有三人一組的女孩子，於是我們加進那裏去五個人一起聊。氣氛還不錯。大家心情都相當好。但當邀她們要不要換一家店再喝一些時，女孩子們卻說我們差不多必須回去了，因爲有門禁時間。

三個都上某個地方的女子大學住學校宿舍。眞是很背的一天。那之後也試著換過別家。但不知道爲什麼女孩子完全沒有要靠近的跡象。

到了十一點半永澤兄說今天不行。

「很抱歉，把你拉出來團團轉。」他說。

「我沒關係呀，光是知道永澤兄也有這樣的日子就很高興了。」我說。

「一年大概有一次吧，這樣的。」他說。

老實說，我已經沒有什麼興致了。在星期六新宿夜晚的喧鬧中，閒逛了三個半鐘頭之久，在觀望著性欲和酒精之類交錯混合的莫名其妙能量之間，我開始覺得自己的性欲似乎是微不足道的卑微東西了。

「接下來怎麼辦，渡邊？」永澤兄問我。

「去看通宵電影啊。好久沒看電影了。」

「那我到初美那裏去喲。可以嗎？」

「沒有理由說不可以吧。」我笑著說。

「我也可以幫你介紹一個能讓你留宿的女孩子，怎麼樣？」

「不用了，我今天想看電影。」

「很抱歉。下次再補償你。」他說。然後便消失在人羣裏。我走進漢堡店去吃了吉士漢堡，喝了熱咖啡醒醒酒之後，到附近的二輪電影院去看《畢業生》。雖然是不覺得多有趣的電影，但因爲也沒有別的事可做，因此就那樣又重複看了一次那部電影。然後走出電影院，一面想事情一面在清晨四點前冷冷的新宿街頭漫無目的地閒逛著。

走累了我走進一家通宵營業的喫茶店，決定一面喝咖啡讀書，一面等第一班電車。過一會兒逐漸進來更多同樣在等第一班電車的人，店裏開始混雜起來。服務生走過來我這邊，說對不起可以讓別的客人也一起坐嗎？可以呀，我說。反正我只是在看書而已，前面誰要坐，我一點也不介意。

和我同席的是兩個女孩子。年齡大約和我差不多吧。兩個都稱不上美，但感覺不錯。化粧和服裝也很正常，看不出是早晨五點前會在歌舞伎町閒逛的類型。一定有什麼原因沒趕上最後一班電車，或怎麼樣了，我想。她們似乎因爲同席的是我而稍微覺得鬆一口氣似的。我樣子很規矩，傍晚也刮了鬍子，何況正一心不亂地在讀著Thomas Man的《魔山》。

女孩子中一個是大個子，穿著灰色連帽運動衫、白色牛仔褲，拿著大塑膠皮包，兩耳戴著貝殼形大耳環。另一個是小個子戴眼鏡，穿格子襯衫上面加藍色毛線外衣，手上戴著藍色土耳其石的戒指。小個子女孩不時摘下眼鏡用手指壓眼睛，這似乎是她的癖好。

她們都點了咖啡歐蕾（Cafè au lait 鮮奶和咖啡各半的大杯法式早餐咖啡）和蛋糕，一面小聲地商量著什麼一面花時間吃蛋糕、喝咖啡。大個子女孩幾次懷疑地偏偏頭，小個子女孩搖了幾次頭。因爲正大聲播放著Marvin Gaye和Bee Gees的音樂，所以聽不見談話內容，不過小個子女孩似乎正煩惱著生氣著，大個子女孩則算了算了地安慰她似的。我則反覆交替地看著書，觀察著她們。

小個子女孩抱著肩帶皮包到洗手間去之後，大個子女孩向我說對不起。我把書放下看她。

「你知道這附近有沒有還可以喝酒的店？」她說。

「妳是說早上的五點過後？」我吃驚地反問。

「對。」

「嘿，淸晨五點二十分，說起來大多數人都喝醉了在醒酒，準備回家睡覺的時間啊。」

「是，這個我知道。」她好像非常不好意思地說。

「我朋友說無論如何還想喝。發生了很多事情。」

「只有回家去兩個人對飮吧。」

「可是，我要搭早上七點半左右的電車到長野去。」

「那麼只能到自動販賣機買酒，坐在那邊喝，其他好像沒有別的辦法了。」

很抱歉可以請你陪我們嗎？她說。因爲女孩子兩個人做不來。我當時在新宿街上經歷過各種奇怪的體驗，但早上五點二十分被女孩子邀約喝酒還是第一次。要拒絕也麻煩，而且反正也是閒著，於是我到附近的自動販賣機去隨便買了幾瓶日本酒和小菜，和她們一起抱著那些走到西口的空草地上，坐在那裏開起即席宴會似的。

一打聽原來兩個人都在旅行社上班。都是今年從短期大學剛畢業開始上班的，兩個人感情很好。小個子女孩有男朋友，感覺不錯地交往了一年左右，但最近發現他和別的女人睡覺，因此她非常灰心。那是事情的大概。大個子女孩今天是哥哥的結婚典禮，本來昨天傍晚要回長野老家的，但爲了陪朋友而在新宿耗了一夜，準備搭星期天早晨的第一班特快車回家。

「不過，怎麼會知道他跟別人睡覺呢？」我試著問小個子女孩。

小個子女孩一面小口喝著日本酒一面拔著腳邊的雜草，「打開他房間的門時，就在眼前哪，那不用問知道不知道了吧。」

「什麼時候的事，那是？」

「前天晚天。」

「哦。」我說。「門沒上鎖啊？」

「對。」

「怎麼不上鎖呢？」我說。

「我怎麼知道，這種事情。不可能知道吧？」

「不過這種事你不覺得眞是很大的打擊嗎？太過份了吧？她心情會怎麼樣嘛？」看來人很好的大個子女孩說。

「我雖然什麼都不能說，不過最好能好好的談一次比較好噢。我想那樣之後，才能決定要不要原諒的問題。」我說。

「沒有人能瞭解我的心情。」小個子女孩依然一面噗吱噗吱地拔著草一面像吐出來似地說。

烏鴉羣從西方飛來越過小田急百貨公司上方。夜已經過去天完全亮了。三個人東聊西聊之間，大個子女孩說搭電車的時刻已經接近了，於是我們把剩下的酒給了在西口地下道的流浪漢，買了月台票去送她。等看不見她搭的列車之後，我和小個子女孩沒有互相邀約便自然地進了飯店。我和她兩邊雖然都沒有特別想和對方睡，只是不睡無法鎮靜下來而已。

進了飯店我先脫掉衣服進去洗澡，一面泡在浴缸一面近乎自暴自棄地喝啤酒。女孩子也隨後進來，兩個人倒在浴缸裏默默喝著啤酒。喝多少都不覺得醉，也不睏。她的皮膚很白，滑溜溜的，腳的線條非常美。我誇獎她的腳，她便以淡漠的聲音說謝謝。

但一上了床之後，她卻像完全變成另一個人似的。配合我手的動作她敏感地反應，扭曲身體，發出聲音。我進入裏面時她指甲便猛然用力抓我的背，接近高潮時她叫了別的男人的名字十六次之多。我爲了延遲射精而拚命數著次數。於是我們就那樣睡著了。

十二點半我醒來時，她已經不見了。既沒留信也沒留便條。因爲在奇怪的時間喝酒，覺得頭的一邊好像變得出奇的重。我去沖澡把睏意趕走，刮了鬍子，赤裸地坐在椅子上喝了一瓶冰箱裏的果汁。並試著依照順序一一回想昨天晚上發生的每件事情。每件都像隔了兩、三片玻璃板似的覺得怪疏離的沒有眞實感，但沒錯是實際發生在我身上的事。桌上還剩下喝啤酒的玻璃杯，洗臉台還有用過的牙刷。

我在新宿簡單地吃了午飯，然後走進電話亭去試著打電話給小林綠。因爲我想說不定她今天又一個人在守著電話。但呼叫鈴響了十五聲都沒有人出來接。二十分鐘後我再試著打了一次，結果還是一樣。我搭巴士回到宿舍。入口的信箱有我的限時快信。是直子的來信。

5

「謝謝你的信。」直子寫道。信是從直子家立刻轉寄到「這裏」來的。你的信一點也不會打攪，老實說眞的很高興。其實我也正在想差不多要寫信給你了，這時候正好收到你的信。

讀到這裏，我把房間的窗戶打開，脫掉上衣，坐在床上。從附近的鴿子房傳來咕嚕咕嚕鴿子的叫聲。風搖晃著窗簾。我手上依然拿著直子寄來的七張信紙，讓思緒漫無目的地任意隨想。只讀了前面的幾行字，我就已經感覺到周圍的現實世界好像忽然逐漸褪色了似的。我閉上眼睛，花很長時間整理情緒集中精神。並深呼吸之後繼續讀下去。

「來到這裏已經接近四個月了。」直子繼續著。

我在這四個月裏想了很多你的事。而且越想得多，就越覺得自己對你好像很不公平的樣子。我想我對你，似乎應該以更正常的人更公正的舉動相待才對的。

不過這種想法或許也不太正常。爲什麼呢？因爲像我這種年齡的女孩子，首先就不會用什麼「公正」這種字眼的。因爲對普通年輕女孩子來說，事情是否公正，根本就無所謂。極普通的女孩子與其考慮事情是否公正，不如考慮是否美好，或者要怎麼樣自己才會快樂幸福，以這爲中心去想事情。怎麼想「公正」這字眼都是男人用的字眼。不過對現在的我來說，卻覺得「公正」這字眼非常吻合。大概因爲什麼是美好的，或要怎麼樣才能幸福，這些對我來說都是非常麻煩而繁雜的命題，因此不知不覺地便偏向其他基準去了。例如是否公正，是否正直，或是否普遍之類的。

但不管怎麼說，我覺得自己對你並不公正。而且或許因爲如此而把你拖得團團轉，並把你弄得傷痕纍纍也不一定。不過因爲如此，我也把自己拖得團團轉，弄得傷痕纍纍。這既不是找藉口，也不是自我辯護，而是說眞的。如果我在你心中留下了什麼傷痕的話，那不只是你的傷，也是我的傷。因此請你不要因此而恨我。我是個不完全的人。我是比你所想的更不完全的人。正因爲如此我不希望被你憎恨。如果被你憎恨的話，我整個人眞的會變成支離破碎。我無法像你那樣輕巧地躲進自己的殼裏適度地排遣自己。雖然我不知道你眞正是怎麼樣，不過我總覺得你是這樣的。所以有時候我好羨慕你，我過分多餘地把你拖得團團轉，或許也是因爲這樣。

這種對事情的看法，或許過於分析性了吧。你不覺得嗎？在這裏的治療絕對不是過於分析性的。不過處在我的立場，一連接受幾個月治療後，多多少少難免會變得偏向分析性了。什麼會變成這樣，是因爲這樣，而且那個意味著這個，因此會這樣，之類的。我不知道這種分析是想要把世界單純化，或是細分化。

但不管怎麼樣，我自己都感覺到自己似乎比某一段時間復原許多了。周圍的人也這樣承認。而且好久沒有能夠這樣鎮定地寫信了。七月裏寫給你的信是在好像絞盡自己般的感覺下寫的（老實說，我完全記不得寫了什麼。是不是一封很糟糕的信？）這次是非常平靜地寫著的。清潔的空氣、與外界隔離的安靜世界、規則的生活、每天的運動，這些東西對我似乎是必要的。能夠寫信給什麼人眞是一件好事。想對誰傳達自己的想法，坐在書桌前拿起筆，能像這樣寫出文章來，眞是一件很美的事。當然試著寫成文章時，只能夠表現出自己想說的一小部分，不過這也沒關係。光是能夠有想試著對誰寫一點什麼的心情，對現在的我已經很幸福了。因此，我現在正在寫信給你。現在是夜晚的七點半，吃過晚飯，也洗過澡了。周圍靜悄悄的，窗外黑漆漆的。看不見一點光。平常可以看見非常明亮清晰的星星，但今天是陰天看不見。這裏的人對星星都非常清楚，會教我那是處女座、或射手座之類的。大概因爲天黑之後就沒事可做了，所以難免都變清楚了。而且和那一樣的原因，這裏的人對鳥、花和昆蟲之類的也非常清楚。和這些人談話時，我才知道自己以前對各種事情是多麼的無知，而這樣子感覺也滿愉快的。

這裏總共住有七十個人左右，生活在這裏。其他工作人員（醫師、護士、總務、其他各種）有二十來個。是一個非常寬大的地方，這人數絕不算多。因此或許以日子閑散的表現法比較接近吧。地方寬闊，充滿了自然，人們都安安穩穩地生活著。實在太安穩了，偶爾會懷疑這裏才是眞正的正常世界吧。不過，當然不是。因爲我們是在某種前提之下在這裏生活著，才會變得這樣的。

我在打網球和籃球。籃球隊員是由患者（雖然這是個討厭的字眼但也沒辦法吧）和工作人員混合組成的。但在專心比賽時，我逐漸搞不清楚誰是患者誰是工作人員了。這有點奇怪。雖然有點奇怪，但一面比賽一面看著周圍時，每個人看來似乎都一樣歪斜著。

有一天我對主治醫師這樣說時，他說妳所感覺到的在某種意義上是正確的。他說我們在這裏不是爲了矯正那歪斜，而是爲了適應那歪斜。我們的問題點之一是無法承認和接受那歪斜。就像每個人走路方式都有一點癖一樣，感覺方式和思考方式或對事情的看法也各有一點癖，那就算想要改正也無法立刻改正，如果勉強要改正的話，據說其他地方就會變奇怪。當然這只是極單純化的說明，而且那些只不過是我們所抱有問題的一部分而已，雖然如此他想說的話我也大概可以明白。也許我們確實沒有能夠完全適應自己的歪斜。所以無法把那種歪斜所引起的現實性痛和苦適當地安置在自己心中，而且爲了遠離那樣的東西而住進這裏來。只要人住在這裏我們就不會讓別人痛苦，也不會受別人的苦。因爲我們都知道自己是「歪斜」著的。那是和外部世界完全不同的地方。在外面的世界裏許多人是並未意識到自己的歪斜而過著日子的。但在我們這個世界裏，歪斜正是前提條件。我們就像印第安人頭上挿著代表自己部族的羽毛一樣，身上穿著歪斜。而且爲了避免彼此互相傷害而靜悄悄地生活著。

除了運動之外，我們還種菜。番茄、茄子、小黃瓜、西瓜、草莓、蔥、高麗菜、蘿蔔，和其他各種菜。大多的東西都種。也用溫室栽培。這裏的人非常懂得種菜，也很熱心。看書、請專家指導，一天到晚光談一些用什麼樣的肥料好，或地質如何之類的話題。我也變成非常喜歡種菜了。看著各種果物和菜蔬每天逐漸長大一點的樣子實在很美妙。你種過西瓜嗎？所謂西瓜，簡直就像小動物一樣地膨脹長大的噢。

我們每天吃著那些剛採下來的蔬菜、水果過日子。當然也有魚和肉，但住在這裏想吃那種東西的欲望會漸漸變小。因爲總之青菜實在太新鮮美味了。有時候也會到外面去採集一些山菜或香菇之類的。這方面也有專家（試想想這裏眞是到處充滿了專家），告訴我們這是好的，這個不行。因此我到這裏來之後胖了三公斤之多。體重剛剛好。由於做運動，和確實規律地吃東西的關係。

其他時間，我們大多在讀書，聽唱片，或編織東西。雖然沒有電視或收音機，但代替的卻有相當像樣的圖書室，也有唱片圖書室，唱片圖書室裏從馬勒的交響曲全集到披頭四的唱片都一應齊全，我每次都在這裏借唱片，回房間聽。

這個設施的問題是一旦進了這裏之後，就會嫌出去外面太麻煩了，或者變得害怕出去。我們只要在這裏面心情就能平和安穩。對自己的歪斜也能以自然的心情去面對。感覺自己已經恢復了。但外面的世界是不是能夠同樣地接受我們，我卻没有信心。

我的主治醫師說我差不多可以開始接觸外部的人了。所謂「外部的人」，指的也就是正常世界的正常人。但雖然他這麼說，我腦子裏只能浮現你的臉。老實說，我不太想見父母親。因爲他們爲了我的事而感到非常混亂，就算見面談話我想只會覺得悽慘而已吧。而且我想有幾件事必須對你說明。雖然我不知道能不能夠說明清楚，不過那是很重要的，不可避免的事。

但請不要因爲我這樣說，而把我當做一個沉重的包袱。我不想成爲任何人的包袱。我可以感覺到你的好意，也爲此覺得很高興，我只是把那種心情坦白傳達給你而已。或許現在我非常需要這種好意。如果對你來說，我寫的什麼事情帶給你困擾的話，我道歉。請你原諒。正如前面寫過的那樣，我是一個比你所想像的不完全的人。

有時候我會這樣想。如果我跟你是在非常平凡的普通狀況下相遇，而彼此如果懷有好感的話，我們不知道變成怎樣了？如果我是正常的，你也是正常的（你從一開始就是正常的噢），而沒有Kizuki的話，不知道會變成什麼樣？不過這個如果卻太大了。至少我是努力要公正而正直的。現在的我只能這樣做。但願這樣做能夠稍微傳達我的感覺給你一點。

這個設施和一般的醫院不同，原則上會面是自由的。只要在前一天用電話聯絡，隨時都可以見面。也可以一起進餐，並有住宿設備。請在你方便的時候來見一次。我期待著和你見面。隨函附上地圖。信變得這麼長很抱歉。

我讀到最後又從頭重新再讀。並下樓到自動販機去買可樂，一面喝著又再讀了一遍。然後把那七張信紙放回信封，放在書桌上。粉紅色的信封以女孩子來說有點過分工整的整齊小字寫著我的姓名和地址。我坐在書桌前面望著那信封一會兒。信封背面的地址寫著「阿美寮」。好奇怪的名字。我對那名字思索了五、六分鐘，然後想像大概是從法語的ami（朋友）取的吧。

我把信收進抽屜之後，換了衣服外出。因為覺得如果置身在那封信的附近的話，可能會去重讀十次或二十次也說不定。就像我和直子兩個人以前每次都做的那樣，一個人在星期天的東京街頭漫無目的地散步。我想起她信上的一行一行字，一面對那些以我的方式去思索，一面從一條街徘徊到另一條街。當天黑之後我回到宿舍，試著打長途電話到直子所住的「阿美寮」。接電話的女性出來接聽，問我有什麼事。我報出直子的名字，試著詢問說可能的話希望明天中午過後能去會面，不知道是不是可以。她問了我的姓名，並請我三十分鐘後再打一次。

我吃過飯打電話過去時，和剛才同一個女的來接，說可以會面，歡迎光臨。我道過謝掛斷電話。把換洗衣服和盥洗用具放進旅行背袋。於是一面喝著白蘭地到睏爲止，一面繼續讀著《魔山》。即使這樣也一直到凌晨一點過後才好不容易睡著。

6

星期一早晨七點醒來，我急忙洗臉刮鬍子，沒吃早餐就立刻到舍長室去，說我要去登山兩天，請照應。我過去有空的時候也曾經做過幾次小旅行，因此舍長只說了噢而已。我搭上擁擠的電車到東京車站，買了往京都的新幹線自由席車票，搭上第一班「光」號，名副其實是跳上車趕上的，以熱咖啡和三明治代替早餐吃。並且有一個小時迷糊地打了瞌睡。

到京都車站時是十一點稍前。我按照直子指示的搭市營公車來到三条，再到那附近私鐵巴士總站去詢問十六號巴士該從什麼地方上車，幾點有車。說是十一點三十分從最那邊的招呼站出發，到目的地大概要一小時多一點。我在售票口買了車票，然後走進附近的書店去買地圖，坐在候車室的長椅上試著查「阿美寮」的正確位置。從地圖上看「阿美寮」是位於非常深的山裏。巴士要越過幾重山北上，到不能再往前爲止的地方，從那裏再掉頭轉回市內。我該下車的招呼站是在幾乎接近終點的稍前一點。從招呼站有登山道，步行約二十分鐘左右就會到「阿美寮」直子這樣寫著。到這麼深的山裏去，那當然安靜囉，我想。

二十個左右的乘客上車之後巴士立刻出發，沿著鴨川經過京都市內往北開。越往北邊前進街容越寂寞，眼前開始出現田野和空地。黑色瓦片的屋頂和塑膠溫室浴著初秋的陽光閃著眩眼的光。巴士終於進入山區。在曲折迂迴的道路上，司機不停往左往右地繼續旋轉著方向盤，我有點不舒服起來。胃裏還留著早上喝過的咖啡氣味。不久轉彎逐漸和緩減少，終於可以鬆一口氣時，巴士突然穿進冷颼颼的杉木林裏。杉林簡直像是原生林般高高聳立，遮住了陽光，昏暗的陰影覆蓋了萬物。從開著的車窗吹進來的風急速變冷，那濕氣令肌膚刺痛。沿著河谷在那杉林中前進相當長一段時間。令人開始覺得全世界是不是永遠將被杉林埋盡時，才好不容易結束，我們穿出周圍被山包圍的盆地般的地方來。盆地上綠油油的田園無止盡地延伸，沿著道路流著清澈的河流。遠方有一道白煙細細地升起，到處看得見掛著曬衣竹桿，有幾隻狗在吠著。屋子前面薪柴高高堆到接近屋簷下為止，在那上面貓正躺著睡午覺。這樣的民房沿著道路繼繼連接著，但卻完全看不見人的蹤影。

這種風景反覆了幾次。巴士進入杉林，穿出杉林進入村落，離開村落又再進入杉林。每到一個村落巴士停下就有幾個乘客下車。但沒有一個乘客上車。從市內出發大約四十分鐘左右來到視野遼闊的山頭，司機在那裏停下巴士，告訴乘客說，要在這裏停五、六分鐘會車，所以想下車的人可以下去。乘客包括我在內只剩下四個人，但大家都下巴士去，讓身體舒展一下，或抽個菸，眺望一下眼前展開的京都市街遠景。司機站著小便。一個把用繩子綑好的大紙箱搬上車內的五十歲左右曬得黑黑的男人，問我是不是去登山。因為麻煩，我回答是。

終於從相反方向開上來一部巴士停在我們的巴士旁邊，司機下車來。兩個司機稍微交談幾句，然後各自上了自己的巴士。乘客也回到位子上。於是兩輛巴士各自朝自己的方向再度開始前進。我們的巴士為什麼要在山頂上等候另外一輛巴士來的理由立刻就分曉了。因為在稍微下坡一會兒的地方，道路忽然變窄，完全不可能容許兩輛大型巴士錯車。巴士雖然和幾輛廂型貨車和轎車錯車，但每次都必須有哪一邊倒車，到轉彎稍微凸出的地方去才好不容易勉強能緊貼著錯車。

沿著河谷民房成排的村落比以前變小了，能耕作的平地也變狹了。山勢險陡起來，緊緊迫在眼前。只有狗多是每個村子都共通的，巴士一來到，狗就競相吠了起來。

我下車的招呼站旁什麼都沒有。既沒有人家，也沒有田地。只有招呼站的標幟孤伶伶地立著，小河流著，有一個登山道的入口而已。我把旅行袋揹在肩上，沿著河谷順著登山道開始走上去。道路左手邊流著小河，右手邊則是雜木林延伸著。那樣和緩的上坡路前進了十五分鐘左右後，右邊終於有一條一輛車子勉強可以通行的叉路，那入口豎立著「阿美寮・閒人勿進」的招牌。

雜木林中的路上清楚地留下汽車輪胎的痕跡。從周圍的樹林裏偶爾傳來啪嗟啪嗟鳥類拍翅的聲音。好像被部分擴了音似地奇妙鮮明的聲音。只有一次從遠方傳來像槍聲般砰的聲音，但那像是透過幾層濾鏡傳來般微小而模糊。

穿過雜木林後看得見白色石圍牆。雖說是石圍牆但高度只到我的身高左右，上面既沒有柵欄也沒有網子，如果想翻越的話應該是輕易可以翻越的簡單東西。黑色門扉是鐵製的看來很堅固，但卻是敞開的，門口警衛室裏看不見門房的影子。門邊掛著和剛才一樣「阿美寮・閒人勿進」的招牌。警衛室裏留有剛才還有人在的形跡。菸灰缸裏有三根菸蒂，茶杯裏有喝剩的茶，架子上有無線電收音機，牆上的鐘滴答滴答地發出脆脆的聲音刻著時間。我在那裏試著等門房警衛回來，但完全沒有會回來的跡象，於是我在旁邊像是門鈴的東西上按了兩、三次看看。門的內側就是停車場，那裏停著迷你巴士、四輪驅動的越野吉普車(land cruiser)和深藍色VOLVO。雖然看來大概停得下三十輛車左右，但只停著那三輛。

兩、三分鐘後穿著深藍色制服的門房騎著黃色腳踏車從林間道路過來。六十歲左右高個子額頭有點禿的男人。他把黃色腳踏車靠在小屋的牆上，對我說「啊，對不起。」口氣中並沒有多對不起的樣子。腳踏車的擋泥輪圈上用白漆寫著32。我報了姓名他便打電話進去什麼地方，反覆說了兩次我的名字。對方說了什麼，他回答嗨、噢，知道了，掛斷電話。

「請你到總館去，說找石田先生。」門房說。「順著那林間的路走到一個圓環然後左邊第二條——聽清楚噢，左邊第二條路下去。然後就有一棟古老建築物，從那裏右轉再穿過一個林子就有鋼筋水泥樓房，那就是總館。上面掛著招牌，所以我想你會知道的。」

我依照他說的往圓環左邊第二條路前進，盡頭有一棟像是老式別墅般古趣盎然的老建築物。庭園裏搭配有形狀美好的石頭，和石燈籠等，植栽整理得很好。這地方原來好像是誰的別墅的樣子。從那裏右轉穿過樹林之後，眼前看得見一棟三層樓的鋼筋水泥樓房。雖說是三層樓，但好像挖深地面般建在凹下的地方，因此並沒有給人壓迫感。建築物設計是簡單的，看來相當清潔的樣子。

入口在二樓。登上幾段階梯打開一扇大玻璃門進到裏面，服務台坐著一位穿紅色洋裝的年輕女子。我報了自己的姓名，說我要見石田先生。她微微一笑指著門廳的沙色沙發，小聲說請我坐在那裏等一下。於是撥了電話。我把背包從肩上放下來，坐在那軟綿綿的沙發上，望著周圍。是個清潔而感覺很好的門廳。有幾盆觀葉植物，牆上掛著品味良好的抽象畫，地上磨得閃閃發光。我在等著的時候一直望著映在那地板上自己的鞋子。

中途有一次接待的女子對我招呼道「一會兒就來了。」我點點頭。眞是好安靜的地方，我想。周圍沒有一點聲音。總覺得像是午睡時間一樣，我想。好像人、動物、昆蟲和草木，一切的一切都沉沉睡著似的安靜的午後。

但不久之後，就聽見橡皮鞋底的柔軟腳步聲。出現一位頭髮非常硬而短的中年女人，很俐落地在我身傍坐下蹺起腳，並和我握手。一面握手，一面把我的手忽而朝上忽而朝下地觀察著。

「你至少這幾年都沒玩弄樂器了吧？」她首先發言。

「是的。」我驚訝地回答。

「看手就知道了。」她笑著說。

感覺非常不可思議的女人。臉上有相當多的皺紋，那首先就映入我眼裏，但並不因此而覺得老，相反地藉著那皺紋卻強調出超越年齡的年輕感覺。那皺紋好像在說那是天生下來就已經在那裏了似地和她的臉非常適應。她一笑那皺紋也一起笑，她臉色凝重時那皺紋也一起凝重起來。既不笑也不嚴肅的時候，皺紋便若無其事略帶諷刺而溫柔地分散在整個臉上。年齡大約三十歲代的後半，不僅感覺很好，而且是有什麼地方吸引人的有魅力女性。我第一眼就對她懷有好感。

她的頭髮剪得非常雜亂，很多地方立起來翹出來，前髮也不整齊地散落在額頭上，但那髮型和她非常搭配。白色T恤衫上穿一件藍色工作服，奶油色寬鬆的棉長褲，穿著一雙網球鞋。瘦瘦的幾乎沒有所謂乳房，嘴唇老是嘲諷地往一邊歪，眼睛旁邊的皺紋細細地動著。看來好像一個有點執拗但親切而功夫高明的女木工似的。

她下顎稍微縮進，嘴唇依然歪著，把我從上到下打量一圈。甚至覺得她好像現在立刻就要從口袋裏拿出捲尺來，開始測量我身體的各個部位似的。

「你會什麼樂器？」

「不，我不會。」我回答。

「那眞遺憾，會的話很愉快的。」

是啊，我說。爲什麼老是提到樂器的話題，我眞莫名其妙。

她從胸前口袋拿出 Seven Stars 香菸含在嘴上，用打火機點火並美味地吹出煙來。

「嗯，你叫渡邊君吧，你要見直子之前，最好先讓我來說明一下這裏的情形比較好。所以首先我們兩個先這樣來談一談。因爲這裏和別的地方有點不同，如果沒有任何預備知識的話，我想你可能會有點吃驚。噢，你對這裏的事還不太清楚吧？」

「嗯，幾乎什麼都不知道。」

「那麼，我從頭開始說明的話……」她說到這裏好像留意到什麼似地彈了一下手指。「嘿，你中飯吃過什麼沒有？肚子餓了吧？」

「餓了。」我說。

「那麼來吧。在食堂一面吃飯一面談吧。雖然用餐時間過了，但我想現在去應該還有什麼可以吃。」

她在我前面快步穿過走廊，下了階梯走到一樓的食堂去。食堂有兩百人左右的座位，但現在使用著的只有一半，另外一半用屛風隔開。看來有點像是淡季的休閒飯店。午餐的菜，是放有麵條的洋芋湯，青菜沙拉、橘子汁和麵包。就像直子信上寫的那樣，青菜出乎意料之外好吃得令人吃驚。我把盤子裏的東西全部不剩地吃光。

「你好像眞的吃得很好吃的樣子啊。」她佩服似地說。

「眞的很好吃啊。而且我早上開始就幾乎沒吃什麼。」

「很好，如果你想的話，可以連我的份也吃。這個，我已經吃飽了，要不要？」

「如果妳不要的話，我就吃。」我說。

「我的胃很小只能吃一點點。所以飯不夠的份就用香菸塡補。」她這樣說著又含起 Seven Stars 點火。「對了，你叫我玲子姊好了。因爲大家都這樣叫。」

我吃著她只動了一點的洋芋湯，啃著麵包時，玲子姊便很稀奇地望著我吃。

「妳是直子的主治醫師嗎？」我試著問她。

「我是醫師？」她好像大吃一驚似地忽然皺起眉頭說。「爲什麼我是醫師呢？」

「因爲人家叫我先見石田先生啊。」

「啊，那個啊。嗯，我是這裏的音樂老師。所以人家叫我先生。但其實我也是患者。不過已經住在這裏七年了，教教大家音樂，幫忙一些事務，所以已經分不出是患者或是工作人員了。直子沒有告訴你我的事嗎？」

我搖搖頭。

「哦。」玲子姊說。「嗯，總之，直子跟我住同一間房。也就是室友囉。跟她一起住滿有趣的。我們談了很多話。也常常談到你。」

「談到我什麼樣的事？」我試著問。

「對了對了。在那之前我必須先說明這裏的情形。」玲子姊從頭開始就根本忽視我的問題，她說。「首先希望你瞭解的是，這裏不是所謂一般的『醫院』。那麼，簡單快速地說，這裏不是治療的地方而是療養的地方。當然也有幾位醫師每天做一小時左右的會診，但那就像量體溫一樣只是做狀況檢查而已，並不是像其他醫院所做的那種所謂積極的治療。因此這裏既沒有鐵欄杆，門也經常打開著。人們可以自發性地進來，自發性地出去，而且能夠住進來這裏的，只有適合這種療養的人而已。並不是誰都可以住進來的，需要專門性治療的人，將應個別情況轉往專門醫院去。到這裏爲止你明白嗎？」

「大概明白。不過，那所謂的療養具體上是什麼樣的情形呢？」

玲子姊吹出香菸的煙，喝著剩下的橘子汁。「這裏的生活本身就是療養啊。規則的生活、運動、和外界隔離、安靜、新鮮的空氣。我們有田地，幾乎過著自給自足的生活，既沒有電視，也沒有收音機。是像現在流行的自治體(Commune)一樣的地方。雖然要進來這裏還滿花錢的，這點和Commune不同。」

「那麼貴嗎？」

「雖然不是貴得離譜，不過也不便宜喲。因爲設備不簡單吧？地方又大，患者人數少而工作人員人數多，我的情況是已經住相當久了，像半個工作人員一樣，所以實質上免住院費，這倒還好。嘿，要不要喝咖啡？」

想喝，我說。她弄熄香菸站起來，從櫃台的保溫咖啡壺倒了兩杯咖啡端過來。她放了沙糖用湯匙攪拌著，皺著眉頭喝。

「這個療養院不是營利事業。所以住院費不太貴還支持得下去。這土地也是某人全部捐贈的。成立法人。從前這一帶是那個人的別墅。大概二十年前吧。你看到老房子了吧？」

看到了，我說。

「從前建築物也只有那裏有，患者集中在那裏，做集體療養。也就是說爲什麼會開始創辦的對嗎？那個人的兒子也有精神病的傾向，有一位專科醫師向那個人提出集體療養的建議。在遠離人煙的地方，大家互相幫助，勞動肉體過日子，在那裏加上醫師指導，檢查狀況，這樣做有可能治癒某種病，這是那位醫師的理論。就這樣這裏開始辦起來。然後逐漸擴大，變成法人，農場也加大了，總館也在五年前建起來。」

「也就是治療有效嗎？」

「嗯，當然不是萬病都有效，也有很多人治不好的。不過有相當多在別的地方不行，到這裏變好康復出去的。這裏最大的好處，是大家互相幫忙。因爲大家都知道自己是不完全的，所以都互相幫忙。在別的地方卻不是，很遺憾。在別的地方醫師永遠是醫師，患者永遠是患者。患者請醫師幫助，醫師給患者幫助。但在這裏我們是互相幫助的。我們是彼此的鏡子。而醫師是我們的伙伴。他們在旁邊看著我們，他們想到我們需要什麼時，就會很快地過來幫助我們，我們有些情況也幫助他們。這樣說是因爲有些情況我們比他們優秀噢。例如我教某一位醫師彈鋼琴，有一位患者教護士法語，是這樣的情形。像我們這種得病的人也有很多擁有專門優異才華的。所以在這裏我們大家都是平等的。患者和工作人員，還有你。因爲你在這裏的期間，也是我們的一員，我幫助你，你也幫助我。」玲子姊把臉上的皺紋溫柔地彎曲起來笑著。「你幫助直子，直子也幫助你。」

「我要怎麼做才好呢？具體上？」

「首先第一要想幫助對方。並且想自己也必須讓別人幫助。第二要坦白。不要說謊，不要想掩飾事情，不要打迷糊眼想把不妙的事情隱瞞掉。只要這樣就行了。」

「我會努力。」我說。「但玲子姊爲什麼會在這裏待了七年之久呢？我一直跟妳談話，但都不覺得妳有什麼地方奇怪呀。」

「白天是這樣。」她表情黯然地說。「但到了晚上就不行了。到了晚上，我會流口水，在地上打滾。」

「眞的？」我問。

「假的啦。不可能吧。」她好像吃驚了似地一面搖頭一面說，「我正在康復啊，現在。只是我滿喜歡留在這裏幫助別人康復。教教音樂，種種菜。我喜歡這裏。大家好像朋友啊。跟這裏比起來外面的世界有什麼呢？我現在已經三十八歲快四十歲了。和直子不一樣噢。我從這裏出去既沒有人在等我，也沒有能接受我的家庭，既沒有了不起的工作，也幾乎沒有朋友。而且我在這裏已經住了七年，對世間的事情已經什麼都不懂了。雖然有時候在圖書館也看看報紙，但我，在這七年裏，從來沒有離開這裏出到外面一步。現在出去，也不知道該怎麼辦才好呢。」

「不過也許可以展開一個新世界也不一定啊。」我說。「總有試一試的價值吧？」

「說得也是，或許吧。」說著她把手上的打火機團團轉了一會兒。「不過，渡邊君，我也有我的情況啊，方便的話下次再慢慢告訴你好了。」

我點點頭。

「那麼直了是不是好轉一些了？」

「是啊，我們是這樣覺得。剛開始的時候相當混亂，我們也有點擔心不知道會怎麼樣，不過現在已經平靜下來了，談話方式也好多了，能夠適度表達自己想說的事了……確實是朝好的方向前進著。不過啊，那個孩子應該早一點接受治療的。她的情況，從那位叫做 Kizuki 的男朋友死的時候開始已經出現症狀了噢。而且關於這個，她家裏人應該知道，她自己也應該知道的。家庭背景也有關係……」

「家庭背景？」我吃驚地反問。

「唉呀，這個你不知道嗎？」玲子姊反而驚訝地說。

我默默搖頭。

「那麼這件事你直接問直子好了。因爲那樣比較好。而且那孩子現在也覺得很多事可以坦白告訴你了。」玲子姊又用湯匙攪拌著咖啡，喝了一口。「還有這是規定，所以我想還是先告訴你比較好，你和直子是禁止兩個人單獨見面的。這是規則。外部的人和會面對象不能兩個人單獨相見。所以經常必須有一位觀察者——現實上就是我——陪在旁邊才行。雖然我也覺得很過意不去，不過只好請你忍耐了。可以嗎？」

「可以呀。」我笑著說。

「不過不用客氣，你們兩個要談什麼都行，請不要介意我在旁邊。因爲我對你和直子之間的事大概全都知道了。」

「全部？」

「大概全部吧。」她說。「因爲我們是做集體會診的啊。所以我們大概都知道大體的事情噢。而且我和直子兩個人彼此什麼話都談。在這裏沒有太多祕密的。」

我一面喝咖啡一面看玲子姊的臉。「老實說我不太明白。在東京的時候，我對直子所做的事是不是眞的對呢？我一直在想這一點，現在也還不知道。」

「那我也不知道噢。」玲子姊說。「直子也不知道。那是要你們兩個人好好談過之後，再決定的事。對嗎？就算不管發生了什麼，都可以讓那往好的方向發展下去呀。只要彼此能夠互相瞭解的話。那件事是不是對，以後再想不就行了嗎？」

我點頭。

「你要想我們三個人可以互相幫助。你和直子和我。彼此坦白，只要想彼此幫助的話就好了。三個人這樣做，有時候是很有效的噢。你能在這裏留到什麼時候？」

「我想後天傍晚以前回到東京。因爲我不能不去打工，而且星期四又有德語測驗。」

「可以呀。那麼就住在我們那裏吧。那樣既不花錢，也不必在意時間，可以慢慢談。」

「妳說我們是指誰？」

「我和直子住的房子啊，當然。」玲子姊說。「房間是分開的，還有一張沙發床可以睡喲，你不用擔心。」

「可是這樣沒關係嗎？也就是男的訪客住女的房子？」

「因爲你不可能半夜一點到我們寢室裏來輪流強暴我們吧？」

「當然不會呀，怎麼可能。」

「那麼就沒問題呀。住我們那邊可以慢慢聊。那樣比較好啊。那樣彼此可以互相瞭解個性，我也可以彈吉他給你聽。彈得不錯噢。」

「可是眞的不會打攪嗎？」

玲子姊嘴上含了第三根 Seven Stars，嘴角往旁邊一彎然後點火。

「我們兩個對這件事已經好好談過了。而且以兩個人招待你呀，這是私人性的。這種事你最好恭敬地接受不是很好嗎？」

「當然我很樂意。」我說。

玲子姊加深眼角的皺紋望了我的臉一會兒。「你說話的方式好像有點不可思議喲。」她說。「不是在學那個『麥田捕手』吧?」

「怎麼會。」我說著笑了。

玲子姊也含著菸笑了。「不過你是個老實人喏。我看了就知道。我在這裏住了七年看過很多人來來去去,可以知道噢。可以順利打開心的人跟不能打開的人不一樣。你是可以打開的人喏。正確地說,是只要想打開就能打開的人。」

「打開之後會怎麼樣?」

玲子姊還含著香菸一副很開心的樣子把手在桌上合起來。「會康復啊。」她說。煙灰掉落在桌上她也不介意。

我們走出總部的建築物越過小山丘,通過游泳池、網球場和籃球場旁邊。網球場上有兩個男人在練習網球。瘦瘦的中年男人和胖胖的年輕男人,兩個人球技都不錯,但我覺得那看起來好像是和網球完全不一樣的別種遊戲似的。看起來與其說在玩球類遊戲,不如說是對球的彈性有興趣正在研究著那個似的。他們奇怪地一面沉思著,一面熱心地來回打著球。而且雙方都渾身是汗。前面這個年輕男人看見玲子姊便中斷打球走了過來,一面咧嘴微笑一面交談了兩、三句。網球場邊一個拿著大型除草機的男人正面無表情地在除著草。

往前走有一片樹林,樹林裏間隔一些距離分散著蓋了十五到二十棟西式雅致的住宅。大多的房子前面都放著有和門房騎的一樣的黃色腳踏車。這裏住的是工作人員的家屬,玲子姊告訴我。

「即使不上街,這裏也什麼都有。」玲子姊一面走著一面向我說明。「食品就像剛才我說的那樣,幾乎都靠自給自足。因爲也有養雞場所以也可以有雞蛋。還有書、唱片、運動設備，也有像小型超級市場一樣的小店，每星期有理容師會來。週末還放電影呢。有工作人員上街時就託他代買一些特別的東西，買衣服可以看目錄利用郵購，沒有什麼不方便的。」

「不能上街嗎？」我問。

「那不行。當然比方說非去看牙醫不可，或有那一類特殊事情的話另當別論，原則上是不許可的。雖然要從這裏出去，完全是本人的自由，但一旦出去之後，就不能再回來了。就像把橋燒掉一樣。不能出去兩、三天，到街上去，又再回來這裏。不是嗎？如果那樣做的話，會變成全是出出進進的人哪。」

穿過樹林我們來到和緩的斜坡。斜坡上不規則地排列著氛圍奇怪的木造兩層樓住宅。雖然說不上什麼地方如何奇怪，但最初感覺到的就是這些建築物有一點奇怪。那和我們從想舒服地畫出來的超現實畫中常常能感覺出來的情感很類似。我忽然想道，如果華德狄斯尼要以孟克的畫爲根據製作卡通電影的話，大概會變成這個樣子吧。每一棟建築物形式都完全一樣，漆成同樣的顏色。形狀大致接近立方體，左右對稱，入口寬敞，窗戶很多。在那些建築物之間，道路像汽車教練場的道路般彎彎曲曲地通過。每棟建築物前面都種了草本的花，整理得很好。看不見人影，每扇窗戶的窗簾都拉上關著。

「這裏叫做C區，女孩子們住在這裏。也就是我們住的。這種建築物有十棟，一棟分四個單位，一個單位住兩個人。所以全部可以住八十個人。不過現在只住了三十二個人。」

「非常安靜啊。」我說。

「現在這個時候沒有人在。」玲子姊說。「我是情況特別所以現在能自由走動，一般人大家都依照各別的學習課程而行動。有人在運動，有人在整理庭院，有人正在參加集體治療法，也有人到外面去採集山菜。這些都由自己決定排出課程表。直子現在在做什麼？大概在做換貼壁紙或重漆油漆之類的吧。我忘了。這種課程大概到五點有幾堂課。」

她走進有〈C17〉號碼的那棟去，走上樓梯盡頭打開右側的門。門沒有上鎖。玲子姊帶我看屋子裏。由客廳、臥室、廚房和浴室四個空間構成的簡單而感覺很好的住宅，既沒有多餘的裝飾，也沒有擺錯地方的家具，雖然如此但並沒有冷淡不親切的感覺。雖然沒有特別怎麼樣，但在屋子裏時，和在玲子姊前面時一樣，可以放鬆身上的力氣覺得很輕鬆。客廳有一張沙發和桌子，有一張搖椅。廚房有一張吃飯的餐桌。兩張桌子上都放著有大菸灰缸。臥室有兩張床兩張書桌和衣櫥。床上的枕頭邊還有小床頭几和讀書燈，有一本文庫本的書仍伏放在上面。廚房還設有成組的小型電爐和冰箱，似乎可以做簡單的菜。

「雖然浴室只有蓮蓬沒有浴缸，但已經很像樣了吧？」玲子姊說。「大澡堂和洗衣設備是大家共用的。」

「像樣得太過分了噢。我住的宿舍只有天花板跟窗戶呢。」

「因爲你不知道這裏的冬天才會這樣說。」玲子姊拍拍我的背讓我坐在沙發，自己也在旁邊坐下。「這裏的冬天，又長又辛苦噢。到處都只能看到雪、雪、雪，濕濕冷冷的一直凍到身體的骨髓裏去。我們一到冬天每天都在剷雪過日子呢。那種季節裏，我們把房間弄暖，聽聽音樂、聊聊天、編織東西度過。所以如果沒有這樣的空間的話，會窒息過不下去喲。如果你冬天也到這裏來的話就知道了。」

玲子姊好像憶起漫長冬天的事似的深深嘆息，把雙手在膝上合起來。

「可以把這個倒下來鋪成床。」她砰砰地拍著兩個人坐著的沙發。「我們睡在臥室，你在這裏睡。這樣可以嗎？」

「我是沒關係呀。」

「那麼，就這樣決定。」玲子姊說。「我想我們大概五點左右會回來這裏。在那之前我也和直子一樣有事要做，所以你一個人在這裏等我們，可以嗎？」

「可以呀，我可以做德語的功課。」

玲子姊出去後，我在沙發上躺下來閉起眼睛。並在安靜中無所事事地讓身體沉靜一會兒，在那之間忽然想起我和Kizuki兩個人乘機車出遠門時的事情。這麼說來那確實也是秋天的事啊，我想。幾年前的秋天？四年前。我想起Kizuki皮夾克的氣味和那老是發出吵鬧噪音的山葉一二五CC的紅色機車。我們騎到很遠的海岸去，傍晚才累趴趴地回來。雖然沒有發生什麼特別的事情，但我還記得很淸楚那次的遠行。秋天的風尖銳地在耳邊呼嘯，我雙手抓緊Kizuki的夾克抬頭望天空時，覺得自己的身體好像要被吹到太空中去了似的。

長久之間，我以同樣的姿勢躺在沙發上，一一想起當時的每一件事情。雖然不知道爲什麼，但躺在這個房間裏時，一直以來不太會想起來的從前發生的事情和情景竟然一一浮上腦子裏來。有些是快樂的，有些則有點悲傷。

那個樣子過了多久呢？我渾身浸泡在那樣毫無預期的記憶洪水中（那眞的是像泉水般從岩石縫隙裏汩汩湧上來），甚至直到直子輕輕打開門進到屋裏來，我都沒留意到。一留神時，直子已經在那裏了。我抬起臉，注視著直子的眼睛一會兒。她坐在沙發的扶手上，看著我。剛開始我還以爲那身影是不是我自己的記憶所編織出來的映象呢。但那卻是眞正的直子本身。

「你在睡覺嗎？」她以非常小的聲音問我。

「不，只是在想事情。」我說。並坐起身。「妳好嗎？」

「嗯，很好啊。」直子微笑地說。她的微笑看來就像是色調淺淡的遠方情景一般。「不太有時間。其實是不可以到這裏來的。但我找到一點空檔時間回來。所以必須馬上回去。嘿，我的頭髮很糟糕吧？」

「沒這回事，非常可愛喲。」我說。她剪了像小學女生般清爽的髮型，一邊像從前一樣用髮夾整齊地固定。那髮型眞的跟直子很配，很順眼。她看來像經常出現在中世紀木版畫上的美少女一般。

「因爲麻煩就請玲子姊幫我剪短了。你眞的這樣覺得嗎？你說可愛是嗎？」

「眞的這樣覺得。」

「可是我媽說很糟糕呢。」直子說。於是把髮夾拿下來，把頭髮放下，用手指梳了幾次之後再夾上。像蝴蝶形狀的髮夾。

「我，在我們三個人一起見面之前，無論如何都想跟你兩個人單獨見一面。就算並沒有特別要說什麼，但也想看你的臉，適應一下你。要不這樣做，我無法好好適應。因爲我很笨。」

「適應一點了嗎？」

「有一點。」她說，手又去弄髮夾。「不過沒時間了。我，不能不走了。」

我點點頭。

「渡邊君，謝謝你到這裏來。我非常高興。不過，如果你覺得在這裏會變成一種負擔的話，請不要客氣地說出來。因爲這是個有點特殊的地方，系統也特殊，也有人完全不能適應。所以如果你這樣覺得的話就老實說。

因爲我不會因爲這樣而失望的。我們在這裏大家都坦白說。坦白說出很多事情。」

「我會坦白說的。」我說。

直子在我旁邊的沙發上坐下，靠在我身體上。我抱著她的肩，她把頭搭在我肩膀上，鼻尖頂著我的脖子。然後好像要確認我體溫似地就那樣保持那個姿勢不動。那樣輕輕抱著直子時，胸口有些熱起來。終於直子什麼也沒說地站起來，像進來時一樣地輕輕打開門走出去。

直子走了以後，我在沙發上睡覺。雖然並沒有打算睡的，但我在直子的存在感中，好久沒有這樣深沉地睡了。廚房有直子使用的餐具、浴室有直子使用的牙刷，臥室有直子睡覺的床，我在那樣的房間裏，好像從細胞的角落裏擠出一滴一滴的疲勞感般深深地睡了。並且夢見昏暗中飛舞的蝴蝶。

我醒來時，手錶指著四時三十五分。光線的顏色稍微改變了，風停了，雲的形狀也變了。我流了汗，因此從揹袋裏拿出毛巾來擦臉，換了新的襯衫。然後到廚房去喝水，從流理台前的窗戶眺望外面。從那窗戶可以看見對面棟的窗戶。那窗戶內側用絲線吊著幾個剪紙工藝品。鳥和雲和牛和貓的輪廓仔細微妙地切割、組合起來。周遭依然沒有人的動靜，沒有一點聲音。總覺得好像一個人生活在整理得很周到的廢墟中一般。

人們開始回到「C區」來是在五點稍過的時分。從廚房的窗戶窺視時，可以看見兩、三個女人正通過正下方走過去。三個都戴著帽子，因此不太清楚臉的容貌和年齡，但從聲音的感覺聽來好像不太年輕。她們轉過轉彎角消失後，不久又從相同方向走來四個女的，同樣地轉過彎消失了。周遭散發著黃昏的氣息。從客廳的窗戶看得見樹林和山的稜線。稜線上簡直像框了一道邊緣般浮著淡淡光的形影。

直子和玲子姊兩個人一起在五點半回來。我和直子像才第一次見面般規矩地交換了一應的招呼。直子似乎眞的很害羞。玲子姊眼光停在我正在看的書上，問我在看什麼？Thomas Man 的《魔山》我說。

「爲什麼特地把這種書帶到這種地方來呢？」玲子姊好像很吃驚似地說，不過被她一說，倒也眞是這樣。

玲子姊泡了咖啡，我們三個人便喝了起來。我跟直子談起突擊隊忽然消失的事。而且最後一次見面那天他送我螢火蟲的事。眞遺憾，他居然不在了，我還想聽更多更多他的事呢，直子非常遺憾似地說。因爲玲子姊想知道突擊隊的事，於是我又再談起他。當然她也大笑了，只要一提到突擊隊的話，世界總是和平而充滿了歡笑。

到了六點，我們三個人就到總館的食堂去吃晚餐。我和直子吃炸魚、青菜沙拉、煮熟菜、飯和味噌湯，玲子姊只吃通心粉沙拉和咖啡而已。然後又抽菸。

「年紀大了之後，身體好像會變成不太需要吃東西喲。」她像在說明似地說。

食堂裏有二十個人左右面對餐桌吃著晚餐。在我們吃著飯時，也有幾個人進來，幾個人出去。食堂的光景除了年齡大小不一之外和我住的宿舍食堂大體相同。和宿舍的食堂不同的是每個人都以一定的音量說著話。既不出大聲，也不壓低聲。沒有一個人高聲大笑、驚叫，或舉起手來喊誰。每個人都以同樣音量的聲音安靜地說著話。他們分成幾個羣體吃飯。一羣大約三個人多則五個人。有一個說什麼時其他的就側耳傾聽，並嗯嗯地點頭，那個人說完後別的人就針對那個說些什麼。雖然我不知道他們在談什麼，但他們的會話令我想起午間看到的那奇怪的打網球遊戲。我很懷疑直子和他們在一起時，是不是也以這種方式交談。而且說起來雖然有點奇怪，但我一瞬之間感到夾雜著嫉妒的寂寞。

我後面那桌有一位穿著白衣，感覺有點像是醫師頭髮稀薄的男人，正對著戴眼鏡有點神經質的年輕男子和容貌像栗鼠般的中年女人詳細說明在無重力狀態下胃液的分泌會怎麼樣。青年和女人一面應著「噢」或「是嗎」一面聽著。但聽著那說法時，我逐漸搞不清楚那頭髮稀薄的白衣男人是不是眞的醫師了。

食堂裏誰都沒有特別注意我。誰也都沒有盯著我看，好像連我加進來裏面，他們都沒留意到似的。我的加入對他們來說似乎是極自然的事。

只有一次穿白衣的男人突然轉過頭來朝我後面問道「你要待在這裏到什麼時候？」

「住兩個晚上，星期三回去。」我回答。

「現在這個季節很好吧？這裏。不過啊，冬天也來看看哪。一切的一切都是雪白的，很棒噢。」他說。

「直子說下雪以前可能會離開這裏也不一定呢。」玲子姊對那男人說。

「不，不過冬天很棒噢。」他以認眞的表情重複道。那個男人眞的是醫師嗎？我更搞不清楚了。

「大家都談一些什麼樣的話題呢？」我試著問玲子姊。她對問題的用意似乎不太明白的樣子。

「什麼樣的話題，普通的話題啊。一天發生的事，讀的書、明天的天氣，這些各種事情啊。你總不會以爲會有人突然站起來喊道『今天北極熊吃掉星星了，所以明天會下雨』吧？」

「不，我當然不是這個意思。」我說。「因爲大家非常安靜地在談話，所以我只是忽然想到他們到底在談什麼樣的事情而已。」

「因爲這裏很安靜，所以大家自然就以安靜的聲音說話了。」直子把魚刺挑出來整齊地集中在盤子邊的角落，用手巾擦著嘴角。「而且沒有必要大聲說啊。既沒有必要說服對方，也沒有必要引人注意。」

「大概吧。」我說。但在那裏面安靜吃著飯時，竟不可思議地懷念起人們的吵雜來了。懷念起人們的笑聲，無意義的喊叫聲，和跨張的動作表現。雖然過去我對那樣的吵雜已經覺得很厭煩了。但在這奇怪的安靜中吃著魚時，心情總不能平靜下來。那食堂的氣氛類似特殊機械工具的樣本展覽會場。對限定領域擁有強烈興趣的人們，聚集在限定的場所，彼此交換著只有他們才懂的資訊。

吃過飯回到房間，直子和玲子姊說要到「C區」裏的公共澡堂去洗澡。並說如果光沖淋浴可以的話我可以用那個浴室。我回答好的我會。她們走了之後我脫掉衣服沖淋浴，洗頭髮。並一面用吹風機吹乾頭髮，一面拿出排在書架上的 Bill Evans 的唱片來放，過一會兒之後，我才想起那是直子生日那天我在她房間放過幾次的同一張唱片。直子哭了，我抱了她的那一夜。只不過是半年前的事，但卻覺得好像是很久以前發生的事似的。大概因為對那件事想了好多次又好多次的關係吧。由於想太多次了，時間的感覺竟然拉長了錯亂了。

由於月光非常明亮，於是我把房間的燈關掉，躺在沙發上聽 Bill Evans 的鋼琴。從窗戶照進來的月光把各種東西的影子拉長，簡直就像塗上一層化淡的墨一般淡淡地暈染在牆上。我從揹袋裏拿出裝了白蘭地的金屬製薄水壺，含一口在嘴裏，慢慢喝下去。可以感覺到溫暖的感觸從喉嚨慢慢往胃裏移動。而且那溫暖又從胃往身體的各個角落擴散下去。我又再喝了一口白蘭地之後把水壺的蓋子蓋上，把那放回袋子裏。月光看起來彷彿正在配合著音樂搖晃似的。

直子和玲子姊二十分鐘左右後從澡堂回來。

「房間的燈光關掉黑漆漆的，我嚇了一跳，從外面看起來。」玲子姊說。「以為你把行李收拾好回東京去了呢。」

「怎麼會。好久沒看到這麼亮的月亮了，所以把燈關掉看看。」

「不過這樣不是很美嗎？」直子說。「嘿，玲子姊，上次停電的時候用過的蠟燭還剩下吧？」

「在廚房的抽屜裏，大概。」

直子走到廚房去打開抽屜，拿來白色的大蠟燭。我把那點上火，立在菸灰缸裏讓蠟滴在裏面。玲子姊用那火點了香菸。周遭依然靜悄悄的，在那裏面三個人圍著蠟燭，看起來好像只有我們三個人被留在世界的盡頭似的。靜悄悄的月光的影子，蠟燭的光飄飄忽忽搖曳的影子，在白色的牆上互相重疊、交錯著。我和直子並排坐在沙發上，玲子姊坐在對面的搖椅上。

「怎麼樣，要不要喝葡萄酒？」玲子姊對我說。

「在這裏喝酒沒關係嗎？」我有些吃驚地說。

「其實是不行的。」玲子姊一面抓著耳垂一面不好意思地說。「不過大體上管得都很鬆。如果只是啤酒或葡萄酒的話，只要量不喝過多。我拜託認識的工作人員每次買一點來的。」

「我們偶爾兩個人開酒會喲。」直子有點淘氣地說。

「好棒噢。」我說。

玲子姊從冰箱拿出白葡萄酒來用開瓶器拔掉瓶栓，拿了三個玻璃杯來。簡直像在後花園製造的那種味道清爽而美味的葡萄酒。唱片放完之後，玲子姊從床下拿出吉他盒來，好疼惜似地調著弦，然後慢慢開始彈起巴哈的賦格曲。雖然有些地方手指未能巧妙地轉過來，但卻是很帶有感情而確實的巴哈曲子。溫暖親密，其中充滿了演奏的喜悅似的東西。

「我彈吉他是到這裏來以後才開始的。房間裏沒有鋼琴對嗎?所以。我是自己學的，而且我的手指不適合彈吉他所以怎麼都彈不好。不過我喜歡彈喏。又小，又簡單，又溫柔……就像一個溫暖的小房間一樣。」

她再彈了一首巴哈的小品。是組曲中的某一曲。一面望著燭光，喝著葡萄酒，一面傾聽著玲子姊彈的巴哈時，不知不覺之間心情就變得舒緩平靜下來了。巴哈彈完之後，直子拜託玲子姊彈披頭四的曲子。

「點歌時間。」玲子姊眨了一隻眼睛對我說。「直子來了之後每天每天都光要我彈披頭四的曲子噢。我好像可憐的音樂奴隸似的。」

她一面這樣說一面非常高明地彈〈Michelle〉。

「很好的曲子噢。我最喜歡這曲子了。」玲子姊說著喝了一口葡萄酒，抽了菸。「好像雨溫柔地下在寬闊的草原般的曲子。」

然後她彈了〈Nowhere Man〉，彈了〈Julia〉。有時一面彈著一面閉上眼睛搖著頭。然後又再喝葡萄酒，抽菸。

「彈〈挪威的森林(Norwegian Wood)〉吧。」直子說。

玲子姊從廚房抱了招財貓形狀的撲滿過來，直子便從皮夾拿一百圓硬幣出來投進去。

「這是幹什麼?」我問。

「我點〈挪威的森林〉時，就要往這裏丟一百圓，這是規定。」直子說。「因爲我最喜歡這首曲子，所以特別這樣做。誠心誠意的點歌。」

「然後那就變成我的香菸錢。」

玲子姊充分舒鬆一下手指之後彈起〈挪威的森林〉。她彈的曲子是用心思彈的，而且雖然如此但感情又不會過分氾濫。我也從口袋裏拿出百圓銅板塞進撲滿裏。

「謝謝。」玲子姊說著微微一笑。

「我聽到這首曲子有時候會非常傷心。不知道爲什麼，但覺得自己好像正在很深的森林裏迷了路似的。」直子說。「一個人孤伶伶的，好冷，而且好暗，沒有人來救我。所以我如果不點的話，她就不彈這曲子。」

「好像〈北非諜影〉一樣啊。」玲子姊笑著說。

然後玲子姊彈了幾曲 bossa nova。在那之間我望著直子。她看起來就像信上自己寫的那樣比以前健康的樣子，曬得黑了一些，由於運動和戶外作業的關係體格變得結實一些。雖然像湖水般深而澄澈的眼珠和因害羞而抿動的小嘴唇和以前沒有改變，但整體看來她的美已朝向成熟的女性美變化了。以前在她美的背後若隱若現的某種尖銳——會令人忽然一冷的那種薄刃般的尖銳——已經後退多了。代替的是周身散發出一股溫柔撫慰般獨特的安靜。那樣的美打動了我的心。而且只有半年之間一個女孩子竟然會有這樣大的變化，這個事實則令我感到驚愕。雖然直子新的美和以前的美一樣，或者比以前更加吸引我，但一想到她所失去的東西時，也不得不感到遺憾。那思春期少女獨特的，應該說本身就會自己散發出來似的任性隨意的美，已經再也不會回到她身上了。

直子說想知道我的生活。我談到大學罷課的事，還有永澤兄的事。這是第一次跟直子談起永澤兄。雖然要正確說明他奇特的人性、獨自的思考模式和偏頗的道德觀是極困難的，但直子最後已大致能夠理解我想說的意思。我把自己和他兩個人一起去釣女孩子的事隱瞞沒說。只說明在那個宿舍裏親密交往的唯一男生是這樣一個特殊人物而已。在那之間玲子姊抱著吉他，再練習一次剛才的賦格曲。她依然找到一點空檔便喝喝葡萄酒抽抽菸。

「很奇怪的人啊。」直子說。

「是很怪的人。」我說。

「不過你喜歡他是嗎？」

「我也不清楚。」我說。「不過大概喜歡吧。那個人不是喜歡不喜歡，那種範圍的存在喲。而且他本人也不求這種東西。在這個意義上他是非常正直的人，不打馬虎眼，非常淡泊寡欲 stoic 的人。」

「跟那麼多女性睡覺還說 stoic 也是怪事啊。」直子笑著說。「你說跟幾個人睡過？」

「大概已經八十個左右了吧。」我說。「不過以他的情形女方的人數越增加，那每一件行為所擁有的意義也就越來越淡薄下去，我想這也就是那個男的所求的吧。」

「那就是 stoic 嗎？」直子問。

「對他來說吧。」

直子考慮了一兒我說的事。「我覺得他比我頭腦更奇怪喲。」她說。

「我也這樣想。」我說。「不過他的情況是把自己裏面的歪斜全部系統化理論化了。因爲他頭腦非常好。把那個人帶來這裏看看吧，大概兩天就出去了。說這個我知道，那個也已經知道，嗯我全部知道了。他是這樣的人喏。這種人在世間是被尊敬的。」

「我一定是頭腦不好噢。」直子說。「我還搞不太清楚這裏的事呢。就像還不太明白我自己一樣。」

「不是頭腦不好，而是普通噢。我對我自己的事也很多都搞不清楚。這就是普通人。」

直子把雙腳縮在沙發上彎起膝蓋，把下顎搭在那上面。「嘿，我想知道更多渡邊君的事。」她說。

「我是個普通人哪。生在普通家庭，普通地成長，容貌普通，成績普通，想著普通的事。」我說。

「嘿，寫出『說自己是普通人的人是不可信賴的』不是你最喜歡的費滋傑羅嗎？那本書，我跟你借來讀過噢。」直子一面開玩笑一面說。

「確實是。」我承認。「不過我並不是有意這樣認定的，而是從內心這樣想的噢。自己是個普通人。妳能在我身上找到什麼不普通的東西嗎？」

「當然吧。」直子沒轍地說。「你連這個都不知道嗎？如果不是這樣的話我爲什麼會跟你睡呢？你以爲我是喝醉酒跟誰都可以所以跟你睡的嗎？」

「不，當然我沒有這樣想。」我說。

直子一面望著自己的腳尖一面一直沉默著。我也不知道該說什麼才好地喝著葡萄酒。

「渡邊君，你跟幾個女孩子睡過？」直子忽然想到似地小聲問。

「八個或九個。」我坦白說。

玲子姊停止練習忽然把吉他放落膝上。「你還沒有二十歲吧？到底是過什麼樣的生活的，那樣？」

直子什麼也沒說地以那澄澈的眼睛一直注視著我。我跟玲子姊說明我和第一個女孩子睡過並和她分手的經過。我說我怎麼都沒辦法愛她。然後也說了在永澤兄的邀約下一一和不認識的女孩子睡的事。

「不是在找藉口，不過眞的很難過。」我對直子說。「每星期和妳見面，談話，可是妳心中只有Kizuki。想到這裏就非常難過啊。所以我想才會跟不認識的女孩睡吧。」

直子搖了幾次頭然後抬起臉來再看我的臉。「嘿，你那時候問過我為什麼沒跟 Kizuki 睡對嗎？你還想知道嗎？」

「我想大概知道比較好吧。」我說。

「我也這樣覺得。」直子說。「死掉的人一直都是死著的，可是我們以後卻不得不活下去呀。」

我點點頭。玲子姊一次又一次地反覆練習著困難的樂節。

「我也想過和 Kizuki 睡也可以喲。」直子說著拿下髮夾，把頭髮放下來。並把那蝴蝶形髮夾拿在手中把玩著。「當然他想跟我睡喲。所以我們試了幾次噢。可是不行。沒辦法。為什麼不行我完全不知道，現在也不知道。因為我愛 Kizuki，而且對所謂處女性也並不特別在乎。如果他想要的話，我也很樂意配合的。但卻沒辦法。」

直子又把頭髮夾上去，用髮夾固定。

「完全不會濕潤。」直子小聲說。「放不開，完全。所以非常痛。乾乾的，好痛。用各種方式試過噢。我們，可是怎麼做都不行。用什麼讓它濡濕也還會痛。所以我一直用手指或嘴唇幫 Kizuki 做……你明白吧？」

我默默點頭。

直子眺望窗外的月亮。月亮看來變得比稍前更亮更大了似的。「可能的話我本來也不想提這種事的，渡邊君。可能的話這種事情我只想悄悄藏在心裏。但是沒辦法。我不能不說。我自己也解決不了。因為跟你睡的時候我非常濡濕對嗎？不是嗎？」

「嗯。」我說。

「我，那個二十歲生日的黃昏，自從和你見面以後一開始就一直濡濕了。而且一直想讓你抱。想讓你擁抱，脫掉衣服，接觸身體，進入裏面。會想那樣的事情還是第一次噢。爲什麼？爲什麼會發生那種事呢？因爲我，其實是眞的愛 Kizuki 的。」

「而且其實並不愛我的，妳是說？」

「對不起。」直子說。「雖然我不想傷害你，但是只有這件事請你要瞭解。我和 Kizuki 關係是特別的。我們從三歲開始就一起玩了。我們總是在一起談各種話，互相瞭解，那樣長大的。第一次接吻是在小學六年級的時候，非常棒。我第一次來月經的時候還跑到他那裏去嗚嗚地哭呢。我們是那樣的關係喲。所以他死了以後，我變得不知道該怎麼跟人接觸交往才好。不知道所謂愛一個人是怎麼回事。」

她想去拿桌上的葡萄酒杯，但沒有能夠拿好，葡萄酒杯掉落地上打著滾。葡萄酒溢出濺在地毯上。我彎下身把玻璃杯撿起來，把它放回桌上。我問直子看看是不是還想再喝一點葡萄酒。她沉默了一會兒，終於突然身體抽動地開始哭起來。直子把身體彎折起來把臉埋在雙手中，和以前一樣像要窒息似地激烈地哭。玲子姊把吉他放下走過來，把手放在直子背上溫柔地撫摸。並把手放在直子肩膀上時，直子便像嬰兒般把頭埋進玲子姊的胸懷裏。

「嘿，渡邊君。」玲子姊對我說。「很抱歉你到外面去散步二十分鐘再回來好嗎？我想到時候就會好一點了。」我點點頭站起來，在襯衫上加一件毛衣。「對不起。」我對玲子姊說。

「沒關係。並不是因爲你的關係。你不用介意。等你回來的時候，就會安靜下來了。」她這樣說著向我眨了一邊眼睛。

我順著被奇妙而非現實的月亮照射下的道路進入雜木林裏，漫無目的地移動著腳步。在那樣的月光下各種聲音以不可思議的方式響著。我的腳步聲簡直像走在海底的人的腳步聲一樣，聽起來像是從完全不同的別的方向遲鈍地傳來似的。偶爾背後發出咔沙一聲小而脆的聲音。夜間動物們好像在屏著氣息一直安靜等著我離去似的，林間散發著這種沉重的苦悶。

穿過雜木林，我在一個略微高起的山丘斜坡上坐下來，眺望著直子住的那棟房子的方向。要找到直子的房子很簡單。只要找沒有開燈而從窗戶裏透出微弱搖曳光線的地方就行了。我身體動也不動地一直眺望著那微小的光。那光令我聯想到燃燒將盡的靈魂最後僅剩的搖晃般的東西。那光我眞想爲它用雙手捧著牢牢守住。我就像《大亨小傳》中的傑・蓋次比每夜守望著對岸微小的光一樣，長久注視著那微弱搖晃的燭光。

我回到房間是在三十分鐘之後，來到屋棟入口時，可以聽見玲子姊在練習著吉他。我輕輕走上階梯，敲敲門。走進房間時沒看見直子的身影，只有玲子姊一個人坐在地毯上彈吉他而已。她用手指著臥室門的方向。好像示意直子在裏面的意思。然後玲子姊把吉他放在地上坐到沙發，要我坐在旁邊。並把瓶子裏剩的葡萄酒分別注入兩個玻璃杯裏。

「她沒關係了。」玲子姊一面輕輕拍我的膝蓋一面說。「她一個人躺一下就會平靜下來的，所以你不用擔心。只是情緒有點亢奮而已。嘿，在這之間我們兩個到外面散步一下怎麼樣？」

「好啊。」我說。

我和玲子姊在街燈照射下的路上慢慢走著，來到有網球場和籃球場的地方，在那裏的長椅上坐下。她從長椅下拿出橘紅色的籃球，在手中團團轉了一會兒。於是她問我會打網球嗎？我回答雖然打得很差，但並不是不會。

「籃球呢？」

「打得不是很好。」

「那麼你到底什麼方面得意？」玲子姊把眼睛旁邊的皺紋擠在一起笑著說。「除了跟女孩子睡覺之外？」

「也沒有什麼得意的。」我有點受傷地說。

「你不要生氣嘛。我只是開玩笑說的。嘿，其實說眞的怎麼樣？你什麼方面比較擅長？」

「沒有稱得上擅長的事。喜歡的倒有。」

「喜歡什麼？」

「徒步旅行。游泳。讀書。」

「喜歡一個人做的事噢？」

「是的，也許是吧。」我說。「跟別人玩的遊戲從以前就不是很有興趣，那種東西做什麼都學不太好，最後就無所謂了。」

「那麼冬天到這裏來吧，我們冬天會做越野踏雪喲，我想你一定會喜歡，在雪中啪噠啪噠地走一整天走得滿身是汗。」玲子姊說，然後在街燈的燈光下就像在檢點古老樂器一樣一直望著自己的右手。

「直子常常會變那樣嗎？」我試著問。

「嗯，有時候。」玲子姊這次一面看左手一面說，「有時候會變那樣，情緒亢奮起來，就哭。不過沒關係，那樣歸那樣。因爲那是感情向外放出來呀，可怕的是那個變得無法放出來的時候噢，那樣的話，感情會積在體內漸漸僵化下去。各種感情變僵硬，在體內死去，那就麻煩了。」

「我剛才說錯什麼了嗎？」

「沒有，沒問題的。你沒有什麼錯所以不用擔心。什麼都儘管坦白說，那樣最好。就算那樣彼此會多少受傷一些，或者像剛才一樣，會讓誰的感情亢奮，以長遠的眼光來看那也是最好的做法。如果你認真的希望讓直子康復的話，就那樣做吧。就像我一開始也說過的那樣，不要想要幫助那孩子，而是藉著讓那孩子康復，希望自己也能因此而康復。那是這裏的做法。所以換句話說，你也必須要能坦白說出很多事情才行，在這裏。因爲在外面的世界大家並不是一切都坦白說的對嗎？」

「是啊。」我說。

「我在這裏住了七年之久，看過很多人進來，出去。」玲子姊說。「大概看太多了吧。所以只要看著那個人，就相當直覺地知道那個人能康復，或不能康復噢。不過直子的情況，我卻不太清楚。那孩子到底會變怎麼樣，我一點都看不出來。也許到了下個月就完全康復了也不一定，也許幾年又幾年都繼續這個樣子也不一定，所以關於這個我無法給你任何建議。只能告訴你要坦白，要互相幫忙，這種極一般性的話而已。」

「爲什麼只有直子看不出來呢？」

「大概因爲我喜歡那孩子吧。所以才看不準，感情放進去太多了。嘿，我喜歡那孩子噢，眞的。還有這又另當別論，那孩子的情形各種問題有點複雜，好像許多打結的繩子糾結在一起一樣，要一一解開那繩子還眞不簡單。要解開也許很花時間，也許因爲什麼原因而啪一下全部解開也不一定。是這樣的，所以我也不能斷然確定。」

她再度拿起籃球，在手中團團地轉著，然後丟到地面讓球彈起來。

「最重要的是，不要急。」玲子姊對我說。「這是我另一個忠告，不要急，就算事情糾纏在一起沒辦法解決，也不要絕望，或性急地勉強去拉扯，那樣不行噢。要有花時間解決的打算，必須一個結一個結慢慢解開才行。辦得到嗎？」

「我試試看。」我說。

「也許很花時間，也許花時間也無法完全康復噢。你想過這個嗎？」

我點頭。

「等待是很辛苦的。」玲子姊一面拍著球一面說。「尤其是像你這種年紀的人。只能一直安靜地等她康復噢。而且那沒有任何期限或保證噢。你能辦到嗎？你有這麼愛直子嗎？」

「我不知道。」我坦白說。「我其實也不太知道所謂愛一個人是怎麼一回事。跟直子是意義不同。不過我想盡我的能力去做。不那樣的話，自己也不知道該往什麼地方走才好。所以就像剛才玲子姊說的那樣，我和直子必須互相救助，我想只有這樣彼此才能得救吧。」

「並且繼續和擦身而過的女孩子睡覺嗎？」

「那個我也不知道該怎麼辦才好。」我說。「到底怎麼辦才好呢？應該一面自慰一面一直等下去嗎？自己都沒辦法好好收拾，這種事。」

玲子姊把球放在地上，輕輕拍拍我的膝蓋。「其實，我並不是說跟女孩子睡覺不好噢。如果你那樣好的話，就好了。因為那是你的人生啊，你只要自己決定就行了。我想說的只是，以不自然的方式磨損自己是不行的噢。

你明白嗎？那樣是非常浪費的噢。十九或二十歲是對人格成熟非常重要的時期，如果在那樣的時期無謂地歪斜了，等上了年紀會很辛苦的。這是眞的噢。所以你要好好考慮，如果你想好好珍惜直子的話，也要好好珍惜自己噢。」

我會試著想一想，我說。

「我也有過二十歲的時候。雖然那是很久以前的事了。」玲子姊說。「你相信嗎？」

「當然相信哪。」

「眞的打心裏相信？」

「眞的打心裏相信哪。」我一面笑著一面說。

「雖然沒有直子的程度，但我也滿可愛的噢。那時候，也沒有現在這麼多皺紋。」

我非常喜歡這皺紋，我說。謝謝！她說。

「不過，以後你不能對女人說妳的皺紋很有魅力之類的噢。雖然我被這樣說是很高興。」

「我會注意。」我說。

她從長褲口袋拿出皮夾來，把放在定期車票那格的相片拿出來給我看。是一張十歲左右的可愛女孩子的彩色相片。那女孩子穿著華麗的滑雪裝，腳上穿著滑雪板，站在雪上咧嘴微笑。

「相當漂亮吧？這是我女兒。」玲子姊說。「今年初寄來的相片，現在，上小學四年級吧。」

「笑的方式很像。」我說著把那個相片還給她。她把皮夾放回口袋，小聲抽了一下鼻子然後含起香菸點上火。

「我年輕時候，本來想當職業鋼琴手的。才華還馬馬虎虎，周圍的人也承認這個，滿被寵愛著長大的噢。也曾經在比賽中得過獎，在音樂大學成績一直頂尖，畢業後要到德國留學的事大致都已經決定了，真的是沒有一點陰影的青春。做什麼都順利，如果不順利，周圍的人也會伸出援手把它弄得順利。可是發生了奇怪的事，有一天忽然全都亂掉了。那是我大四的時候。有一個相當重要的比賽，我一直為那個在練習，但突然左邊的小指頭變成不能動了。雖然不知道為什麼不能動，但總之完全不能動噢。按摩、泡熱水、休息了兩、三天沒練習，但還是完全不行。我臉都嚇青了到醫院去。於是做了各種檢查，但醫生也不太清楚。手指沒有任何異常，神經也很正常，沒有理由不會動。所以說大概是精神上的原因吧。我也去看了精神科噢。但那邊還是弄不清楚原因。只能說大概出於比賽前的壓力使然吧。所以暫時離開鋼琴生活吧，這樣說。」

玲子姊深深吸入香菸的煙再吐出來。並彎了幾次脖子。

「於是，我到住在伊豆的祖母家去靜養了一陣子。說是放棄那次的比賽，在這裏好好悠閒地放鬆一下，兩個星期不要碰鋼琴，做做喜歡做的事輕鬆地玩一玩吧。但是不行。不管做什麼腦子裏還是只有鋼琴。除此之外什麼都想不起來哟。難道一輩子小指頭都不能動了嗎？如果是的話往後將如何活下去呢？只是團團轉著想這些事。因為沒辦法啊，在我過去的人生裏鋼琴就是我的一切呀。我是從四歲開始學鋼琴的，就只想著這個活過來的啊。除此之外幾乎什麼也沒想過。因為手指不能受傷，所以從來沒做過家事，旁邊的人也只注意到我彈鋼琴彈得好，你想想，這樣子長大的女孩子如果把鋼琴拿掉，到底還剩下什麼？於是就砰！頭腦的螺絲不知道飛到什麼地方去了噢。頭腦打結，變成一片漆黑。」

她把香菸丟在地上踏熄，然後又再歪了幾次頭。

「就這樣想當鋼琴演奏家的夢碎了。住院了兩個月後出院。因爲住院不久後小指頭能動了，因此回到音樂大學復學總算熬畢業了。但是，不知道什麼已經消失了。什麼，像是發出能源的寶玉一樣的東西，已經從身上消失了。醫生也說要當鋼琴家神經太弱了還是作罷比較好。於是，我大學畢業後就在家裏收學生教。但是這種事情眞的很辛苦。簡直就像我的人生本身就要在那裏結束了似的。我人生最好的部分在二十歲剛出頭時就結束了噢。你不覺得那樣很過分嗎？我曾經擁有所有的可能性的，但一留神時已經什麼都沒了噢。沒有人爲我鼓掌，誰都不再寵愛我，誰都不再讚美我，只有在家裏日復一日地教著附近的小孩彈拜爾的小奏鳴曲而已。我覺得好悽慘，經常哭出來。好恨喏。聽到比我才華差得多的人在什麼地方的比賽中拿到第二名，在什麼地方開獨奏會時，眞是痛恨得眼淚都潸潸地流出來喲。

「我父母對我也像對腫瘤一樣小心翼翼的。不過，我知道，他們也大失所望。不久之前在人前還以女兒爲榮的，現在卻是從精神病院回家來的噢。連結婚的事也談不順利吧。他們是懷著這種心情的，住在一起那種感覺會緊緊傳達過來喲。我討厭得不得了。走出外面就覺得附近的人好像在拿我當話柄似的，我害怕得都不敢出門。於是又砰！螺絲飛了，線球打結了，頭腦變成一片昏暗。那是二十四歲的時候，那時候已經在療養院住了七個月了。不是這裏，而是有牢固高圍牆，大門緊閉的地方噢。又髒，又沒有鋼琴……我，那時候已經不知道該怎麼辦才好了。但只是一心想著快點從這裏出去，拚死也要努力康復。七個月——好久噢。就是那樣皺紋漸漸增加的。」

玲子姊把嘴唇往旁邊拉似地笑了。

「出院不久後，認識了我先生就結婚了。他比我小一歲，是在製造飛機的公司上班的工程師，我的鋼琴學生。人很好噢。話雖然不多，但是個誠實而心很溫厚的人。他繼續學了半年之後，突然向我提出我們結婚好嗎？有一天學完琴正喝著茶的時候，他突然這樣說。嘿，你相信嗎？到那時候爲止我們既沒有約會過，也沒有握過手噢。我嚇了一跳。於是，我告訴他我不能結婚。雖然我覺得你是好人，對你也懷有好感，但是有各種原因，不能跟你結婚。因爲他想聽那原因，所以我全部坦白說明了。說我有兩次頭腦出過問題住過院。我連細微的地方都確實地說了。原因是什麼，於是變成這樣的狀態，往後很可能還會再發生同樣的事也不一定。他說讓他考慮考慮，於是我說請慢慢考慮，因爲一點都不急。下一週他來了，說還是想結婚。於是我說，請等三個月。讓我們兩個人交往三個月看看。如果那樣你還想結婚的話，那個時候兩個人再商量一次吧。

「三個月之間，我們每週約會一次。到各種地方去，談了各種話。於是，我變得非常喜歡他。覺得和他在一起時，我的人生好不容易又回來了似的。兩個人在一起時非常心安放鬆，忘掉各種討厭的事。就算不當鋼琴家，就算曾經因爲精神病住過院，人生並不會因此而結束，我想人生之中還充滿了好多我所不知道的美好事情啊。而且光是能夠讓我有這種感覺，我對他已經衷心感激了。三個月過去了，他說還是想跟我結婚。『如果想跟我睡覺的話可以喲。』我說。『我雖然還沒有跟誰睡過，但因爲我非常喜歡你，所以如果你想抱我的話一點都沒關係喲。但是跟我結婚卻完全是另一回事噢。如果你跟我結婚的話，會因爲我而惹上麻煩喏。這是比你所想的更嚴重的事噢。這樣也沒關係嗎？』

「他說沒關係，我不只是想睡覺而已，而是想跟妳結婚，我想跟妳共同擁有妳心中的一切。而他眞的是這樣想的噢。他是只會把眞正想的事說出口的人，說出口的事就要確實去實行的人。好吧！我們結婚。因爲只能這樣說啊。結婚是在那四個月之後吧。他因此而和他的雙親吵架並斷絕關係。他家是在四國鄉下的望族，雙親對我的事徹底調查過，知道我曾經有兩次住院的經歷。於是反對我們結婚而吵起架來。其實我想反對也是當然的。所以我們連結婚典禮都沒有舉行。只把結婚證書送到戶政機關登記，到箱根旅行住了兩夜而已。但是非常幸福噢，一切的一切。結果，我到結婚爲止都還是處女喲，到二十五歲爲止。好像謊話吧？」

玲子嘆了一口氣，又再拿起籃球。

「我只要跟這個人在一起就沒問題。」玲子說。「只要跟這個人在一起，我大概就不會再惡化了吧。嘿，對我們的病來說最重要的，就是這種信賴感喏。只要信任這個人就沒問題，只要我有一點情況惡化，也就是說螺絲稍微有點鬆了，這個人就會立刻發現並小心謹愼很有耐心地爲我調整好——把螺絲重新轉緊，把線球的結解開——只要有這信賴感，我們的病就不會復發噢。只要有這種信賴感存在，那砰！就不會發生噢。眞高興。人生眞是多麼美好啊，我想。簡直像從海裏被拉起來，用毛毯包起來，被放在床上躺著那樣的感覺喲。結婚兩年後生下孩子，然後就忙著照顧孩子噢。因此連自己有病的事也完全忘得一乾二淨了。早晨起床做家事照顧孩子，他回家之後，我就弄飯給他們吃……每天每天都這樣重複。但是很幸福。我的一生中那大概是最幸福的時期吧。這繼續了多少年呢？繼續到三十一歲喲。然後又砰！破裂了。」

玲子點起香菸。風已經停了。煙筆直地上升消失在夜的黑暗中。一留神時天空有無數的星星閃爍著。

「發生了什麼事嗎？」我問。

「是啊。」玲子姊說。「發生了很奇怪的事噢。簡直像什麼陷阱似的，那個一直在那裏靜靜地等著我。我現在想起那件事都會覺得膽寒呢。」她用沒拿香菸的那隻手揉著太陽穴。「不過很抱歉，光讓你聽我的事。你是特地來看直子的。」

「我眞的很想聽。」我說。「如果可以的話請妳說給我聽好嗎?」

「孩子上了幼稚園,我又再開始彈一點鋼琴了。」玲子姊開始說。「不再爲任何人,而是變成只爲自己彈了。我開始彈巴哈、莫札特和史卡拉第,這些人的小曲子。當然因爲有相當長期間的空白所以感覺不太回得來。手指跟從前比起來也完全不能隨心所欲地動。不過我很高興,又能彈鋼琴了,我想,這樣子彈著時,眞的可以深深感覺到自己是多麼喜歡音樂。還有自己是多麼飢餓。不過,能夠爲自己演奏音樂,眞是一件非常美妙的事噢。

「正如我剛剛說過的那樣,我從四歲就開始彈鋼琴,試想想竟然沒有一次是爲自己而彈的。都是爲了通過考試、或因爲是課題曲、或爲了讓別人佩服,光爲了這些而繼續彈過來的。當然那些是很重要的,爲了要精通一種樂器。不過超過一定的年齡之後,人就必須爲自己而演奏音樂才行噢。所謂音樂就是這樣的東西。而我則是從脫離菁英級,到了三十一歲或三十二歲才好不容易頓悟到這件事。把小孩送進幼稚園,趕快把家事處理完,然後彈一小時到兩小時自己喜歡的曲子。到這裏還沒有任何問題喲。沒有吧?」

我點點頭。

「但是有一天一個光認得臉,在路上遇見時會互相打招呼的太太來找我,說其實我女兒想跟妳學鋼琴,不知道能不能教她。雖說是附近鄰居,但也相隔有一段距離,我並不認識她女兒,據那位太太說,那孩子通過我家前面經常聽見我彈鋼琴而非常感動。而且還說認得我的臉非常仰慕我。那孩子是初中二年級,過去曾經跟老師學過幾次鋼琴,但因爲各種原因不順利,現在沒有跟誰學。

「我拒絕了。我說我有好幾年空白期,如果是完全沒學過的學生還好,但學過幾年的人,要我從途中教是太勉強了。首先我也太忙,必須照顧自己的孩子。而且,這當然沒有跟對方說,不過經常換老師的孩子誰來教都沒有用。不過那個太太說只要一次就好了，能不能見她女兒一面。唉，她滿會勉強人的，要拒絕也嫌麻煩，人家說想見妳，總不能太斷然絕情，我說如果只是見面的話是沒關係。三天後那個孩子一個人來了。像天使般漂亮的孩子。怎麼說呢，總之眞的是像透明的那樣漂亮。我從來沒有，以後也沒有看過那樣漂亮的女孩子。頭髮像剛磨好的墨般又黑又長，手腳修長，眼睛閃著光輝，嘴唇像剛剛才做好似的小巧柔軟。我，第一眼看見她時話都說不出來喲，有一會兒。是那麼的漂亮，那孩子坐在我家客廳時，房子看起來就像是不一樣的房子般忽然顯得豪華起來喲。一直盯著她看時覺得好眩眼，會想把眼睛瞇細起來，是那樣的孩子，現在還淸楚地浮在我眼前呢。」

玲子姊好像眞的腦子裏浮現那女孩子的臉似的眼睛瞇細了一會兒。

「一面喝咖啡我們一面談了一小時左右。談各種事。音樂的事啦、學校的事之類的。看起來頭腦就很好的孩子。不但談話有要領，意見也很確實而敏銳，有吸引對方的天賦才能，精得可怕。不過可怕的到底是什麼呢？那時候的我還不知道噢。我只是忽然覺得她機伶聰明得有點可怕而已。不過，面對那個孩子談話之間會逐漸失去正常的判斷，也就是說對方實在太年輕漂亮了，會被那個壓倒，覺得自己實在太笨拙太粗糙似的，而且就算忽然想到和她相對的否定性想法時，也會覺得那一定是扭曲的骯髒的想法吧。」

她搖了幾次頭。

「如果我有那孩子那麼漂亮、頭腦那麼好的話，我大概會是一個比較正常的人吧。如果頭腦那麼好又美麗的話，還有什麼可求的呢？大家都那麼寵愛妳了，爲什麼還要去欺負踐踏比自己笨拙而脆弱的人呢？因爲沒有任何理由非要那樣做不可對嗎？」

「她對妳做了什麼很糟糕的事嗎？」

「按照順序來說，那個孩子是病態的說謊者噢。那完全是病態的噢。一切的一切都是她揑造的。而且在說著的時候連她自己都以爲是眞的。然後爲了把那謊言的前後關係合理化還把周邊的事物都一一改變揑造。不過通常，很奇怪，會覺得不對的地方，也因爲那孩子腦筋轉得非常快，所以在別人發現之前就先下手圓謊了，因此對方完全沒留意到那是謊話噢。大體上誰也不會想到那樣漂亮的孩子竟然會對無關緊要的事也撒謊。我也是這樣。我在那半年間聽那孩子說過多得堆起來像山那麼高的謊，卻一次也沒懷疑過噢。幾乎可以說一切的一切都是她揑造的，我眞是像傻瓜一樣。」

「她說什麼樣的謊呢？」

「各式各樣的謊啊。」玲子姊一面有點諷刺地笑著一面說。「我剛剛也說過吧？人要是說了什麼謊，就不得不配合那個說出一大堆謊吧。那叫做虛言症噢。不過虛言症的人說的謊多半是屬於無罪的東西，周圍的人也大多會知道。但那孩子卻不一樣。她爲了保護自己，可以若無其事地說出傷害別人的謊話，可以利用的東西她什麼都會利用。而且可以看對象決定說不說謊。像對母親或親近的朋友如果說謊的話會立刻被識破的對象就不太說謊，不得已而說的時候會特別小心注意，只說絕對不會被識破的謊。而且如果被識破了，就從那美麗的眼睛潸潸流出眼淚來，找藉口說或者道歉，用嬌嗔的聲音撒嬌。於是誰都沒辦法再生氣了。

「爲什麼那個孩子會選上我呢？我現在都還不太清楚。她是選上我當她的犧牲者嗎？或者想向我求救而選上我呢？我到現在都還完全不明白。雖然事到如今是怎麼樣都已經無所謂了。一切的一切都已經結束了，而且結果已經變成這樣了啊。」

有一段短暫的沉默。

「她母親說過的話，她也再重複。說從我家經過聽到我的鋼琴聲而感動，也在外面看過幾次我而為我著迷。說是『著迷』喲，我，臉都紅了，居然被長得像洋娃娃般漂亮的女孩子著迷。不過，我想那並不完全是謊話。當然我已經過了三十了，既沒有那孩子那麼美麗，也沒那麼聰明，而且也沒有什麼特別的才華。但是，我身上一定有什麼吸引那孩子的地方噢。那孩子所缺少的什麼，是不是這樣呢？所以那孩子才會對我有興趣呀，到現在想起來我這樣覺得。嘿，這不是我自誇噢。」

「我知道，是有一點可以感覺到。」我說。

「那個孩子帶著樂譜來，問我可以彈一下看看嗎？我說可以呀，妳彈彈看哪，於是她彈了巴哈的小即興曲。那個啊，怎麼樣呢？很有意義的演奏噢，該說是有趣或不可思議呢？總之是不普通的。當然不是很高明噢。既不是進專門學校學過的，說練過琴也是斷斷續續練，相當自我流地學的。不是很嚴格訓練的聲音。如果參加音樂學校入學考試的術科測驗，演奏這樣的話馬上會被刷掉。不過，可以聽噢。換句話說雖然整體的百分之九〇很糟糕，但剩下的百分之一〇可以聽的地方還滿可以好好唱給人聽的。而且那還是巴哈的小即興曲喲！於是我對那孩子開始非常感興趣。心想這孩子到底是什麼呢？

「當然，世上還有很多可以把巴哈彈得更好的年輕孩子噢。也有比那孩子能彈得好二十倍的孩子吧。不過那種演奏大概沒有內容。乾乾的空空的。但那孩子彈的，雖然差勁，卻有一點吸引人，至少吸引我，的東西，於是我想，如果是這孩子的話，或許有教教看的價值吧。當然要從現在開始重新訓練成專家是不可能的。但要把她教成像我那時候一樣——現在也是這樣——能夠快樂地為自己演奏鋼琴的快樂鋼琴手的話或許有可能。不過那希望終究還是變成空想。她啊，不是那種靜悄悄爲自己做什麼的那種人。她是爲了讓別人佩服可以用盡所有的手段一直在精打細算的孩子。要怎麼樣別人才會佩服妳、讚美妳，她知道得很。她也知道要做什麼樣的演奏才能吸引我。全部都被她算計在裏面喏。而且那要讓人家聽得出來的地方她大概拚命地一再練習過吧。我可以想像得出來哟。

「不過雖然如此，就算我現在已經知道了，我覺得那畢竟還是很美的演奏噢，如果現在再讓我聽到一次，我想我的心還是會抽動一下。就算把她的狡猾、說謊和缺點全部減掉。嘿，世上就有這種事情噢。」

玲子姊以乾乾的聲音乾咳之後，停下話題沉默了一會兒。

「於是妳收了那個學生嗎？」我試著問。

「是啊。每週一次。星期六上午。因爲那孩子的學校星期六也休息。她一次都沒請過假，也沒遲到過。是個理想的學生。練習也確實地練來。課程結束後，我們就吃蛋糕聊天。」玲子姊這時好像忽然想到似地看看手錶。「嘿，我們差不多該回屋裏去比較好吧。我有點擔心直子怎麼樣了。你總不會已經忘記直子的事了吧？」

「沒有忘記呀。」我笑著說。「只是被妳的話吸引了。」

「如果你想繼續聽的話我明天再說下去。因爲話還很長一次說不完的。」

「簡直是天方夜譚嘛。」

「嗯，你會回不了東京噢。」說著玲子姊也笑了。

我們回程還是穿過和來的時候同一條雜木林中的路，回到屋裏。蠟燭已經熄滅，客廳的電燈也關了。臥室的門敞開著，床頭燈亮著，那微弱的光線溢出到客廳來。在那樣的昏暗中直子一個人孤伶伶地坐在客廳的沙發上。她已經換上類似長袍般的衣服。那領子一直密密地合到脖子上，她的腳縮到沙發上，曲膝坐著。玲子姊走到直子那裏去，把手放在她的頭頂。

「沒問題了嗎？」

「嗯，沒問題了，對不起。」直子小聲地說，然後轉向我這邊害羞地說對不起。「你嚇了一跳吧？」

「有一點。」我微笑地說。

「到這邊來。」直子說。我在她旁邊坐下，直子依然在沙發上曲著膝，好像要跟我說悄悄話似地把臉湊近我耳朵邊，在我耳朵旁邊輕輕一吻。「對不起。」直子又再向我的耳朵小聲說，然後離開我的身體。

「有時候自己都不知道怎麼搞的。」直子說。

「我經常有這種事。」

直子微笑地看我的臉。嘿，如果可以的話我想再多聽妳的事，我說。在這裏的生活。每天都做些什麼，有些什麼樣的人之類的。

直子斷斷續續地，把自己一天的生活用很淸楚的話語說出來。早上六點起來，在這裏吃飯，打掃完鳥舍之後，大概就到農場工作。整理菜園，照顧蔬菜。午餐前或飯後一小時左右跟主治醫師個別面談，或做團體討論。下午是自由課程，可以選自己喜歡的課或野外作業或運動。她選了法語、編織、鋼琴、古代史之類的幾個課程。

「鋼琴由玲子姊教我。」直子說。「她此外還教吉他噢。我們都一會兒當學生一會兒當老師的。法語強的人就教法語，當過社會科老師的人教歷史，擅長編織的人教編織，光是這樣就已經可以成爲滿像樣的學校了。很遺憾我還沒有任何可以教別人的東西。」

「我也沒有。」

「總之，我比上大學那時候更熱心學習喲，在這裏，而且很用功，那樣很快樂噢，眞的。」

「吃過晚飯都在做什麼？」

「跟玲子姊聊天，看看書、聽聽唱片、到別人的房間去玩遊戲，做這些。」直子說。

「我練練吉他，寫寫自傳。」玲子姊說。

「自傳？」

「開玩笑的。」玲子姊笑著說。「然後我們十點左右睡覺。怎麼樣，很健康的生活吧？可以睡得很沉喏。」

我看看手錶，九點稍前。「那麼差不多已經睏了吧？」

「不過今天沒關係。可以遲一點。」直子說。「因爲好久沒見了還想多聊一聊。你說一些什麼嘛。」

「我剛才一個人的時候，忽然想起以前的很多事情。」我說。「以前和Kizuki兩個人去醫院看妳的時候還記得嗎？在海岸的醫院。高中二年級夏天的事吧。」

「我胸部開刀時的事噢。」直子微笑地說。「我還記得很淸楚啊。你和Kizuki騎著機車來看我。還帶了溶得黏糊糊的巧克力糖來。吃那個好辛苦噢。不過總覺得好像已經是好久以前的事了。」

「是啊，那時候，妳還寫過很長的詩呢。」

「那個年紀的女孩子大家都在寫詩啊。」直子一面咯咯地笑著一面說。「你怎麼會突然想起那種事的？」

「不知道啊！只是想起來而已。海風的氣味啦、夾竹桃啦、這些個，忽然浮上來了。」我說。「嘿，那時候Kizuki是不是經常去看妳？」

「他幾乎都沒來看我呢。爲了這個我們還吵架呢，後來。剛開始來了一次，然後跟你兩個人來，就這樣而已。太過份了吧？第一次來的時候還坐立不安的坐不住，才來十分鐘就回去了。帶了橘子來，嘴裏嘀嘀咕咕的不知道在說什麼，然後剝橘子給我吃，又嘀嘀咕咕的說些莫名其妙的話，噗一下就回去了，說什麼我眞的很怕醫院這種地方什麼的。」直子這樣說著笑了。「這方面那個人一直還是小孩子噢，不是嗎？有誰喜歡醫院這種地方呢？所以那個人根本不是來探病安慰人的。比方叫你說鼓起勇氣啊。這種事那個人就不太懂噢。」

「不過跟我兩個人一起去的時候沒有那麼糟糕。看起來很平常嘛。」

「那是因爲在你面前哪。」直子說。「那個人在你面前都是那樣。努力不要露出弱點來。他一定是喜歡你吧，Kizuki。所以努力只讓你看到自己好的一面喏。可是跟我兩個人在一起的時候的他卻不是這樣噢。會放鬆一些。眞的是心情很善變的人。比方看他好像一個人滔滔不絕地說個沒完，下一個瞬間已經變得悶悶不樂一聲不響了。經常有這種事。從小時候就一直是這樣了。雖然他經常想改變自己，努力向上。」

直子在沙發上變換腳的彎曲方向。

「總是想改變自己，努力向上，結果不順利又急躁生氣或傷心難過的。其實他擁有非常傑出的東西美好的東西，但到最後都對自己沒有信心，光是想著我必須這樣做，這個非改變不可。眞是可憐的 Kizuki。」

「不過如果他是一直努力只讓我看到他好的一面的話,那努力似乎是成功了。因爲我只看到他好的一面哪。」

直子微笑。「如果他聽到了一定很高興。因爲你是他唯一的朋友。」

「而且 Kizuki 對我來說也是唯一的朋友。」我說。「在他以前和以後我都沒有一個稱得上是朋友的人。」

「所以我，滿喜歡和你和 Kizuki 三個人在一起喲。那樣的時候我也只看到 Kizuki 好的一面對嗎。那樣我心情也覺得非常愉快。可以安心。所以我喜歡三個人在一起。雖然我不知道你是怎麼想的。」
「我還在意過妳不知道怎麼想呢。」我說著輕輕搖頭。
「不過，問題是那不能永遠繼續下去。那種像是小圈子似的東西不可能永遠維持下去呀！這點 Kizuki 也知道，我也知道，你也知道。對嗎？」
我點頭。
「不過老實說，其實對他弱的一面我也非常喜歡。和好的一面同樣的喜歡。因爲他完全沒有狡猾，或壞心眼之類的噢。只是軟弱而已。不過我這樣說他也不相信。而且每次都這樣說。直子，那是因爲我跟妳是從三歲開始就一直在一起，妳對我的事知道得太清楚的關係，所以才看不見分不清什麼是缺點什麼是優點，把很多東西都混在一起了。他每次都這樣說。不過不管他怎麼說，我是喜歡他的，而且除了他之外我幾乎都沒興趣喲。」
直子朝向我悲哀地微笑。
「我們跟普通的男女關係相當不同噢。好像有某個部分肉體是連在一起似的，那種關係喲。就算有時候遠遠分開了，又會因爲特殊的引力拉回來黏在一起。所以我跟 Kizuki 會變成戀人般的關係也是極自然的事。是沒有考慮和選擇餘地的事。我們十二歲接吻，十三歲已經在愛撫了，我到他房間去，或他到我房間來玩，於是用手幫他處理他的……。不過，我一點都不覺得我們早熟。我想那是極自然的事。如果他想摸弄我的乳房或性器官的話，就讓他摸弄，一點都沒關係，如果他想把精液弄出來，就幫他也完全沒關係。所以如果有人因此而責備我們的話，我想我一定會很驚訝或生氣吧。因爲我們並沒有做錯事啊。只是在做很理所當然的事而已。我們互相讓對方看過身體的每個地方，簡直像共同擁有彼此的身體一樣，是那種感覺。不過我們有一陣子不敢再往前進了。因爲害怕會懷孕，那時候也不知道該如何避孕……總之我們是這樣子長大的，兩人一組手牽著手。普通成長期的孩子們所經驗過那種性的重壓或自我膨脹的苦悶之類的，我們幾乎都沒有經驗到。我們就像剛才說過的那樣對性是一貫開放的，對於自我也因爲可以互相吸收或分攤而沒有特別強烈地意識到。我說的意思你懂嗎？」

「我想我懂。」我說。

「我們兩個人是無法分開的關係喲。所以如果 Kizuki 還活著的話，我想我們大概會在一起，相愛著，而且逐漸變得不幸噢。」

「爲什麼？」

直子用手指梳順了幾次頭髮。因爲髮夾已經拿掉了，因此頭朝下時頭髮便垂下來遮住了臉。

「大概因爲我們向世間借來的不得不還了吧！」直子抬起頭來說。「比方像成長的痛苦之類的東西。我們應該付出的時候沒有付出代價，而那欠債現在該還了。所以 Kizuki 才會變成那樣，而現在我也像這個樣子在這裏呀！我們就像在無人島上成長的赤裸裸的孩子一樣，肚子餓了就採香蕉吃，寂寞了就兩個人擁抱著睡覺。但那種事情卻不能永遠繼續下去。我們會逐漸長大，必須出社會。所以你對我們來說是重要的存在喲，你就像是我們跟外界世界聯繫的環結一樣，你具有那樣的意義喲。我們以你爲媒介也曾做了我們應有的努力想和外面的世界順利同化。雖然結果並不順利。」

我點點頭。

「不過請你不要想成我們利用了你。Kizuki 眞的很喜歡你，只是碰巧對我們來說，跟你的關係正好是第一個和他人的關係。而且那個現在依然還繼續著噢。雖然Kizuki已經死掉不在了，但你是我和外面世界聯繫的唯一環結喲。現在還是。而且正如Kizuki喜歡你一樣，我也喜歡你喲。而且雖然本來完全沒有那個打算，但結果我們或許傷了你的心也不一定。我們實在沒有想到竟然會變成那樣。」

直子又再低下頭沉默。

「怎麼樣，要不要喝可可？」玲子姊說。

「嗯，非常想喝。」直子說。

「我想喝我帶來的白蘭地，可以嗎？」我問。

「請便，請便。」玲子姊說。「可以請我喝一口嗎？」

「當然可以呀！」我笑著說。

玲子姊拿來兩個玻璃杯，我跟她用那個乾杯。然後玲子姊便到廚房去泡可可。

「談一點比較明朗的話題吧？」直子說。

但我卻沒有比較明朗的話題可以拿出來談。要是突擊隊在的話就好了，我很遺憾地想道。只要有他在就會接二連三地生出插曲來，而只要一談起那些大家就會心情愉快。沒辦法於是我囉囉唆唆地談到宿舍裏大家是過著多麼不乾淨的生活的。實在太不乾淨了，光談著都覺得難過，但她們兩個人卻覺得很稀奇，聽得笑歪了。然後玲子姊模仿各種精神病患的樣子。這也好笑得不得了，到了十一點直子眼睛很睏的樣子，因此玲子姊把沙發背倒下去當床，爲我鋪了床單、毛毯和枕頭。

「半夜要來強暴是可以，但不要搞錯對象噢。」玲子姊說。「左邊床上睡著沒有皺紋的身體就是直子。」

「她說謊。我在右邊喏。」直子說。

「嘿，明天下午的課程有幾堂我已經安排好可以Pass的，我們去野餐好嗎？附近有非常棒的地方噢。」玲子姊說。

「好啊！」我說。

她們輪流到洗臉台刷牙然後走進臥室之後，我喝了一點白蘭地，躺在沙發床上試著一一照順序回想今天一整天所發生的事，覺得好像是好長的一天，房間裏依然被月光照得白白的。直子和玲子姊睡著的臥室裏靜悄悄的，幾乎聽不見任何聲響動靜，只有偶爾傳來床微小的輾軋聲而已。閉上眼睛時黑暗中有閃閃爍爍的微小圖形飛舞著，耳邊可以感覺到玲子姊所彈的吉他餘音，但那也沒有繼續多久，睏意來臨，把我拖進溫暖的泥中去，於是我做了柳樹的夢，山路兩旁一直排列著柳樹，難以相信之多的柳樹，吹著相當強的風，但柳枝卻絲毫都不動，我想想看爲什麼呢？這時看見小鳥正緊緊地抓著一根一根的柳枝。因爲那重量而使柳枝不搖。我拿起木棍試著敲敲附近的柳枝。想把鳥趕走讓柳枝能搖動。但鳥卻不飛走，代替飛走的是鳥變成鳥形的金屬發出咚咚的聲音掉落地面。

我醒來時，覺得好像在繼續做著那個夢似的，房間裏因月光而微微發著白光，我反射地尋找著地上有沒有鳥形的金屬，但當然到處都沒看到那樣的東西。只有直子一個人坐在我床腳邊，一直看著窗外，她彎起膝蓋，像飢餓的孤兒般把下顎搭在那上面。我想看看時間而在枕邊找著手錶，但那不在我放的地方，從月光的情形看來大概是兩點或三點吧，我猜測。雖然感覺喉嚨強烈地乾渴，但我決定就那樣安靜不動地看著直子的樣子。直子穿著和剛才一樣的藍色長袍之類的東西，頭髮一邊照例用那蝴蝶形的粉紅色髮夾固定著。因此她那美麗的額頭被月光清楚地照出來。眞奇妙啊我想。她睡覺前把髮夾拿下來了啊！

直子保持同樣的姿勢動也不動一下，她看起來簡直像是被月光吸引出來的夜間小動物一般。由於月光的角度，使她的嘴唇影子被誇張了。那看來非常容易受傷似的影子，配合著她心臟的鼓動或心的震動，而一抖一抖地微微動著。那看來彷彿正朝著夜之黑暗發出無聲的呢喃細語一般。

我爲了緩和喉嚨的乾渴而吞了唾液，但在夜之寂靜中那聲音非常巨大地響著。於是直子簡直像在說那聲音是某種暗號似的忽然站起來，一面微微發出衣衫磨擦的聲音一面跪在我枕頭邊的地上，一直注視著我的眼睛。我也看她的眼睛，但那眼睛什麼也沒向我訴說。眼珠澄清得不自然的程度，好像對面的世界都能透明地看得見了似的，但不管怎麼凝視都找不到那後面有什麼？我的臉和她的臉雖然只相隔了三十公分左右，但卻感覺她好像遠在幾光年之外似的。

我伸出手想摸她時，直子便忽然把身子往後退。嘴唇有點抖動。然後直子舉起兩隻手慢慢地開始解開長袍的扣子，扣子總共有七顆，我簡直以像在繼續做夢的心情望著她修長美麗的手指依序解開下去。那七顆白色的小扣子全部解開之後，直子便像昆蟲脫皮時一樣扭動腰肢把長袍滑溜溜地往下擺脫掉，變成赤裸裸的。長袍底下，直子什麼也沒穿。她身上穿著的只有蝴蝶形的髮夾而已。直子把長袍脫掉之後，依然跪在地上看著我。直子的身體在柔和的月光照射下像剛剛才被生下來的新肉體般，光澤柔潤楚楚動人，她稍微動一下身體時——那只是些許的移動而已——月光所照到的部分便微妙地移動，把暈染身體的影子形狀也改變了。圓圓隆起的乳房，嬌小的乳頭，肚臍的凹痕，腰身骨盤和陰毛所形成粒狀的粗黑影子，便像映在安靜湖面的水紋般變化著形狀。

這是多麼完美的肉體啊——我想。直子在不知不覺之間已經擁有這樣完全的肉體了嗎？而那個春夜裏我所擁抱過的她的肉體到底又到什麼地方去了呢？

那一夜，我慢慢地溫柔地脫下繼續哭個不停的直子的衣服時，我對她的身體還擁有一種好像發育還不完全似的印象。感覺乳房硬硬的，乳頭好像長錯地方的突起似的，腰身周圍奇怪地僵硬。當然直子是美麗的女孩子，那肉體也很有魅力，那令我產生性的興奮，以巨大的力量沖流壓倒我，但雖然如此，我一面擁抱著她赤裸的身體，愛撫著，在那上面親吻著，一面忽然對所謂肉體這東西的不均衡，不靈巧懷有奇怪的感慨。我一面抱著直子，一面想向她這樣說明。我現在正和妳性交著。我正進入妳的裏面，但這其實是沒有什麼，是怎麼樣都可以的事，因爲這只不過是身體的交往而已。我們只是互相訴說著唯有藉著彼此不完全的身體的互相接觸才能訴說的事情而已。我們藉著這樣做而分攤了各別的不完全喏，但當然這種事不可能順利地說得出口，我只是默默地緊緊地抱緊直子的身體而已，抱著她的身體時，我可以感覺到其中有什麼不能順利適應而殘留下來似的異物的粗粗糙糙的感觸，而且那感觸令我產生憐愛的情緒，並驚人程度地堅硬勃起。

但現在在我前面的直子的身體卻和那時候截然不同了。直子的身體經過若干變遷之後，現在已經變成如此完全的肉體，在月光中被生下來了，我想。首先剛開始發育豐滿起來的少女的肉在Kizuki死之後完全削瘦了，然後再被加上所謂成熟的肉。由於直子的肉體實在太過於美好地被完成了，因此我連性的興奮都沒有感覺到，只是茫然地注視著那美麗腰身的凹線，圓圓潤潤的乳房，配合著呼吸安靜動搖的柔美的腹部和那下面黑色柔軟陰毛的陰影而已。

她在我眼前曝露那裸體大約五分鐘或六分鐘左右吧，我想。終於她又再穿上長袍，由上到下順序扣上鈕扣，扣完鈕扣之後直子翩然站起來，安靜地打開臥室的門消失到裏面去了。

我在床上安靜不動了相當長時間，但改變主意從床上下來，拾起掉在地上的時鐘，朝向月光的方向看看，是三時四十分，我到廚房去喝了幾杯水之後又回床上躺下，但結果直到天明陽光已經將滲進房間每個角落的藍白色月光的斑痕完全溶解掉爲止，睡意都沒有來訪。我像睡著又像沒睡之間玲子姊走來啪啪地拍我的臉頰喊道

「天亮了，天亮了。」

玲子姊在整理我的床時，直子站在廚房做早餐，直子對我微笑著說「早安」。早安，我也說。我站在一面哼歌一面燒開水切麵包的直子身旁看了她一會兒，但完全感覺不到昨夜曾經在我面前赤裸過的樣子。

「嘿，你眼睛紅紅的，怎麼了？」直子一面泡咖啡一面對我說。

「半夜醒來，然後就沒有好好睡了。」

「我們有沒有打呼？」玲子姊問。

「沒有啊。」我說。

「幸好。」直子說。

「他，只是有禮貌說的而已喲。」玲子姊一面打呵欠一面說。

我起初也想過，或許直子在玲子前面裝成若無其事的樣子，或覺得害羞，但玲子暫時從屋裏消失蹤影時，她的舉止動作也完全沒有改變，那眼睛和平常一樣澄清透明。

「有沒有睡好？」我問直子。

「嗯，睡得好沉。」直子好像什麼也沒發生過似地回答，她用沒有任何裝飾的簡單髮夾固定頭髮。

我那擺不平的情緒，在吃早餐之間依然一直繼續著。我一面在麵包上塗奶油，剝蛋殼，一面在尋找什麼像是記號似的東西，不時往坐在對面的直子臉上瞄著。

「嘿，渡邊君，你今天早上爲什麼老是看我的臉？」直子好像很奇怪似地問。

「他，正在跟誰戀愛呀。」玲子姊說。

「你正在跟誰戀愛嗎？」直子問我。

也許吧說著我也笑了。於是我一面看著兩個女人拿那個把我當笑話對象開著玩笑，一面放棄再去多想昨天夜裏發生的事而吃麵包、喝咖啡。

吃過早餐兩個人說要去鳥舍餵鳥，於是我決定也跟著去。兩個人換上工作時穿的牛仔褲和襯衫，穿上白色長統靴。鳥舍在網球場後面的一個不錯的公園裏，養了有雞、鴿子、孔雀、鸚鵡等各式各樣的鳥。周圍有花壇，有植栽，有長椅，兩個也像是患者的男人正用掃帚掃集掉在道路上的落葉，兩個男人看來都是四十到五十歲之間。玲子姊和直子走到那兩個人的地方去打招呼，玲子姊又說了什麼笑話讓兩個男人笑了。花壇裏開著大波斯菊，植栽都經過細心地修剪整齊，看到玲子姊出現，各種鳥便一面發出嘰嘰的聲音一面在檻欄裏轉著跳著。

她們走進鳥舍旁邊的一個小倉庫裏去拿出飼料袋和橡皮水管來。直子把水管接在水龍頭下，轉開水龍頭。於是一面注意不要讓鳥飛出外面，一面進入檻欄裏把髒東西沖洗掉，玲子姊用大刷子用力刷著地上，水滴被陽光照亮得閃爍眩眼，孔雀爲了避開濺起來的水而在檻欄裏啪嗟啪嗟地跑著逃走。火雞抬起頭以像脾氣彆扭的老人般的眼色瞪著我，鸚鵡站在橫木上好像很不開心地發出巨大的聲音拍著翅膀，玲子姊朝著鸚鵡學貓叫，鸚鵡便躲到角落去縮著肩膀，但過一會兒之後卻叫著「謝謝、瘋子、笨蛋！」

「是誰教的那種話。」一面嘆氣直子一面說。

「不是我噢。我不會教這種有歧視意識的用語。」玲子姊說。然後又學貓叫，鸚鵡沉默下來。

「這傢伙，有一次被貓欺負了，所以好怕貓，怕得不得了呢。」玲子姊笑著說。

打掃完畢兩個人把掃除用具放下，然後在各別的飼料箱放飼料。火雞一面噼吱噼吱地踩著地上的積水一面走來把頭埋進飼料箱，直子拍牠們的屁股也不理睬只專注地貪食著飼料。

「每天早上都做這個嗎？」我問直子。

「是啊，新來的女孩子大體上都做這個。因爲簡單哪，你想看兔子嗎？」

想，我說。鳥舍後面是兔舍，十隻左右的兔子正躺在稻草堆裏睡覺。她用掃把掃集糞便，在飼料箱裏放完飼料，便抱起小兔子來摩擦著臉頰。

「可愛吧？」直子很開心地說。於是把兔子交給我抱，那溫暖的小肉團在我的手腕中安靜不動地一直縮著身子，耳朵輕微地抖顫著。

「沒關係，這個人不可怕。」直子說著用手指撫摸兔子的頭，看看我的臉咧嘴微笑，沒有任何陰影的令人眩眼的笑容，因此我也不禁笑了起來。並想道昨夜的直子到底是怎麼回事。那不會錯是眞的直子，不是夢——她眞的在我眼前脫光衣服赤裸裸的。

玲子姊一面用口哨漂亮地吹著〈Proud Mary〉一面收集著垃圾，裝進塑膠垃圾袋，把封口綁起來，我幫忙把掃除用具和飼料袋搬回倉庫。

「我最喜歡早晨。」直子說。「好像一切的一切都從頭重新開始了一樣。所以到了中午的時間就很悲哀。我最討厭黃昏，每天每天就這樣子過。」

「於是，就在這樣之間你們也會像我一樣上了年紀喲，在想著早晨來了夜晚來了之間。」玲子好像很開心似地說。「這個，一轉眼喏。」

「不過玲子姊看來不是很開心地上了年紀嗎？」直子說。

「雖然不覺得上了年紀很開心，但到了現在也不想再重新年輕一遍了。」玲子姊說。

「爲什麼呢？」我問。

「因爲太麻煩了。這不是一定的嗎？」玲子姊回答。然後一面繼續吹著〈Proud Mary〉一面把掃把放進倉庫，關上門。

回到屋裏她們把長統靴脫掉換成普通的運動鞋，說現在起要到農場去，因爲是看著也不太有趣的工作，而且是和別人一起的共同作業，所以你留在這裏看書好了，玲子姊說。

「然後到浴室去，桶子裏有很多我們的髒內衣，幫我們洗一洗好嗎？」玲子姊說。

「開玩笑吧？」我吃了一驚反問道。

「那當然。」玲子姊笑著說。「當然是開玩笑的，那種事情。你眞是可愛。對嗎？直子。」

「是啊！」直子也笑著同意。

「我會看德語。」我嘆一口氣說。

「好孩子，我們中午以前會回來，所以你好好用功噢。」玲子姊說。於是兩個人便咯咯地一面笑著一面走出屋子，聽得見有幾個人從窗下走過的腳步聲和談話聲。

我到洗臉台去再洗一次臉，借用了指甲刀剪指甲，以兩個女孩子住來說是極端清爽的洗臉台，只排列著整排面霜、護唇膏、防曬油、乳液之類的而已，幾乎沒有像化粧品的東西。剪完指甲之後我到廚房泡咖啡，一面坐在桌子前面喝著一面攤開德語教科書。在廚房的陽光下只脫剩一件T恤衫一一背著德語文法表時，心情忽然變得很奇怪，覺得德語的不規則動詞和這個廚房的桌子之間好像被幾乎可以想像得到的遙遠距離所隔開著似的。

十一點半兩個人從農場回來輪流沖過澡，換上清爽的衣服。於是三個人便到食堂去吃中飯，然後走到大門口，警衛亭這次確實有守衛的門房在，正在桌子前面美味地吃著像是從食堂送來的中飯，架子上的電晶體收音機正播著歌謠曲，我們走過去時他便舉起手說你好！打一聲招呼，我們也說「你好。」

我們三個人現在要出去散步，大概三個鐘頭左右回來，玲子姊說。

「噢，請便，請便，天氣眞好啊！溪谷邊的路，上次下雨崩落了很危險，除了那邊之外都沒關係，沒問題。」門房說。玲子姊在外出者登記簿之類的表格上記入直子和自己的名字和外出日期時間。

「小心的去吧！」門房說。

「滿親切的人嘛！」我說。

「那個人這裏有一點毛病。」玲子姊說著用手指壓著頭。

不管怎麼樣正如門房說的那樣，眞是好好的天氣，天空好像抽空了似地藍，細微分叉的雲簡直像在試刷油漆般在天頂刷一道白色雲帶。我們暫時沿著「阿美寮」的矮石牆走，然後離開圍牆，排成一列走上路幅狹窄的陡斜坡，帶頭的是玲子姊，中間是直子，最後是我。玲子姊對這附近的山似乎每個角落都很清楚的樣子，以確實的步調攀上那細窄的斜坡路。我們幾乎沒開口，只是一股勁地運著腳步。直子身穿藍牛仔褲和白襯衫，外套脫下來拿在手上。我一面望著她直溜溜的頭髮在肩口左右地搖著一面走。直子偶爾回過頭來，和我眼光相遇時便微笑，上坡路長得令人快暈倒地延續著，然而玲子姊的步調毫不凌亂，直子也一面不時擦擦汗一面不落後地跟在後面走，我已經有一陣子沒登山了有點喘不過氣來。

「經常都這樣爬山嗎？」我試著問直子。

「每星期一次左右吧！」直子回答。「很吃力吧？」

「有一點。」我說。

「已經走到三分之二了，只要再走一點。你是男孩子吧？加油噢。」玲子姊說。

「運動不足啊。」

「因爲光會跟女孩子玩哪。」直子像自言自語似地說。

我想要反駁什麼，但喘不過氣來，話也沒辦法順利出口。偶爾有頭上附著羽毛裝飾般的紅色鳥從眼前橫掠飛過，以藍天爲背景飛翔的牠們，姿勢極爲鮮明。四周草原上燦爛地開著無數白色、藍色、黃色的花，到處聽得見蜜蜂的飛舞聲，我一面望著周圍那樣的風景一面什麼都不再想地一步一步往前踏步。

然後過了十分鐘左右斜坡路到了終點，來到像高原般平坦的地方。我們在那裏休息一下，擦擦汗，調整呼吸，喝喝水壺的水。玲子姊找來什麼的葉子，用那做笛子吹。

道路變成和緩的下坡路，兩邊芒花穗茂盛地高高長著。走了十五分鐘左右時我們通過一個村落，但那裏已經沒有人跡，十二家或十三家房子全都變成了廢屋。房子周圍草茂盛地高到腰部，牆上破的洞裏黏著白色乾掉的鴿糞。有一家只剩柱子其他全都倒塌了，但其中也有好像只要打開雨窗現在立刻就可以住進去似的房子。我們穿過被死絕的無言房舍所夾著的道路。

「才七、八年前這裏還住了幾個人喏。」玲子姊告訴我們。「周圍也一直有田園。但現在全都出去了，生活太苦了，冬天冰天雪地的動都不能動，土地也不怎麼肥沃。不如到都市去工作比較有錢賺。」

「眞可惜，還足夠可以住的房子嘛！」我說。

「有一陣子嬉皮來住過，但冬天吃不消就走掉了。」

穿過村落暫時往前進時看得見一個四周用柵欄圈起來的寬闊牧場似的地方，遠方有幾匹馬在吃著草。沿著柵欄走去時，一隻大狗一面啪噠啪噠搖著尾巴一面跑過來，撲上玲子姊身上聞著她的臉，然後又跳到直子身上糾纏她。我向牠吹口哨便走過來，伸出長長的舌頭叭啦叭啦地舔著我的手。

「這是牧場的狗。」直子一面撫摸著狗的頭一面說。「大概已經快二十歲了吧，牙齒都衰弱得幾乎不能吃硬東西了，每次都躺在餐廳前面聽見人的腳步聲就跑過來撒嬌。」

玲子姊從揹袋裏拿出乳酪片來，狗聞出氣味便跳過去，開心地咬住乳酪。

「能跟這孩子見面也只剩下不久了。」玲子姊一面拍著狗的頭一面說。「到了十月中他們就會用卡車把馬和牛載到下面的牧舍去喲。只有夏天才到這裏來放牧，吃草，以觀光客爲對象開一家小咖啡店。所謂觀光客，也只不過是登山卡車一天載二十個人來或不來的程度而已。怎麼樣？你想喝點什麼嗎？」

「好啊！」我說。

狗帶頭領著我們到那咖啡屋去。正面有陽台油漆成白色的小建築物，屋簷下掛著咖啡杯形褪了色的招牌。

狗領先走上陽台，便躺了下來瞇起眼睛。我們在陽台桌上坐下之後，從裏面走出一位穿著運動衫和白色牛仔褲，綁著馬尾巴的女孩子，親切地向玲子姊和直子打招呼。

「這位是直子的朋友。」玲子姊介紹著我。

「你好。」那位女孩子說。

「妳好。」我也說。

三個女人忙著聊天時，我便撫摸著桌子下狗的頭，狗的頭確實是上了年紀似的肌肉筋骨僵硬了，我啪啦啪啦地爲牠抓著那僵硬的地方時，狗便像很舒服似地閉著眼睛呵呵地吐著氣。

「叫做什麼名字？」我試著問店裏的女孩子。

「貝貝。」她說。

「貝貝。」我試著叫看看，但狗一動也不動地沒反應。

「牠耳聾了，不大點聲音叫就聽不見喏。」女孩子以京都腔說。

「貝貝！」我大聲地叫，狗睜開眼睛直挺挺地站起身，汪地吠了一下。

「好了好了，沒關係，慢慢睡讓你長命百歲。」女孩子說，貝貝又重新在我的腳邊躺了下來。

直子和玲子姊點了冰牛奶，我點了啤酒。玲子姊向女孩子說播ＦＭ嘛，女孩子打開收音機調到ＦＭ廣播。可以聽見 Blood Sweat & Tears 在唱〈Spinning Wheel〉。

「老實說我是想聽ＦＭ而到這裏來的。」玲子姊很滿足地說。「因爲我們那裏沒有收音機對嗎？要是不偶爾到這裏來的話，連世間現在在放什麼音樂都不曉得了。」

「一直都住在這裏嗎？」我問女孩子看看。

「怎麼可能。」女孩子笑著回答。「在這種地方過夜不寂寞死才怪，傍晚牧場的人用那車子送我回市內。早上再接我來。」她這樣說著指著停在稍微離開一點的牧場辦事處前的四輪驅動汽車。

「再過不久這裏也閒了吧？」玲子姊問。

「嗯，差不多快要結束了。」女孩子說。玲子姊遞香菸出去，她們兩個人便抽了起來。

「妳不在了好寂寞噢。」玲子姊說。

「明年五月還會來呀！」女孩子笑著說。

再播出Cream的〈White Room〉，插播廣告，然後播出Simon & Garfunkel的〈Scarborough Fair〉，曲子播完之後玲子姊對我說我喜歡這首歌。

「我看了這部電影。」我說。

「誰演的？」

「達斯汀霍夫曼。」

「我不知道這個人。」玲子姊悲哀地搖搖頭。「在我不知道之間，世界逐漸改變下去。」

玲子姊向女孩子說借我吉他好嗎？好啊女孩子說著關掉收音機，從後面拿出一把舊吉他來。狗抬起頭用鼻子聞一聞吉他的味道。「這不是吃的東西喲。」玲子姊好像說給狗聽似的說。帶有草香的風吹過陽台，山的稜線清晰地浮現在我們眼前。

「簡直像《眞善美》的畫面一樣啊！」我對正在調弦的玲子姊說。

「你說什麼？那是？」她說。

她彈了〈Scarborough Fair〉前奏的和弦。好像沒有樂譜第一次彈的曲子，剛開始在找到正確的和弦之前猶豫了一下，經過幾次的試行錯誤之間，她彷彿捉到某種流勢似地，終於能夠彈出全曲來了。而且第三次還在一些地方加進裝飾音流暢地彈了起來，「音感很好噢。」玲子姊對我說著眨眨眼睛，用手指自己的頭。「大多的曲子我只要聽三次，沒有樂譜也能彈出來。」

她一面小聲地哼著旋律一面把〈Scarborough Fair〉確實地彈到最後。我們三個人拍手，玲子姊有禮地低下頭。

「從前我彈莫札特的交響曲時拍手聲音更大噢。」她說。

店裏的女孩子說，如果能彈披頭四的〈Here Comes The Sun〉的話，冰牛奶由店裏請客。玲子姊舉起拇指做出OK的手勢。然後一面唱著歌詞一面彈〈Here Comes The Sun〉。音量不太大，可能是抽太多香菸的關係，聲音啞了，但卻是有存在感的美好聲音，我一面喝著啤酒眺望山，一面聽著她的歌時，覺得太陽好像真的要從那邊再露出一次臉來似的。那是一種非常溫暖柔和的感覺。

唱完〈Here Comes The Sun〉之後，玲子姊把吉他還給女孩子，叫她再播FM廣播，並叫我說跟直子兩個人到這附近去散步一個鐘頭吧！

「我在這裏聽收音機跟她聊天，你們只要三點鐘能回來就行了。」

「可以兩個人單獨待那麼久嗎？」我問。

「其實是不可以的，不過沒關係吧！因為我也不是跟班的老太婆，所以也想一個人輕鬆一下啊。而且你特地大老遠的跑來，一定有一堆話想說吧？」玲子姊一面點起新的香菸一面說。
「走吧！」直子說著站了起來。
我也站起來跟在直子後面，狗睜開眼睛醒來，暫時跟在我們後面走了一會兒，不久又放棄地回到原來的地方去。我們沿著牧場的柵欄悠閒地走在平坦的路上。直子偶爾握握我的手，挽著我的臂。
「這樣了好像回到從前一樣了對嗎？」直子說。
「那不是從前，是今年的春天呢。」我笑著說。「到今年春天爲止我們還這樣噢。如果那是從前的話，十年前就已經變成太古史了。」
「是像太古史一樣啊！」直子說。「不過昨天對不起，怎麼好像神經亢奮起來，你好不容易來看我，眞抱歉。」
「沒關係呀！我想也許各種感情都要更加更加的往外發洩出來會比較好，妳也是我也是。所以如果妳想把那種感情往誰發洩的話，就往我發洩好了，這樣我們就可以互相更瞭解。」
「瞭解我，然後會怎麼樣呢？」
「嘿，妳還不明白。」我說。「不是會怎麼樣的問題喲，這個。世上有喜歡查時刻表而一整天在查時刻表的人。或用火柴棒接起來作成長達一公尺的船模型的人。所以世上就算有一個想要瞭解妳的人也不奇怪吧？」
「像興趣一樣的東西嗎？」直子覺得奇怪地說。
「要說是興趣也可以。雖然一般頭腦正常的人也用好感或愛情來稱呼這個，不過如果妳想用興趣稱呼也可以。」
「嘿，渡邊君。」直子說。「你喜歡 Kizuki 對嗎？」

「當然。」我回答。

「玲子姊呢?」

「我也喜歡她啊!是個好人。」

「嘿,爲什麼你老是喜歡這種人呢?」直子說。「我們全都在什麼地方扭曲著,歪斜著,不能順利游泳,會一直往下沉的人喏。我和 Kizuki 和玲子姊都是,全都是噢。爲什麼你不去喜歡更正常的人呢?」

「那是因爲我不這麼想。」我想了一下之後這樣回答。「我無論如何都不認爲你或 Kizuki 或玲子姊是扭曲的。我認爲扭曲的那些人全都健康地走在外面呢。」

「可是我們是扭曲的噢。我知道。」直子說。

我們暫時無言地走著。道路離開了牧場柵欄,延伸到像一個小湖般被周圍的樹林圍起來的圓形草原裏。

「有時候半夜醒過來,我會害怕得要命。」直子身體一面緊靠著我的手臂一面說。如果我還一直像這樣扭曲著再也不能復原的話,會一直待在這裏漸漸的老掉腐朽掉吧。一想到這裏,身體好像凍僵到骨髓裏去了似的,好慘喏。又難過,又冰冷的。」

我把手伸到直子的肩上把她抱緊。

「我覺得好像 Kizuki 從黑暗裏伸出手來求著我似的。喂!直子,我們是離不開的。被他這樣一說,我眞的一點辦法都沒有了。」

「這種時候妳怎麼辦?」

「嘿,渡邊君,你不要覺得奇怪喲。」

「不會。」我說。

「讓玲子姊抱我。」直子說。「把玲子姊叫醒，鑽到她的床上，讓她抱緊我。然後哭。她會撫摸我的身體。直到我身體的芯溫暖起來爲止。這是不是很奇怪？」

「不奇怪呀！我只是想代替玲子姊抱緊妳而已。」

「現在，在這裏抱吧！」直子說。

我們在草原的乾草上坐下來擁抱。坐下來之後我們的身體便完全隱藏進草中了，除了天空和雲之外，已經看不見其他任何東西了。我讓直子的身體慢慢倒在草地上，抱緊她。直子的身體柔軟而溫暖，她的手在我身上探索著。我和直子眞心地親吻了。

「嘿，渡邊君？」直子在我耳邊說。

「嗯？」

「想跟我睡嗎？」

「當然。」我說。

「可是你會等嗎？」

「當然會等。」

「在那之前，我想再好好的多弄淸楚自己一點。好好的，我希望能做一個合乎你興趣的人。你可以等到那時候嗎？」

「當然會等。」

「現在變硬了嗎？」

「妳說腳底嗎？」

「笨蛋。」一面咯咯地笑直子一面說。

「如果妳是問勃起了沒有的話，有啊，當然。」

「嘿，你能不能停止再說那個當然？」

「可以呀！我停止。」我說。

「那樣很難過嗎？」

「什麼？」

「變硬啊！」

「難過？」我反問道。

「也就是，那個……會不會很苦嘛！」

「看怎麼想啊。」

「要不要幫你弄出來？」

「用手？」

「對。」直子說。「老實說從剛才開始那個就很礙事頂得我好痛呢？」

我把身體稍微側過來。「這樣好嗎？」

「謝謝。」

「嘿，直子？」我說。

「什麼？」

「我想要。」

「可以呀！」直子咧嘴微笑地說。於是把我長褲的拉鍊拉下，用手握住變硬的陰莖。

「好溫暖。」直子說。

直子正準備移動手時我制止她，我解開她襯衫的扣子，伸手到背後把胸罩的鈎鈎解開。然後輕輕吻著她柔軟的粉紅色乳房。直子閉上眼睛，然後慢慢地開始運動手指。

「滿高明的嘛！」我說。

「好孩子閉嘴。」直子說。

射精完畢後我溫柔地抱她，再一次吻她。然後直子把胸罩和襯衫重新穿好，幫我把長褲的拉鍊拉上。

「這樣是不是可以比較輕鬆地走路了？」直子問。

「託妳的福。」我回答。

「那麼要不要再多走一點？」

「好啊！」我說。

我們穿過草原，穿過雜木林，又再穿過草原。然後一面走著直子一面談到死去的姊姊。雖然這件事到目前爲止從來沒有對別人說過，不過我想還是讓你知道比較好，所以我告訴你，她說。

「我們年齡相差六歲，個性也相差很多，但是我們感情還是非常好。」直子說。「從來沒有吵過一次架。眞的噢。不過大概也因爲程度相差太大了吵不起來吧。」

我姊姊是屬於做什麼都會拿第一的那種類型，直子說。功課第一，體育第一，又有人緣，又有領導能力，既親切個性又開朗，所以在男孩子之間也很受歡迎，老師也喜歡她，獎狀大概有一百張，是這樣的女孩子。任何公立學校都會有一個左右這種女孩子。不過並不因爲是自己的姊姊我才這樣說，她沒有因此而被寵壞，或神氣驕傲，也不喜歡炫耀引人注意，只是讓她做什麼都自然會得到第一名而已。

「因此，我從小時候就決心要做一個可愛的女孩子。」直子一面把手上的芒花穗團團轉著一面說。「因爲不是嗎？從小老是聽身邊的人誇獎姊姊頭腦怎麼好、運動怎麼行、多麼有人緣，我想我怎麼努力都沒辦法贏過她啊。而且如果說長相的話是我比較漂亮一點，所以父母似乎也想把我養成可愛的女孩。因此把我送到那樣的小學去，讓我穿天鵝絨的洋裝，有蕾絲花邊的襯衫、漆皮發亮的皮鞋，讓我學鋼琴、學芭蕾。但因此而使姊姊非常疼愛我，像個可愛的小妹妹般疼愛。買好多小東西送給我，帶我到各種地方去，幫我看功課。跟男朋友約會時也帶著我一起去喲。是一個非常美好的姊姊。

「她爲什麼會自殺，誰都不知道原因。就跟Kizuki的時候一樣。完全一樣噢。年齡也是十七歲。直到在那之前都沒有一點會自殺的跡象，也沒有遺書——一樣吧？」

「是啊！」我說。

「大家都說那孩子頭腦太好了，書讀太多了。說起來書是讀了不少。她有好多書，我在姊姊死了之後一直在讀那些書，好難過。書上寫了一些字，壓了一些花，還夾有男朋友的信。因爲這些，我哭了好幾次噢。」

直子又再默默地轉著芒花穗一會兒。

「她是大多的事都一個人解決的人。絕對不會找人商量，或求助於別人。並不是自尊心太強噢。只是覺得那樣是理所當然的而那樣做噢，大概。而且父母親也習慣這樣，以爲只要是那孩子的話，隨便她怎麼樣不用管她也沒關係。我常常會找姊姊商量，她會很親切地教我很多事情，但她自己卻不跟誰商量。什麼都一個人解決掉。既不會生氣，也不會厭煩。是眞的。不是誇張噢。女孩子，例如一到生理期就會焦躁鬱悶想對人發洩對嗎？多多少少。她也沒有這樣。她的情況與其說不高興不如說會消沉，兩個月或三個月有一次左右會這樣子，大概有兩天一直關在自己房間裏睡覺。不去學校上課，幾乎也不吃東西。房間暗暗的，什麼也不做地發呆著。可是不是不高興噢。我從學校回來就叫我到她房間，坐在她旁邊，問我那天一整天的事。也沒什麼重要的事噢。只是跟朋友玩什麼了，老師說了什麼，考試成績怎麼樣，這一類的。然後她熱心地聽我說，告訴我感想，給我建議。可是我走掉以後——比方跟朋友出去玩了，或去上芭蕾課時——她又一個人發呆。這樣經過兩天之後就會啪地忽然間自然好起來，又很有活力地去上學。這個樣子，對了，大概繼續了四年左右吧。剛開始我父母親也很擔心，大概去找過醫生商量，但畢竟過兩天就完全好轉對嗎？所以就想大概不用去理她，不久應該會好轉吧。何況又是頭腦很清楚的孩子啊。

「可是姊姊死了之後，我無意間在背後聽到父母親的談話。關於父親很久以前死掉的弟弟的事。他頭腦也非常好，但是從十七歲到二十一歲有四年之間關在家裏，結果有一天突然外出跳電車死了。因此我父親這樣說。

『這大概跟血統有關吧，我這邊的。』」

直子一面說一面下意識地用指尖剝開芒花穗，讓那飄散到風中，全部剝掉之後，她便把那像繩子般一圈一圈地捲在手指上。

「第一個發現姊姊死掉的是我噢。」直子繼續說。「那是小學六年級的秋天。十一月。下著雨，是陰沉沉的一天喏。那時候姊姊已經是高中三年級了。我上完鋼琴課回到家是六點半，母親正在準備晚餐，她說要吃飯了去叫姊姊下來。我走上二樓，敲敲姊姊的房門然後喊道吃飯了。可是，沒有回答，靜悄悄的。因此我想有點奇怪，再敲了一次門輕輕打開門看看，我想大概睡著了吧！但姊姊並沒有睡覺，她站在窗戶邊，脖子有點這樣的偏斜一邊，一直望著窗外。好像在想事情似的。房間暗暗的，也沒開燈，看起來什麼東西都很模糊不清噢。我開口說『嘿，妳在做什麼？要吃飯了。』但是這樣說完後才發現她比平常變高了。而且，那是怎麼搞的？覺得有點奇怪。是穿了高跟鞋嗎？還是站在什麼台子上呢？於是我走近去想開口說話時，才啊地發現了噢。脖子上有一條繩子。從天花板的橫樑筆直垂下來的繩子——那個啊，眞的是筆直得讓人嚇一跳的程度噢，簡直像用尺在空間咻地劃一條線一樣。姊姊穿著白襯衫——對了，正好像我現在穿的這樣簡單的——穿著灰色的裙子，腳像跳芭蕾舞伸直腳尖站著一樣伸得筆直，腳指和地板之間懸著有二十公分左右什麼也沒有的空間。這一切，我詳詳細細地全部看見了噢。還有臉，臉也看見了呢。不可能不看見哪。我想我必須馬上下去告訴母親，我必須大叫的。但是身體卻不聽話噢。我的身體跟我的意識相反地移動噢。我的意識想到我必須趕快下去，身體卻自己移動想把姊姊的身體從繩子上移開喲。但當然那是小孩的力量所辦不到的，我想我在那裏大概發呆了五、六分鐘吧，失心狀態。搞不清楚一切。身體裏面好像有什麼死掉了似的。一直到母親說『妳在做什麼？』上來看時，我一直在那裏喲，和姊姊一起。在那又黑又冷的地方……」

直子搖搖頭。

「然後三天之間，我一句話都說不出口。躺在床上像死掉了一樣，只是睜著眼睛不動。什麼事情都搞不清楚。」直子身體靠緊我的手臂。「我信上不是寫了嗎？我是比你所想像的更不完全的人。比你所想的病得更嚴重，那根更深喏。所以如果你能先走的話希望你一個人先走。不要等我。如果想跟別的女孩子睡覺的話就睡吧。不用想到我顧慮我，盡情地去做自己喜歡的事。如果不這樣的話，我可能會連累你喲，我，只有這件事不管發生什麼都不希望這樣。我不希望妨礙你的人生。也不想妨礙任何人的人生。就像剛才說過的那樣，希望你能偶爾來看看我，而且永遠記得我。我所希望的只有這個。」

「我所希望的不只是這個。」我說。

「可是你跟我扯上的話，你自己的人生會無謂的浪費掉噢。」

「我並沒有無謂地浪費。」

「可是我可能永遠無法復原喏。就算這樣你也要等我嗎？十年二十年都能等我嗎？」

「妳太害怕了。」我說。「對黑暗啦，痛苦的夢啦，死掉的人的力量啦。妳不得不做的是忘記這些，只要能夠忘記，妳一定能康復的。」

「但願能忘得了。」直子一面搖頭一面說。

「如果能離開這裏，就跟我一起生活好嗎？」我說。「那樣我可以保護妳脫離黑暗和惡夢之類的，就算沒有玲子姊，當妳難過的時候我也會抱著妳。」

直子更緊密地貼近我的手臂。「如果能那樣的話眞是太美好了。」她說。

我們回到咖啡屋時是快要三點，玲子姊一面看著書一面聽著FM廣播的布拉姆斯二號鋼琴協奏曲。在一望無際都沒有人影的草原盡頭聽著布拉姆斯確實非常美好。她以口哨跟著吹第三樂章大提琴開端的旋律。

「由 Backhaus 彈鋼琴，Karl Böhm 指揮的。」玲子姊說。「從前這張唱片我聽得都磨光了，眞的是磨光了噢。每個角落都聽遍。好像舐光了似的。」

我和直子點了熱咖啡。

「話談好了嗎？」玲子姊問直子。

「嗯，談了非常多。」直子說。

「等以後詳細告訴我噢，他的怎麼樣啊？」

「那種事什麼都沒做啊。」直子臉紅地說。

「眞的什麼都沒做嗎？」玲子姊問我。

「沒有啊！」

「眞無聊。」玲子姊好像很無聊似地說。

「是啊。」我一面啜著咖啡一面說。

晚餐的光景大致和昨天一樣。氣氛、談話聲音和人們臉上的表情都和昨天一樣，只有菜色不同。昨天談到在無重力狀態下胃液分泌情形的穿白衣的男人加進我們三個人這桌來，一直談著腦的大小和那能力的相互關係。我們一面吃著所謂大豆漢堡，一面聽他講俾斯麥和拿破崙腦容量的事。他把盤子推到旁邊，在便條紙上用原子筆畫出腦圖給我們看。而且說了好幾次「不，這有一點不對」於是又重新畫過。畫好之後並很珍惜地把便條紙收進白衣口袋裏，把原子筆揷進胸前的口袋。胸前的口袋一共放了三隻原子筆、鉛筆和尺。而且吃完後又說「這裏冬天很棒噢。下次冬天一定要來喲。」和昨天一樣的話，然後離開。

「那個人是醫師嗎？還是患者呢？」我試著問玲子姊。

「你認爲呢？」

「完全看不出來。不管怎麼樣看起來都不太正常。」

「是醫師噢。叫做宮田大夫。」直子說。

「不過那個人是這附近頭腦最怪的噢。可以跟你打賭。」玲子姊說。

「門房的大村先生也相當瘋噢。」直子說。

「嗯，那個人是瘋瘋的。」玲子姊一面用叉子叉花椰菜一面點頭。

「因爲他每天早上一面莫名其妙地不知道喊著什麼一面亂七八糟地做體操。還有在直子進來以前有個姓木下的事務小姐，曾經神經衰弱自殺未遂；一個叫做德島的護士去年因爲酒精中毒惡化而被迫辭職。」

「患者跟工作人員好像可以全部交換的樣子嘛。」我很佩服地說。

「一點都沒錯。」玲子姊一面左右揮動著叉子一面說。「看來你好像也漸漸明白世間的組成了嘛。」

「好像噢。」我說。

「我們正常的一點哪。」玲子姊說。「在於知道自己是不正常的。」

回到房間我和直子兩個人玩撲克牌，在那之間玲子姊又抱起吉他練習巴哈的曲子。

「明天幾點回去？」玲子姊停下手一面點香菸一面問我。

「吃過早餐後離開。九點鐘有巴士來，那樣就可以趕上傍晚的打工。」

「眞可惜，如果能待久一點就好了。」

「要是那樣，我很可能會一直住下去喲。」我笑著說。

「嗯，是啊。」玲子姊說。然後對直子說：「對了，我必須到岡太太那裏去拿葡萄才行。我完全忘了。」

「要不要我一起去？」直子說。

「嘿，我可以借渡邊君一起去嗎？」

「好啊。」

「那麼，我們再兩個人做夜間散步吧。」玲子姊拉起我的手說：「昨天還有一點意猶未盡，今天晚上要拚到最後爲止。」

「好啊，隨妳高興盡量請便。」直子咯咯地笑著說。

因爲風很冷，玲子姊在襯衫上加了一件淺藍色的毛線外衣，雙手揷在長褲口袋裏。她一面走著一面抬頭看天空，像狗一樣用鼻子吸氣嗅著。然後說「有雨的氣味。」我也同樣地聞一聞但聞不出什麼味道。天空雲確實多了起來，月亮也已經隱藏到雲背後去了。

「在這裏住久了大概憑空氣的氣味就可以知道天氣的變化噢。」玲子姊說。

進入工作人員住宅區的雜木林後，玲子姊叫我等一下便一個人走到一間房子前面按了門鈴。看來像是這家太太的女人出來跟玲子站著說話，咯咯咯地笑著然後到裏面去，接著拿了一個大塑膠袋出來。玲子姊向她說謝謝，晚安，再回到我這邊。

「你看人家給的葡萄。」玲子姊把塑膠袋打開讓我看。袋子裏裝了相當多串的葡萄。

「喜歡葡萄嗎？」

「喜歡。」我說。

她拿起最上面一串交到我手中。「這已經洗過了所以可以吃。」

我一面走著一面吃葡萄，把皮和種子吐在地上。很鮮美的葡萄。玲子姊也吃著她的份。

「我偶爾教教那家的兒子彈一點鋼琴。他們就送我各種東西當謝禮。上次的葡萄酒也是。還可以託他們在市內幫忙買一點東西。」

「我想聽妳說昨天沒講完的事。」我說。

「可以呀。」玲子姊說。「不過每天晚上都太晚回去，直子恐怕會懷疑我們的感情吧？」

「就算會那樣我也想繼續聽那下文。」

「OK，那麼就到有屋頂的地方去說吧。今天有點冷。」

她從網球場前面往左轉，走下狹窄的階梯，來到一排排長棟像倉庫一樣的地方。並打開最近那間小屋的門，進入裏面打開電燈。「進來吧。雖然是個什麼也沒有的地方。」

倉庫裏整齊地排列著越野用滑雪板、滑雪棒和滑雪靴，地上堆積著剷雪道具和除雪用的藥品等。

「以前我常常來這裏練習彈吉他。想一個人獨處的時候。是個小巧雅致不錯的地方吧？」

玲子姊坐在藥品袋上，叫我也坐在旁邊。我依她說的做了。

「菸味會有點悶，可以抽嗎？」

「可以呀，請便。」我說。

「只有這個戒不了。」玲子姊一面皺著眉一面說。並很美味似地吸著菸。很少人抽得像這樣美味的樣子。我仔細地一粒一粒吃著葡萄，把皮和種子丟在被用來代替垃圾箱的空罐頭裏。

「昨天說到哪裏？」玲子姊說。

「說到暴風雨的夜晚爲了去找岩燕的窩而爬上危險的懸崖上去的地方吧。」我說。

「你這個人就是以一本正經的臉色說笑話所以很好笑噢。」玲子姊好像很驚訝似地說。「說到每星期六早上教那個女孩子鋼琴的地方吧。」

「對。」

「如果把世間的人分爲擅長教人和不擅長教人的話，我大概屬於前者吧。」玲子姊說：「我年輕時候沒有這樣想。大概不願意這樣想也有關係吧，某種程度上了年紀對自己看得比較確定之後，才這樣覺得。自己是擅長教別人的。我眞的很行噢。」

「我也這樣覺得。」我同意。

「我對別人比對自己有耐心多了，對別人比對自己容易找出事情好的一面。我是這樣的人喏。就像火柴盒旁邊貼的粗糙東西的存在一樣。換句話說。不過那也沒關係，我並不討厭那樣。我喜歡與其當二流的火柴棒，不如當一流的火柴盒噢。開始清楚地這樣覺得，對了，是從教那個女孩子以後。在那以前更年輕時，曾經打工教過幾個學生，但那時候並沒有這樣想。教了那孩子之後才第一次這樣想。咦？我是這麼擅長教別人東西嗎？教得這麼順利喲。

「就像我昨天也說過的那樣，在技術上來說那孩子鋼琴彈得並不怎麼樣，也並不想當音樂家，以我來說也樂得輕鬆。而且在她上的學校只要成績馬馬虎虎還過得去的話，是可以直升大學式的女子學校，並不需要太用功，所以她母親也說『就輕鬆地當一種才藝教養去學吧』。所以我也沒有太嚴格地逼她。因爲第一次見面的時候，我就覺她是個不喜歡被逼的孩子。雖然口頭上很善解人意地說好啊好啊的，其實是絕對只肯做自己想做的事的孩子噢。所以呀，我首先就讓那孩子照自己喜歡的方式彈。百分之百照她喜歡的方式彈。其次我才用各種不同的方法彈那同樣的曲子給她看。然後兩個人再討論什麼彈法比較好，或比較喜歡。然後讓那孩子再彈一次。於是比以前演奏的好得好幾段。她能看出優點然後學會喲。」

玲子姊喘一口氣望著香菸的火星。我默默地繼續吃著葡萄。

「雖然我想我算是有音樂感的人，然而那孩子比我還行。我覺得好可惜。如果能從小就跟好老師接受確實的訓練的話，應該已經達到很高程度了。不過並不是這樣。結果是那孩子忍受不了確實的訓練。世上就是有那種人喏。那些人一方面獲得極佳的才華，然而卻因爲無法做到體系化的努力，而一方面讓才華凌散地結束掉。我也曾經看過幾個這樣的人。起初你會覺得實在太棒了。比方說非常困難的曲子，有人只要第一次看到樂譜就能啪一下彈出來。而且還彈得相當好。在旁邊看著的人會被那氣勢壓倒噢。想想我就實在比不上。不過只有這樣而已喲。他們無法再往前進。爲什麼不行呢？因爲他們不努力呀。因爲沒下工夫努力訓練。被寵壞了。不巧因爲有才華從小不努力也能彈得不錯，於是大家都讚美她好棒好棒，於是覺得努力好像很無聊似的，其他孩子要花三星期才練得會的，他只要花一半時間就學會了，對嗎？於是老師也覺得這孩子已經可以了便讓他往前進，那又比別人省一半時間就會了，又再往前進。於是就在不知道什麼叫做下工夫的情況下，遺漏了跳過了人格形成所必須的要素。這是悲劇喲。雖然我多少也有一點這樣的地方，但幸虧我的老師是相當嚴格的，因此才能達到這個程度噢。

「不過，教那孩子還是很愉快的。好像開著高性能跑車奔馳在高速公路那樣，只要動一下手指就會嗶嗶地迅速反應。雖然稍微有點反應過快的情況。教這種孩子的祕訣，第一就是不要過分誇獎。因爲她從小就太習慣被誇獎了，再怎麼讚美她，也只會讓她覺得又來了而已。偶爾適度的誇獎就好了。其次凡事不勉強。讓她自己去選擇。不要一直往前進，要讓她停下來思考。只有這樣而已。這樣的話就滿順利了。」

玲子姊把香菸丟落地上踩熄。然後好像要鎭定情緒般呼地深呼吸一下。

「教完下課後，就喝茶談話。有時候我會模仿爵士鋼琴教她彈。告訴她這樣子彈的是Bud Powell，這樣子彈的是Thelonious Monk。不過大多是那孩子在講。她說起話來可健談呢，你會不知不覺就被她吸引過去喲。嗯，就像我昨天也說過的那樣雖然我想大部分都是她編出來的，但還是很有趣喲。她的觀察力實在敏銳，表現很確切，有惡毒、有幽默，很能刺激人的感情。總之啊，她眞是個很擅長刺激人感情打動人心的孩子。而且因爲她也知道自己有這種能力，所以盡量巧妙而有效地去利用這個。她可以讓人生氣、讓人悲傷、讓人同情、讓人失望灰心，或讓人高興歡喜，隨心所欲地刺激對方的感情噢。而且有時候只是爲了想試一試自己的能力，就毫無意義地去操縱別人的感情。當然這也是我後來才想到原來是這樣的，當時還不知道噢。」

玲子姊搖搖頭然後吃了幾粒葡萄。

「那是一種病態。」玲子姊說：「是有病噢。而且呀，就像腐爛的蘋果會把旁邊好的也搞壞一樣，那種病的方式。而且她那病誰也沒辦法治好。會一直病到死為止。所以想起來也是個可憐的孩子，我想如果我不是被害者的話，也會這樣想噢，想說這孩子也是犧牲者中的一個。」

然後她又再吃葡萄。看來好像在思考該怎麼說才好的樣子。「說起來有半年之間教得還滿快樂的。偶爾會想咦，怎麼會這樣？也曾經想到過，怎麼好像有點奇怪呢？然後正在談話之間，總算明白了，她好像對人無論如何都懷有不講理而無意義的強烈惡意，我忽然覺得心驚起來，因為她太敏感了，所以我也想到過這孩子到底眞的在想什麼呢？不過人不是都有缺點嗎？而且我只不過是一個鋼琴老師而已，那種事要說沒關係也就沒關係吧？人性怎麼樣或個性怎麼樣之類的？只要她好好練習的話，對我來說就OK了，不是嗎？而且我還滿喜歡那孩子的噢，眞的。

「只是，我對那孩子很少提到我個人的事。因為我有點本能地覺得還是那樣比較好。所以就算她對我的各種事情問得很多——她非常想知道——但我只告訴她一些不關緊要的事。大概像是以怎麼樣的方式被教養長大的，上什麼學校之類的，這種程度的事。那孩子說，想知道更多老師的事。我說知道也沒什麼用啊，我只有無聊的人生、普通的丈夫和小孩，每天忙著做家事。可是我喜歡老師所以請妳講嘛，她一直注視著我的臉喏，好像纏著人似的。被人家這樣注視，我也會心一跳。感覺還不壞喲。不過雖然如此我還是沒告訴她。

「那是五月左右吧，正在上課中，那孩子突然說覺得不舒服。看她的臉確實發青還流著汗喏。於是我問她，怎麼辦？要回家嗎？結果她說讓她躺一下，那樣就會好的。我說好啊，到這邊來在我床上躺下吧，我幾乎是抱著她把她帶到我房間的。因為我家的沙發非常小，不得不讓她到臥室去躺下。因為她說對不起，給妳添麻煩了，我就說沒關係，不用介意。怎麼樣，要不要喝水或什麼？那孩子說不用，只要在旁邊陪她一會兒就好，我說可以呀，在旁邊陪多久都可以。

「過一會兒後，那孩子用好像很難過似的聲音說『對不起，可不可以幫我搓搓背』。我一看她流了好多汗，就拚命幫她搓背。於是那孩子說『對不起，請幫我把胸罩解開好嗎？我覺得好難過』。沒辦法我就幫她解開。因爲她穿著很貼身的襯衫，於是我把那扣子解開，然後把背後的鉤子鬆開。以十三歲的孩子來說乳房算是大的，有我的兩倍喲。胸罩也不是少女用的，而是成人用的，而且是相當高級的噢。不過那都無所謂對嗎？我一直幫她搓背喲，簡直像傻瓜一樣。對不起，那孩子以好像眞的很抱歉似的聲音說，我每次都說沒關係，沒關係。」

玲子姊把菸灰咚咚地彈落地上。我那時也停止再吃葡萄，一直安靜地注意聽她講。

「不久那孩子開始抽抽搭搭地哭了起來。

「『怎麼了呢？』我說。

「『沒什麼。』

「『不會沒什麼吧。妳老實說看看吧。』

「『有時候就會這樣。自己一點辦法都沒有。好寂寞、好悲傷，沒有人可以依靠，誰都不關心我。所以我好難過，就會變成這樣。晚上也睡不好，幾乎都沒有食欲。我只要到老師這裏來才會覺得快樂。』

「『嘿，妳說說看爲什麼會這樣呢？我聽妳說。』

「家裏人處得不好，那孩子說。她無法愛父母親，父母親也不愛自己。父親另外有女人不太回家來，母親爲了這個而變得半瘋狂狀態就拿她出氣，每天都打她，她說回家都覺得難過。說到這裏就嗚嗚地哭了起來。可愛的眼睛含著眼淚。看到那樣子連神仙都會同情得要掉眼淚喲。於是我這樣說，如果回家眞的那麼難過的話，除了上課之外的時間也可以來我家。於是她居然緊緊地貼著我說『眞是對不起，如果沒有老師的話，我眞不知道該怎麼辦才好呢。請不要遺棄我。如果被老師遺棄的話，我就沒地方可去了。』

「沒辦法，我只好抱著那孩子的頭撫摸她。說好啦好啦。那時候那孩子的手竟然這樣摟著我的背，撫摸噢。於是過一會兒，我逐漸覺得奇怪起來。身體居然好像在發熱呢。因爲，跟一個像從圖畫裏割下來般漂亮的女孩子兩個人在床上擁抱，而那孩子的手正在我背上到處撫摸，那撫摸方式又非常官能性啊。跟這比起來我丈夫連腳邊都還搆不到呢。每被她撫摸一下就可以感覺到身上的箍套便鬆開一點喏。是那樣的厲害。一留神時她已經脫掉我的襯衫，解開我的胸罩，正在撫摸我的乳房噢。於是我終於明白了，這孩子是個不折不扣老練的女同性戀者。我以前也有一次被纏上過。高中時候，被高年級的女孩。於是我說，不行，住手。

「『拜託嘛。一下就好了。我，眞的好寂寞。不是騙妳的。眞的好寂寞。我只有老師。不要遺棄我。』於是那孩子抓起我的手壓在她自己的胸部。形狀非常美好的乳房噢，一碰到那時，我的心好像縮起來了似的。連身爲女人的我都這樣噢。我，不知道該怎麼辦才好，只像個傻瓜一樣繼續說不行、不能這樣。但不知道爲什麼身體卻完全不能動噢。高中時還順利甩開過，但那時候卻完全不行。身體不聽話。那孩子用左手握著我的手壓在自己的胸部，用嘴唇溫柔地咬著舔著我的乳頭，用右手愛撫著我的背部、側腹部和臀部。在窗簾緊閉的臥室裏，居然被一個十三歲的女孩脫得幾乎赤裸——那時候在搞不清楚是怎麼回事之間已經被她一件一件地脫掉了——被愛撫得呻吟著，現在想起來眞是難以相信喏。像傻瓜一樣對嗎?可是當時，卻好像是被施了魔法似的。那孩子一面吸吮著我的乳頭一面繼續說：『好寂寞噢，我只有老師，不要遺棄我，眞的好寂寞』。而我則繼續說不行啊，不行的。」

玲子姊停下話來抽菸。

「嘿，我是第一次跟男人說這件事噢。」玲子姊看著我的臉說。「雖然我想還是對你說比較好，但我也覺得非常羞恥噢，這件事。」

「對不起。」我說。除此之外我不知道該怎麼說才好。

「這種狀態持續了一陣子，然後她右手漸漸往下移喲。而且從內褲上面往那裏觸摸。那時候我那裏已經受不了地濡濕了。說起來眞羞恥，不過從來沒有後來也沒有那樣濕過。算起來，我想自己向來對性是屬於比較淡泊的。所以會變成那樣，自己也有些茫然喏。然後她那纖細而柔軟的手指伸進我的內褲裏來，於是……唉，你知道吧。大概？那種事情我實在說不出口。那樣子，跟男人用粗粗的手指完全不一樣噢。不得了，眞的。簡直就像被用羽毛搔著癢一樣。我腦子的保險絲又快要跳開了。不過，我，在腦子裏模糊地想道這樣做不行。如果這樣做過一次的話以後就會繼續做下去，如果我抱著這樣的祕密下去的話，我的頭腦一定又會再變成一團混亂。於是我想到我的小孩。如果這個樣子被小孩看見的話怎麼辦呢。雖然星期六小孩三點鐘以前會在我娘家玩，但萬一有什麼事突然跑回家來的話怎麼辦？我這樣想。於是我使盡全身的力氣坐起來喊道『住手，拜託妳！』

「但是她並沒有停止。那孩子，那時候正在脫我的褲子吻我那裏。我，因爲害羞連我丈夫幾乎都沒讓他那樣的，一個十三歲的女孩居然在伸著舌頭舔著。眞是傷透腦筋喏，我都哭出來了，而那竟然又像是升到天堂般的不得了。

「『停下來呀。』我又再喊一次，伸手打了那孩子的臉頰。用勁打。這樣她才終於停了下來，並坐起身來一直注視著我。我們那時候兩個人都完全赤裸裸的，在床上坐起身來互相注視著。那孩子十三歲，我三十一歲……不過看著那孩子的身體時，我簡直就被她壓倒了噢。我現在都還記得一清二楚。那居然是十三歲女孩的肉體，我實在無法相信，現在都無法相信喏。站在那孩子前面時，我的身體簡直想要嗚嗚大哭般可憐喏。眞的。」

不能說什麼，因此我只沉默著。

「那孩子居然說爲什麼呢？『老師不是也喜歡這個嗎？我一開始就知道噢。妳喜歡吧？我知道噢，這種事。比跟男人做更好對嗎？因爲不是這麼濕嗎？我還可以爲妳做得更好更好噢。眞的。我可以讓妳舒服得身體像要溶化掉一樣噢。好嗎？』不過，眞的是像那孩子說的那樣噢。眞的，與其跟我先生做不如跟那孩子做來得好多了，其實是還想要更多的噢。可是卻沒有理由那樣做。『我們每星期來這樣做一次嘛。一次就好啊。誰也不知道。只是老師跟我之間的祕密好嗎？』她這樣說。

「但是我站了起來，披上浴袍，說妳回去吧，再也不要到我家來了。那孩子，一直注視著我。那眼睛啊，跟平常不一樣，非常平板。簡直像用顏料畫在牛皮紙上一樣平板喏。沒有深度。一直靜靜的注視了我一會兒之後，便默默地把自己的衣服收集起來，簡直像在向我展示似地慢慢地一件一件往身上穿，然後回到放鋼琴的客廳去，從皮包裏拿出梳子來梳頭，用手帕擦掉嘴唇上的血，穿上鞋子走出去。臨走時居然還這樣說『妳是女同性戀喏，眞的。不管怎麼掩飾，到死還是那樣噢』。」

「眞的是那樣嗎？」我試著問道。

玲子姊嘴唇撇一下想了一會兒。「是yes，也是no吧。與其跟我先生不如跟那孩子做的時候有感覺。這是事實。所以有一段時間我也懷疑自己是不是女同性戀，還很當眞地煩惱過噢。想說是不是自己以前從來沒注意過而已。但最近卻不這樣想了。當然我不是說我身上沒有這種傾向噢。我想或許有。但在正確的意義上，我並不是女同性戀者。爲什麼呢？因爲我不會看見女孩子就積極地從我這邊產生情欲喲。你明白嗎？」

我點頭。

「只是某種女孩子對我有感應，那種感應傳達給我而已。只有在那種情況下我才會變成那樣噢。所以比方說就算抱著直子，我也沒有什麼特別的感覺喲。我們在很熱的時候在屋子裏幾乎是脫光衣服過日子的，洗澡也一起洗，偶爾蓋同一條棉被睡覺……但是什麼也沒有噢，什麼都沒有感覺，那孩子的身體也非常美，可是，對呀，只有這樣而已。嘿，有一次我們曾經試著玩模仿女同性戀的那一套看看喏。直子跟我。你會不會不想聽這種事？」

「妳說吧。」

「我跟那孩子提到這件事的時候——我們是無話不說的噢——直子試著撫摸了我的身體，做各種嘗試。兩個人脫光衣服。但是不行，完全不行。好癢好癢，癢得要命噢。現在想起來都還怪怪的。因爲這方面那孩子眞的是很笨拙。怎麼樣？有沒有稍微鬆一口氣？」

「說得也是，老實說。」我說。

「總之，大概就是這麼回事。」玲子姊一面用小指尖抓抓眉間一面說。

「那孩子出去以後，我坐在椅子上發呆了一陣子。不知道該怎麼辦才好。從身體的很深處可以聽到心臟怦怦鼓動的鈍重聲音，手腳沉重得很，嘴巴簡直像吃了蛾一樣沙沙的。但想到我小孩快回來了，總之先去洗個澡吧。想說總之先把被那孩子撫摸舔過的身體洗乾淨再說。可是，不管用肥皂怎麼用力擦洗，那種黏滑的東西就是洗不掉噢。我想大概是心理作用吧，可是不行噢。於是，那天晚上，我要他抱我。就像要把那汚穢趕走一樣。當然我沒有跟他提到任何事情噢。雖然不是絕對的但卻不能說。我只說要他抱我，跟我做而已。嘿，比平常多花時間慢慢來喲，我說。他非常細心地爲我做了。花了很長的時間，我因此而充分達到高潮了噢。呼地，那樣激情的感覺還是結婚以來的第一次噢。你想是爲什麼呢？因爲那孩子的手指的感觸還留在我身上，只是這樣而已喲。咻。眞丟臉喏，這種事。我汗都流出來了。說什麼你做得好或我好舒服之類的。」玲子姊又再撇嘴笑了。

「不過，那樣還是不行。過了兩天、三天還留著那女孩子的感觸。而且她最後說的那句話還一直像回音似地在我腦子裏不斷地回響著。

「第二週的星期六，她沒有來。我一面心驚肉跳地想著如果她來了怎麼辦，一面待在家裏，什麼也不做地。但她沒來。應該是不會來吧。自尊心很強的孩子，而且事情已經變成那樣了。然後接下來的那週也沒來，一個月過去了。雖然我想只要過一段時間就會忘掉吧，但卻忘不了。一個人在家的時候，會忽然覺得好像有那孩子在旁邊的動靜似的無法鎭定。既不能彈鋼琴也不能想事情。想做點什麼都提不起勁。於是這樣過了一個月左右之後，有一天我忽然注意到，我走在外面時有什麼怪怪的噢。附近鄰居奇怪地在注意著我。看我的眼光感覺好奇怪，很生疏的樣子噢。雖然招呼是照樣會打，但聲調和應對卻跟以前不同了。偶爾會到我家來玩的鄰居太太也總像在迴避我似的。不過我盡可能不去在意。因爲在意這種事情是生病的初期徵候。

「有一天，我很親的一位太太到我家來。因爲年齡相近、又是我母親朋友的女兒，兩家的小孩也一起上幼稚園，所以我們算是很親密的朋友。那個太太突然到我家來，說外面正在傳有關妳的很過分的謠言，妳知道嗎？我說不知道啊。

「『什麼樣的?』

「『要問什麼樣的,實在都非常說不出口呢。』

「『再怎麼說不出口,妳都已經說到這裏了,就全部說出來吧。』

「於是她雖然很不得已,還是全部告訴我了。其實她本人也是打算要來說的,所以就一五一十地說出來。而根據她的說法,外面傳說我是曾經進過幾次精神病院的同性戀者,把來學鋼琴的女學生脫光衣服,要玩弄她,而那個學生抵抗時就把她的臉都打腫了。話顚倒編得也太離譜了,不過怎麼會知道我住過院的事,也令我吃驚。

「『我對妳的事情是早就知道的,我跟大家說妳不是這種人喏。』那個人說。『不過,那女孩子的父母親是這樣相信的,而且對附近的人大事宣揚噢。說女兒被妳玩弄了,去調查的結果才知道妳有精神病的病歷。』

「據她說有一天——也就是那事件的那天——那孩子哭腫了臉從鋼琴課回家,她母親大概就問她到底發生了什麼事。說她臉都腫起來,嘴唇破了流著血,襯衫扣子也脫落了,內衣也破了一些。嘿,你相信嗎?當然爲了捏造事實那孩子自己全部那樣做了噢。故意把血沾在襯衫上,把扣子弄掉,把胸罩的蕾絲扯破,一個人嗚嗚地哭著把眼睛搞得通紅,頭髮弄得亂七八糟的,那樣子回家去再撒了三桶之多的謊話噢。那種情形我好像眼睛都可以看見喏。

「可是我又不能責怪那些相信那孩子話的人。因爲我想如果我換成那種立場的話,也會相信哪。漂亮得像洋娃娃,嘴巴又厲害得像惡魔一樣的女孩子一面哭哭啼啼一面說『不要,我什麼都不想講。太羞恥了。』一面把事情說出來時,大家都會完全相信的。何況不幸的是,我眞的有進過精神病院的住院經歷不是嗎?這樣一來誰還會相信我說的話呢?會相信我的大概只有我先生吧。

「我猶豫了幾天之後，終於決定乾脆告訴我先生，他相信我噢，當然。我把那天發生的事情全部說出來。說我被人家設計差一點做了同性戀似的事情，所以我打了人。當然我沒有提到感覺的事。那樣總是會有點不妙的。『開玩笑，我幫妳到那家去直接跟他們談判。』他非常生氣地說噢。『因爲妳都跟我結了婚生了小孩啊。爲什麼非要說妳是同性戀不可呢。怎麼可以這樣亂來。』

「可是我阻止他。我說請你不要去。算了，因爲你這樣做只會讓我們的傷更深而已。是啊，我已經知道了噢。那孩子的心是有病的。我也看過很多有那種病的人所以很清楚。那孩子是腐爛到身體的芯的。如果剝掉那一層美麗的皮膚的話，內容全是腐肉噢。雖然這種說法或許太過分了，但眞的是那樣噢。不過世間的人還不知道這個，不管怎麼努力解釋我們都沒有勝算喏。那孩子既擅長操縱大人的感情，而我們手上又沒有什麼好的籌碼。你想有誰會相信一個十三歲的女孩子會引誘一個過了三十歲的女人去做同性戀的事呢？不管說什麼，世間的人只相信自己想相信的事。越去爭辯我們的立場只有變得越糟糕而已。

「我說我們搬家吧。只有這樣做沒有別的辦法，再待在這裏只有加重緊張，我頭腦的螺絲又會再鬆掉噢。我現在已經有點飄飄忽忽了。總之我們搬到沒有人認識的遙遠地方去吧。但我先生不想動，他還沒發現事情的嚴重性。那時期他對公司的工作興趣正濃得不得了。房子雖然小但也才好不容易剛買不久，女兒也已經習慣了那家幼稚園。喂，等一下，總不能這麼急著要動就動啊，他說。工作也不可能一下就找到，屋子也必須賣掉，孩子還得重新找幼稚園，再怎麼急也要花兩個月啊。

「不行，那樣的話，我會受傷得再也站不起來喲，我這樣說。不是威脅，這是眞的噢。我自己知道。我那時候已經開始有一點耳鳴、幻聽和失眠了。那麼妳先一個人到什麼地方去吧，我把各種事情處理好之後就過去，他說。

「『不要嘛。』我說。『一個人我才不想到任何地方去呢。如果現在跟你分開的話我整個人會散掉的。我現在正需要你。不要丟下我一個人嘛。』

「他抱住我。然後說只要很短時間就好了，忍耐一下吧。說只要忍耐一個月就好。在那之間我會把一切都安排好。把工作整理好，把屋子賣掉，也會安排好小孩的幼稚園，找好新的工作。如果順利的話說不定澳洲有工作機會。所以只要等一個月，那麼一切都會順利的。被他這樣一說，我也不能再說什麼了。因為如果再說什麼的話只有使我逐漸變得更孤獨而已。」

玲子姊嘆了一口氣抬頭看天花板的電燈。

「不過我等不到一個月，有一天頭腦的螺絲就鬆掉了，碰一下！這次很嚴重，我吃了安眠藥轉開瓦斯。不過沒有死，醒過來時正躺在醫院的床上。那樣就完了。過了幾個月稍微平靜下來能夠思考事情時，我對我先生說我們離婚吧。那樣對你和對女兒都最好。他說，不打算離婚。

「『我們可以重新再來一次，到新的地方去三個人過新的生活。』

「『太遲了。』我說。『那時候已經全部結束了。你叫我等一個月的時候。如果真的想重新再來的話，那時候你就不應該說那種話的。到什麼地方去，搬到多遠去，還是會發生一樣的事的。然後我又會要求你做一樣的事讓你受苦，我已經不想再那樣了。』

「於是我們離婚了。不如說是我勉強要離婚的。他兩年前再婚了，不過我現在也覺得這樣比較好，真的噢。那時候已經知道自己一輩子都會是這個樣子，我不想再連累任何人了。不知道什麼時候頭腦的箍又會鬆開，一面擔驚受怕的一面過日子的那種生活，我已經不想勉強推給任何人了。

「他對我眞的很好噢。他是個誠實而可以信賴的人，強壯有力而且有耐心，對我來說是個理想的丈夫。他拚命努力想治好我，我也努力想康復。爲了他也好爲了孩子也好，而且我也覺得已經痊癒了。結婚六年，是很幸福噢。他做到百分之九十九完美喲。但是百分之一，只有百分之一就亂掉了。碰一下完了！於是我們所建立起來的東西在剎那間便垮掉了，變成完全的零噢。因爲那女孩子一個人的關係喲。」

玲子姊把腳邊踩熄的菸蒂收集起來丟進洋鐵罐裏。

「很過分吧？我們是那樣辛辛苦苦，把各種東西點點滴滴堆積起來的。垮掉的時候，眞的只是轉瞬間喏。轉瞬間就垮掉了，一切的一切都變沒了。」

玲子姊站了起來，雙手插進長褲口袋。「回屋裏去吧。已經晚了。」

天空比剛才被雲覆蓋得更暗，月亮也已經完全看不見。現在連我都能感覺到雨的氣味了。而且手上拿著的袋子裏新鮮葡萄的氣味也混合在裏面。

「所以我不太能離開這裏喲。」玲子姊說。「我害怕離開這裏再跟外面的世界接觸。害怕和各種人見面必須想各種事情。」

「我很瞭解妳的心情。」我說，「可是我認爲妳可以，出去外面可以做得很好。」

玲子姊咧嘴微笑，但什麼也沒說。

直子坐在沙發上看書。蹺著腿，一面用手指壓著太陽穴一面看著書，那看來好像是要把進入腦子裏的語言用手指觸摸確定似的。外面雨已經開始點點滴滴地下起來了，電燈的光像細微的粉粒般在她身體周圍閃閃爍爍地飄浮著。和玲子姊兩個人一直講話之後再看直子時，我重新認識到她還多麼年輕啊。

「對不起回來晚了。」玲子姊摸摸直子的頭。

「兩個人很愉快吧？」直子抬起臉來說。

「當然。」玲子姊回答。

「做了什麼事呢，兩個人？」直子問我。

「嘴巴說不出口的事。」我說。

直子咯咯地笑著放下書。於是我們一面聽著雨聲一面吃葡萄。

「像這樣下著雨覺得世界好像只有我們三個人一樣啊。」直子說。「如果雨一直下不停的話，我們三個人就可以一直像這樣噢。」

「於是你們兩個擁抱在一起的時候，我就像笨拙的黑奴一樣，用長柄扇子啪噠啪噠地幫你們扇涼，或用吉他彈BGM（背景音樂）對嗎？我才不要這樣呢。」玲子姊說。

「唉呀，我有時候會借妳呀。」直子笑著說。

「嗯，這倒還不壞。」玲子姊說。「雨呀，下吧！」

雨繼續下著。有時甚至還打雷，吃完葡萄之後玲子姊照例點起香菸，從床下拿出吉他來彈。〈狄莎菲娜(Desafinade)〉和〈伊帕內瑪姑娘(The Girl From Ipanema)〉，然後又彈巴卡拉克的曲子約翰・藍儂和保羅麥卡尼的曲子。我和玲子姊兩個人又喝葡萄酒，葡萄酒喝完之後，就把扁水壺裏剩下的白蘭地分著喝了。並且在極其親密的氣氛中談各種話。我也覺得如果雨能夠像這樣一直繼續下的話就好了。

「下次什麼時候還會再來嗎？」直子看著我的臉說。

「當然會來呀。」我說。

「也會寫信給我嗎？」

「每星期都寫。」

「也寫一點給我行嗎？」玲子姊說。

「好啊。非常樂意。」我說。

到了十一點玲子姊像昨天晚上一樣爲我把沙發倒下鋪成床。於是我們打過晚安的招呼後便熄燈、睡覺了。我不太能睡著便從背袋裏拿出手電筒和《魔山》一直讀著。十二點稍前臥室門輕輕開了，直子走過來鑽進我旁邊。跟昨天晚上不一樣，直子還是和平常一樣的直子。眼睛沒有恍惚出神，動作也很踏實。她嘴唇湊到我耳邊小聲說「不知道怎麼搞的，睡不著」。我說我也一樣。我把書放下手電筒關掉，把直子摟緊跟她親吻。黑暗和雨聲溫柔地包圍著我們。

「玲子姊呢？」

「沒問題，她已經睡得很沉了。她睡著之後就不會起來的。」直子說。

「你眞的還會再來看我嗎？」

「會呀。」

「我什麼也不能爲你做也會嗎？」

我在黑暗中點頭。胸部可以清楚地感覺到直子乳房的形狀。我從她睡袍上面用手掌順著她的身體撫摸。從肩膀、背後、再到腰部，我的手慢慢地移動好幾次，把她身體的線條和柔軟度刻進腦子裏。這個樣子擁抱了一會兒之後，直子輕輕地吻我的額頭，然後就從床上滑溜溜地起身出去了。直子淺藍色的睡袍在黑暗中看來簡直像魚一般輕盈地飄搖著。

「再見。」直子小聲說。

然後我一面聽著雨聲，一面安靜地睡著了。

雨到早晨還在繼續下著。和昨天晚上不同，是眼睛幾乎看不見的微細秋雨。從水窪的水紋和沿著屋簷滴落的聲音才好不容易察覺是在下著雨的程度。醒來時窗外雖然籠罩著乳白色的霧，但隨著太陽昇起霧便被風吹散了，雜木林和山的稜線逐漸一點一點地露出形狀來。

和昨天早晨一樣，我們三個人吃了早餐後，便去照顧鳥舍。直子和玲子姊穿上連帽的黃色塑膠雨衣。我在毛衣上加一件風衣。空氣潮濕而陰冷。各種鳥類也爲了避雨而聚在鳥舍的後方靜悄悄地互相緊靠著身子。

「一下雨就滿冷的噢。」我對玲子姊說。

「每下一次雨就變冷一些，然後不久雨就變成雪噢。」她說。「從日本海飄來的雪在這一帶會降下很多雪，然後才飄過山的那邊去。」

「這些鳥冬天怎麼過呢？」

「當然會移到室內呀。因爲你總不能把凍僵的鳥從雪底下挖出來解凍，然後說『喂，大家來吃飯囉。』讓牠們再活起來吧？」

我用手指撥撥鐵絲網時，鸚鵡便啪噠啪噠地拍著翅膀叫道「混蛋」「謝謝」「神經病」。

「那傢伙！眞想把牠給冷凍起來。」直子憂鬱地說。「每天早上聽到那叫聲頭腦眞的快變瘋了。」

掃完鳥舍之後我們回到屋子裏，我整理了行李。她們做好去農場的準備。我們一起走出屋子，在網球場稍前方的路口分手。她們往右轉，我筆直往前走。她們說再見，我也說再見。我會再來喲，我說。直子微笑著，然後轉過彎消失了。

到大門之前和幾個人擦身而過，但每個人都穿著和直子她們穿的一樣的黃色雨衣，雨帽把頭整個遮住。由於雨的關係，所有東西的顏色都顯得更清楚。地面黑黑的，松樹的枝葉是鮮綠的，身體被黃色雨衣包裹著的人們，看來好像只被允許在雨天的早晨在地面徘徊的特殊鬼魂似的。他們拿著農具、籠子或什麼袋子，無聲地悄悄在地面移動著。

門房記得我的名字，出去時便在訪客登記表上我名字的地方做個記號。

「從東京來的嗎？」那位老人看了我的地址說。「我也只去過一次那裏，是個豬肉很好吃的地方啊。」

「是嗎？」我莫名其妙地大致回答。

「我覺得在東京吃的東西大多都不好吃，只有豬肉好吃。那大概是用什麼特別飼養法養的吧？」

這個我什麼都不知道，我說。而且也是第一次聽說東京的豬肉好吃。「那是什麼時候的事呢？您到東京去？」我試著問看看。

「那是什麼時候呢？」老人偏著頭想。「大概是皇太子殿下成婚那左右吧。我兒子在東京叫我至少到東京去一次嘛，所以我就去了，在那時候。」

「那麼那時候東京的豬肉一定是很好吃吧。」我說。

「最近怎麼樣呢？」

不太清楚，不過我好像沒聽過這方面的評語，我回答。我這樣說之後，他好像有點失望的樣子。老人好像還想再多說什麼，但我說要趕巴士的時間便把話切斷了，朝著道路開始走。河邊的路上還有些地方殘留著凌散的霧氣，被風吹著在山間的坡面徘徊。我在路上幾度站住轉回頭看後面，無意間不覺地嘆著氣。因為總覺得好像來到一個重力有些不同的行星上了似的。而且想到，對呀，這是外面的世界啊，心情變得很悲哀。

回到宿舍時是四點半，我進房間把行李放下後立刻換衣服，到新宿打工的唱片行去。然後從六點到十點半看店賣唱片。在那之間我恍惚地望著店外通過的許多種類混雜的人。有帶著家人的、有情侶、醉漢、流氓、有穿短迷你裙的活潑女孩子、有像嬉皮般留著鬍子的男人、有酒吧女，和其他莫名其妙種類的人們一一走過去。店裏一放重搖滾唱片時，幾個嬉皮和瘋瘋的人便聚集在店前面跳舞，或吸強力膠，或什麼也不做地只在那裏坐下來。再放湯尼班乃特（Tony Bennett）的唱片時他們就走掉了。

唱片行隔壁有一家成人玩具店，一個眼睛好像很睏的中年男人在賣著奇怪的性具。全是一些我無法想像有誰會為了什麼想要那種東西的東西，但店裏生意似乎還相當興旺的樣子。店斜前面那邊巷口有個喝過多酒的學生正在嘔吐。斜對面遊樂中心裏附近料理店的廚師正在玩賭現金的賓果遊戲以消磨休息時間。臉上污黑的流浪漢在關著門的商店屋簷下身體動也不動地蹲著。擦了淺粉色口紅看來頂多也只是中學生的女孩子走進店裏來說可以請放 The Rolling Stones 的〈Jumping Jack Flash〉嗎？我把唱片拿來放之後，她便彈著手指打著節拍，扭著腰跳起舞來。並問我有沒有香菸。我拿一根店長留下來的 Larks 菸給她。女孩便像很美味似地抽了那個，唱片放完後，她連一聲謝謝也沒說便走了出去。每隔十五分鐘就聽得見救護車或警車的警報聲。三個全部醉得差不多的一夥上班族對著一個正在打公共電話的長髮漂亮女孩叫了幾次髒話，互相嘻笑著。

看著那樣的光景時，我的頭腦漸漸混亂起來，一切的一切都令我不明白。這些到底是什麼嘛！我想。這些光景到底都意味著什麼呢？

店長吃過飯回來，對我說，喂，渡邊君，前天我跟那邊服裝店的女人泡上了噢。他從以前就盯上在附近服裝店上班的那個女孩，常常把店裏的唱片拿去當禮物送她。那很好啊，我說。於是他便從頭到尾把事情的細節全都告訴我。如果想跟女孩子親熱的話，他得意洋洋地教我說，總之要送她禮物，然後總之一直灌她酒讓她喝醉喲，總之一直灌她。那樣的話接下來就只要上了。簡單吧？

我依然抱著混亂的腦袋搭上電車回到宿舍。把房間窗簾拉上熄掉電燈，躺在床上，覺得好像直子現在就會鑽進我身旁來似的。閉上眼睛時，胸口便感覺到那乳房的柔軟隆起，聽見她耳語的聲音，雙手可以感覺到她身體的曲線。在黑暗中，我又再一次回到直子的那個小世界裏去。我聞到草原的氣息，聽到夜晚的雨聲。想到在那月光下見到赤裸的直子的事，腦子裏浮現那柔軟美麗的肉體被黃色雨衣包著正在打掃鳥舍，照顧青菜的光景。於是我握著勃起的陰莖，一面想著直子一面射精。射精完了之後覺得我腦子裏的混亂似乎稍微收斂些了，但雖然如此依然還長久無法入睡。明明非常疲倦想睡得不得了，但卻無論如何都睡不著。

我起身站在窗邊，茫然地眺望中庭的升旗台一陣子。沒掛國旗的白色旗桿看來簡直像是插入夜之黑暗中的巨大白骨似的。直子現在這個時分不知在做什麼，我想。當然大概正在睡覺吧。被包圍在那不可思議的小世界的黑暗中深沉地睡著吧。我祈禱但願她不要做傷心難過的夢。

7

第二天星期四上午有體育課，我在五十公尺的游泳池裏來回游了好幾趟。由於做完激烈運動感覺上多少輕爽些，食欲也來了。我在快餐店吃過份量很足的中飯後，想查一點資料正往文學院的圖書室走著時卻正巧遇見小林綠。她和一個戴眼鏡的小個子女生在一起，但看見我之後便一個人走向我這邊來。

「你要去哪裏？」她問我。

「圖書室。」我說。

「別去那種地方了，跟我一起吃中飯好嗎？」

「我剛吃過。」

「沒關係嘛。再吃一次吧。」

結果我和綠便走進附近的一家喫茶店去，她吃了咖哩飯，我喝了咖啡。她穿著白色長袖襯衫，外面穿一件編有魚形花紋的黃色毛背心，戴著黃金細項鍊，狄士尼手錶。並且好像非常美味地吃著咖哩飯，喝了三杯水。

「你這幾天都不在吧？我打了好幾次電話噢。」綠說。

「有什麼事嗎？」

「沒什麼事啊，只是打個電話看看而已。」

「哦。」我說。

「『哦』到底是什麼意思？」

「沒什麼意思啊，只是回答而已。」我說。「怎麼樣，最近有沒有發生火災？」

「沒有，那個倒滿有趣的噢。災情並不怎麼嚴重，相對之下煙卻冒出很多，很有眞實感，那倒不錯噢。」綠這樣說了又咕嚕咕嚕地喝水。然後喘過一口氣便認眞地盯著我看。「嘿，渡邊君，怎麼搞的？你臉上表情好像很茫然喏。眼睛焦點也不對。」

「旅行回來有點累。沒什麼。」

「好像看見幽靈了似的臉色噢。」

「哦。」我說。

「嘿，渡邊君，下午有課嗎？」

「有德語課跟宗教學。」

「那可以翹課嗎？」

「德語不行。今天有考試。」

「那幾點結束？」

「兩點。」

「那麼那堂課後一起上街去喝酒怎麼樣？」

「從中午兩點開始？」我問。

「偶爾有什麼關係嘛。看你臉色呆呆的，跟我一起喝喝酒提提神哪。我也想跟你喝酒來振作精神。嘿，好嘛？」

「好啊，那就去喝吧。」我嘆一口氣說。「兩點在文學院的中庭等噢。」

德語課上完後，我們搭巴士到新宿街上去，走進紀伊國屋後面在地下室的ＤＵＧ去，各喝了兩杯伏特加東尼。

「我偶爾會來這裏，因爲從白天喝酒也不會覺得慚愧。」她說。

「妳那麼常從中午就喝酒嗎？」

「有時候啊。」綠把留在玻璃杯裏的冰塊咔吱咔吱地搖響著。「有時候日子變得難過的時候，就到這裏來喝伏特加東尼。」

「日子難過嗎？」

「有時候啊。」綠說。「我也有我的各種問題呀。」

「例如什麼樣的事？」

「家裏的事，男朋友的事，生理不順的事——各種事啊。」

「再喝一杯怎麼樣？」

「當然哪。」

我舉起手叫服務生，點了兩杯伏特加東尼。

「嘿，上次的星期天你不是吻了我嗎？」綠說。「我試著想了很多，不過那很棒噢，非常棒。」

「那就好。」

「『那就好』」綠又再重複一次。「你說話方式眞的很奇怪喲。」

「是嗎？」我說。

「那且不管，我這樣想噢，那時候。如果是我有生以來跟第一個男孩子接的吻的話，該多美好啊。如果我能重新排我的人生順序的話，我絕對會把那排爲First Kiss噢。然後我剩下來的人生就可以這樣想著過日子。我在曬衣露台上有生以來第一次接吻的對象渡邊君這個男孩子現在不知道在做什麼？當我變成五十八歲的現在，怎麼樣？你不覺得這樣想很棒嗎？」

「大概很棒吧。」我一面剝著開心果殼一面說。

「嘿，你爲什麼這樣發呆呢？我再問你一次。」

「大概還不太適應世界吧。」我想了一下說。「覺得這裏好像不是眞的世界似的。覺得每個人和周圍的風景都好像不是眞的似的。」

綠把一隻手肘支在櫃台上注視著我的臉。「吉姆・莫瑞森(Jim Morrison)的歌裏確實有這樣的句子噢。」

「People are strange when you are a stranger。」

「Peace。」綠說。

「Peace。」我也說。

「乾脆跟我一起到烏拉圭去好了。」綠依然一隻手肘支在櫃台上說。

「把戀人、家人、大學和一切都丟掉。」

「那也不錯。」我笑著說。

「把一切的一切都丟掉，到一個誰也不認識的地方去，你不覺得很棒嗎？我有時候會想那樣做噢，非常想。所以如果你能忽然把我帶到什麼地方去的話，我可以爲你生一羣像牛一樣壯的孩子噢。然後全家快樂地生活。在地上滿地打滾。」

我笑著喝乾了第三杯伏特加東尼。

「你還不太想要像牛一樣壯的孩子吧？」綠說。

「非常有興趣，而且也想看一看是長得什麼樣子的。」我說。

「不用了，不想也沒關係。」綠一面吃開心果一面說。「因爲我也只是下午喝著酒隨便想到的而已。把一切都丟掉到什麼地方去的事。而且反正到什麼烏拉圭去大概也只有驢子大便而已吧。」

「嗯，或許是吧。」

「到處都是驢子大便喏。在這裏也是，到那邊也是。世界就是驢子大便哪。嘿，這個硬的給你。」綠把硬殼的開心果給我。我費勁地把那殼剝開。

「不過上個星期天，我非常放鬆噢。跟你兩個人在曬衣露台上看火災，喝酒，唱歌。眞的好久沒有那麼放鬆了。因爲大家都把各種東西硬推給我。一碰面就這個那個的沒完沒了。至少你沒有把任何東西硬推給我。」

「還沒瞭解妳到把什麼硬推給妳的程度啊。」

「那麼，如果更瞭解我的話，你也會把各種東西硬推給我嗎？就跟別人一樣？」

「大概有那樣的可能性吧。」我說。「因爲在現實世界裏人都是把各種東西互相硬推給對方的。」

「可是我覺得你不會這樣。我有一點知道噢，這種事。因爲我對會硬推給別人，或被別人硬推是小有權威的。你不是那種類型的人，所以我跟你在一起的時候可以很安心喏。你知道嗎？世上有很多人喜歡把東西硬推給別人或被別人硬推喲。而且吵著說硬推給人，或被別人硬推了。他們喜歡那樣，可是我不喜歡那樣噢。不過沒辦法不得不做才做著噢。」

「妳是在硬推或被硬推什麼樣的東西？」

綠把冰塊放進嘴裏舔了一會兒。

「你想多知道我的事？」

「有一點興趣。」

「嘿，我在問『你想多知道我的事嗎？』噢。那種回答你不覺得實在太糟糕了嗎？」

「想多知道啊，關於妳的事情。」我說。

「眞的？」

「眞的。」

「甚至可能讓你聽不下去也要聽嗎？」

「有那麼糟糕嗎？」

「在某種意義上。」綠說著皺起眉頭。「我想再喝一杯。」

我叫服務生來點了第四杯。在酒送來之前綠在櫃台上托著腮。我默默聽著塞隆尼斯・蒙克(Thelonious Monk)彈的〈Honeysuckle Rose〉。店裏另外有五、六個客人，但在喝酒的只有我們。咖啡濃濃的香味在幽暗的店裏醞釀出午後親密的空氣。

「下個星期天，你有空嗎？」綠問我。

「我想上次也說過了，星期天我都有空。除了六點開始要打工之外。」

「那麼，下個星期天可以陪我嗎？」

「好啊。」

「星期天早晨我到你宿舍去接你。不過時間還不太一定。可以嗎？」

「請便。沒關係。」我說。

「嘿，渡邊君。你知道我現在想做什麼嗎？」

「嗯，實在無法想像。」

「想馬上躺在大大軟軟的床上。」綠說。「醉得非常舒服，周圍完全沒有驢子大便，你就睡在旁邊。並且幫我一件一件地脫掉衣服。非常溫柔地。像母親爲小小孩子脫衣服時一樣，輕輕地。」

「哦。」我說。

「我在那之間還迷迷糊糊覺得好舒服噢。但是啊，忽然回過神來叫著『不行，渡邊君！』我說『雖然我喜歡渡邊君，可是我另外有交往的人，我不能這樣做。這方面我很堅持噢。所以停下來，拜託。』可是你卻不停下來。」

「我會停的。」

「我知道啊。可是這是幻想情景嘛。所以這樣就可以呀。」綠說。「而且讓我看你那個，就在我眼前。挺起來的。我立刻低下眼睛，不過還是瞄到一眼了噢。於是我說『不行啦，眞的不行，那樣又大又硬實在進不去嘛。』

「沒那麼大的。普通而已。」

「沒關係呀。因爲是幻想嘛。然後你臉上表情非常悲傷。於是我，因爲太可憐了就安慰你說，好吧好吧，好可憐。」

「也就是說妳現在想要嗎？」

「是啊。」

「要命。」我說。

總共各喝了五杯伏特加東尼之後我們走出餐廳。我正要付帳時，綠把我的手拍一下撥開，從皮夾裏抽出沒有一絲皺紋的萬圓新鈔付了帳。「不用你付啦，我剛領到打工的錢，而且是我邀你的。」綠說。「當然如果你是老頑固的法西斯獨裁主義者，不想讓女孩子請喝酒的話，那又另當別論。」

「不，我倒沒這樣想。」

「而且也沒讓你進來。」

「因爲太大太硬嗎？」我說。

「對。」綠說。「因爲太大太硬。」

綠有點醉了，上樓梯時踩滑了一階，我們差一點沒跌下樓去。走出店外時，剛才薄薄覆蓋著天空的雲已經散了，接近黃昏的陽光溫柔地投射在街上。我和綠在那樣的街頭悠閒地漫步了一會兒。綠說想要爬樹，但不巧的是新宿並沒有那樣的樹，而新宿御苑又已經到關門時間了。

「眞可惜，我最喜歡爬樹的。」綠說。

我和綠兩個人一面逛著櫥窗一面走時，街上的光景比起剛才已經不覺得那麼不自然了。

「跟妳見面以後，好像比較稍微適應這個世界了。」我說。

綠站定下來，一直注視我的眼睛。「眞的。眼睛的焦點也好像確實多了。嘿，跟我來往也有不少好處吧？」

「確實是。」我說。

到了五點半，綠說要準備做晚飯，差不多該回家了。我說我要搭巴士回宿舍。於是我送她到新宿車站，然後分手。

「嘿，你知道我現在想做什麼嗎？」臨分手時綠問我。

「無法猜測妳的想法。」我說。

「跟你兩個人被海盜捉起來，脫光衣服，身體面對面緊緊重疊在一起，用繩子一圈一圈地綁起來。」

「爲什麼要這樣做？」

「他們是變態的海盜啊。」

「我看倒是妳比較變態的樣子噢。」我說。

「然後他們說，一小時後要把你們丟進海裏，所以在那之前就這樣子好好享受享受吧，於是把我們留在船倉裏走掉了。」

「然後呢？」

「我們就整整享受了一小時。在地上滾來滾去，身體扭東扭西的。」

「那就是妳現在最想做的事嗎？」

「對。」

「要命。」我搖搖頭。

星期天早晨九點半綠來接我。我才剛醒來還沒洗臉。有人來咚咚地敲我的房門吼道，喂，渡邊君，有女孩子找你喲！於是我下樓到門口一看，綠穿了一件短得令人難以相信的牛仔裙坐在門廳的椅子上蹺著腿，打著呵欠。要去吃早餐經過那裏的傢伙全都瞪眼偷瞄著她那修長伸出的腿。她的腿確實非常漂亮。

「我來太早了嗎？」綠說。「渡邊君好像剛剛起來的樣子。」

「我現在去洗臉刮鬍子，可以等我十五分鐘左右嗎？」我說。

「等是可以呀，可是剛才開始大家都在盯著我的腿看呢。」

「那當然嘛。到男生宿舍來還穿那樣短的裙子。大家不看才怪呢。」

「不過沒關係。我今天穿了非常可愛的短褲，有粉紅色漂亮蕾絲花邊裝飾的。輕飄飄的。」

「那更不行啊。」我嘆一口氣說。然後回到房間盡可能快速洗了臉，刮了鬍子。然後在藍色領尖有扣子的襯衫(botton-cown shirt)上穿一件灰色毛呢外套下樓，把綠帶出宿舍門口，冒了一身冷汗。

「嘿，住在這裏的人全部都自慰嗎？拚命努力的？」綠一面抬頭看宿舍的建築物一面說。

「大概吧。」

「男人是不是一面想女孩子一面做那個？」

「嗯，大概是吧。」我說。「大概沒有一面想著股票漲跌、動詞活用或蘇伊士運河的事一面自慰的男人吧。應該多半是想著女孩子做的吧。」

「蘇伊士運河？」

「只是比方說啊。」

「也就是想著某個特定的女孩子嗎？」

「喂，這種事妳去問妳的男朋友好不好？」我說。「爲什麼從星期天一大早的，我就非要跟妳一一說明這種事不可呢？」

「我只是想知道而已呀。」綠說。「而且我如果問他這種事他會非常生氣喲。說女孩子不要一一問這種事。」

「嗯，這想法很正常。」

「可是我想知道啊。這是純粹的好奇心哪。嘿，自慰的時候是不是會想特定的女孩子？」

「會呀。至少我是。別人的事我就不太淸楚了。」我放棄地回答了。

「渡邊君有沒有想著我做過？老實說，我不生氣。」

「沒有，說眞的。」我坦白說。

「爲什麼？因爲我沒有魅力嗎？」

「不是啊。妳很有魅力，很可愛，很適合挑逗性的裝扮喏。」

「那爲什麼不想我呢？」

「首先第一點，我把妳當做朋友，不想把那種事牽連進來。那種性方面的幻想。第二——」

「因爲另外有應該想的人。」

「可以這麼說。」我說。

「你這個人連這方面都守禮貌啊。」綠說。「我喜歡你這種地方噢。不過，能不能也讓我出場一次呢？我的性幻想或妄想。希望能出場看看。因爲你是朋友才拜託你喲。這種事情總不能去拜託別人吧。對誰都不能說請你在今天晚上自慰的時候想一下我吧？對嗎？因爲我把你當朋友所以才拜託你喲。然後希望能告訴我到底怎麼樣。做了什麼樣的事之類的。」

我嘆一口氣。

「不過不可以放進去喲。因爲我們是朋友。噢？只要不放進去其他做什麼都可以，不管你想什麼。」

「很難說。因爲我實在沒做過這種有條件限制的啊。」我說。

「可以考慮看看嗎？」

「我考慮看看。」

「嘿渡邊君。你不要把我想成淫蕩或欲求不滿或挑逗性噢。我只是對這種事非常好奇，非常想知道而已。因爲我不是一直都只在女校的女孩子堆裏長大的嗎？男孩子到底在想什麼，他們的身體結構到底是怎麼樣的，我對這種事非常想知道噢。而且不是像婦女雜誌的專輯之類的，而是當做所謂的個案研究。」

「個案研究。」我絕望地嘀咕著。

「可是我想要知道各種事情，想嘗試去做各種事情時，他知道了會很不高興或很生氣喲。還說我淫蕩。說我腦筋有問題。也不太肯讓我親他那裏。其實我非常想研究看看的。」

「嗯。」我說。

「你也不喜歡那樣嗎？」

「還好，並不討厭。」

「算是喜歡嗎？」

「還算喜歡哪。」我說。「不過這件事以後再談好嗎？今天是非常舒服的星期天早晨，我不想被自慰或口交搞砸。談一談別的吧。妳的他是我們學校的嗎？」

「不是。當然是別的大學的。我們是在高中時候的社團裏認識的。我念女校，他念男校，不是經常有的嗎？比方共同演奏的音樂會之類的。雖然成爲男女朋友關係是在高中畢業以後。嘿，渡邊君。」

「什麼？」

「眞的只要一次就好，想想我吧。」

「我會試試看，下次。」我放棄地說。

我們從車站搭電車到御茶水去。因爲我沒吃早餐於是在新宿站轉車時便在車站的攤子買了薄三明治吃，喝了味道像煮報紙油墨似的咖啡。星期天早晨的電車擠滿了正要出發到什麼地方去的攜家帶眷的人潮和情侶們。一羣穿同樣制服的男孩子手拿著球棒在車裏啪噠啪噠地跑來跑去。電車裏雖然也有幾個穿著迷你裙的女孩子，但沒有一個穿得像綠那麼短的。綠偶爾把裙襬往下拉扯著。因爲有幾個男人眼睛在不時偷瞄著她的大腿，我覺得實在不放心，但她卻似乎不太介意這個。

「嘿，你知道我現在最想做什麼嗎？」車經過市谷一帶時綠小聲地說。

「無法想像。」我說。「不過拜託妳，在電車上不要談那種事，被人家聽見不好意思。」

「眞可惜。這次是非常棒的呢。」綠一副很遺憾的樣子說。

「對了，到御茶水有什麼事？」

「反正你跟我來就是了，到時候就會知道。」

星期天的御茶水到處都是去參加模擬考試或去補習班上課的中學生或高中生。綠左手握著肩帶皮包的皮帶，右手牽著我的手，從那些學生的擁擠人潮中快速地穿越著。

「嘿渡邊君，你能不能正確教我英語的現在假設法和過去假設法。」她突然問我。

「我想可以呀。」我說。

「我有點想問你，這種東西在日常生活中有什麼用呢？」

「在日常生活中說起來並沒有什麼太大用處。」我說。「不過與其說具體上有什麼用，我倒認爲可以當做把事物更系統化掌握的訓練。」

關於這個綠以認眞的表情思考了一會兒。「你眞了不起。」她說。「我從來沒有想到過這種事情。只想到假設法啦、微分啦、化學符號啦，這些東西有什麼用而已。所以過去一直都很輕視，這種東西好麻煩。是不是我的生活方式錯了呢？」

「妳是說向來輕視那些？」

「是啊。我一直覺得那沒什麼重要。我連數學的 sin 和 cos 都完全不懂。」

「那樣居然也順利從高中畢業進了大學啊。」我驚訝地說。

「你真呆。」綠說。「你不知道嗎？只有第六感好，什麼都不知道也可以考上大學入學考試啊。我的第六感很好噢。下一題三個選一個正確的，我啪一下就知道了。」

「我第六感沒有妳那麼好，所以有必要某種程度地學習如何有系統地思考事情的方法。就像烏鴉把玻璃儲存在樹洞裏一樣。」

「那能派上什麼用場嗎？」

「誰知道。」我說。「大概有些事情會變得比較容易做吧。」

「例如什麼樣的事？」

「例如形而上的思考，學會幾種外國語。」

「那有什麼用呢？」

「那要看個人。有人有用，也有人沒用。不過那畢竟只是訓練，有沒有用是那以後的問題呀。就像我一開始就說過的那樣。」

「哦。」綠似乎很佩服似地說，拉著我的手繼續走下坡。「渡邊君你這個人非常擅長說明事情噢。」

「是嗎?」

「是啊。因為我到目前為止問過很多人英語假設法有什麼用處,可是誰也沒有這樣明確地說明過。連英語老師都沒有噢。大家對我這種問題都感到混亂、憤怒,或把我當傻瓜,不外是這樣。沒有人明確地教過我。如果那時候有人像你這樣明確地說明給我聽的話,或許我也會對假設法感興趣吧。」

「哦。」我說。

「你讀過《資本論》嗎?」綠問我。

「有啊。不過當然沒有全部念完。就跟其他大多的人一樣。」

「你能理解嗎?」

「有的地方可以理解,有的地方不能理解。要正確讀《資本論》是需要學會那一套思考體系的。不過當然整體上馬克斯主義我想我是可以理解的。」

「你認為不太有讀過那方面書的大學新生讀《資本論》能夠馬上就理解嗎?」

「我想不可能吧。」我說。

「嘿,我大學剛入學的時候,加入了和民謠有關的社團。因為想唱歌。結果居然是一些非常耍詐的傢伙聚集的地方呢,現在想起來都會打寒戰喏。一進去那裏面,就先讓妳讀馬克思。叫妳從第幾頁讀到第幾頁。還有說民謠這東西是必須跟社會和激進有關才行……之類的演講噢。於是,沒辦法啊,回到家,我就拚命讀馬克斯噢。但是我完全搞不懂到底是怎麼回事,比假設法更糟。讀了三頁就丟在一邊了。於是下一週聚會時,我說是的,我是讀了,可是什麼也不懂。於是從此以後就被當做傻瓜看待喲。說我沒有問題意識啦、欠缺社會性啦。

眞的，不是開玩笑的噢。我只是說我讀不懂那文章而已呀。你不覺得那樣很過分嗎？」

「嗯。」我說。

「所謂討論又更過分呢。大家裝成一副很懂的樣子，使用著艱難的語彙。於是每次我因爲不懂就發問。『那個所謂帝國主義式的壓榨是指什麼？那跟東印度公司有什麼關係？』，或『所謂粉碎建教合作是不是指大學畢業以後不可以到公司去就業的意思？』之類的。但誰也不爲我說明。反而認眞地生氣喲。那種事你相信嗎？」

「我相信。」

「還說妳連這種事都不懂怎麼行呢？妳活著是在想什麼的？然後就沒下文了噢。怎麼可以那樣嘛。當然我頭腦是沒那麼好。是平民哪。可是支撐著這個世界的就是平民哪，被壓榨的不也是平民嗎？光會用平民不懂的話到處散播，算什麼革命嘛？什麼叫做社會改革嘛！我也想讓世間變得更好啊。如果有誰眞的被壓榨的話，我也覺得應該制止啊。所以我才發問的對嗎？」

「是啊。」

「那時候我想。那些傢伙都很奸詐。隨便散播一些好像很偉大的言詞就洋洋得意，其實他們心裏只想讓新入學的女生佩服，好把手伸進人家的裙子裏去喲。然後到了四年級的時候，卻把頭髮剪短，趕快就到三菱商事啦、TBS啦、IBM啦、富士銀行之類的大企業去就業，討一個沒讀過什麼馬克思的可愛老婆，給孩子取個令人討厭的做作名字。什麼粉碎建教合作嘛！笑死人了，我眼淚都快笑出來了。其他新生也很過分。大家明明什麼都不懂，卻裝出一副很懂的樣子笑嘻嘻的。後來還對我說，妳眞傻，就是不懂也說是！是！不就行了嗎？嘿，還有更令人生氣的事，你要不要聽？」

「聽啊。」

「有一天我們定好了半夜要開政治集會，他們居然叫女孩子大家每個人都做好二十個宵夜用的飯糰帶來。眞是開玩笑，那不完全就是性別歧視嗎？不過我想算了，老是興風作浪也不太好，於是我什麼也沒說地做好二十個飯糰。裏面還包了酸梅乾用海苔捲起來喲。結果你猜後來被他們怎麼說？居然說小林的飯糰裏只放了酸梅乾，也沒帶別的菜來。人家別的女孩子做的不但裏面放了鮭魚啦、鱈魚子，還另外帶煎蛋來喲。我簡直覺得自己眞傻，聲音都出不來了。高談闊論什麼革命的傢伙，何必為了宵夜飯糰這種芝麻小事而一一爭吵大鬧呢？捲了海苔裏面還放了酸梅乾不是已經夠高級了嗎？也不想想人家印度的小孩看看！」

我笑了。「結果那社團後來怎麼樣了？」

「六月我就不去了，實在是氣不過。」綠說。「不過這家大學的傢伙幾乎都很詐。全都非常怕別人知道自己什麼都不懂而戰戰兢兢地過日子噢。於是大家都讀一樣的書，大家都紛紛說一樣的話，聽 John Coltrane 的唱片，看 Pasolini 的電影而感動，這叫做革命嗎？」

「這個嘛，因為我沒有實際目睹過革命所以不能說什麼。」

「如果這叫做革命的話，我才不需要什麼革命呢。我一定會以飯糰裏只放了酸梅乾為理由而被槍斃。你也一定會被槍斃喲。以太瞭解假設法之類的為理由。」

「有可能。」我說。

「嘿，我知道，因為我是平民。不管會不會發生革命，所謂平民都不得不在不怎麼樣的地方繼續庸庸碌碌地活下去。革命算什麼？那只不過像到戶政事務所去改個名字一樣嘛。但那些人對這種事什麼也不懂，卻到處宣傳那種無聊字眼。你看過稅務署的人沒有？」

「沒有。」

「我看人多了。神氣魯莽地闖進人家屋子裏來，就說：什麼？這就算帳簿啊？府上做買賣也太馬虎了吧！這眞的是費用嗎？收據拿出來看看哪，收據。我們悄悄的縮在屋子角落，吃飯時間到了，就打電話叫最高級的壽司送來。不過，我父親從來沒有一次在繳稅時打過馬虎眼喏，眞的。他就是這種人，老觀念。偏偏稅務人員還要嘀嘀咕咕的抱怨個沒完沒了。這個收入，未免太少了吧。開玩笑。收入少因爲不賺錢哪。我聽了都覺得好恨。好想大聲吼他，你不會到更有錢人的地方去查嗎？嘿，你想如果發生革命的話，稅務人員的態度會不會改變？」

「極其可疑喲。」

「那麼，我才不相信什麼革命呢。我只相信愛情。」

「Peace。」我說。

「Peace。」綠也說。

「對了，我們到底要去什麼地方？」我試著問。

「醫院哪。我父親正在住院，今天我必須整天陪他。輪到我啊。」

「妳父親？」我吃驚地說。「妳父親不是到烏拉圭去了嗎？」

「那是騙你的。」綠一副毫不在乎若無其事的表情說。「雖然他本人從以前就一直嚷著要去烏拉圭，不過沒有理由去得成啊。因爲其實他連東京以外都絕少出得成的。」

「情況怎麼樣呢？」

「明白說的話只是時間問題。」

我們暫時無言地移動著腳步。

「因爲和我母親同樣的病所以很淸楚。是腦腫瘤。你相信嗎？兩年前我母親才因爲這個死的。這次卻輪到我父親腦腫瘤。」

大學附屬醫院裏也因爲是星期天，到處擠滿了來探病的客人和症狀較輕的病人。而且散發著一股錯不了的醫院的氣息。消毒水、探病者的花束、小便和棉被的氣味混合爲一，把整個醫院完全籠罩，護士到處發出喀嗞喀嗞乾乾的鞋子聲走在其中。

綠的父親躺在雙人病房的靠門床位上。他躺的姿勢令人想到身負重傷的小動物。累趴趴地側向躺著，無力地伸出插著點滴針筒的左腕，身體動也不動一下。雖然是一位個子矮小的瘦男人，但第一眼給人的印象就是往後想必還會變得更瘦更小。頭上纏著白色繃帶，蒼白的手腕上斑斑留下打針或打點滴的痕跡。他以只睜開一半的眼睛恍惚地望著空間的一點，但我進去時，便稍微移動了一下那泛紅充血的眼睛看看我們。並在看了十秒左右之後又將那微弱的視線轉回空間的一點。

看到那眼睛時，我就可以瞭解這個男人已經快要死了。從他身上幾乎看不到所謂生命力這東西。那裏有的只是一個生命微弱殘存的一點痕跡而已。就像家具和用具全部被搬光只等著被解體的古老房屋一樣。乾癟的嘴唇周圍凌亂地長滿雜草般未刮的鬍鬚。生命力已經如此喪失殆盡的男人竟然還會毫不含糊地確實長出鬍鬚啊，我想。

綠朝著躺在窗邊病床上肌肉豐滿的中年男人開口招呼「你好」。對方似乎無法順利說話只微笑點頭而已。他咳了兩、三次後拿起放在枕邊的水喝，然後緩緩地移動身體側過身子眼睛望向窗外。窗外可以看見電線桿和電線。此外什麼也看不見。天空連雲的影子都沒有。

「怎麼樣，爸，還好嗎？」綠朝她父親的耳洞說著。那說法簡直像在測試麥克風一樣。「今天怎麼樣？」

父親緩緩地動著嘴唇。他說『不好』。那不是在說話，而是總之把喉嚨深處的乾空氣當做語言試著吐出來似的。他說『頭』。

「頭痛嗎？」綠問。

『對』她父親說。似乎無法順利說出四個音節以上的話。

「沒辦法啊。剛剛手術過嘛，當然會痛啊。眞可憐，不過再忍耐一下噢。」綠說。「他叫做渡邊君。是我的朋友。」

您好！我說。她父親半張開嘴，然後閉上。

「你坐那邊嘛。」綠指著床腳邊的一張圓形塑膠椅說。我依她說的在那裏坐下。綠讓她父親喝一點水壺的水，問他要不要吃水果或果凍。父親說『不用』。但綠說不吃一點不行噢，他便回答『吃過了』。

床頭枕邊有一張兼儲物櫃用的小桌子似的東西，上面放著水壺、杯子、碟子和小時鐘。綠從放在那下面的一個大紙袋裏拿出換洗的睡衣、內衣，和其他零碎東西來整理，放進入口旁邊的櫃子裏。紙袋底下有給病人吃的東西。兩個葡萄柚、果凍和三根小黃瓜。

「小黃瓜？」綠吃了一驚似地發出見怪的聲音。「怎麼會把小黃瓜放在這裏呢？姊姊眞不知道在想什麼。實在無法想像。我明明在電話上告訴她要買這個那個的。我可沒叫她買小黃瓜噢。」

「是不是把奇異果(kiwi)聽成小黃瓜（註：日語發音 kiuri）呢？」我試著說。

綠啪一下彈響手指。「我確實託她買奇異果了。就是那個。不過想一想也該知道啊？爲什麼病人要啃生的小黃瓜呢？爸，你想吃小黃瓜嗎？」

『不要』她父親說。

綠坐在枕頭邊對她父親說各種小事。電視映象不清楚找人去修了，高井戶的伯母說這兩、三天會來探病，開藥房的宮脇先生騎腳踏車跌倒了，這些事。她父親對這些，只回答『嗯』『嗯』而已。

「眞的不想吃什麼嗎？爸。」

『不要』父親回答。

「渡邊君，要不要吃葡萄柚？」

「不要。」我也回答。

過一會兒綠邀我到電視室去，坐在那邊的沙發上抽了一根菸。電視室裏有三個穿睡衣的病人也一面抽菸一面看著政治座談會似的節目。

「嘿，坐在那邊拿著松葉形枴杖的阿伯，從剛才開始就一直在偷瞄我的腿喲。那個穿藍色睡衣戴眼鏡的阿伯。」綠很開心似地說。

「那當然會看哪。穿那樣的裙子大家都會看的。」

「不過也好啊。反正大家都很無聊對嗎？偶爾看看年輕女孩子的腿也不錯啊。或許一興奮就提早康復了。」

「但願不是相反。」我說。

綠望了一會兒筆直上升的香菸的煙。

「提到我父親。」綠說。「其實他也不是壞人。雖然偶爾會說一些很過分的話使我生氣，但至少本性是個正直的人，打心底愛著我母親。而且他也以他的方式努力活過來了。個性是有些軟弱的地方，既沒有做生意的頭腦，也沒有名望，不過跟周圍那些光會說謊、很有要領善於周旋的小聰明的傢伙比起來，是正常多了噢。我的個性也是話一出口就不退讓的，所以我們兩個經常吵架。不過他不是個壞人喏。」

綠好像撿起掉在路上的什麼東西似地抓起我的手，放在自己的膝蓋上。我的手一半在裙子的布上，剩下的一半在她的大腿上。她看了一會兒我的臉。

「嘿，渡邊君讓你到這種地方很抱歉，不過能不能跟我一起多待在這裏一會兒？」

「到五點為止沒問題，我可以一直在這裏。」我說。「跟妳在一起很開心，而且也沒有別的事做。」

「星期天你平常都做什麼？」

「洗衣服。」我說。「還有燙衣服。」

「渡邊君，你不太想跟我提那個女孩子的事對嗎？那個你在交往的人的事。」

「是啊，不太想提。也就是很複雜，不可能順利說明。」

「沒關係。你不用說明。」綠說。「不過我可以說說看我的想像嗎？」

「請便。妳的想像，好像很有趣，所以務必說來聽看看。」

「我想渡邊君所交往的對象是人家的妻子。」

「哦。」我說。

「大概三十二、三歲左右有錢人的漂亮太太，穿著毛皮大衣、Charles Jourdon 的皮鞋、絲質內衣之類的，那種典型而且對性非常飢渴。又愛做一些非常令人噁心的事。平常的下午就跟渡邊君兩個人彼此貪求著對方的身體。但星期天因爲她丈夫在家，所以不能跟你見面。不對嗎？」

「妳倒是想到相當有意思的方向噢。」我說。

「一定是讓你把她身體綁起來，眼睛蒙起來，要你舔遍她身上的每個地方。然後還放什麼怪東西進去，或擺出像特技表演的姿勢，還用拍立得相機拍下那些。」

「好像很快樂嘛。」

「因爲非常飢渴所以什麼能做的都做盡了。她每天每天都在想各種花樣。因爲反正是閒著。下次要是渡邊君來了就要做做這樣的，還有那樣的。然後一上床就貪婪得各種體位都各達三次高潮左右。然後對渡邊君這樣說。『怎麼樣，我的身體很棒吧？年輕女孩已經無法滿足你了。你看，年輕女孩會爲你做這些嗎？怎麼樣？有感覺嗎？可是不行噢，不能太快就結束噢』之類的。」

「我想妳是看太多色情電影了吧。」我笑著說。

「果然是這樣嗎？」綠說。「不過我最喜歡看色情電影了。下次要不要一起去看？」

「好啊。等妳有空的時候一起去吧。」

「眞的？好高興。我們去看SM（性虐待狂）的噢。用鞭子噼哩啪啦打的，要女孩子在大家面前小便之類的。我最喜歡那種。」

「可以呀。」

「嘿渡邊君，你知道我最喜歡色情電影院裏的什麼嗎？」

「實在猜不到。」

「嘿，一到做愛的一幕，就可以聽到周圍的人在咕的一聲吞口水的聲音喏。」綠說。「我最喜歡那咕的一聲了。非常可愛。」

回到病房時，綠又對她父親說各種話，她父親或『啊』或『嗯』地應著，或什麼也沒說地沉默著。十一點左右躺在鄰床男人的太太來了，爲他丈夫換睡衣、削水果。圓圓的臉看起來人很好的太太，跟綠兩個人閒談了很多話。護士來換點滴瓶，並跟綠和旁邊的太太講一點話後又回去。在那之間我什麼也沒做，只呆呆看看屋子裏，看看窗外的電線。偶爾有痲雀飛來停在電線上。綠對他父親說說話，幫他擦擦汗，爲他除痰，和旁邊的太太與護士談談，也跟我談各種話，檢查點滴的情況。

十一點半因爲有醫師來巡診，於是我和綠走出走廊去等。醫師出來之後，綠就問「大夫，情況怎麼樣？」

「因爲剛手術過不久而且也做了止痛處理，體力是消耗不少。」醫師說。「手術結果也還要等兩、三天才知道。如果順利就好，如果不順利的話到時候再想吧。」

「還要再開刀嗎？」

「這個不到那時候還很難說。」醫師說。「嘿，妳今天穿好短的裙子啊。」

「漂亮吧？」

「不過上樓梯的時候怎麼辦，那個樣子？」醫師問。

「不怎麼樣啊。就全部讓人家看嘛。」綠說，後面的護士都在偷笑。

「妳呀，下次來住院一次讓我剖開妳的腦袋看看比較好噢。」醫師吃驚地說。「還有在這醫院裏請妳最好盡量搭電梯。因爲我可不想再增加病人喏。最近都已經忙不過來了。」

巡診結束過一會兒後就是用餐時間。護士用推車裝著中餐分送到每個病房。綠的父親的餐是玉米湯、水果、煮軟了去骨的魚，青菜研碎做成果凍狀之類的。綠讓她父親仰臥著，旋轉床腳下的把手把床的靠背搖起來，用湯匙舀起湯餵他。她父親喝了五、六口後把臉別開說『不要』。

「才這麼一點，不能不吃啊。」綠說。

父親說『等一下』。

「眞沒辦法。不好好吃飯會沒有體力喲。」綠說。「還不用小便嗎？」

『嗯』父親回答。

「渡邊君，我們到下面的餐廳去吃飯好嗎？」綠說。

好啊，我說，但老實說並不太想吃什麼。餐廳裏擠滿了醫師、護士和探病的客人。在沒有一扇窗戶的地下室寬闊的大廳裏排列著一排排的桌椅，大家在那裏一面用餐一面各自談著什麼——大概在談生病的事吧——那聽來就像在地下道裏一般嗡嗡地回響著。偶爾插入呼叫醫師或護士的廣播壓倒了那聲響。在我佔著位置時，綠便去用鋁托盤端來兩人份的定食。奶油煎肉餅、馬鈴薯沙拉、生高麗菜絲、熟菜和白飯、味噌湯的定食，用和病人用的一樣的白色塑膠餐具裝著排出來。我吃了一半左右其他還留著。綠則全部很美味地吃掉。

「渡邊君，你不太餓嗎？」綠一面喝著熱茶一面說。

「嗯，不太餓。」我說。

「因爲在醫院喏。」綠一面張望一圈一面說。「不習慣的人都會這樣。味道、聲音、沉重的空氣、病人的臉、緊張感、焦躁、失望、痛苦、疲勞——因爲這些喲。這些東西把胃都絞緊了讓人失去食欲。不過如果習慣了就沒什麼。而且如果不好好吃飯的話實在沒辦法照顧病人喏。眞的。因爲我照顧過祖父、祖母、母親、父親，四個人的病，所以很淸楚。也有可能因爲發生什麼而沒辦法吃下一餐的情形。所以能吃的時候就要好好先吃起來才行噢。」

「我瞭解妳說的意思。」我說。

「親戚來探病不是會一起來這裏吃飯嗎？於是大家也都剩下一半左右，就像你一樣。不過，看我竟然能若無其事地吃光時就說『阿綠還有精神眞好，我已經胸口堵著吃不下了。』不過，在照顧病人的可是我噢。開玩笑。其他的人只是偶爾來一下同情你而已。照顧病人大便、吐痰、擦身體的可是我噢。如果光同情，大便就能解決掉的話，我可以比別人多同情五十倍呢。可是大家看我把飯吃光，卻以帶著責難的眼光說『阿綠還有精神眞好』呢。大家大概都把我當那拉車的驢子看吧。那些人，一把年紀了，怎麼還不知道世間是怎麼回事呢？嘴巴上要怎麼講都可以喲。重要的是能不能解決大便問題呀。我也受過傷啊。我也曾經精疲力盡過。我也有過想哭的時候噢。明明沒希望康復的，醫師還過來把你頭腦切開來亂折騰，這樣反覆好幾次，每反覆一次就更惡化，頭腦漸漸變得怪怪的，你每天眼前就一直看著這樣的情形試試看，眞受不了啊，何況積蓄都漸漸變空了，我都不曉得還有三年半的大學能不能繼續上完，姊姊要是在這種狀態也沒辦法舉行婚禮。」

「妳每星期來這裏幾天？」我試著問。

「大概四天吧。」綠說。「這裏原則上雖然是完全看護制，但實際上只有護士是不夠用的。她們真的也幫忙很多噢，但是人數不夠，而且必須做的事情太多。所以家屬某種程度也不得不來陪著。我姊不能不看店，我只好趁大學沒課的空檔來。這樣我姊還每週要來三天，我大概四天。然後我們忙裏偷空還要去約會。時間表排得太密了噢。」

「那麼忙，爲什麼還要常常見我呢？」

「因爲喜歡跟你在一起呀。」綠一面轉著玩弄空塑膠湯碗一面說。

「妳一個人到附近去散步兩個小時再回來吧。」我說。「我暫時幫妳看著妳父親。」

「爲什麼？」

「稍微離開醫院，一個人悠閒地放鬆一下比較好啊。不用跟誰說話讓腦子一片空白。」

綠考慮了一下，但終於點頭。「說得也是。也許是這樣。不過你知道怎麼做嗎？照顧的方法。」

「因爲看過了所以我想大概知道吧。檢查點滴、讓他喝水、擦汗、除痰、尿盆在床下，肚子餓了就讓他吃中飯剩的。其他不懂的就問護士。」

「知道這些的話，大概沒問題吧。」綠微笑著說。「不過啊，他現在頭腦有點開始變得怪怪的，所以有時候會說出奇怪的話噢。莫名其妙的話。如果他說了你也不用太在意。」

「沒問題。」我說。

回到病房綠對父親說自己有事要出去一下，在那中間他會照顧你。父親對這個似乎沒有什麼特別的感想。或許沒有完全理解綠所說的話也不一定。他仰臥著，一直注視天花板。如果不是偶爾會眨一下眼睛的話，說是死了也行得通。眼睛像喝醉酒般的泛紅充血，深呼吸時鼻子便微微膨脹。他已經一動也不動，綠對他說話他也無意回答。他在那混濁的意識底下到底在想什麼呢？我實在無法想像。

綠走了以後我想對他說什麼，但因為不知道該如何說，該說什麼，結果只是沉默著。於是不久他便閉上眼睛睡著了。我坐在枕邊的椅子上，一面祈禱著希望他不要這樣就死掉，一面觀察他鼻子有時抽動一下的樣子。並想道如果這個男人在我陪他的時候斷了氣的話，那會很不妙吧。因為我剛剛才第一次見到這個男人，他跟我之間的聯繫只有綠，綠和我只是同上一班「戲劇史II」的關係而已。

但他並沒有臨終，只是睡熟了而已。耳朵靠近他的臉時可以聽見輕微的呼吸鼻息。於是我安心地和鄰床的太太談話。她人概以為我是綠的男朋友吧，一直對我說著綠的事。

「這孩子眞是好女孩。」他說。「照顧她父親非常周到，又親切又溫柔，很細心，又堅強，而且長得漂亮。你可要好好珍惜喲。不能放掉噢。這樣的女孩太難得了。」

「我會珍惜。」我隨便回答著。

「我們家有個二十一歲的女兒和十七歲的兒子，但是才不來醫院呢。放假日就去衝浪啦、約會啦，名堂一堆，不知道到什麼地方去玩了。眞過分哪。只會盡量搾取零用錢，然後就不見人影了。」

到了一點半，那位太太說要去買東西便走出病房去了。兩個病人都睡得很沉。午後安穩的陽光大量射進房間裏來，連我都不禁快要在圓椅子上睡著了。窗邊的桌上花瓶裏插著白色和黃色的菊花，告訴人們現在是秋天。

病房裏散發著中午沒吃還剩在那裏的午餐煮魚的甜味。護士依然發出喀嗞喀嗞的腳步聲在走廊走來走去，以清楚響亮的聲音在交談著。她們偶爾到病房來，看見兩個患者都睡熟了，便朝我咧嘴微笑然後消失蹤影。我想到但願有什麼可以讀，但病房裏既沒有書也沒有報紙、雜誌，什麼都沒有。只有月曆掛在牆上而已。

我想到直子，想到全身只有戴髮夾的直子的裸體。想到腰部曲線和陰毛的影子。爲什麼她要在我面前脫光衣服呢？那時候直子是不是正在夢遊狀態呢？或者那只是我的幻想而已呢？時間過去之後，越遠離那個小世界，越覺得那夜發生的事逐漸不能確定是不是眞的了。要想是眞的發生了也覺得是，要想成那是幻想也覺得像幻想。如果要當做是幻想，細節又未免太清楚了，如果當做是眞的發生的事，則一切又太完美了。那直子的身體和月光都是。

綠的父親突然醒來開始咳嗽，因此我的思考就此中斷。我用衛生紙幫他取痰，用毛巾擦他額上的汗。

「要喝水嗎？」我問，他點了四厘米左右的頭。我用小玻璃水壺讓他慢慢一點一點喝時，乾癟的嘴唇抖動著，喉嚨抽動著。他把小水壺裏的溫水全部喝完。

「還要再喝嗎？」我問。他好像想說什麼，於是我把耳朵湊近去聽聽。他以乾乾的微弱聲音說『夠了』。那聲音比剛才更乾、更小了。

「要吃什麼嗎？肚子餓了吧？」我問。她父親又再點頭。我像綠那樣旋轉床的把手搖起床來，用湯匙交替著各舀一口青菜凍和煮魚一口一口地餵他吃。花了非常長的時間才吃了一半左右，他就把頭微微偏向旁邊表示夠了。如果頭搖動大一些大概就會痛吧，他只動了一點點而已。問他要不要吃水果，他說『不要』，我用毛巾擦擦他的嘴，把床恢復水平，把餐具拿出走廊去放。

「好吃嗎？」我試著問看看。

『不好』他說。

「嗯，好像不太好吃的東西啊。」我笑著說。她父親什麼也沒說，以好像不知道要睜開好還是閉上好的眼睛注視著我。我忽然想起不曉得這個男人知不知道我是誰。因爲他好像與其跟綠在一起時不如只跟我兩個人還比較輕鬆的樣子。或許他把我當成別人了也不一定。如果是那樣的話對我反而好。

「外面天氣非常好噢。」我坐在圓椅子上蹺起腿說。「秋天了，又是星期天，好天氣到什麼地方都是人，這種日子還是待在屋子裏悠閒自在最好了，不用那麼累。到人多的地方去只有累而已，空氣又壞。我星期天平常大概都在洗衣服。早上洗了，拿到宿舍的屋頂去曬，傍晚以前收進來就勤快地燙。我還不討厭燙衣服噢，把縐縐的衣服燙得筆挺，滿愉快的噢。燙衣服我還滿行的，剛開始的時候當然也不太會啲，不是會燙出一些折痕嗎？不過做一個月之後就熟練了。就這樣星期天變成我洗衣服、燙衣服的日子。今天不行，很遺憾，這樣好的天氣。

「不過沒問題。因爲明天可以早一點起來做，請你不用介意，因爲星期天反正也沒有別的事要做。

「明天早上洗好衣服曬好之後，就去上十點的課。這堂課是和綠一起上的。『戲劇史II』，現在正在上尤里庇蒂(Euripidēs)。你知道尤里庇蒂嗎？他是古時候的希臘人，跟埃歇爾(Aischylos)、素福克勒(Sophokles)同列爲希臘三大悲劇作家。雖然據說最後是在馬凱多尼亞被狗咬死的，不過也有不同的說法。這就是尤里庇蒂，雖然我比較喜歡素福克勒，不過這只是個人喜好的問題，所以也不能怎麼說。

「他的戲劇特徵是把各種事情混雜在一起讓人都變成不能動彈了，您明白嗎？有很多人出場，每個人都各有不同的事情和說辭，每個人都在追求各自的正義和幸福，因此全體都變得左右爲難進退不得。這也難怪啊，大家的正義都說得通，原理上不可能讓大家達成幸福，所以不可避免的大混亂便來臨了。結果你想會變成怎樣？這個倒也簡單，最後神就出現了，並且整頓交通。你到那邊去，你到這邊來，你跟我一起來，你暫時留在那裏不要動！就像法官一樣，於是一切都圓滿解決。這叫做 deus ex machina（註：拉丁文，指劇情中突然出現解救危急狀態的人、事或神力等）。尤里庇蒂的戲劇中，經常出現這種 deus ex machina。通常在這個地方大家對尤里庇蒂的評價就各有不同了。

「不過如果現實世界裏有所謂的 deus ex machina 這種法官的話，那一定很快樂。只要你一覺得眞傷腦筋、動彈不得的時候，神就會從天上飄飄然地降落凡間，幫你解決全部問題。沒有比這更輕鬆的事了。不過總之這就是『戲劇史II』。我們在大學裏大概就是在學這些東西。」

我在講話之間綠的父親什麼也沒說，只是以恍惚的眼睛看著我，從他那眼神我無法判斷他對我說的事情能不能理解一點點。

「Peace。」我說。

我才說完這些，肚子就非常餓了。因爲早餐幾乎沒吃，加上中午的快餐也剩下一半。雖然我非常後悔中午沒有好好吃完，但後悔也沒辦法了。我試著在櫃子裏找看看有什麼可以吃的，但只有海苔罐頭、喉糖，和醬油而已。紙袋裏則有小黃瓜和葡萄柚。

「我肚子餓了，可以把這小黃瓜吃掉嗎？」我問。

綠的父親什麼也沒說。我到洗手間去把三根小黃瓜洗了，然後在小碟子上裝一點醬油，用海苔把小黃瓜捲起來，沾醬油咯啦咯啦地吃起來。

「好好吃噢。」我說。「既簡單、又新鮮，有生命的清香，很好的小黃瓜噢，比什麼奇異果更正點的食物。」

我吃完了一根又開始吃起第二根。咯啦咯啦非常舒服的聲音響遍病房裏。我吃完整整兩根小黃瓜之後，終於鬆一口氣。於是到走廊的瓦斯爐去燒開水，泡茶喝。

「你要喝水或果汁嗎？」我試著問。

『小黃瓜』他說。

我咧嘴微笑。「好啊，要不要捲海苔？」

他微微點頭，我再把床搖起來，用水果刀切成容易吃的大小，把小黃瓜捲上海苔，沾了醬油，用牙籤插著送進他嘴裏。他幾乎沒有改變表情地嚼了幾次又幾次，然後吞下去。

「怎麼樣？很好吃吧？」我試著問他。

『好吃』他說。

「覺得東西好吃是一件好事，就像是活著的一種證據一樣。」

結果他把一根小黃瓜都吃完了，吃完小黃瓜後他想喝水，於是我用小水壺餵他。喝完水過一會兒之後他說想小便，於是我從床下拿出尿壺來，幫他把陰莖前端抵在壺口，我到廁所去把小便倒掉，用水沖洗尿壺，然後回到病房，喝剩下的茶。

「覺得怎麼樣？」我問他看看。

『頭』他說。『有一點』。

「頭有一點痛是嗎？」

他稍微皺皺眉表示對。

「因爲才剛手術過沒辦法啊。雖然我沒有手術過所以不太淸楚到底是怎麼樣。」

『車票』他說。

「車票？什麼的車票？」

『綠』他說。『車票』。

因爲不知道他在說什麼於是我只沉默著，他也沉默了一會兒。然後說『拜託』，意思大概是要「拜託我」。他把眼睛確實地睜開注視著我的臉，他似乎想要傳達什麼意思給我，但我無法猜測出那內容。

『上野』他說。『綠』。

「上野車站嗎？」

他輕輕點頭。

「車票・綠・拜託・上野車站」我試著整理。但完全不明白是什麼意思。我想他大概意識正混亂著一片錯綜複雜吧，但眼光卻比剛才確實多了。他向我伸出沒有打點滴的那隻手，這樣做似乎也很吃力的樣子，手在空中抽動抖顫著。我站起來握住那皺巴巴的手，他虛弱地回握我的手，又重複說『拜託』。

我說車票的事和綠的事我都會好好做沒問題的，請放心吧，他才把手放下，疲倦地閉上眼睛。然後發出鼻息睡著了，我確定他沒有死之後，走出外面去燒開水，又喝茶，並發現自己似乎對這位正步向死亡的瘦小男人懷有好感。

過一會兒鄰床的太太回來了，問我沒問題嗎？嗯沒問題，我回答。她的丈夫也發出嘶嘶的鼻息安祥地睡著。

綠三點過後回來。

「我在公園裏發呆。」她說。「就像你說的那樣，一個人什麼也不說地，讓腦筋一片空白。」

「結果怎麼樣？」

「謝謝你。覺得輕鬆愉快多了，雖然還有一點累，不過身體比以前輕多了。我，似乎比自己想像的更累了的樣子。」

她父親睡得很沉，而且也沒有別的事要做，於是我們買了自動販賣機的咖啡在電視室喝。然後我向綠一一報告，她不在的時候發生的事情。我說先是沉睡，醒來後吃了一半午餐剩下的飯，當我嚼完小黃瓜時他就說想吃，於是吃了一根，小便後又睡了。

「渡邊君，你這個人眞了不起耶。」綠佩服地說。「他不吃東西，大家都傷透了腦筋，你居然能連小黃瓜都讓他吃了，眞是難以相信哪。」

「我也搞不清楚，大概是因爲看我吃小黃瓜吃得很好吃的樣子吧。」我說。

「或者是你有類似讓人家覺得可以放鬆的能力之類的吧？」

「怎麼會呢？」說著我笑了。「雖然是有很多相反的人。」

「你覺得我爸爸怎麼樣？」

「我喜歡他噢。雖然並沒有特別說什麼，不過總可以感覺得出是個好人的樣子。」

「乖嗎？」

「非常乖。」

「不過一星期前眞的很糟糕噢。」綠一面搖頭一面說。「頭腦變得有點奇怪，還發脾氣喲，向我丟杯子，說笨蛋！妳去死好了。這種病有時候會那樣噢。不知道爲什麼，不過有時候會變得很壞心喏。我媽媽的時候也這樣，你猜我媽媽對我怎麼說？妳不是我的孩子，而且我最討厭妳。我眼前忽然一瞬間變成一片黑暗，那種情形，是這種病的特徵噢。不知道什麼東西壓迫著腦子的什麼地方，於是就說些有的沒有的，讓人家生氣。這一點我也知道，不過雖然明明知道，畢竟還是會傷心的，這樣拚命地服侍他們，爲什麼還非要被這樣講呢，眞覺得好無情噢。」

「這個我明白。」我說。然後我想起綠的父親說過那莫名其妙的話。

「車票？上野車站？」綠說。「那是指什麼？我也不太懂。」

「然後還說『拜託』『綠』。」

「那大概是拜託你照顧我吧？」

「或者要妳去上野車站買車票也不一定噢。」我說。「總之那四個字順序亂七八糟的所以不太明白他的意思。上野車站有沒有讓妳想起什麼？」

「上野車站……」說著綠沉思起來。「說到上野車站我能夠想到的，只有我兩次離家出走的事。小學三年級時和五年級時，兩次都從上野搭電車到福島去。我從收銀機拿了錢，不知道爲什麼生氣，爲了消氣而做的。我阿姨家在福島，我還滿喜歡那個阿姨的，所以就去了那裏。於是我爸爸就去帶我回來，到福島去帶我。我們兩個人坐著電車一面吃便當一面回到上野喲。那時候啊，他非常緩慢地跟我說了很多事情。關於關東大震災的事啦、戰爭時候的事啦、我出生那時候的事啦，那些平常不太提過的事噢。試著想一想，我跟我爸爸兩個人單獨慢慢談話好像只有那時候而已吧。嘿，你相信嗎？我爸爸關東大震災的時候，身在東京的正中央居然沒留意到有地震發生呢。」

「怎麼可能？」我啞然地說。

「眞的啊。我爸爸說那時候他正騎著腳踏車後面掛著手推車在小石川一帶跑，可是什麼都沒感覺到。回到家一看，那一帶的屋瓦全部震垮了，家人緊緊抱著柱子在發抖。於是我爸爸莫名其妙地問『你們到底在幹什麼？』他說那就是爸爸對關東大地震的回憶。」綠這樣說著笑了。「我爸爸的回憶都是這個樣子，一點都沒有戲劇性噢，全都不知道什麼地方不對勁，怪突兀的。聽他那樣講話啊，會覺得這五十年或六十年來日本好像沒有發生過任何一件不得了的事情似的。不管二・二六事件也好，太平洋戰爭也好，感覺上好像在說，噢，這麼說來確實是有過那麼回事啊，很奇怪吧？

「從福島回到上野之間，他就是慢慢地說這些給我聽。而且最後總是這樣說，到哪裏都一樣噢，阿綠。被他這樣一說，我幼小的心就想道是這樣子啊。」

「這就是關於上野車站的回憶？」

「是啊。」綠說。「渡邊君有沒有離家出走過？」

「沒有。」

「爲什麼？」

「想不起來了，什麼離家出走的。」

「你這個人有點跟人家不一樣噢。」綠一面歪著頭一面佩服似地說。

「是嗎?」我說。

「不過總之我想我爸爸是想說拜託你照顧我噢。」

「眞的嗎?」

「眞的啊。這種事情我很淸楚,憑直覺,那麼,你怎麼回答呢?」

「因爲我不太瞭解,於是就對他說,不用擔心,沒問題,綠的事和車票的事我都會好好做,所以沒問題。」

「那麼你是跟我爸爸這樣約好了噢?說要照顧我?」綠這樣說著便以認眞的表情探視我的眼睛。

「不是這樣啦。」我急忙解釋。「因爲那個時候我實在搞不淸楚什麼跟什麼——」

「沒問題啦,跟你開玩笑的,只想逗你一下而已。」綠說著笑了。「你這個人這種地方非常可愛喲。」

喝完咖啡我和綠回到病房,他父親還沉沉地睡著。把耳朵湊近時可以聽見微小的鼻息聲。隨著午後的加深窗外的光變成秋日特有的柔和寧靜色彩。鳥羣飛來停在電線上,然後又飛走。我和綠兩個人並排坐在房間的一隅,小聲地談著各種話。她看看我的手相,預言說你可以活到一百零五歲結三次婚然後死於車禍。還不錯的人生嘛,我說。

過了四點她父親醒來,綠到他枕邊坐下,爲他擦擦汗,弄水給他喝,問他頭痛不痛。護士過來量體溫、查小便的次數、確認點滴的情形。我到電視室去坐在沙發看了一下橄欖球賽實況轉播。

「我差不多該走了。」五點時我說。然後向她父親說「我現在必須去打工了。」我說明「我從六點到十點在新宿賣唱片。」

他眼睛朝向我這邊輕輕點頭。

「嘿，渡邊君，我現在雖然不太會說，不過今天我非常感謝你喲。謝謝。」在入口的門廳綠對我說。

「我也沒做什麼值得讓妳感謝的啊。」我說。「不過如果能幫得上忙的話，我下星期還可以來，我也想再見見妳父親。」

「眞的？」

「反正待在宿舍也沒什麼重要的事要做，來這裏還可以吃小黃瓜。」

綠交抱著雙臂，用鞋跟咚咚地敲著塑膠地板。

「下次我想兩個人再去喝酒。」她有點歪著頭說。

「色情電影呢？」

「看完色情電影再去喝酒啊。」綠說。「然後就像平常那樣兩個人談一堆很噁心的事。」

「我可沒有噢，只有妳在談。」我抗議道。

「哪邊都無所謂呀，總之一面談那種話一面喝一堆酒喝到醉熏熏東倒西歪的，再擁抱著睡覺。」

「那以後大概可以想像到。」我嘆一口氣說。「我要的時候，妳恐怕會拒絕噢？」

「呵呵。」她說。

「總之就像今天早上那樣妳來接我噢，下星期天，一起到這裏來吧。」

「穿稍微長一點的裙子嗎？」

「對。」我說。

但結果那個下星期天，我並沒有去醫院，綠的父親在星期五早晨就去世了。

那天早晨六點半綠打電話告訴我，房間裏有電話來的通知按鈴響起時，我在睡衣上披一件毛衣下到會客室，拿起電話。外面正無聲地下著冷雨，綠以平靜微小的聲音說，我爸爸剛剛去世了。我試著問她，有什麼我能幫忙的事嗎？

「謝謝你。沒問題。」綠說「我們已經很習慣葬禮了。只是想告訴你而已。」

她似乎嘆了一口氣。

「你不要來參加葬禮噢，我不喜歡那個。不想在那種地方跟你見面。」

「我知道了。」我說。

「你眞的肯帶我去看色情電影嗎？」

「當然。」

「非常噁心的那種噢。」

「我會事先確實找好那種的。」

「嗯。我會跟你聯絡。」綠說。於是掛斷電話。

但是在那之後的一星期之間，她都沒有任何聯絡。在學校的教室見不到、電話也沒打來。我每次回到宿舍都擔心地特別去找看看有沒有給我留言的便條，但連一通電話都沒打給我。有一天晚上爲了遵守諾言，我嘗試一面想著綠一面自慰，但卻不怎麼順利。沒辦法只好中途換成想直子，但這次直子的印象也沒怎麼幫上忙。於是我覺得有點愚蠢而作罷，然後便喝威士忌，刷牙睡覺。

*

星期天早晨，我寫信給直子。我在信中提到綠的父親的事，說我和同班女同學去探她父親的病，並吃了剩下的小黃瓜。於是他也想吃便咯啦咯啦地吃了。但結果在那五天後的早晨他就死了，我現在還記得很清楚他咬小黃瓜時所發出的咯啦、咯啦的微小聲音，而所謂人的死這東西，是會留下微小而奇怪的記憶的。

我寫說，早晨醒來我躺在床上想到妳和玲子姊和鳥舍的事。想到孔雀、鴿子、鸚鵡、火雞，還有兔子。也記得下雨的早晨妳們穿著的連帽黃色雨衣，躺在溫暖的床上想著妳心情非常舒服，覺得好像妳就在我身旁，縮著身體沉沉地睡著似的。並想道如果那是眞的話該有多美好啊。

雖然有時候會覺得非常寂寞，不過大體上我過得還好，就像妳每天早上照顧小鳥、在田園裏工作那樣，我也每天上著我自己的發條，從床上起來刷牙、刮鬍子、吃早餐、換衣服、走出宿舍大門去到大學爲止，我大概要嘰哩嘰哩地捲三十六次左右的發條。想著今天又要好好地活一天喏，雖然自己沒有發現，不過人家說我最近似乎經常在一個人自言自語，大概一面捲著發條一面嘀嘀咕咕地說著什麼吧。

雖然不能跟妳見面很難過，但我想如果沒有妳的話，我在東京的生活一定已經變得更糟糕了。正因爲早晨在床上能夠想到妳，所以我才會想，嘿，必須上發條好好地活下去喲。正如妳在那邊好好努力一樣，我也必須在這邊好好地過下去才行。

不過今天是星期天，是不用上發條的早晨。我洗過衣服之後，現在正在寢室寫著信，只要寫完這封信，貼上郵票投進郵筒之後，到傍晚都沒有任何事情。星期天我也不做功課。因爲平日我趁著上課的空檔時間，已經在圖書館滿用功地做過了，所以星期天就沒什麼事可做了。星期天下午既安靜又和平，而且孤獨。我一個人看看書聽聽音樂，有時候會試著一一回想妳在東京的時候星期天我們兩個人走過的每一條道路。妳穿的衣服我也可以很清楚地想起來。星期天下午我眞的會回想起很多事情。

請代問候玲子姊。我每到晚上就很懷念她的吉他。

我寫完信，就把它投入距離宿舍兩百公尺遠的郵筒裏，到附近的麵包店買雞蛋三明治和咖啡，坐在公園的長椅上吃那個代替中飯。公園裏有少年在打棒球，於是我就看著消磨時間，天空隨著秋意的加深而變得更高更藍，不經意地抬頭看時，可以看見兩道飛機雲像電車的軌道般平行地筆直往西方前進著。我把滾到我附近來的界外球投回去，孩子們便把帽子摘下來說謝謝哥哥，正如大多的少年棒球賽一樣，是四壞球保送和盜壘比較多的比賽。

過了中午之後我回到房間讀書，精神無法集中在書上時便望著天花板想綠的事。並試著想想那個父親是不是眞的想要對我說拜託我照顧綠呢？不過當然我沒辦法知道他其實眞的想說什麼。或許他認錯而把我當做別的什麼人了吧。但不管怎麼樣他已經在下著冷雨的星期五早晨死掉了，眞的到底是怎麼樣已經無從求證。他死的時候大概又縮得更小了吧，我想像。然後已經在高熱爐中被燒成灰了。要說他所留下的東西的話，就只有在那不太起眼的商店街中不太起眼的書店和兩個——其中至少有一個是有點怪的——女兒而已。那到底是個什麼樣的人生呢？我想。他躺在醫院的床上，抱著痛苦欲裂混亂不清的頭腦，到底是以什麼樣的想法在看我的呢？

這樣想著綠的父親時心情漸漸鬱悶起來，因此我提早去把曬的衣服收進來，決定到新宿街上走走以消磨時間。擁擠混雜的星期天街上，讓我覺得放鬆些。我在擁擠得像上下班尖峰時段的電車裏般的紀伊國書店買了福克納的《八月的光》（*Light in August*），挑了一家音量特別大的爵士喫茶店走進去，一面聽著歐內特・寇門(Ornette Coleman)、巴德・包威爾(Bud Powell)之類的唱片，一面喝又濃又熱又難喝的咖啡，讀著剛買的書。到了五點半我把書合起來，走出外面吃了簡單的晚餐，然後忽然想到像這樣子的星期天，往後到底還要再重複過幾十次、幾百次呢？「安靜而和平而孤獨的星期天」我試著說出口來。星期天我是不上發條的。

8

那星期過了一半時，我手掌被玻璃尖端割傷得很深。我沒留意到唱片櫃的玻璃隔板破了。血大量流出來，連我自己都大吃一驚，血一滴一滴地往下流，把腳邊和地板都染成一片鮮紅。店長拿來幾塊毛巾代替繃帶幫我把手緊緊包紮起來。然後打電話爲我打聽夜間仍開著的急救醫院地點。平常不怎麼樣的男人，但處理這種事卻很迅速。幸虧醫院就在附近，但到達那裏時毛巾也已經染成通紅了，滲出來的血甚至滴到柏油路上。人們急忙讓出一條路來。他們大概以爲是打架之類受傷的吧。並不怎麼覺得痛。只是不斷地繼續流出血來而已。

醫師毫不動容地拿下沾滿了血的毛巾，把我手腕用勁壓緊止血，把傷口消毒過後爲我縫合，並說明天再來吧。我回到唱片行時，店長說你回家去吧，我會幫你打下班卡算成出勤。我搭巴士回到宿舍。並到永澤兄的寢室去看看。因爲受了傷情緒亢奮很想跟人說話，而且也覺得好像很久沒和他見面了。

他在寢室裏，一面看著電視的西班牙語講座，一面喝著罐裝啤酒。他看見我的繃帶，便問我那是怎麼回事？我回答受了點傷但不太嚴重。他問要喝啤酒嗎，我說不用。

「這快完了，你等一下。」永澤兄說，他正在練習西班牙語的發音。我自己去燒了開水，用茶包泡紅茶喝。

一個西班牙女孩子正在讀著例句。「從來沒有下過這麼大雨。巴塞隆納的橋都沖走了幾條」。永澤兄自己也發出聲音讀著那例句，然後「眞過分的例子。」他說「外語教學講座的例子大多是這種，眞受不了。」

西班牙語課程結束後永澤兄把電視關掉，從小型冰箱裏拿出另一瓶啤酒來喝。

「會不會打攪你。」我問看看。

「我？一點也不。正無聊呢。眞的不要啤酒嗎？」

我說不用。

「對了對了，上次的考試發表了噢，我考上了。」永澤兄說。

「外務省的考試。」

「對，正式說法是外交公務員錄用第一類考試，很呆吧？」

「恭喜你。」我說著伸出左手跟他握手。

「謝謝。」

「不過你考上是當然的。」

「嗯，應該是。」永澤兄笑了。「不過總之確定了是一件好事噢。」

「要到外國去嗎？進去以後。」

「不，剛開始的一年之間是在國內研修吧。然後才暫時派到外國。」

我啜著紅茶，他很美味似地喝著啤酒。

「這個冰箱啊，如果你要的話，等我搬出這裏的時候送給你。」永澤兄說。「你想要吧？有了這個可以喝冰啤酒啊。」

「如果你要給我的話。我當然想要，可是永澤兄你也需要吧？反正大概也要租房子住或怎麼樣啊。」

「少說傻話了。我要是搬出這裏的話，就買個更大的冰箱過豪華的日子噢。在這種小器地方已經忍耐四年了。我不想再看到在這裏用過的東西了。你喜歡什麼我都送給你，電視也好，熱水瓶也好，收音機也好。」

「什麼都可以呀。」我說。於是我拿起桌上的西班牙語教科書來看。「你開始學西班牙語了嗎？」

「嗯，多學一種語言總是有用的，大體上我天生就擅長這方面。法語、德語我也學過了，幾乎接近完美喲。就跟遊戲一樣。只要一知道規則之後，接下來多少次都一樣噢。就跟女孩子一樣嘛。」

「你的生活方式過得倒相當內省式的嘛。」我諷刺他。

「對了，下次要一起去吃飯嗎？」永澤兄說。

「大概又要去釣女孩子吧？」

「不，不是，純粹吃飯喏。跟初美一起三個人到一家像樣的餐廳去聚餐。慶祝我的就業呀。盡量到最貴的店去。因爲反正是我父親付錢。」

「這種事情你跟初美姊兩個人不就好了嗎？」

「有你在比較輕鬆啊。對我跟對初美都一樣。」永澤兄說。

要命，我想。這不是跟 Kizuki 和直子的時候完全一樣嗎？

「飯後我會到初美那裏住。吃飯就三個人吃吧。」

「嗯，如果你們兩個人覺得這樣好的話我就去喲。」我說。「可是永澤兄你到底怎麼打算？初美姊的事？研修之後到國外上班幾年都不回來吧？她怎麼辦？」

「那是初美的問題，不是我的問題。」

「我眞搞不懂。」

他把腳高高架在桌上喝啤酒，打呵欠。

「換句話說我並不打算跟誰結婚，這件事我已經跟初美確實講淸楚過。所以，初美可以跟別人結婚。我不會阻止噢。如果不結婚要等我也可以。這樣的意思。」

「哦。」我佩服地說。

「你覺得我很殘酷吧？」

「是啊。」

「世間本來就是不公平的噢。那不能怪我。一開始就是這樣了。我一次都沒騙過初美。在這意義上我是個殘酷的人，所以如果不喜歡的話就分手吧，我這樣確實地說過了。」

永澤兄喝完啤酒含起香菸來點火。

「你對人生從來沒有感覺到過恐怖嗎？」我試著問他。

「嘿，我可沒有那麼笨喏。」永澤兄說。「當然對人生也曾經感覺恐怖過。那不是理所當然的嗎？我只是不承認把那種事當做前提條件而已。自己能做的事情就發揮百分之百的力氣。想要的東西就要拿，不想要的東西就不拿。這樣子活下去。如果不行的話，到時候再考慮。所謂不公平的社會反過來想的話也是能夠發揮能力的社會。」

「這話聽起來是很任性自私。」我說。

「不過，我並不是抬頭看著天空在等水果掉下來喲。我也做了相當多我該做的努力。比你努力十倍左右。」

「這倒是。」我承認。

「所以呀，有時候我環視整個世間眞覺得厭倦。爲什麼這些傢伙都不努力呢，爲什麼不努力卻光會抱怨說不公平呢？」

我吃驚地望著永澤兄的臉。「在我眼裏看來的印象，世上的人都相當辛苦勤快地在工作啊，我的看法難道錯了？」

「那不是努力只是勞動而已。」永澤兄簡單地說。「我所說的努力不是那種。所謂努力應該是更具有主體性、目的性的事。」

「例如就業的事情解決之後，大家都放輕鬆時，你卻開始學西班牙語之類的事嗎？」

「是啊。我到明年春天爲止要完全把西班牙語學好。英語、德語、法語已經學好了，義大利語也大致還可以。這種事情不努力行嗎？」

他抽著菸，我想起綠的父親。並想道綠的父親大概從來沒有想到過要看電視學西班牙語吧。也從來沒想到過努力和勞動的差別在哪裏吧。他大概太忙了沒時間想這種事。工作也忙，又不得不到福島去把離家出走的女兒帶回家。

「吃飯的事，下星期天怎麼樣？」永澤兄說。

好啊，我說。

永澤兄所選的店是在麻布後方安靜而高雅的法國餐廳。永澤兄報了名字之後，我們就被帶到後面單獨的房間。小房間裏牆上掛了十五張左右的版畫。初美姊來以前，我和永澤兄一面談著約瑟夫康拉德(Joseph Conrad)的小說一面美味地喝著葡萄酒。永澤兄穿著看起來就很貴的灰色西裝，我則穿極普通的海軍藍休閒外套。

過了十五分鐘初美姊來了。她非常仔細地化了粧戴著金耳環，穿著漂亮的深藍色洋裝，款式高尚的紅色素面皮鞋。我讚美她洋裝的顏色時，初美姊便告訴我這叫做 midnight blue 午夜藍色噢。

「很漂亮的地方嘛。」初美姊說。

「我爸爸到東京來的時候就在這裏吃飯。以前我跟他來過一次。雖然我不太喜歡這麼誇張的餐點。」永澤兄說。

「嗯，這種地方偶爾來一次也不錯啊。噢，渡邊君。」初美姊說。

「是啊，如果不用自己付錢的話。」我說。

「我爸每次大概都跟女人來。」永澤兄說。「他在東京有女人。」

「是嗎？」初美姊說。

我假裝沒聽見地喝著葡萄酒。

服務生終於走過來。我們點了菜。選了前菜和湯，主菜永澤兄點鴨肉、我和初美姊點鱸魚。因爲菜上得非常慢，因此我們一面喝著葡萄酒一面談了很多話。起初永澤兄談起外務省考試的事。考生幾乎全是那些讓你都想把他丟進無底泥沼裏去的垃圾，不過他說其中也有幾個正常的。我試著問他那比率跟一般社會的比率低或高。

「一樣啊，當然。」永澤兄以一副理所當然的表情說。「這種事到處都一樣噢。是一定不變的。」

葡萄酒喝完之後永澤兄又再點了一瓶，並爲自己點了一杯雙份的蘇格蘭威士忌。

然後初美姊又跟我談起想介紹女孩子給我的事。這是我跟初美姊之間永遠的話題。她想介紹「社團裏一個非常可愛的低年級女生」給我，我總是左閃右逃的。

「不過眞的是個好女孩喲。又漂亮。下次我帶她來，你就跟她談一次嘛。你一定會喜歡的。」

「不行。」我說。「我太窮了不能跟初美姊大學的女生交往。既沒有錢，也談不來。」

「沒這回事。那個女孩子也是個很淸爽的好女孩喲。她完全不會㖠樣在意做作的。」

「你就跟她見一面不好嗎？渡邊。」永澤兄說。「也沒叫你上。」

「那當然。要是做了那種事還得了。因爲人家還是處女呢。」初美姊說。

「就像以前的妳噢。」

「對，像以前的我一樣。」初美姊微笑著說。「不過渡邊君，這跟窮不窮沒什麼關係的。雖然我們班上確實也有幾個非常做作神氣，但我們其他的人都很普通啊。中午在學校餐廳也不過吃兩百五十圓的快餐——」

「不過初美姊。」我插嘴道。「我們學校的中午快餐分A、B、C三種，A餐一百二十圓、B餐一百圓、C餐八十圓，而且我偶爾吃A餐時，大家都會以厭惡的眼光看我。吃不起C餐的就吃六十圓的拉麵。是這樣的學校。妳覺得能談得來嗎？」

初美姊大笑起來。「好便宜啊，我也去吃看看。不過，渡邊君，你是個好人，一定可以跟她談得來喲。或許她也會喜歡吃一百二十圓的快餐也不一定。」

「怎麼可能。」我笑著說。「誰都不會喜歡吃那種東西，只是沒辦法才吃的。」

「不過請不要以外表來判斷我們，渡邊君，雖然那確實是個千金小姐上的學校，可是也有很多認眞思考人生正常地生活的女孩子噢。並不是每個人都想跟開跑車的男孩子交往的。」

「這我當然知道。」我說。

「渡邊有喜歡的女孩子了。」永澤兄說。「不過關於這點這個男生一句話都沒透露過。因爲他嘴巴很緊。一切都被包在謎裏。」

「眞的？」初美姊問我。

「眞的。不過也沒什麼謎。只是事情非常複雜不好說而已。」

「是不是違反道德的愛情之類的？嘿，來跟我商量吧。」

我喝葡萄酒應付過去。

「妳看，嘴巴很緊吧。」一面喝著第三杯威士忌永澤兄一面說。「這個男生一旦決定不說以後就絕對不說噢。」

「眞可惜。」初美姊一面把前菜凍(terrine)切成小塊用叉子送進嘴裏一面說。「可惜如果你跟那個女孩子交往順利的話我們還可以兩對一起約會的。」

「喝醉了還可以交換伴侶(swapping)噢。」永澤兄說。

「少說這種不正經的話。」

「沒有不正經啊，因爲渡邊喜歡妳喲。」

「那跟這個沒關係吧。」初美姊以平靜的聲音說。「他不是這種人。他是一個對自己的東西非常珍惜的人。

我知道。所以才要介紹女孩子給他啊。」

「不過我跟渡邊曾經互相交換過一次噢，以前。嘿，對嗎？」永澤兄以一副毫無所謂的表情把威士忌乾了，又再點了一杯。

因爲不知道應該怎麼回答才好，於是我沉默不語。

初美姊把刀叉放下來，用餐巾擦擦嘴角。然後看我的臉。「渡邊君，你眞的做了那種事嗎？」

「你就好好說，沒關係呀。」永澤兄說。我想事情變得不太妙了。有時候喝了酒永澤兄就會變得壞心眼起來。而今天晚上他的壞心眼並不是衝著我來的，而是衝著初美姊。因爲知道了這個，而使我覺得更加不自在。

「我想聽聽看，那件事好像非常有意思嘛。」初美姊對我說。

「那是喝醉了。」我說。

「沒關係呀。我並沒有責備你。只是想聽一聽那件事而已。」

「我跟永澤兄在澁谷的酒吧喝酒，跟一起來的兩個女孩子好起來。不知道是哪個短期大學的女生。對方也已經喝得相當多，結果就到那附近的飯店去睡覺。我跟永澤兄訂了兩間相鄰的房間。結果半夜永澤兄來敲我的房門說，喂渡邊，我們來交換女孩子吧，我就到永澤兄的那邊去，永澤兄到我這邊來。」

「那兩個女孩子沒生氣嗎？」

「那兩個女孩子也醉了，而且對她們來說哪一個也都可以。」

「那樣做也有那樣做的理由噢。」永澤兄說。

「什麼理由？」

「那兩個女孩子啊，差別太大了。一個很漂亮，另一個就很糟糕，我想那樣太不公平了。也就是說我選了那個漂亮的，覺得對渡邊過意不去吧。所以才交換的。對嗎？渡邊？」

「嗯，是這樣。」我說。其實說眞的，我對那個不美的女孩子還滿中意的。那女孩談起話來很有趣，個性也好。我跟她做愛後躺在床上還滿愉快地談著話時，永澤兄過來說交換一下吧。我問那女孩可以嗎？她說可以呀。如果你們想要這樣的話，她說。或許她以爲我想跟那個比較漂亮的女孩做吧。

「愉快嗎？」初美姊問我。

「妳是說交換嗎？」

「那一切呀。」

「並沒有什麼愉快的。」我說。「只是做而已。那樣子跟女孩子睡覺並沒有什麼快樂可言。」

「那麼爲什麼要那樣做呢？」

「因爲有人來邀啊。」永澤兄說。

「我，是在問渡邊君喏。」初美姊斷然地說。「爲什麼要做那種事？」

「有時候非常想跟女孩子睡覺。」我說。

「如果有喜歡的人的話，不能跟那個人怎麼樣嗎？」初美姊想了一下之後說。

「因爲有複雜的原因。」

初美姊嘆一口氣。

這時門開了菜送上來。永澤兄前面端來烤鴨，我和初美姊前面放下了鱸魚。盤子上還裝有熱青菜，澆上沾醬。於是服務生退下之後，我們又只剩下三個人。永澤兄用刀子切著鴨肉很美味地吃著，並喝威士忌。我吃吃看菠菜。初美姊卻沒有動菜。

「我說渡邊君，雖然我不知道有什麼原因，不過我想這種事並不適合你，而且你也不喜歡吧，對嗎？」初美姊說。她把手放在桌上，一直注視著我的臉。

「說得也是。」我說。「我也常常這樣想。」

「那麼，爲什麼不停止呢？」

「有時候需要一點溫暖。」我老實說。「如果沒有那種類似肌膚的溫暖的話，有時候會寂寞得受不了。」

「簡單歸納起來我想就是這樣。」永澤兄插嘴說。「渡邊君雖然有喜歡的女孩子，但因爲某種原因而不能做。所以只好把這件事分開來在別的地方解決。那有什麼關係呢。這是很正常的事啊。總不能一直躲在房間裏自慰吧？」

「可是如果眞的喜歡她的話，應該可以忍耐吧，渡邊君？」

「也許噢。」說著我把澆了奶油醬的鱸魚肉送進嘴裏。

「妳無法瞭解男人的性欲。」永澤兄對初美姊說。「例如我跟妳交往了三年，而且在那中間跟很多女孩子睡過覺。不過我對那些女孩子的事情什麼都不記得噢。連名字都不知道，臉也記不得。跟每一個都只睡過一次。見面，做，分開。只有這樣噢。這有什麼地方不行呢？」

「我無法忍受的是你的那種傲慢。」初美姊平靜地說。「不是跟別的女人睡不睡的問題。到目前爲止我對你玩女人的事一次也沒有眞正生過氣，對嗎？」

「那連玩女人都稱不上噢。只是遊戲而已。誰都不會受傷。」永澤兄說。

「我受傷了。」初美姊說。「爲什麼只有我就不能滿足你呢？」

永澤兄暫時沉默地搖著威士忌的玻璃杯。「不是不滿足。那是完全不同層面的事情。在我裏面不知道有什麼在渴求那種東西呀。而且如果那個傷害了妳，我覺得很抱歉。絕對不是妳一個人不夠之類的問題喲。不過我就是不在那種飢渴之下無法活下去的那種男人，那就是我。沒辦法啊。」

初美姊好不容易才終於拿起刀叉開始吃鱸魚。「不過至少你不應該把渡邊君也拉下水呀。」

「我跟渡邊有相似的地方啊。」永澤兄說。「渡邊和我一樣本質上都是只對自己的事有興趣的人喏。雖然有傲慢和不傲慢的差別。只對自己在想什麼、自己感覺到什麼、自己怎麼行動，這些事情有興趣。所以可以把自己和別人分開來思考事情。我喜歡渡邊的就是這種地方噢。只是這個人自己還沒有明確地認識到這個，才會迷惑或受傷。」

「哪裏有不會迷惑不會受傷的人呢？」初美姊說。「或者你是說你從來沒有迷惑過受傷過嗎？」

「當然我也會迷惑會受傷。只是那可以憑訓練減輕噢。連老鼠被電擊也會選擇比較不會受傷的路走。」

「可是老鼠不戀愛噢。」

「老鼠不戀愛。」永澤兄這樣重複之後就轉過來看我。「眞棒啊。但願有背景音樂。管弦樂隊加兩把豎琴——」

「你少開玩笑。我是認眞的。」

「現在正在吃飯呢。」永澤兄說。「而且渡邊也在。我想如果要認眞談的話等別的機會再說才合禮節呀。」

「要不要迴避一下？」我說。

「你留下來，這樣比較好。」初美姊說。

「難得來了總要吃完甜點。」永澤兄說。

「我倒是無所謂。」

然後我們暫時默默地繼續吃著。我把鱸魚全部吃光，初美姊還剩下一半。永澤兄早就把鴨子吃完了，又在繼續喝著威士忌。

「鱸魚滿好吃的噢。」我試著說了但誰也沒回答。簡直像往深洞裏丟進小石頭一樣。

盤子給收走之後，送來檸檬碎冰和艾斯布雷咖啡。永澤兄都只各沾一點而已，立即就抽起香菸。初美姊完全沒動碎冰。要命！我一面這樣想著一面吃光碎冰，喝了咖啡。初美姊盯著自己放在餐桌上並排的雙手。就像初美姊身上穿戴的一切一樣，那雙手看來非常優雅、高尚而貴氣。我想起直子和玲子姊。她們現在不知道在做什麼?直子正躺在沙發上看書，玲子姊正在用吉他彈著〈挪威的森林〉也不一定，我想。我忽然非常強烈地想要回到她們兩個人所住的小屋裏去。我到底在這裏幹什麼呢?

「我和渡邊相似的地方是，自己的事情並不想讓別人理解。」永澤兄說。「這點是跟別人不一樣的地方。別的傢伙都急切地想讓周圍的人瞭解自己。可是我並不這樣，渡邊也不這樣。覺得人家不瞭解也沒關係。自己是自己，別人是別人。」

「是這樣嗎?」初美姊問我。

「怎麼會。」我說。「我不是那麼堅強的人。不是覺得沒有人瞭解也沒關係。我也有希望能互相瞭解的對象。只是覺得除此之外的別人如果某種程度不瞭解我，那也是沒辦法的事而已。我放棄了。所以並不像永澤兄說的那樣覺得不被瞭解也無所謂。」

「我所說的幾乎也是一樣的意思噢。」永澤兄拿起咖啡匙說。「眞的是一樣噢。只是像晚吃的早餐和早吃的午餐的差別之類的而已。吃的東西一樣，吃的時間也一樣，只是稱呼法不同而已。」

「永澤君，你認爲不被我瞭解也沒關係嗎？」初美姊問。

「妳似乎不太明白，一個人要能瞭解誰是因爲適當的時候到了，而不是因爲那個誰希望對方瞭解就行的。」

「那麼我希望有誰能好好地瞭解我難道錯了嗎？比方說你。」

「不，並沒有錯噢。」永澤兄回答。「正常人稱這個爲戀愛。如果妳想瞭解我的話，我的系統跟別人生活方式的系統是相當不同的噢。」

「但你並沒有愛我噢？」

「所以我說妳對我的系統——」

「管他什麼系統！」初美姊大聲吼出來。我從來沒有，以後也沒有看過初美姊大聲吼過，這是唯一的一次。

永澤兄按了餐桌旁的鈴之後，服務生便送帳單過來。永澤兄拿出信用卡來交給他。

「今天很抱歉啊，渡邊。」他說。「我送初美回去，你一個人看著辦吧。」

「我沒關係呀。何況晚餐又很好吃。」我說，關於這個誰也沒說什麼。

服務生把信用卡拿來，永澤兄確認過金額之後用原子筆簽了名。於是我們站起來走出餐廳。永澤兄走出道路去招計程車，但初美姊阻止他。

「謝謝你，不過今天我不想再跟你在一起了。所以你不用送我。謝謝你的晚餐。」

「隨便妳。」永澤兄說。

「我讓渡邊君送我。」初美姊說。

「隨便妳。」永澤兄說。「不過渡邊幾乎也跟我差不多噢。雖然他是又親切又體貼的男人，不過其實卻不能打心底愛別人。經常是某個地方清醒著，而且只會飢渴而已喲。這點我很瞭解。」

我招了計程車讓初美姊先上車，並對永澤兄說總之我送她回去。「不好意思噢。」他向我道歉，但看起來腦子裏卻像是已經開始完全在想別的事了似的。

「要到什麼地方？回惠比壽嗎？」我問初美姊。因為她住的公寓在惠比壽。初美姊搖搖頭。

「那麼，到什麼地方喝一杯嗎？」

「嗯。」她點頭。

「澁谷。」我對司機說。

初美姊交抱著雙臂閉上眼睛，身體靠在計程車座位的角落。金色的小耳環配合著車子的搖晃而不時閃著光輝。她那午夜藍色的洋裝看來簡直像是配合著計程車一角的黑暗而定做的似的。擦著淺色口紅形狀美好的嘴唇好像要自言自語又停住了似地偶爾抽動一下。看著她那樣子時，我覺得似乎可以明白為什麼永澤兄會選擇她為特別的對象了。比初美姊更美麗的女孩子或許有很多，而且如果是永澤的話也可以追得到很多那種女孩。但初美姊這樣的女孩身上有什麼能夠強烈動搖人心的東西。而那並不是指她使出強大的力量動搖對方。而是雖然她所發出的力量很微小，但卻能夠引起對方心的共震。在計程車到達澁谷之前，我一直在看著她，繼續想著她在我心中所引起的這種感情的震動到底是什麼呢？但終於到最後我都還不明白那是什麼。

我想到那是什麼時，是在十二、三年之後的事。我爲了採訪一位畫家，而去到新墨西哥州的聖塔費，傍晚走進附近一家披薩店裏一面喝著啤酒啃著披薩一面眺望奇蹟般美麗的夕陽時。全世界都染成了紅色。從我的手、盤子、餐桌、到眼睛所能看到的一切的一切都染成紅色。簡直就像把特殊的果汁從頭上淋下來似的鮮艷紅色。在那壓倒性的黃昏夕暮中，我突然想起初美姊來。而且明白了那時候她所帶來的心靈震撼到底是什麼了。那是我未能夠滿足的，而且今後也永遠無法滿足的少年期的憧憬似的東西。我從很早以前，就把那種熱烈灼燒的無垢憧憬不知道遺忘失落在什麼地方去了，連過去自己心中曾經存在過那種東西都很久沒有想起過了。初美姊所動搖的正是長久沉睡在我心中的「我自己的一部分」。而當我發現這個時，覺得幾乎想要哭出來的悲哀。她眞的眞的是非常特別的女孩子。應該有誰來想辦法救她的。

但永澤兄和我都無法救她。初美姊——就像我所認識的許多人那樣——到了人生的某個階段來臨時，便像忽然想起來似地結束自己的生命。她在永澤兄到德國去的兩年後和別的男人結婚，在那兩年後便用剃刀割腕自殺了。

通知我她死了的當然是永澤兄。他從波昂寫信給我。「由於初美的死不知道什麼消失了，那眞是無法忍受的悲哀難過的事。連對這樣的我都是。」我把那封信撕了丟掉，而且再也沒有寫信給他。

＊

我們走進一家小酒吧，各喝了幾杯酒。我和初美姊幾乎都沒有開口。我和她簡直像倦怠期的夫婦般面對面坐著默默喝著酒，吃著花生。不久因爲店裏人多了起來，於是我們決定出去外面散散步。雖然初美姊說她要付帳，但我說是我邀她的因而由我付了帳。

走出外面夜晚的氣溫已經降得相當低了。初美姊披上淺灰色的毛衣。並依然默默地走在我身旁。既然沒有想去的特定目的地，我只是把雙手揷在長褲的口袋裏慢慢地走在夜晚的街頭。簡直就像和直子走著時一樣啊，我忽然想到。

「渡邊君，你知道這附近有什麼地方可以撞球嗎？」初美姊突然這樣說。

「撞球？」我吃驚地說。「初美姊也玩撞球嗎？」

「對，我還打得不錯噢。你呢？」

「四球的是玩過。不過不太行。」

「那麼，走！去玩吧。」

我們在附近找到一家撞球室走進去。是在巷子盡頭的一家小店。穿著高尙典雅洋裝的初美姊和穿著海軍藍色制服式休閒西裝外套打軍服領帶的我，這樣的組合在彈子房裏雖然非常醒目，但初美姊似乎並不怎麼在意這個而選了球桿，用粉塊咔咔地磨一磨那尖端。然後把髮夾從後面拿下來夾到額角旁邊，以免頭髮掉下來妨礙撞球。

我們玩了兩次四球遊戲，初美姊正如她自己也說過的那樣球技相當高明，我因爲綁著厚厚的繃帶不太能順利撞好。因此兩盤都由她全勝。

「妳打得眞高明。」我佩服地說。

「看不出來吧？」初美姊一面仔細地觀測著球的位置一面咧嘴微笑說。

「妳到底在哪裏練習的？」

「我父親這邊的祖父從前很愛玩，家裏就有撞球枱喲。小時候我們每次去祖父家我就跟哥哥兩個人玩撞球。稍微長大一點以後祖父就教我們正式的撞法。他是個很好的人。英俊瀟灑而且聰明。雖然現在已經去世了。不過他很自豪以前在紐約曾經見過Deanna Durbin呢。」

她連續三次得分，第四次失敗了。我勉強有一次得分，然後連容易的也沒撞到。

「因爲你綁著繃帶的關係喲。」初美姊安慰我。

「因爲很久沒打了。已經兩年五個月沒打了。」

「爲什麼能記得那麼清楚呢？」

「因爲我跟朋友撞完球那天晚上他就死掉了，所以我記得很清楚。」

「所以從此以後就不撞球了嗎？」

「不，也並沒有特別要那樣。」我考慮一下後回答。「只是不知道爲什麼從此以後也沒有機會打。只是這樣而已。」

「你的朋友是怎麼死的？」

「車禍。」我回答。

她撞了幾次球。看著球路時她的眼睛是專注認眞的，撞球時的用力方式是正確的。她把漂亮地梳理過的頭髮一轉頭甩向後面，露出金色的耳環晶瑩閃爍著，確實站定素面皮鞋位置，把修長美麗的手指壓在球枱邊的絨布上撞著球的樣子，使得整個髒兮兮的撞球場裏看來只有那個地方顯得像是什麼豪華社交場所的一個角落似的，雖然這是第一次跟她單獨相處，但那對我來說卻是個非常美好的體驗。我覺得跟她在一起時我的人生好像被拉高一個等級了似的。玩過三盤之後——當然三盤都是她壓倒性勝利——我手的傷開始有點痛起來，於是我們停止再玩。

「眞對不起。我實在不該邀你撞球的。」初美姊非常過意不去似地說。

「沒關係呀。不是多嚴重的傷，而且也玩得非常開心，眞的。」我說。

臨走時看來像是撞球場經營者的瘦瘦的中年女人對初美姊說「小姐，妳的球技很好嘛。」初美姊嫣然微笑著說「謝謝。」然後她便付了那裏的帳。

「痛嗎？」走出外面初美姊說。

「也沒那麼痛。」我說。

「傷口會不會裂開了？」

「大概沒問題吧。」

「對了，到我家去吧。讓我幫你看看傷口，換新的繃帶。」初美姊說。「我家繃帶、消毒藥水全都有，就在附近嘛。」

雖然我說沒那麼嚴重不用擔心，但她卻堅持主張應該確實檢查看看傷口裂開了沒有。

「還是你討厭跟我在一起？恨不得早一刻回到自己的宿舍寢室去？」初美姊略帶開玩笑地說。

「怎麼會。」我說。

「那你就不用客氣到我家去吧。走路很快就到了。」

初美姊的公寓在從澁谷往惠比壽走路十五分鐘左右的地方。就算稱不上豪華但也相當氣派的公寓，既有個小門廳，也有電梯。初美姊要我坐在那一房一廳的廚房桌邊，到隔壁房間去換衣服。穿上印有普林斯頓大學的連帽運動衫和棉長褲，金耳環也摘下了。她不知道從什麼地方拿出急救箱來，在桌上把我的繃帶解開，確認傷口沒有裂開之後，把傷口整個消毒一遍，爲我重新纏上新繃帶。手法非常俐落。

「妳爲什麼能把各種事情都做得那麼好呢？」我試著問她。

「我以前曾經當過義工做過這種事。就像實習護士之類的。在那時候學的。」初美姊說。

纏好繃帶之後，她從冰箱拿出兩罐啤酒。她喝了半罐，我喝了一罐半。然後她把社團學妹們的相片拿給我看。確實有幾個可愛的女孩子。

「如果妳想交女朋友的話，可以隨時來找我。我可以立刻幫你介紹。」

「我會。」

「不過渡邊君，你一定覺得我像個介紹人家相親的媒人婆似的對嗎？你老實說。」

「有一點。」我老實說著笑了。初美姊也笑了。她是個非常適合微笑的人。

「嘿，渡邊君你覺得怎麼樣？我跟永澤君的事？」

「覺得怎麼樣，妳是指關於什麼呢？」

「以後我該怎麼辦比較好？」

「我怎麼說反正也沒有用吧。」我一面喝著冰得很透的啤酒一面說。

「沒關係，你就照你想的說看看，不管什麼都行。」

「如果我是妳的話，我會跟這個男人分手。然後找一個想法比較正常的對象幸福地過日子。因爲不管怎麼善意來看，跟他交往都不可能幸福噢。因爲他並不是那種懷著想讓自己幸福，或讓別人幸福想法活著的人。如果一起生活的話神經會變得不正常噢。以我看來初美姊竟然能跟他交往達三年之久，已經是奇蹟了。當然以我來說自然也有我喜歡他的地方，我覺得他很有趣，也有很多傑出的地方。他擁有我望塵莫及的能力和堅強。但是，他對事情的想法和生活方式並不正常。跟他談話的時候，我常常會覺得自己好像還在原來的地方團團打轉似的。他那邊已經以同樣的步調逐漸往上前進了，而我卻一直還在原地打轉。而且覺得非常空虛。換句話說是系統本身不一樣。你明白我的意思嗎？」

「我非常明白。」初美姊說，又從冰箱爲我拿出新的啤酒。

「而且，他進外務省在國內研習一年之後會暫時調到國外去對嗎？初美姊怎麼辦呢？難道要一直等他嗎？他是不打算跟任何人結婚的噢。」

「這個我也知道。」

「那麼除此之外我就沒話可說了。」

「嗯。」初美姊說。

我把啤酒慢慢倒進玻璃杯裏。

「剛才我跟初美姊玩撞球時忽然想到。」我說。「換句話說，雖然我沒有兄弟姊妹，一直是一個人長大的，但從來沒有覺得過寂寞，或想要兄弟姊妹過。心想一個人就好了。但是剛才和初美姊那樣玩著撞球時，卻忽然想到如果我有一個像初美姊一樣的姊姊的話，該有多好？一個又聰明又優雅，穿著午夜藍色洋裝，戴著金耳環非常搭配，撞球又高明的姊姊。」

初美姊好像很高興地笑著看我的臉。「至少這一年左右以來，我所聽過的話裏，要算你這一句最中聽，讓我最開心。眞的噢。」

「所以我也希望初美姊將來能夠幸福。」我有點臉紅地說。「不過眞不可思議啊。像妳這種人看起來好像跟誰在一起應該都會幸福的，卻爲什麼偏偏那麼不湊巧會跟永澤兄這種人碰在一起呢？」

「這種事情大概一點辦法也沒有吧。由不得自己喲。要是讓永澤君來說的話，他會說那是妳的責任。這終究跟我沒關係吧。」

「他大概會這樣說噢。」我同意。

「不過，渡邊君。我並不是頭腦那麼好的女孩子噢。其實我是屬於愚笨而且守舊的女人。不管什麼系統啦，責任啦，這些我都無所謂。只要能結婚，每天晚上讓喜歡的人擁抱著，能生兒育女就夠了。只有這樣。我所追求的只有這樣而已喲。」

「他所追求的卻正好和這個相反。」

「不過人是會改變的。不是嗎？」初美姊說。

「出了社會被世間的大浪沖擊，受到挫折，然後成長變成大人……妳是指這個嗎？」

「對。而且由於長久離開我，對我的感情也會改變也不一定吧？」

「那是一般人的情形。」我說。「如果是一般人的話或許會這樣也不一定。不過他不一樣。他是意志比我們所想像的更堅強的人，何況每天每天都在增強中。而且是越被打擊會變得越堅強的人。爲了逞強不服輸可以連蛞蝓都吃下去的人。對這種人妳到底還期待他什麼呢？」

「可是，渡邊君，現在的我除了等待沒有別的辦法。」初美姊在桌上托腮說。

「妳那麼喜歡永澤兄嗎？」

「喜歡哪。」她即席回答。

「要命。」我說著嘆一口氣，喝乾剩下的啤酒。「能夠擁有這樣確實的信心愛一個人，想必是一件非常美好的事吧。」

「我只是傻而守舊而已。」初美姊說。「還要再喝啤酒嗎？」

「不用了。我差不多該回去了。謝謝妳的繃帶和啤酒。」

我站起來在門口穿鞋子時，電話鈴開始響了。初美姊看看我看看電話，然後又看看我。「晚安」我說著打開門走出外面。輕輕關上門時我瞥見一眼初美姊拿著聽筒的姿勢。那是我最後一次看見她的身影。

回到宿舍時是十一點半。我就那樣直接走到永澤兄的寢室去敲他的門。然後敲了十次左右之後，才想起今天是星期六晚上。星期六晚上永澤兄總是以到親戚家住爲名目每星期請外宿假。

我回到房間解開領帶，把外套和長褲掛在衣架上，換上睡衣，刷了牙。然後想道要命，明天又是星期天了。覺得簡直就像以每四天就有一次的步調一般星期天又來了。而且再過兩次星期天我就要滿二十歲了。我躺在床上望著掛在牆上的月曆，心情暗淡。

＊

星期天早晨，我和平常一樣面對書桌給直子寫信。用大杯子喝著咖啡，一面聽著麥爾斯・戴維斯(Miles Davis)的老唱片，一面寫長信。窗外下著細細的雨，寢室裏像水族館般冷冷的。剛才從衣箱裏拿出來的厚毛衣還殘留著防蟲劑的氣味。窗玻璃上停著一隻肥肥碩碩的大蒼蠅一動也不動。國旗因爲沒有風的關係，而像古羅馬元老院議員的袈裟型托加袍(toga)下襬般綹綹地纏在旗桿上動都不動。一隻不知道從什麼地方跑進中庭來表情膽怯的茶色瘦狗，正在花壇的各個角落聞來聞去。狗到底爲了什麼目的非要在下雨天到處聞著花香不可呢？我完全搞不懂。

我面對著書桌寫信，拿筆的右手痛起來時，便呆呆地望著雨中的中庭風景。

我首先寫出在店裏打工時手掌深深割傷的事，寫了星期六晚上，永澤兄、初美姊和我三個人爲了慶祝永澤兄的外交官考試及格所做的事。而且我說明那是怎麼樣的餐廳，出了怎麼樣的菜之類的。並寫道菜是相當高級的，但途中氣氛卻變得有點麻煩起來等等。

我猶豫了一下要不要寫跟初美姊去撞球場，和與那有關的 Kizuki 的事，但終於還是寫了。因爲我覺得應該寫。

我記得很清楚那一天——Kizuki 死掉的日子——他最後撞的那一球的事。那是一個相當高難度必須擊球撞到枱邊彈回來碰球的球，我想應該不可能順利打中的吧。但是，或許是偶然吧，那一擊卻百分之百地命中，綠色的絨氈上白球和紅球幾乎没發出聲音地悄悄碰上了，結果那便成爲最後的得分球。現在都還記得一清二楚印象美好的一球。而自從那以後將近兩年半，我没有碰過撞球這東西。

但和初美姊玩撞球那一夜，我一直到第一盤打完爲止都還没有想起Kizuki，那件事使我震驚不小。因爲Kizuki死後，我一直想道以後我每次撞球大概都會想到他吧。但在我打完一盤到店裏的自動販賣機買了百事可樂喝之前，竟然都没有想起Kizuki的事。爲什麼那時候會想起Kizuki呢？因爲我跟他常常去的那家彈子房也有百事可樂的自動販賣機，我們常常打賭，輸球的人要付錢。

我因爲没有想起Kizuki而覺得對他好像很抱歉。那時候感覺就像自己遺棄了他似的。但那天晚上回到寢室我這樣想。那已經過了兩年半了。而且那傢伙還依然是十七歲。但那並不意味著在我心中他的記憶已經變淡了。由於他的死所帶來的東西還鮮明地殘留在我心中，其中有些東西甚至比當時變得更鮮明。我想說的是這個。我即將二十歲了，我和Kizuki在十六和十七歲的年齡所共有的東西的一部分已經消失了，那不管怎麼嘆息都無法再回來了，這件事。雖然除此之外我無法適當說明，不過我所感覺到的事，我想不用我說妳大概都能很瞭解。而且我想能夠瞭解這種事的，除了妳之外大概没有別人了。

我比以前更常想起妳。今天下著雨。下雨天的星期天使我有些混亂。因爲一下雨就不能洗衣服，因而也不能燙衣服。既不能去散步，也不能躺在屋頂上。只能坐在書桌前面一面用自動反覆聽好幾遍〈Kind of Blue〉，一面呆呆地望著雨天中庭的風景。就像上次已經寫過的那樣，我星期天是不上發條的。因此信就變成非常長。該停了吧。然後到食堂去吃午飯。再見。

9

第二天星期一的課綠也沒出現。我想到底怎麼了呢。最後一次在電話中談話到現在已經經過十天了。我也想打電話去她家看看，但因爲想起她說過她自己會跟我聯絡的而作罷。

那星期四，我跟永澤兄在食堂碰面。他端著裝了食物的托盤到我旁邊坐下來，向我道歉說上次眞對不起。

「沒關係呀。我才該感謝讓你請客呢。」我說。「不過要說是很奇怪的就業慶祝法倒也奇怪。」

「眞的啊。」他說。

於是我們暫時沉默地繼續吃著。

「我跟初美和好了噢。」他說。

「我想也是吧。」我說。

「不過我覺得你似乎也說了一些滿嚴重的話。」

「怎麼呢，難道你在反省不成？你身體不舒服嗎？」

「也許吧。」他說著輕輕點了兩、三次點。「對了，聽說你忠告初美叫她跟我分手是嗎？」

「當然哪。」

「嗯，說得也是。」

「她是個好人啱。」我一面喝味噌湯一面說。

「我知道啊。」永澤兄嘆一口氣說。「對我來說是有點太好了。」

*

通知有電話來的按鈴響時，我正沉睡得像死了一樣。我那時候眞的達到睡眠的中樞了。所以我完全搞不清楚是怎麼回事。感覺像在睡著之間頭腦裏泡了水，腦子脹起來似的。看看時鐘是六點十五分，但不知道是上午還是下午。也想不起日期和星期幾。看看窗外時中庭的旗桿上沒有國旗。於是我才想到這大概是傍晚的六點十五分吧。升旗倒也相當有用。

「嘿渡邊君，你現在有空嗎？」綠問。

「今天是星期幾呢？」

「星期五。」

「現在傍晚嗎？」

「那當然哪。眞是怪人。下午的，嗯，六點十八分。」

果然是傍晚哪，我想。對呀，我躺在床上看著書之間就深深地睡著了。星期五——我轉動著腦子。星期五晚上不用打工。「有空啊。妳現在在哪裏？」

「在上野車站。現在要去新宿，要不要約在哪裏碰面？」

我們約好了地點和大致的時間，便掛上電話。

到DUG爵士酒吧時，綠已經坐在吧台最裏面喝著酒。她穿著男裝縐巴巴的白色立領大衣，裏面穿著黃色薄毛衣，藍色牛仔褲。手腕上帶著兩圈手鐲。

「妳在喝什麼？」我問。

「Tom Collins。」綠說。

我點了威士忌蘇打，然後注意到腳邊放著一個大皮箱。

「我去旅行了。剛剛才回來。」她說。

「到哪裏去了。」

「奈良和青森。」

「一次去的？」我吃驚地問。

「怎麼可能。我再怎麼怪也不可能同一次去奈良和青森哪。是分別去的。分兩次去。奈良是跟他去的，青森是一個人突然晃去的。」

我喝了一口威士忌蘇打，爲綠含在嘴上的Marlboro香菸用火柴點火。

「很多事情辛苦了吧？葬禮之類的那些。」

「葬禮這東西很輕鬆噢。我們已經習慣了啊。只要穿上黑色衣服一臉嚴肅地坐著，周圍的人大家都會適當地把事情為你辦好。親戚的叔叔伯伯或鄰居的人。他們隨自己的意思買酒來，叫了壽司，安慰安慰妳，哭一哭，鬧一鬧，各自挑一些喜歡的故人遺物帶回去紀念，很輕鬆噢。簡直跟野餐一樣。那跟每天每天從早到晚光在看護病人比起來，已經算是野餐了噢。我跟姊姊都累得精疲力盡連眼淚都流不出來了。元氣全耗光了，眼淚都流不出來喲，眞的。可是這樣一來，周圍的人背後都在批評那家的兩個女兒都好冷淡，連眼淚都沒看她們流。我們也賭氣就是不哭。要假哭也是會的，但我們絕對不要。不甘心哪。因為大家都在期待我們哭，所以我們就更不哭。我跟我姊姊在這方面倒是意氣非常投合。雖然性格相當不同。」

綠把手鐲弄得咯啦咯啦響並叫服務生來，點了續杯的Tom Collins和一盤開心果。

「葬禮完畢大家都回去之後，我們兩個人喝日本酒到黎明，喝掉一升五合左右。並且一個個把周圍人的壞話說盡了。那個傢伙是笨蛋、臭屎、癩皮狗、豬、僞君子、強盜之類的，痛快地罵個夠。總算才消了滿肚子的氣。」

「想必也是。」

「於是醉了鑽進棉被裏昏昏大睡。睡得好過癮。中間有電話打進來也完全不理，就呼呼地睡喲。醒過來時，兩個人叫了壽司吃，並且商量後決定噢。暫時把店關起來各自去做想做的事情吧。到目前為止兩個人都已經很努力地做過來了，就算這樣做也不過份。姊姊跟他兩個人輕鬆一下，我也想跟他去旅行三天兩夜做個痛痛快快的。」綠這樣說完閉嘴了一會兒，搔一搔耳朵旁邊。「對不起，說得很難聽。」

「沒關係呀。於是就到奈良去了。」

「對。我從以前就喜歡奈良。」

「然後做得痛快嗎?」

「一次也沒做。」她說著嘆一口氣。「到了飯店把皮箱一放下來,正想鬆一口氣時,剎那間生理開始了,一下來好多。」

我禁不住笑出來。

「有什麼好笑的,你這個人。比預定早來一星期呢。眞想哭出來喲。眞的。大概太多事情緊張過度吧,所以週期亂掉了。他也氣得冒煙。他算是動不動就馬上會生氣的人。不過也沒辦法啊。這又不是我想要才變這樣的。而且,那個我算是量比較多的。剛來的前兩天什麼都不想做。所以那樣的時候你不要找我噢。」

「想要這樣,可是怎麼才會知道呢?」我問。

「那麼如果我生理來了就戴兩、三天紅帽子。那樣你不就知道了嗎?」綠笑著說。「如果我戴紅帽子,在路上遇見了,你也不用跟我打招呼,趕快逃走就行了。」

「乾脆全世界的女人都那樣做就更好啊。」我說。「於是在奈良做什麼?」

「沒辦法只好跟鹿玩,在那一帶散散步就回來呀。已經散了。跟他吵架,從此沒再見面。總之就那樣回到東京,閒逛了兩、三天,然後這次想一個人輕鬆地旅行一下,就去了青森縣。我在弘前有朋友,在那裏住了兩夜,然後繞了下北和龍飛。是個好地方噢,非常棒。我曾經寫過一次那一帶的地圖說明。你去過沒有?」

沒有,我說。

「於是啊。」說到這裏綠啜了一口 Tom Collins,剝著開心果殼。「一個人旅行的時候,我一直想起渡邊君的事情噢。而且想到如果你現在就在身旁該有多好呢。」

「爲什麼？」

「爲什麼？」說著，綠以像在探視著虛無般的眼光看我。

「你那爲什麼，是指什麼呢？」

「也就是說，妳爲什麼會想起我啊。」

「那當然是因爲喜歡你呀。要不然你說還有什麼別的原因嗎？你想到底哪裏有誰會去想跟一個不喜歡的對象在一起呢？」

「可是妳有男朋友，沒有必要想我對嗎？」我一面慢慢喝著威士忌一面說。

「有了男朋友就不可以想你了嗎？」

「不，也不是這個意思——」

「嘿，渡邊君。」綠說著用食指指著我的方向。「我警告你喲，我現在心裏正糾纏著、累積著一個月份左右亂七八糟的東西喲。非常混亂。所以你不要再說太殘酷的話噢。要不然我會在這裏哇哇地哭出來喲，一旦哭出來就會哭一整夜喲。那也沒關係嗎？我會不顧一切像野獸一樣地哭噢。眞的噢。」

我點點頭。除此之外什麼也不再多說。點了第二杯威士忌蘇打，吃著開心果。在玻璃杯相碰聲、從製冰機裏掏冰塊的咔嚓咔嚓聲的背後，莎拉・范恩(Sarah Vaughan)正唱著古老的情歌。

「大概自從衛生棉條事件以來，我跟他的感情已經有些惡化了。」綠說。

「衛生棉條事件？」

「嗯，大約一個月前，我跟他和他的朋友五、六個人左右正在喝著酒噢，我就提起我們家附近一個太太打噴噓時，噗地衛生棉條就掉出來了。很好笑吧？」

「好笑。」我笑著同意。

「大家也都接受了噢，覺得非常好笑。但是他卻生氣了。說不要提那樣低級的事情。於是就那樣掃興了。」

「哦。」我說。

「雖然他是個好人，但那些方面卻很偏狹。」綠說。「例如我如果穿白色以外的內衣時他就會生氣喲。你不覺得太偏狹了嗎？那個樣子？」

「嗯，不過因爲那是個人偏好的問題。」我說。以我來說倒覺得像那種人會喜歡綠這件事本身令我很驚訝，不過我無意說出口。

「你呢，都在做什麼？」

「什麼也沒做。還是一樣啊。」然後我想到曾經答應過要試著想著綠自慰的事。我避免讓周圍的人聽見而小聲地對綠提這件事。

綠臉色一亮彈響手指。「怎麼樣？順利嗎？」

「到一半覺得有點害羞而停下來了。」

「不能挺起來嗎？」

「嗯。」

「眞差勁。」綠橫眼瞪著我說。「不能覺得害羞啊。可以想非常噁心的事都沒關係的。嘿，我說可以就可以呀。對了，下次我在電話上告訴你。啊……這裏好……非常有感覺……不行，我快不行了……啊，不可以那樣做……之類的。一面聽這個，你一面做。」

「宿舍的電話在門口旁邊的會客室，大家都經過那前面進進出出的噢。」我說明。「如果在那裏自慰的話，一定會被舍長揍死，絕對錯不了。」

「眞的啊，那就沒辦法了。」

「也不會沒辦法啊。下次再一個人想辦法試試看。」

「加油啊。」

「嗯。」

「我是不是不太性感呢？我的存在本身？」

「不，不是那個問題。」我說。「怎麼說呢，是立場的問題喲。」

「我啊，背非常敏感喏。被手指輕輕撫摸的時候。」

「我會注意。」

「嘿，現在要不要去看噁心的電影？非常賣力噁心的SM電影。」綠說。

我跟綠走進鰻魚屋去吃鰻魚，然後進到在新宿也少見的破舊寂靜的電影院，去看連播三部的電影。因爲買報紙查了一下只有那裏有演SM的東西。是一家有莫名其妙臭味的電影院。幸而我們進去電影院時那SM電影已經開演了。情節是一個上班女郎姊姊和高中生妹妹被幾個男人捉到某個地方監禁起來，被迫做性虐待的故事。男人們威脅姊姊說如果不聽話就要強暴妹妹喲，於是百般折騰姊姊，在被左右擺佈之間姊姊竟然完全變成被虐待狂了，妹妹逐一看著眼前的這些之間頭腦都變怪了。氣氛離奇曲折，不但陰暗而且老是重複著類似的事，因此我看到一半都覺得有點無聊了。
「如果我是那妹妹的話，就不會那麼狂亂了。我會更注意看的。」綠對我說。
「大概吧。」我說。
「不過那個妹妹，以處女高中生來說，你不覺得乳頭黑了一點嗎？」
「確實是。」
她非常熱心地，盯牢著看那電影。我很佩服她，能夠這樣拚命入神的看的話也充分值回票價了。而且綠一想到什麼時就來向我報告。
「嘿嘿，哇噻，居然那樣做耶。」或「好殘忍喏。三個人一起上的話那會壞掉噢。」或「嘿渡邊君。我，倒希望有人能像那樣做一點試試看。」之類的。我與其在看電影，不如看她更有趣。
休息時間燈光亮起來，環視館內一圈看看，但除了綠之外，似乎沒有別的女客。坐在附近一個學生模樣的年輕男子看見綠的臉，便移到很遠的座位去了。
「嘿渡邊君？」綠問。「看著這個會不會挺起來？」
「嗯，有時候會呀。」我說。「因爲這種電影，就是爲了那個目的而拍的啊。」
「那麼那種場景出來的時候，在這裏的人那個全都一下挺起來嗎？三十根或四十根，一起全立起來嗎？一想到這裏你不覺得有點不可思議嗎？」
這麼說來倒也是啊，我說。
第二部還算是比較正常的電影，但也因爲正常所以比第一部更無聊。口交性愛特別多的電影，每次做 fel-

latio或cunnilingus或sixty-nine時，嗞嗞啾啾的擬聲便擴大地響遍館內。聽著那樣的聲音時，我對於自己居然在這奇怪的行星上生存度日覺得不可思議的感動。

「是誰想出這種聲音的啊。」我對綠說。

「我最喜歡那樣的聲音喏。」綠說。

也有陰莖進入陰道裏來回動的聲音。過去我還從來沒留意過有這種聲音。男人呼呼地吐著氣，女人則喘著，嘴裏說著「好舒服」或「還要」之類比較普遍的話。還聽得見床動搖的聲音。這種場景拖延相當長的時間。綠剛開始還興致勃勃地看著，但不久果然也似乎看膩了的樣子，說走吧。我們站起來走出外面深呼吸。這是第一次感覺到新宿街頭的空氣居然還滿清爽的。

「很開心。」綠說。「下次再去看噢。」

「看幾次都差不多一樣嘛。」我說。

「沒辦法吧，我們還不是一直都在做著同樣的事。」

被她這麼一說確實也是這樣。

然後我們又走進某家酒吧去喝酒。我喝威士忌，綠喝了三、四杯不知道什麼名堂的雞尾酒。走出店外時，綠提出說想要爬樹。

「這一帶哪有什麼樹呢。而且妳已經醉得這樣東倒西歪了，怎麼能爬什麼樹。」我說。

「你每次都要說一些好像大道理的話來掃人家的興。我就是想要醉才喝醉的啊。那樣有什麼不好。就算喝醉了我還是可以照樣爬樹噢。哼！我要爬到高高的樹頂上去，從上面像蟬一樣小便，讓大家全都被尿淋濕。」

「嘿，妳是不是想上廁所？」

「對。」

我帶綠到新宿的收費廁所去付了零錢讓她進去，我在販賣店買了晚報一面看報一面等她出來。但綠好久都不出來。過了十五分鐘我擔心起來，正想去看看情形時，她才好不容易終於出來了。臉色有點發白。

「對不起。我坐著就迷迷糊糊地睡著了。」綠說。

「覺得怎麼樣？」我一面把外套給她穿上一面問。

「不太舒服。」

「我送妳回家。」我說。「回家慢慢泡個澡然後去睡覺就會好的。妳太累了。」

「我才不要回什麼家呢。現在回家去也沒有人在，我不想在那樣的地方一個人睡覺。」

「要命。」我說。「那妳要怎樣？」

「到這附近的賓館去，跟你兩個人擁抱著睡呀。沉沉地睡到早上。然後早上再到附近什麼地方去吃完飯，兩個人一起去上學。」

「妳一開始就這樣打算而把我叫出來的嗎？」

「當然哪。」

「那妳就不該叫我，應該去叫他出來才對吧。再怎麼想都是那樣才正常啊。男朋友就是爲了這個的。」

「不過我，想跟你在一起呀。」

「這種事是行不通的。」我斷然地說。「首先第一：我十二點以前必須回宿舍才行。要不然就變成不假外宿。

以前有過一次非常麻煩。第二：我如果跟女孩子睡覺當然就會想要，我不喜歡那樣忍著悶得不爽。或許眞的會勉強要也不一定噢。」

「你會打我把我綁起來從後面侵犯嗎？」

「喂，這可不是開玩笑的噢。」

「可是我，好寂寞啊。非常寂寞。我也覺得對你很抱歉喏。什麼都不能給你卻光會要求你各種事情。隨自己高興亂講話，把你叫出來，拉著你到處團團轉。不過，我能這樣做的對象只有你喲，到目前爲止的二十年人生裏，我從來沒有一次被容許隨心所欲的任性過。我爸爸媽媽都完全不肯聽我說，我男朋友也不是那種聽得進話的類型。我如果隨便講話他就生氣。然後變成吵架。所以這種事情只有你可以說噢。而且我，現在眞的累得要命，希望有人在旁邊一面說我可愛或漂亮，一面哄我睡覺。只是這樣而已。等我醒過來時，就會恢復得精神飽滿，再也不會任性地要求你做這種無理的事了。絕對。我會非常乖。」

「妳這樣說我也很傷腦筋哪。」我說。

「拜託。要不然我會坐在這裏哇哇地哭一個晚上。然後跟第一個向我開口出聲的人睡覺噢。」

我實在沒辦法，只好打電話回宿舍請人叫永澤兄來聽。於是我試著拜託他幫我操作成已經回宿舍的樣子。我說我跟女孩子在一起。他說好啊，這種事情我很樂意幫忙。

「我會幫你好好把名牌改放到在寢室的那邊，所以你就放心地去慢慢玩吧。明天早上可以從我房間的窗戶進來。」他說。

「眞不好意思。下次報答你。」我說著掛上電話。

「順利嗎？」綠問。

「嗯，總算還好。」我深深嘆一口氣。

「那麼時間還早，要不要去跳狄斯可？」

「妳不是累了嗎？」

「要是這種事就完全沒問題喲。」

「要命。」我說。

確實一進到狄斯可舞廳跳著舞之間，綠似乎稍微恢復精神了。並且喝了兩杯威士忌可樂，在舞池跳得額頭冒汗。

「好開心。」綠回到座位喘一口氣說。「好久沒有像這樣跳舞了。身體一動好像精神也解放了似的。」

「我看妳的精神倒隨時都是解放著嘛。」

「唉呀，可沒這回事。」她微笑著歪頭說。「話說回來，一有精神肚子卻餓了。要不要去吃披薩？」

我帶她到我常去的披薩店，點了生啤酒和沙丁魚披薩。我肚子不怎麼餓，因此十二片中只吃了四片，其他的綠全部吃掉。

「妳恢復得倒眞快啊。剛才還臉色蒼白東倒西歪的。」我驚愕地說。

「因爲我的任性要求有人肯聽啊。」綠說。「因此悶氣就消散了。不過這披薩眞好吃噢。」

「嘿，妳家眞的現在沒人在嗎？」

「嗯，不在呀。我姊也到朋友家去住不在了。因爲她膽子非常小，我不在的時候她就不敢一個人在家睡覺。」

「不要去什麼賓館了。」我說。「到那種地方去只會覺得空虛而已喲。還不如到妳家去。總該有我的一份棉被吧？」

綠稍微想了一下，終於點頭。「好吧，回家住。」她說。

我們搭山手線到大塚站，拉起小林書店的鐵捲門。鐵捲門上貼著「休業中」的紙。鐵捲門似乎很久沒開過了，黑暗的店裏散發著舊紙的氣味。架子上空了一半，雜誌幾乎全部都是要退貨的用繩子綑著。店裏比我第一次看見時更空曠而寒冷。看起來就像是被沖上海岸已經廢棄的船一樣。

「店不打算再開了嗎？」我試著問。

「決定賣掉了。」綠孤單地說。「把店賣掉，我跟姊姊分那錢。然後往後就沒有人保護孑然一身地活下去。姊姊明年結婚，我還要上三年多大學。那些錢大概還夠吧。還有打工啊。店賣了以後，就去什麼地方租個公寓暫時跟姊姊兩個人一起住。」

「店賣得掉嗎？」

「大概吧。有一個認識的人說想開毛線店，前一陣子還問過這裏要不要賣。」綠說。「不過爸爸眞可憐。那樣拚命工作了一輩子，才買下店來，一點一點地還貸款，結果一場病下來幾乎什麼都沒剩了。簡直像泡沫一樣的消失掉了。」

「還留下妳呀。」我說。

「我？」綠說著覺得奇怪地笑了。並且深深吸一口氣再吐出來。「上去吧。這裏很冷。」

上到二樓她讓我在餐桌坐下，自己去燒洗澡水。在那之間，我用水壺燒開水，泡茶。在等洗澡水熱之前，我和綠在餐桌面對面喝茶。她托著腮注視我的臉一會兒。除了時鐘滴答滴答的聲音和冰箱自動通電的切換聲之外，聽不見別的聲音。時鐘已指著接近十二點了。

「渡邊君仔細看起來你的臉長得也滿有趣的噢。」綠說。

「是嗎？」我有點受傷地說。

「我是比較喜歡長得漂亮的人，不過仔細看你的臉哪，卻漸漸覺得這個人也不錯噢。」

「我自己有時候也會這樣想。算了我也還可以吧。」

「嘿，我不是說不好噢。我啊，實在很不會用語言表達感情。所以經常被人家誤會。我想說的是，我喜歡你。這個我剛才說過了嗎？」

「說過了。」我說。

「也就是說，我也在一點一點地學習瞭解男人。」

綠把 Marlboro 香菸盒拿過來抽了一根。「最初從零開始，然後學了很多噢。」

「想必也是吧。」我說。

「啊，對了。你要不要給我爸爸上個香？」綠說。我跟在她後面走到有佛壇的房間去，上完香合掌拜過。

「我啊，上次在我爸爸這張相片前面脫光衣服噢。全部脫光讓他看個清楚。像做瑜珈一樣地做。嗨，爸爸，這是乳房噢，這是屁股噢，這樣。」綠說。

「為什麼要這樣？」我有點啞然地質問她。

「不知道怎麼總想要讓他看一看哪。因爲我的存在有一半是爸爸的精子對嗎？讓他看看也沒關係吧。這就是你的女兒噢，我說。不過那是有點醉了的關係吧。」

「哦。」

「我姊姊來到那邊嚇了一跳噢。因爲我在爸爸的遺相前面脫光衣服張開大腿，那當然會吃驚啊。」

「嗯，那當然。」

「於是，我說明了用意。因爲這樣這樣，所以桃子姊妳也來我旁邊脫掉衣服一起給爸爸看吧。但她不肯。她嚇呆走開了。這方面她是非常保守的。」

「那樣比較正常噢。」我說。

「嘿，渡邊君你覺得我爸爸怎麼樣？」

「我對第一次見面的人是不擅於相處的，但是跟他兩個人獨處時倒不覺得難過。而且還滿輕鬆的。說了很多話。」

「什麼樣的話？」

「尤里庇蒂(Euripidēs)。」

綠笑得非常開心的樣子。「你這個人眞是奇怪啊。會對一個快要死了正在痛苦的第一次見面的病人突然談到尤里庇蒂的人，倒是不多見呢。」

「會對著父親的遺相張開大腿的女兒也不多見。」我說。

綠吃吃地笑著把佛壇的小鐘叮地敲響。「爸爸，晚安。我們現在開始要很開心地玩，所以請你安心睡覺吧。

已經不再痛苦了吧？因爲已經死掉了啊，不再痛了噢。如果現在還會痛的話就去向神抱怨吧。你就說這樣不是太殘酷了嗎？在天堂跟媽媽見面就好好地親熱吧。我照顧你尿尿的時候，看到你的雞雞了，相當體面喏。所以要加油噢。晚安。」

我們交替地去泡澡，換上睡衣。我借用他父親很少穿如同新的般的睡衣。雖然有點小，但總比沒有好。綠在設有佛壇的房間爲我鋪了客用棉被。

「在佛壇前面你會害怕嗎？」綠問。

「不怕啊。又沒做什麼壞事。」我笑著說。

「可是在我睡著以前你要抱著我噢？」

「可以呀。」

我在綠的小床邊一面好幾次快要跌下去，一面一直抱著她的身體。綠把鼻子貼在我胸前，把手放在我的腰上。我右手摟著她的背，左手抓住床框支撐著身體以免跌落床下。實在不能說是會讓性亢奮的環境。我的鼻尖抵著綠的頭，那剪得短短的頭髮不時弄得我的鼻子癢癢的。

「嘿、嘿、嘿，你說點什麼嘛。」綠依然把臉埋在我胸前說。

「什麼樣的？」

「什麼都可以呀。可以讓我覺得心情愉快的。」

「妳非常可愛喲。」

「Midori。」她說。「連名字一起說啊。」

「Midori非常可愛喲。」我重新說。

「非常是多少？」

「海枯石爛那麼可愛。」

綠抬起臉來看我。「你的表現眞特別喲。」

「妳這樣說我心裏很暖和。」我微笑著說。

「再說一些美好的事。」

「我很喜歡妳喲，Midori。」

「有多喜歡？」

「像喜歡春天的熊一樣。」

「春天的熊？」綠又抬起臉來。「春天的熊怎麼樣？」

「妳在春天的原野裏一個人走著時，對面就有一隻毛像天鵝絨一樣眼睛又圓又大的可愛小熊走過來。然後對妳說『妳好！小姐，要不要跟我一起在地上打滾哪？』於是妳就跟小熊抱在一起在三葉草茂盛的山丘斜坡上打滾玩一整天。這樣不是很美好嗎？」

「非常美好。」

「這樣喜歡妳喲。」

綠抱著我緊緊貼在我胸前。「太棒了。」她說。「如果這麼喜歡我的話，那麼我說什麼你都會聽我的，對嗎？

不會生氣噢？」

「當然。」

「而且，會永遠珍惜我，對嗎？」

「當然。」我說。並撫摸著她短而柔軟像小男孩般的頭髮。

「沒問題，不用擔心。一切都會順利的。」

「可是我好害怕呢。」綠說。

我輕輕抱著她的肩膀，但不久她的肩就開始規則地上下起伏，也聽得見她睡著的鼻息了，因此我靜靜地從綠的床上下來，到廚房去喝一瓶啤酒。因爲完全睡不著於是想看看什麼書，但巡視周圍卻連一本像書的東西都沒看見。也想到綠的房間去從她的書架上借什麼來看，但又不想咔嗒咔嗒碰到東西吵醒她而作罷。

暫時發呆地喝著啤酒之間，我想到對了！這裏是書店哪。我到樓下去把店裏的電燈打開，試著找文庫本（袖珍本）的書架看看。很少我想看的，大半都是我讀過的。但總之我需要讀點什麼，於是選了好像放很久都沒賣掉而剩下來書背已經變色的 Herman Hesse 的《車輪下》，把那書錢放在收銀機旁。至少這可以稍微減少小林書店的存貨。

我一面喝著啤酒，一面在廚房的桌旁繼續看著《車輪下》。第一次看《車輪下》是在上初中一年級那年。而且從此過了八年之後，我正坐在女孩子家的廚房，半夜穿著她死去父親尺寸太小的睡衣讀著同一本書。我覺得眞有點不可思議。如果不是處於這種狀態的話，我首先就不會再重新看一遍《車輪下》吧。

不過《車輪下》雖然多少有點古老了，卻是不錯的小說。我在靜悄悄的深夜廚房裏，相當愉快地繼續慢慢讀著那小說的一行一行。架子上有一瓶蓋上灰塵的白蘭地酒，於是我倒一些在咖啡杯裏喝起來。白蘭地雖然使我身體感到溫暖，卻完全沒有爲我帶來睡意。

三點前我悄悄地去看綠的樣子，但她大概相當累了，睡得很沉。窗外豎立在商店街的街燈光線照進房間像月光般微微泛白，她背對著那光線睡著。綠的身體就像凍僵了似地絲毫沒有轉動。耳朵湊近去聽時，只能聽到睡著的鼻息。我想到那睡法跟她父親一模一樣啊。

床邊依然還放者旅行箱，白色大衣披掛在椅背上。書桌上整理得很整齊，那前面的牆上掛著史奴比的月曆。我把窗簾稍微拉開一點，俯視著沒有人跡的商店街。每家店的鐵捲門都關閉著，只有賣酒店前排列的自動販賣機好像縮著身子般安靜等著天亮。偶爾傳來長距離卡車輪胎的轟隆聲沉重地震動周遭的空氣。我回到廚房再喝一杯白蘭地，並繼續讀《車輪下》。

讀完那本書時，天空已經開始變亮了。我燒了開水泡速泡咖啡喝，在桌上放著的便條紙上用原子筆寫信。我寫道我喝了一些白蘭地，買了《車輪下》，因爲天亮了所以我回去了，再見。並猶豫一下，又寫道「睡著的妳非常可愛」。然後我把咖啡杯洗了，把廚房電燈關掉，下了樓梯靜靜地拉起鐵捲門走出外面。我擔心會不會被附近的人看見而懷疑什麼，但早晨六點鐘前還沒有任何人在路上走。只有烏鴉照例停在屋頂上睥睨著四周而已。我抬頭看了一下綠的房間那掛著淺粉紅色窗簾的窗戶，然後走到都電車站，在終點下車，從那裏走回宿舍。因爲供應早餐的快餐店開門了，於是在那裏吃了熱熱的飯、味噌湯、泡菜和煎蛋。然後繞到宿舍後面輕輕敲敲永澤兄房間的窗子。永澤兄立刻爲我打開窗戶，我從那裏進入他的房間。

「要不要喝咖啡？」他說，但我說不用，拒絕了。然後謝過他便回到自己的房間，刷牙，脫掉長褲後鑽進棉被裏緊緊閉上眼睛。終於一個無夢、沉重如鉛門般的睡眠來臨了。

我每星期都給直子寫信，也收到直子幾封來信。不是很長的信。信上提起到了十一月之後早晚都變冷了。

*

因爲你回到東京不在這裏之後的同時，秋意也加深了，因此有一陣子覺得好像身體裏面開了一個洞似的，不知道是因爲你不在的關係或者是季節所帶來的東西。我和玲子姊經常談到你。她也要我代爲問候你。玲子姊依然對我非常親切。我想如果沒有她的話，我大概無法忍受這裏的生活吧。寂寞的時候我就會哭。玲子姊說能夠哭得出來是一件好事。但寂寞卻眞的很難過。我每次感到寂寞時，夜晚在黑暗中就有很多人來對我說話。就像夜晚的各種樹被風一吹便窸窸窣窣地響一樣，各種人都來對我說話。Kizuki君和姊姊，經常會那樣來跟我說話。他們大概也覺得很寂寞，需要談話的對象吧。

有時在那樣寂寞難過的夜晚，我會重讀你的信。雖然許多外面進來的東西都會令我頭腦混亂，但渡邊君所寫來你周圍世界所發生的事卻能使我非常放鬆。眞是不可思議。爲什麼呢？所以我會重讀好幾次，玲子姊也同樣會重讀好幾次。然後兩個人會對那內容互相交談。你所寫的有關那位Midori小姐父親的事那部分我非常喜歡。我們把你每週寄來的信當做少數娛樂之一——信是一種娛樂，我們在這裏期待著。

雖然我也盡量記掛著找到空閒時間就要寫信的，但每次每次面對信紙時我的心情都會變得很沉重。這封信也是我絞盡心力寫的。因爲被玲子姊罵說不能不寫回信哪。不過請你不要誤會。我想對渡邊君說的話和想傳達給你的事其實有很多。只是我無法把它順利化為文章。所以寫信對我來說是很困難的事。

那位叫做Midori的小姐好像是很有趣的人啊。我讀著這封信時覺得她好像喜歡你，我這樣告訴玲子姊時，她就說「那當然，連我也喜歡渡邊君喏」』。我們每天去採集香菇或揀栗子來吃。雖然一直在繼續吃著香菇飯、栗子飯之類的，但美味得都吃不膩。不過玲子姊依然吃很少而繼續抽很多菸。小鳥和兔子都很好。再見。

*

我第二十次生日的三天後，收到直子寄給我的包裹。裏面有葡萄色的圓領毛衣和信。

「祝你生日快樂。」直子寫道。「我祈禱你的二十歲是快樂的。雖然我的二十歲似乎將要悽慘地過完了，不過如果你能連我的份也一起快樂度過的話，我就很高興了。這是眞的噢。這件毛衣是我和玲子姊各編織一半完成的。如果只有我一個人織的話，可能要到明年的情人節才能織好吧。高明的一半是她，不高明的一半是我織的。玲子姊是做什麼都高明的人，看著她時我有時候眞的會很厭惡自己。因為我沒有一件事是可以向別人自豪的。再見。祝你健康。」

裏面也有一封玲子姊的短信。

「還好嗎？對你來說直子也許是像幸福極至似的存在，但對我來說她只是個手藝不巧的女孩子而已。不過總算是來得及把毛衣完成了。怎麼樣？很漂亮吧？顏色和款式是兩個人決定的。祝你生日快樂。」

10

一九六九年這一年，總是毫無辦法地令我想起泥沼。每抬起一步要移動時，鞋子便會完全脫落似地沉重黏著的泥沼。我在那樣的泥土中，一面非常辛苦勞累一面走著。前方和後方都看不見任何東西。只有那色調陰暗的泥沼無止盡地延伸著而已。

連時間都配合著我那樣的腳步搖搖晃晃地流過去。周圍的人老早已經往前走得很遠了，只有我和我的時間還在泥沼中蹣跚地繞著爬著。在我周圍，世界正在急遽改變。約翰‧柯川(John Coltrane)啦，什麼人啦，死了很多。人們吶喊著要改革，看來改革似乎馬上就要來到那個轉彎角了。但那些發生的事情一切的一切全都只不過是沒有實體而無意義的背景畫而已。我幾乎頭也不抬地，只是一天一天地過著日子而已。我眼睛裏所映出來的只是無限延伸的泥沼而已。往前踩下右腳，舉起左腳，然後又抬起右腳。連自己在哪裏也不確定。也沒有信心是否正往正確的方向前進。只是不能不到什麼地方去，所以才一步一步地移動著腳步而已。

我二十歲了，秋天正在變成冬天，然而我的生活中卻沒有稱得上變化的變化。我沒有懷著任何感動或興趣地去大學上課，每週打三天工，偶爾重讀《大亨小傳》。星期天到了就洗衣服，給直子寫長信。偶爾和綠見面吃飯，到動物園去，或去看電影。小林書店順利賣掉，她和她姊姊在地下鐵的茗荷谷站附近租了一間兩房一廳的公寓兩個人一起住。姊姊結婚後就會搬出去另外在別的地方租公寓，綠說。我有一次被她叫去吃中飯，是一間採光很好的漂亮公寓，綠在那裏的生活方式也比在小林書店時看來要快樂多了。

永澤兄幾次來邀我出去玩，我每次都推說有事而拒絕了。我只是覺得麻煩。並不是不想跟女孩子睡覺。但一想到夜晚到街上去喝酒，隨意找女孩子，談話，上賓館的過程，我就有點厭煩。而且對於繼續不斷地做那種事居然不會厭煩或玩膩的永澤兄這個男人，重新感到敬畏。或許初美姊說的話也有關係，對我來說與其跟連名字都不知道的無聊女子睡覺，不如想起直子心情還比較愉快。在那草原正中央爲我引導到射精的直子手指的觸感在我心中比什麼都更鮮明地留下來。

我十二月初給直子寫信，問她寒假可以去那裏看她嗎。玲子姊寫了回信來。信上說她們非常高興並期待我去。直子現在不能好好寫信因此由我替她寫。不過她的情況並沒有特別不好，所以不用太擔心。只是像波浪一樣會有起伏而已。

大學放假之後我就把要帶的東西裝進背袋，穿上雪靴到京都去。正如那個奇怪的醫師所說的一樣，被雪所包圍的山林風景優美極了。我跟上次一樣在直子和玲子姊的房子裏住兩夜，和上次大致相同地過了三天。天黑後玲子姊就彈吉他，我們三個人聊天。白天我們三個人便做越野踏雪代替野餐。穿上雪鞋在山中走一個小時後就快喘不過氣來，流了一身的汗。空閒時便幫著大家剷雪。姓宮田的那位奇怪的醫師，晚餐時又走到我們這桌來告訴我們「爲什麼手的中指比食指長，腳卻相反」。門房大村先生又提起東京豬肉的事。玲子姊非常喜歡我帶去代替土產禮物的唱片，她把其中幾首曲子寫成譜用吉他彈出來。

比起秋天我來的時候，直子話少得多了。三個人在一起時，她幾乎都沒開口，只是坐在沙發上微微的笑著而已。因而玲子就補那缺而多說些。「不過你不用介意。」直子說。「現在是這樣的時期。與其自己說，不如聽你們說要來得輕鬆多了。」

玲子姊藉故有事出去之後，我便和直子在床上擁抱。我輕輕地吻著她的脖子、肩膀、乳房，直子和上次一樣用手指爲我做。射精完畢之後，我一面抱著直子，一面說這兩個月我一直記得妳手指的感觸。而且一面想妳一面自慰。

「沒有跟別人睡覺嗎？」直子問。

「沒有。」我說。

「那麼，這個也記得噢。」她說著把身體往下挪，用嘴唇輕輕吻我的陰莖，然後溫暖地包進去，用舌頭舔。直子直溜溜的頭髮垂落在我的下腹部，隨著她嘴唇的移動而搖晃著。於是我第二次射精了。

「能記得嗎？」之後直子問我。

「當然，會一直記得噢。」我說。我把直子擁入懷裏，手指伸進她內褲裏試著探索她的陰部，但那卻是乾的。直子搖搖頭，把我的手推開。我們暫時什麼也沒說地互相擁抱著。

「這個學年結束後，我想搬出宿舍，到什麼地方找個房子租。」我說。「宿舍生活已經有點膩了，只要打工我想生活費也總能過得去的。所以，只要妳願意，我們兩個一起住好嗎？就像上次跟妳說過的那樣。」

「謝謝。你能這樣說我非常高興噢。」直子說。

「我也覺得這裏不錯。既安靜，環境也沒話說，玲子姊又是個好人。不過我想這裏並不是適合長久住下去的地方。如果長住下去，這裏有點太特殊，住越久會越難離開。」

直子什麼也沒說，眼睛轉向窗外。窗外只能看見雪。雪雲沉沉地低垂著，被雪所覆蓋的大地和天空之間只有些微的空間空著而已。

「妳可以慢慢考慮的。」我說「反正我三月不管怎麼樣都會搬家，如果妳想來我這裏的話，隨時都可以來噢。」

直子點點頭。我像捧著易碎的玻璃工藝品時那樣輕輕用雙臂抱著直子的身體。她手臂環抱著我的脖子。我是赤裸的，她身上則只穿著白色的小內褲。她的身體眞美，怎麼看都看不膩。

「爲什麼我不會濡濕噢？」直子小聲說。「我會那樣眞的只有那一次。四月的那個二十歲生日而已。被你擁抱的那一夜而已。爲什麼其他時候都不行呢？」

「因爲那是精神上的事，只要時間過去就會順利的。妳不用急呀。」

「我的問題全部都是精神上的噢。」直子說。「如果我一生都不濡濕，一生都無法做愛，你還能一直愛我嗎？你能忍受一直一直都只有手指和嘴唇嗎？或者性的問題就跟別的女人睡覺解決呢？」

「我本質上是個樂天的人喏。」我說。

直子從床上坐起身，把T恤衫從頭上罩下，穿起法蘭絨的襯衫，穿上藍色牛仔褲。我也穿起衣服。

「你讓我慢慢考慮吧。」直子說。「還有你也慢慢考慮吧。」

「我會考慮。」我說。「還有妳的吻非常棒噢。」

直子有點臉紅起來，咧嘴微笑。「Kizuki 君也這麼說過。」

「我跟他意見和興趣很合。」我說，然後笑了。

於是我們在廚房隔著桌子面對面，一面喝咖啡，一面談從前的事。她稍微可以一點一點地談起 Kizuki 的事了。她一面斷斷續續地選著用語，一面說。雪下下停停的，但三天之間沒有放晴過。臨分別時我說，我想三月應該可以來。然後從厚厚的大衣上擁抱她，和她親吻。再見，直子說。

*

所謂一九七〇這聲音我耳朵還聽不慣的年份來臨時，我的十幾歲的年代便完全畫上休止符了。於是我的腳踏進了新的泥沼裏去。學期末有期終考，我算是比較輕鬆地合格了。因爲沒有別的事可做，幾乎每天都到大學上課的關係，所以不必特別用功也能簡單地通過考試。

宿舍裏發生幾件爭執。參加派系活動的傢伙把安全帽和鐵管藏在宿舍裏，因爲這個而和舍長手下體育社團的學生們發生小摩擦，有兩個人受傷，六個人被趕出宿舍。那件事後來尾巴還拖很長，每天都有什麼地方有一小堆人在吵架。宿舍裏一直飄散著沉重的空氣，大家都緊張兮兮的。我也被連累遭殃差點被體育社團的傢伙揍，但永澤兄夾進來總算幫我把事情解決了。不管怎麼樣，都是該搬出這個宿舍的時候了。

考完試告一段落之後，我便認眞地開始找公寓。而且花了一個星期終於在吉祥寺的郊外找到一個適當的房子。雖然交通有點不方便，但幸運的是一間獨立的房子。如果要算挖到寶也可以吧。在一塊廣大基地的一角，蓋的一間分離的小房子，像園丁住的小屋似的孤伶伶地偏離獨立著，和母屋主要建築物之間隔著寬闊的荒廢庭院。房東從正門出入，我則使用後門，所以還能保持隱私性。有一個房間和小廚房、廁所，並附有以常識難以想像之大的壁櫥。面向庭園甚至還有簷廊。條件是明年或許房東的孫子會上東京來，那時候必須搬出去，也因爲這樣所以房租比行情低許多。房東是看來脾氣很好的老夫婦，還對我說我們不會嚕嗦爲難你，你就隨自己高興去做吧。

搬家是永澤兄幫我忙的。不知道從什麼地方借了一輛小卡車幫我運行李，並依照約好的送給我冰箱、電視和大型熱水瓶。對我來說是值得感激的禮物。兩天後他也離開宿舍搬到三田的公寓去了。

「我想暫時大概見不到面了，你保重啊。」臨分手時他說。「不過正如以前說過的，我覺得可能很久以後或許還會在什麼奇怪的地方突然遇見你喲。」

「我會期待著。」我說。

「對了，上次交換的女孩子，不漂亮的比較好噢。」

「我也有同感。」我笑著說。「不過永澤兄，你還是要珍惜初美姊比較好。難得遇見那麼好的女孩子，而且她其實比表面看起來容易受傷噢。」

「嗯，這個我知道。」他點點頭。「所以說眞的，其實在我之後如果由你來接收的話是最好噢。我想要是你的話跟初美會順利的。」

「少開什麼玩笑了。」我啞然地說。

「是開玩笑啊。」永澤兄說。「那，祝你幸福噢。雖然往後可能還會發生很多事情，不過你也相當頑固，所以我想你總能夠順利過下去吧。我可以給你一個忠告嗎？」

「好啊。」

「不要同情自己。」他說。「同情自己是下等人幹的事。」

「我會記得。」我說。於是我們握手分別。他邁向新的世界，我則回到我自己的泥沼裏。

*

搬家的三天後我給直子寫信。寫新居的樣子，想到從宿舍的麻煩中脫身出來，以後不用再被捲入無聊傢伙的無聊困擾就覺得很高興，也鬆了一口氣。我想在這裏以新的心情開始過新的生活。

窗外是寬闊的庭園，那裏被用來當做附近貓的集會場所。我有空時便躺在簷廊望著那些貓。雖然不知道有幾隻，但總之有很多貓。而且全都躺著曬太陽。牠們對於我住進這裏的小屋似乎不太歡迎的樣子，但我爲牠們放了些舊乳酪時，便有幾隻靠近來畏畏縮縮地吃了。不久之後或許我們就會變成朋友也不一定。其中有一隻雄貓的耳朵缺了一半，這隻貓跟我住過那宿舍的舍長像得令人驚訝。甚至讓我感覺牠現在會不會正要在中庭開始升國旗呢。

雖然離大學比以前稍微遠了一些，但只要進入專門課程之後，早上的課也會大爲減少，我想沒有什麼太大的問題。因爲在電車上可以慢慢看書，所以或許反而更好也不一定。剩下來的就是在吉祥寺附近找個每週三、四天不太累的打工地方。那樣就可以恢復每天上發條的生活了。

雖然以我來說並不急於獲得結論，但春天這個季節是很適合重新開始做什麼的好季節，如果我們能夠從四月開始一起住的話，我覺得那或許是最好不過的了。如果順利的話妳也可以回大學復學。如果一起住有問題的話，也可以在這附近幫妳找公寓。最重要的是我們隨時都可以近在身邊。當然我並不是非要拘泥於春天這個季節。如果妳覺得夏天好的話，夏天也ＯＫ。沒問題。關於這個妳怎麼想呢？可以回答我嗎？

我想從現在開始稍微多打一點工。為了賺搬家的費用。開始一個人在外面住，很多雜七雜八的開支還滿花錢的。而且鍋碗瓢盆之類的也不能不買齊。不過到了三月就有空了，無論如何都想去看妳。可以告訴我方便的日子嗎？我想配合那日子到京都去。期待著和妳見面，等妳回信。

然後過了兩、三天，我到吉祥寺街上去一點一點把雜貨買齊，開始在家做起簡單的飯菜。到附近的木材行去買木材請他們幫我裁斷，用那做書桌。吃飯也暫時在那桌上吃。還製作了架子，也買齊了調味料。出生半年左右的一隻雌貓跟我親近起來，開始到我屋裏來吃飯。我為那隻貓取名為「海鷗」。

這些一應的體裁都整頓好之後，我到街上去找到油漆店的打工工作，整整連續兩星期去當油漆店的助手。報酬雖好卻是非常辛苦的勞動。被油漆溶劑熏得頭昏腦脹。工作完畢後在小館子吃晚飯喝啤酒，回到家跟貓玩一下，然後就像死掉一樣地睡覺。兩星期過去了直子還沒有回信來。

我在刷著油漆途中忽然想起綠。想一想我已經接近三星期沒有跟綠聯絡了，連搬家的事都沒有通知她。我說我想差不多要搬家了，她說噢，從此就沒再聯絡。

我走進公共電話亭，撥了綠公寓的電話號碼。好像是姊姊來接的，我報出姓名後她就說「你等一下噢。」。但不管等多久綠都不出來。

「是這樣的，綠非常生氣。說不要跟你講話。」像姊姊的人說。「你搬家的時候完全沒有跟她聯絡對嗎？也沒說要搬到哪裏就突然失蹤了，一直到現在對嗎？所以她非常生氣喲。這孩子一旦生起氣來就很難恢復。跟動物一樣。」

「我要跟她說明所以請她來聽好嗎？」

「她說她才不要聽什麼說明呢。」

「那麼我現在大概說明一下，不好意思請妳幫我轉告綠好嗎？」

「我才不要呢。」像姊姊的人推辭地說。「那種事你自己去說明。你是男人對嗎？自己負起責任好好想辦法啊。」

沒辦法我道謝後掛了電話。於是想道綠會生氣也是理所當然的。我搬完家，爲了整頓新居和打工賺錢，被勞動逼得完全沒有想起綠的事。不只是綠連直子都幾乎沒有想起。我向來有這個毛病。一旦熱中於什麼時，眼睛便會完全看不見周圍的事物。

於是我試著想一想，如果反過來綠沒有告訴我去向，便不知道搬到什麼地方去，從此三星期都沒聯絡的話，我會有什麼樣的心情呢？我大概會受傷吧。而且是相當深的傷吧。因爲我們雖然不是男女朋友，但某部分卻超越那之上親密地互相接受對方啊。我這樣想時心裏變得非常難過。毫無意義地傷害了別人的心，何況是非常重要對象的心，是一件非常不情願的事。

我工作完畢回到家面對新的書桌給綠寫信。我把自己所想到的完全坦白地寫出來。既不提藉口也不做說明，只爲自己的沒注意和粗心大意道歉。寫道我非常想見妳。也希望妳來看我的新家。請回答我。並貼上限時專送的郵票投入郵筒。

但怎麼等都沒有回音。

那是個奇怪的初春。我在春假期間一直繼續等著回信。既不能去旅行，也不能返鄉，又不能去打工。因爲說不定直子會回信來說希望我哪天去見面。我白天到吉祥寺街上去看連演兩部的電影，在爵士喫茶店看半天書。既沒有跟任何人見面，也幾乎沒有和任何人說話。並且每週給直子寫一封信。信裏我沒有提到回信的事。因爲我不喜歡催促她。我寫了到油漆店打工的事，寫了「海鷗」的事，寫了庭園桃花的事，寫了親切的豆腐店老闆娘和壞心眼的成菜店老闆娘，寫了我每天都做些什麼樣的菜。但這樣依然沒有回音。

我看書、聽唱片也都膩了之後，便稍微一點一點地開始整理庭園。我到房東那邊借來了掃庭園用的竹掃打、竹耙、畚箕、修剪枝葉的剪刀，把雜草拔除，把長得過分茂盛的樹枝適度修剪整齊。只是稍微整理過後，庭園就變得相當漂亮了。我那樣做之後房東就把我叫過去，說道來喝杯茶吧。我坐在母屋的簷廊跟他兩個人喝著茶，吃著煎餅，聊聊天。他說他退休以後在保險公司當過幹部，兩年前那也辭掉了便一直過著悠閒的日子。土地和房子都是以前就有的，孩子都獨立了，什麼都不做也可以悠閒地養老。所以夫婦兩個人經常去旅行。

「眞好。」我說。

「沒什麼好啊。」他說。「旅行一點也沒有趣味。有工作做好多了。」

他說庭園放著沒整理，是因爲附近沒有好的園藝店，其實自己一點一點整理也就可以的，但最近因爲鼻子過敏的毛病變得比較嚴重，所以不能去打理花草。是嗎，我說。喝完茶，他帶我去看倉庫，對我說算不上感謝，不過裏面的東西全部都是不用的，所以如果有想用的東西就儘管拿去用。倉庫裏眞是堆著各種東西。從洗澡桶、孩子用的小游泳池、到棒球棒都有。我找到了舊腳踏車、不太大的餐桌、兩張椅子、鏡子和吉他，說如果可以的話我想借用這些。他說儘管用吧。

我花了一天時間把腳踏車的鏽去掉，上了油，打了氣，調整變速器，到腳踏車店去換了煞車線。於是腳踏車煥然一新變漂亮了。我把整個餐桌的灰塵全擦乾淨，重新刷上油漆。吉他的弦也全部換新，板子快剝落的地方用接著劑黏好。鐵鏽也用鋼絲刷子刷掉，把螺絲調整好。雖然不是多好的吉他，但至少可以彈出全部正確的音了。試想一想自從高中以來就沒拿過吉他了。我坐在簷廊，一面想起以前練習過的漂泊者的〈在屋頂上〉（The Drifters〈Up on the Roof〉）一面試彈看看。眞不可思議居然還淸楚地記得大體的合弦。

然後我用多餘的木材訂了信箱，塗上紅色油漆寫上名字豎立在門前。但到四月三日之前，那信箱裏放進過的郵件，說起來只有家裏轉寄來的高中同學會的通知，而且我無論如何只有那種聚會是絕對不想去參加的。爲什麼呢？因爲那是我和Kizuki一起上的班級。我立刻把那丟進紙屑筒。

四月四日下午信箱裏有一封信，那是玲子姊寄來的。信封背後寫著石田玲子的名字。我用剪刀整齊地剪開封口，坐在簷廊讀那封信。一開始就有一種預感，那內容大概不太妙吧，讀了之後果然沒錯。

首先玲子姊爲回信延遲太久而道歉。她寫道，直子一直很辛苦地奮戰著，想給你寫回信，但無論如何都沒辦法寫出來。我好幾次跟她說，不能遲遲不回信，讓我替她寫吧，但直子卻總是繼續說這是非常私人性的事無論怎麼樣都要自己寫，因此終於拖延到現在。相信給你添了很多麻煩吧，請原諒。

也許這一個月來你繼續等信等得很苦吧，但對直子來說這個月也是相當辛苦的一個月。希望你能諒解。老實說她現在的狀況並不太好。雖然她也想靠自己的力量重新站起來，但目前還看不出好的結果。試想一想最初的徵候是無法順利寫信。從十一月底，或十二月初左右開始。然後逐漸開始出現幻聽現象。當她一想要寫信時，更有各種人向她說話妨礙她寫信。當她想選擇用語時，就妨礙她。但到你第二次來訪爲止，這種症狀還算是比較輕的，老實說我也以爲沒有那麼嚴重。我們在某種程度上會有類似這種症狀的周期。但在你回去以後，這種症狀卻變得相當嚴重。她現在，連日常會話都覺得相當困難。無法選擇用語。因此直子現在非常混亂。既混亂，又害怕。幻聽也逐漸惡化。

我們每天都會和專門醫師會談。直子、我和醫師三個人一面談各種事情，一面試著正確地探索她心中所缺損的部分。我建議說如果可能的話最好加上你來進行會談，醫師也贊成，但直子卻反對。我照述她所表示的理由是這樣的「因爲我希望以美麗的身體跟他見面」。問題並不在這裏，而在於能早一刻康復，雖然我勸了她好幾次，但她的想法依然沒有改變。

我想以前也已經向你說明過了，這裏並不是專門的醫院。當然也有很好的正式醫師在做有效的治療，但集中性治療則很難辦到。這裏的設施目的在提供患者可以自我治療的有效環境，正確地說這裏並不含有醫學上的治療。所以如果直子的病況繼續再惡化下去的話，大概就不得不轉移到其他醫院或醫療設施去。對我來說雖然覺得很難過，但卻是不得已的。當然即使需要那樣，就算是爲了治療的暫時性「出差」，還可以再回到這裏來。或者如果順利的話就那樣完全康復出院也不一定。不管怎麼樣我們都正在盡全力努力中，直子也正在盡全力。請你也爲她的康復而祈禱。並請繼續像往常一樣寫信給她。

三月三十一日

讀完信之後，我就那樣坐在簷廊，眺望著已經完全春意盎然的庭院。庭院裏有古老的櫻樹，櫻花開得幾乎是接近盛開的狀態。風是溫和的，光線朦朧地略帶一層不可思議色調的薄靄。過一會兒「海鷗」不知道從什麼地方走出來，用爪子咔啦咔啦地抓著簷廊的側板一陣子，然後好像很舒服似地在我身邊伸展著身體睡著了。

雖然我想必須想點什麼，但不知道該怎麼想和想什麼才好。而且老實說我什麼都不想想。不久之後不得不想什麼的時候總會來到吧，我想到那時候再慢慢想吧。至少現在我什麼都不想去想。

我在簷廊一面撫摸著「海鷗」一面靠在柱子上望了一天庭園。覺得全身的力氣好像都洩掉了似的。午後加深，薄暮來臨，終於微弱的藍色夜之黑暗籠罩住庭園。「海鷗」已經消失蹤影，我還在望著櫻花。在春天黑暗中的櫻花，在我看來就像皮膚破裂而濺出來的爛肉一樣。庭園裏充滿了那麼多肉和沉重而帶甜味的腐臭。於是我想起直子的肉體。直子美麗的肉體躺在黑暗中，從那肌膚冒出無數植物的芽，那綠色小芽被不知從哪裏吹來的風吹得輕輕顫動著。爲什麼這麼美麗的身體卻非要生病不可呢？我想。爲什麼他們不放過直子呢？

我進到房間把窗簾拉上，但房間裏依然充滿了那春天的香氣。春天的香氣充滿了所有的地面。但那令我聯想到的卻只有腐臭而已。我在窗簾緊閉的房間裏痛恨著春天。我恨春天爲我帶來的東西，我恨那在我身體深處所引發的鈍重疼痛般的東西。這是我有生以來，第一次這樣強烈地痛恨什麼。

接下來的二天之間，我簡直像走在海底一般度過每一天。有人跟我說話我也聽不太見，我跟什麼人說什麼時，他們也沒有聽懂。覺得簡直像身體周圍被一層膜緊緊地包住了似的。由於那一層膜的關係，我無法跟外界好好接觸。而且同時他們也無法用手觸摸到我的肌膚。不但我自己是無力的，只要像這樣下去，他們對我也是無力的。

我靠在牆上恍惚地望著天花板，肚子餓了便隨手啃著身邊有的東西，喝水，傷心起來就喝威士忌睡覺。既沒有洗澡，也沒有刮鬍子。這樣子過了三天。

四月六日綠來信了。綠在信上寫道四月十日要選課，那天要不要在大學中庭等候見面一起吃中飯。故意延遲回信，不過這樣就算扯平談和吧。因爲見不到你畢竟還是很寂寞。我把那封信試著重讀了四次，但不太能瞭解她想說什麼。到底這封信意味著什麼呢？我的頭腦非常茫然，無法適度找到一段文章和下一段文章的銜接點。爲什麼在「選課」日跟她見面就會變成「扯平」呢？爲什麼她要跟我「吃中飯」呢？好像連我的頭腦都逐漸變得怪怪的了，我想。意識非常鬆弛緩慢，像黑暗植物的根一樣水腫。這樣下去不行啊，我以恍惚的頭腦想著。我不能永遠繼續這樣下去，我必須做點什麼才行。於是我突然想起永澤兄的那句話「不要同情自己」、「同情自己是低等人做的事。」

要命啊，永澤兄你眞了不起噢，我想。於是嘆一口氣站起來。我做了好久以來沒做的事，洗了衣服，去大眾澡堂洗澡刮鬍子，打掃房間，買菜回來好好做飯菜吃，餵了肚子餓的「海鷗」，不再喝啤酒以外的酒，做了三十分鐘的體操。刮鬍子看鏡子時，才知道自己的臉消瘦憔悴了。顯得眼睛格外的大，看來簡直像是別人的臉一樣。

第二天早晨我騎著腳踏車到遠一點的地方，回到家吃過中飯，又再看一次玲子姊的信，並且試著定下來專心思考往後該怎麼辦才好。看過玲子姊的信，我受到重大打擊的最大原因是，我以爲直子正在逐漸康復中的樂觀推測，竟在一瞬之間推翻逆轉了。直子自己也說過，她的病根很深，玲子姊也說過不知道會發生什麼噢。雖然如此我還是見了直子兩次，得到她正逐漸好轉的印象，以爲唯一的問題是她要找回重新回到現實社會的勇氣。而且以爲只要她有那勇氣，我們就一定可以兩個人合力順利地一起過下去。

然而我建立在脆弱假設之上的幻想之城，卻因玲子姊的一封信而轉瞬間就崩潰了。而且在那之後，只剩下無感覺的扁平平面而已。我必須想辦法重新調整態勢站立起來。我想直子要再一次復原可能要花很長時間。而且就算能夠復原，復原時的她想必也比以前的她更衰弱，更失去信心吧。我不得不讓自己適應這樣的新狀況。雖然我很明白就算我變堅強了也無法解決所有的問題，但不管怎麼樣，我所能做的說起來頂多也只有提高自己的士氣。而且只能一直靜靜地繼續等待她的康復。

喂！Kizuki，我想。我跟你不一樣，我是決定活下去的，而且決定盡我的力好好的活下去。我想你也一定很難過，其實我也難過。眞的噢。這也都因爲你留下了直子，自己卻去死掉的關係喲。但我絕對不會遺棄她。爲什麼嗎？因爲我喜歡她，我比她堅強。而且我以後還要更堅強，而且更成熟。要變成大人喏。因爲不能不這樣。我過去曾經想過但願永遠留在十七或十八歲。但現在不這麼想了。我已經不是十幾歲的少年了噢。我可以感覺到所謂責任這東西。Kizuki 你聽好噢，我已經不再是跟你在一起那時候的我了。我已經二十歲了噢。而且我不得不爲了繼續活下去而付出代價。

「嘿，你怎麼了，渡邊君？」綠說。「你瘦了好多啊。」

「是嗎？」我說。

「是不是做太多了?跟那個有夫之婦的愛人?」

我笑著搖搖頭。「從去年十月初開始一次也沒跟女人睡過覺。」

綠吹了一個破口哨。「已經半年沒做那個了啊,眞的?」

「是啊。」

「那麼,爲什麼那麼瘦呢?」

「因爲變成大人了啊。」我說。

綠雙手搭在我的兩肩上,凝神注視著我的眼睛。而且皺了一會兒眉,終於咧嘴笑了。「眞的耶。確實好像什麼地方有點變了。跟以前比起來。」

「因爲變成大人了啊。」

「你這個人太高明了。竟然能夠這樣想。」她似乎很佩服似地說。「去吃飯吧。肚子餓了。」

我們決定到文學院後面一家餐館去吃飯。我點了那天的快餐,她也說那就行了。

「嘿,渡邊君,你生氣了嗎?」綠問。

「對什麼?」

「也就是對我的報復啊,一直不給你寫回信。你覺得那樣做是不是不行?因爲你已經好好的道過歉了。」

「因爲是我不好,所以沒辦法啊。」我說。

「我姊姊說這樣子不行。太沒有寬容心,太孩子氣了。」

「不過這樣一來總之妳氣消了吧?報復夠了?」

「嗯。」

「那就好啊。」

「你這個人真是寬容啊。」綠說。「嘿，渡邊君，你真的半年都沒做了嗎？」

「沒做啊。」我說。

「那，上次你弄給我睡著的時候，其實是不是非常想做呢？」

「嗯，大概吧。」

「可是卻沒有做噢？」

「妳是我現在最重要的朋友，我不想失去妳呀。」我說。

「我，那時候如果你勉強要的話，我或許也不能拒絕喲。因爲那時候我非常傷腦筋哪。」

「可是我的又硬又大噢。」

她微笑一下，輕輕摸我的手腕。「我從前一陣子開始決定要相信你。百分之百。所以那時候，我也完全放心地深深睡著了。如果是你的話沒問題，可以安心。我睡得很沉對嗎？」

「嗯，確實是。」我說。

「那麼，如果反過來你對我說『喂綠，跟我做吧。那樣一切都會很順利喲。所以跟我做吧。』我想大概會做噢。不過你不要以爲我這樣說，是在誘惑你，或諷刺你、刺激你噢。我只是想把自己的感覺坦白照實告訴你而已。」

「我知道。」我說。

我們一面吃飯一面把選課登記卡交換著看，發現有兩堂課共同選了。每週可以見到她兩次。然後她談到自己的生活。她和她姊姊有一陣子都還不太習慣住公寓。因爲那跟她們以前的生活比起來實在太輕鬆了。綠說她們已經習慣一面看護病人，或幫忙店裏一面忙碌地過日子。

「不過最近已經可以想成這樣就可以了噢。」綠說。「這是爲了我們自己過的，本來就應該的生活。所以不必對誰客氣，可以隨心所欲地舒展身體呀。不過剛開始非常不安喏。覺得好像身體懸在半空中兩、三公分一樣，這是騙人的，覺得像這樣輕鬆的生活在現實人生裏是不可能存在的。兩個人好緊張，想道一定馬上又會完全顛倒過來吧。」

「眞是苦命的姊妹啊。」我笑著說。

「以前是太辛苦了噢。」綠說。「不過沒關係。往後我們會好好討回補償的。」

「嗯，我覺得妳們可以辦到。」我說。「妳姊姊每天都做什麼？」

「她的朋友最近在表參道附近開始開一家飾品店，她每週大概去幫三次忙。然後就學學做菜，跟未婚夫約會，去看看電影，或者發呆不做什麼，總之正在享受人生噢。」

她問起我的新生活，我談到房子的格局、寬闊的庭園、貓海鷗和房東的事之類的。

「開心嗎？」

「不壞吧。」我說。

「可是看起來卻沒什麼精神哪。」綠說。

「春天了還這樣噢。」我說。

「而且還穿著她爲你織的毛衣呢。」

我吃了一驚看看自己穿著的葡萄色的毛衣。「妳怎麼會知道？」

「你眞老實啊。那當然是亂猜的。」綠沒轍似地說。「可是你沒精神對嗎？」

「我是想打起精神的。」

「你只要把人生想成餅乾盒就好了。」

我搖了幾次頭然後看綠的臉。「我想大概因爲我腦筋不好吧，常常不太瞭解妳在說什麼。」

「餅乾盒裏有各種餅乾，有你喜歡的也有你不太喜歡的對嗎？於是如果你先把喜歡的一一吃掉了，剩下來的就全是不太喜歡的了。我覺得難過的時候每次都這樣想噢。現在如果先把這個辛苦的做了的話，以後就會比較輕鬆。人生就像餅乾盒一樣。」

「這倒也是一種哲學啊。」

「不過這是眞的噢。因爲我是憑經驗學到的。」綠說。

在喝著咖啡時，兩個像是綠同班同學的女孩子走進店裏來，和綠三個人互相交換看著選課登記卡，談了一會兒去年的德語成績如何，據說妳在內部鬥爭中受傷了啊，那雙鞋子眞好看在哪裏買的，之類漫無邊際的話題。在無意間聽著時，有點覺得那種話好像是從地球的裏側傳來的似的。我一面喝著咖啡一面眺望窗外的風景。和平常一樣的春天大學的風景。天空霧霧的，櫻花開著，看來樣子像是新生的一些人抱著新書走在路上。在眺望著這些時，我的心情又有點茫然起來。我想起今年依然還無法回到大學的直子。窗邊放著插有白頭翁花的小玻璃瓶。

兩個女孩子跟綠說再見便回到自己那桌去後，我和綠走出餐館兩個人在街上散步。逛舊書店買了幾本書，又走進喫茶店去喝咖啡，到遊樂中心玩彈珠遊戲，在公園的長椅上坐下來聊天。大多是綠在講，我則嗯、嗯地回答。綠說口渴了，我就去附近的糕餅店買了兩瓶可樂回來。在那之間她用原子筆在筆記紙上喀哩喀哩地寫著。我問她寫什麼，她回答沒什麼。

到了三點半她說差不多該走了，我跟姊姊約在銀座。我們走到地下鐵的車站，在那裏分開。臨別時綠把折成四折的筆記用紙塞進我大衣口袋。並叫我回去後再看。我在電車上打開來讀。

前略。

現在你去買可樂，在這之間我寫這封信。寫信給坐在長椅上自己身邊的人，對我來說還是第一次。但因爲如果不這樣做的話，我大概無法向你表達我想要說的事。因爲不管我說什麼，你幾乎都沒在聽。對嗎？

嘿，你知道嗎？你今天對我做了一件非常殘酷的事噢。你連我改變髮型了也沒注意到對嗎？我辛辛苦苦把頭髮一點一點留長，好不容易才在上個週末總算改變成像女孩子的髮型了噢。你連這個也沒留意到吧？心想好久沒見了刻意打扮得可愛一點要嚇你一跳的，而你居然沒注意到，這不是太過分了嗎？反正你也想不起來我穿什麼衣服吧。我也是女孩子噢。你再怎麼想心事，總可以好好看一下我吧。你只要說一句「那頭髮很可愛喲」，那麼接下來不管你要做什麼，想什麼事情，我都會原諒你。

所以我現在跟你說謊。跟姊姊約在銀座是騙你的。我今天本來想去你家住，連睡衣都帶來了。對，我的皮包裏放有睡衣和牙刷。哈哈哈，像傻瓜一樣。因爲你連到我家玩嘛，都沒邀我啊。不過算了，因爲你好像根本不在乎我，只想一個人獨處的樣子，所以我就讓你一個人回去。你就拚命盡情地去想你的各種心事想到你滿意爲止吧。

不過我並不是完全在生你的氣。我只是光覺得很寂寞而已。因爲你雖然對我很親切，但我似乎幫不上你任何忙的樣子。你老是關在自己的世界裏，我叩叩叩叩地敲門，叫渡邊君，你也只是稍微抬起眼睛來而已，似乎馬上又轉回去了。

現在你正帶著可樂回來。好像一面想事情一面走著，我想要是跌一跤倒好了，但卻沒有跌倒。你現在正坐在我身旁咕嚕咕嚕地喝著可樂。我還想到你買可樂回來時，會不會注意到「咦，妳改變髮型了啊」，我這樣期待著，然而還是不行。如果你注意到了，我還可以把這封信唏哩嘩啦撕破，說「嘿，我們到你那裏去吧。我幫你做好吃的晚飯。然後親密地一起睡覺吧。」然而你卻像鐵板般粗心大意。再見。

P.S.

下次在教室碰見也請不要跟我講話。

我從吉祥寺車站試著打電話到綠的公寓，但沒有人接。因爲沒有特別的事可做，於是我在吉祥寺街上走著，試著尋找可以一面上大學一面做的打工機會。我星期六、日整天有空，星期一、三、四從傍晚五點開始可以工作，但並不那麼容易找到能夠完全符合這時間表的工作。我放棄地回家，在買晚餐的菜時順便再打一次電話給綠。她姊姊來接，說綠還沒有回來，也不太清楚什麼時候會回家。我道過謝掛斷電話。

吃過晚飯我想寫信給綠，但重寫了幾次都寫不順利，結果決定給直子寫信。

我寫道春天來了新學期又開始了。不能和妳見面非常寂寞，就算在任何情形下都想跟妳見面，想跟妳談話。但不管怎麼樣，我都決心堅強起來。因爲我覺得我除此之外別無其他路子可走。

「還有這是我自己的問題，對妳來說或許都無所謂，但我已經沒有跟任何人睡覺了。因爲我不想忘記妳爲我觸摸時的事情。那對我來說，是比妳所想像的更重要的事。我經常都在想那時候的事。」

我把這放進信封貼上郵票，坐在書桌前暫時望著那個。雖然是比平常都短得多的信，但我總覺得那樣好像比較能夠適當地向對方傳達意思。我在玻璃杯中注入三公分左右的威士忌，把那分兩口喝完後便睡了。

*

第二天我到吉祥寺車站附近找到只有星期六、日的打工地方。是一家不太大的義大利餐館服務生的工作，雖然條件才馬馬虎虎，但附有午餐，並付交通費。至於星期一、三、四的晚班，當有人休假時——他們經常請假——也可以代班，這對我也方便。如果能工作滿三個月還可以提高薪水，經理說希望我從這星期六就來。比起新宿唱片行那個不太行的店長，他似乎是個可靠多的正常男人。

打電話到綠的公寓還是她姊姊來接，說綠從昨天就一直沒回來，自己正想知道她的行蹤，並以疲倦的聲音問我有沒有想到她會去哪裏。我說我只知道皮包裏放有睡衣和牙刷而已。

星期四的課，我看見綠了。她穿著像艾草般顏色的毛衣，戴上夏天裏經常戴過的深色太陽眼鏡。並坐在最後面的座位，正和我以前見過一次的戴眼鏡的小個子女孩兩個人在談著話。我走過去，對綠說等一下有話跟妳說。戴眼鏡的女孩先看我，然後綠才看我。綠的髮型比以前確實變得女孩子味多了。看來也顯得成熟幾分。

「我有約了。」綠稍微偏著頭說。

「不用花很多時間。五分鐘就好。」我說。

綠把太陽眼鏡摘下瞇細了眼睛。好像在眺望一百公尺外快要倒崩的廢屋時般的眼神。「我不想說話，很抱歉。」

戴眼鏡的女孩子以『她說她不想說話，很抱歉』的眼光看我。

我坐在最前排右端的座位聽課（關於田納西・威廉的戲曲總論。及其在美國文學的地位），下課後我數三下然後轉向後面，已經看不見綠的影子。

四月是對一個人過來說太過於寂寞的季節。四月裏周圍的人大家都顯得很快樂。人們脫掉了大衣，在明亮的陽光下聊天、投球、戀愛。而我則是完全一個人孤伶伶的。直子、綠、永澤兄，全都從我所在的地方遠離而去。而且現在我連說「早安」或「你好」的對象都沒有了。連突擊隊都令我懷念。我在那樣無奈的孤獨中度過四月。曾經試過跟綠開口說話，但每次回答都一樣。她說現在不想說話，而且從那語調可以知道她是眞心那樣說的。她大多跟那個戴眼鏡的女孩子一起，要不然就是跟一個高個子短頭髮的男生在一起。腿特別長的男生，經常都穿著白色的籃球鞋。

四月結束，五月來臨，但五月比四月更糟糕。五月裏在春意加深之中，我不能不感覺到自己的心在開始震顫、搖擺。那震顫大多在黃昏時刻來臨。在木蓮花香淡淡飄來的幽暗中，我的心便莫名其妙地膨脹、震動、搖晃，被疼痛刺穿。那時候我便一直靜靜地閉上眼睛，咬緊牙關。並等那過去。花很長的時間那才會慢慢過去，之後只剩下鈍重的疼痛。

那樣的時候我便給直子寫信。在給直子的信中，我只寫美好的事情、舒服的事情或美麗的東西。寫有關草的香、舒適的春風、月光、看過的電影、喜歡的歌、感人的書，這類的東西。我試著重讀這樣的信時，自己也得到安慰。並想到自己是活在多麼美好的世界裏呀。我寫了好多封這樣的信。直子和玲子姊則都沒有來信。

在打工的地方我認識了一個叫做伊東的同年工讀生，開始有時候會聊起來。他是上美術大學油畫系人老實而話很少的男生，雖然花了很長時間之後，我們才開始說話，但過不久我們在工作結束後就到附近的店裏，喝一杯啤酒談各種話。他也喜歡看看書聽聽音樂，我們大致都談這些。伊東是個身材瘦瘦的英俊男生，以當時的美術大學學生來說，他算是頭髮比較短，穿著也清潔的。雖然沒有說很多話，但可以知道他擁有確實的喜好和想法。他喜歡法國小說，喜歡讀 Georges Bataille 和 Boris Vian，音樂則常聽莫札特和拉威爾。並和我一樣正在尋找能夠談這話題的朋友。

他有一次招待我去他住的公寓。在井之頭公園後面蓋得有點不可思議的出租平房，房間裏堆滿了油畫布和顏料畫材。我說想看他的畫，但他說見不得人而沒讓我看。我們喝著他從父親那裏沒作聲地帶來的 Chivas Regal 威士忌酒，用炭爐烤柳葉魚吃，聽 Robert Casadesus 彈的莫札特鋼琴協奏曲。

他出身長崎，把女朋友留在故鄉出來東京。他每次回長崎便跟她睡覺。但最近似乎有點不太合，他說。

「你總該知道吧，女孩子就是這樣。」他說。「二十到二十一歲，就忽然開始考慮很多具體的事情了。開始變得非常現實。於是，過去覺得非常可愛的地方也都顯得很平凡而令人厭煩起來了。每次見了我，大概就會問到，雖然時間還沒到，不過等你大學畢業後要怎麼辦呢。」

「要怎麼辦呢？」我試著問。

他一面咬著柳葉魚一面搖頭。「問怎麼辦，也沒辦法啊，油畫系的學生嘛。要是想到那種事誰都不會去上什麼油畫系喲。因爲畢業後首先就沒飯吃啊。我這樣說時她就要我回長崎當美術老師。她是打算當英語老師的。要命。」

「你已經沒那麼喜歡她了嗎？」

「大概是吧。」伊東承認。「而且我也不想當什麼美術老師。我可不願意去教那些像猴子一樣到處哇哇鬧的沒教養的中學生過一輩子啊。」

「那個姑且不提，不過你還是先跟她分手比較好吧？爲了雙方著想的話。」我說。

「我也這麼想。但說不出口，過意不去呀。她想跟我在一起。我實在說不出我們分手吧，因爲我已經不太喜歡妳了什麼的。」

我們沒加冰塊地喝著純的Chivas，吃完柳葉魚之後，便把小黃瓜和洋芹菜切細長條沾味噌吃。喀啦喀啦地嚼著小黃瓜時我想起綠死去的父親。並想到失去綠使我的生活變得多麼不是滋味，心情變得很難過。在不知不覺之間，她的存在已經在我心中逐漸膨脹了。

「你有女朋友嗎?」伊東問。

有是有，我頓了一口氣後回答。但因爲某種原因現在離得很遠。

「可是心情是相通的吧?」

「但願如此。如果不這樣想簡單就沒救了。」我半開玩笑地說。

他安靜地談著莫札特有多棒。他就像鄉下人對山路十分熟悉般地，熟知莫札特音樂傑出的地方。他說因爲他父親喜歡，所以他從三歲起就一直聽到現在。雖然我對古典音樂知道得並沒有那麼詳細，但一面聽著他適當確切而熱心的說明，一面傾聽莫札特的協奏曲時，眞是很久沒有心情這麼安詳過了。我眺望著浮在井之頭公園樹林上方的新月，把Chivas Regal喝到最後一滴。眞是美味的酒。

雖然伊東說今晚住這裏嘛，但我說有一點事拒絕了，向他謝過威士忌酒，在九點前離開他的公寓。並在回家的路上走進電話亭試著打電話給綠。很稀奇綠居然來接電話了。

「對不起，現在不想跟你說話。」綠說。

「這個我很清楚。因爲聽過好幾次了。不過我不想就這樣跟妳斷絕關係。妳眞的是我少數朋友中的一個，而且見不到妳，我非常難過。什麼時候才能跟妳說話呢?至少希望妳能告訴我這個。」

「由我這邊向你說話啊。等時候到了的話。」

「妳好嗎?」我試著問。

「還好。」她說。於是掛斷電話。

五月中旬玲子姊來信了。

謝謝你經常寫信來。直子非常高興地讀著。她也讓我讀。我可以讀吧？

很抱歉很久沒能寫信。老實說我也有點感覺倦怠，而且又沒有什麼好消息。直子的情況不太好。前幾天直子的母親從神户來，跟專門醫師、我，四個人交談了很多話，最後得到的結論是，不妨暫時讓她移到專門醫院去做集中治療，看結果怎麼樣再回到這裏來。直子如果可能的話希望能一直留在這裏治療，對我來說她離開我也寂寞而且擔心，但老實說她在這裏已經漸漸變得很難控制了。雖然平常不怎麼樣，但有時情緒會變得非常不安定，那樣的時候眼睛都不能離開她。因爲不知道會發生什麼。她會有強烈的幻聽，直子已經把一切都緊閉起來鑽進自己心裏去了。

所以我也想或許直子暫時住進適當的設施在那裏接受治療是最好的。雖然很遺憾，但也沒辦法。正如我以前也跟你說過的那樣，耐心最重要。不要放棄希望，要把糾纏在一起的線頭一一解開。不管事態看來是多麼的絕望，線頭總會在什麼地方的。如果四周是黑暗的，那麼就暫時安靜等候，只能等眼睛習慣那黑暗。

當你收到這封信的時候，直子應該已經移到那邊的醫院了。雖然聯絡一延再延，事後才告訴你很抱歉，但因爲很多事情都在一團混亂中決定得太倉促。新的醫院是一家很確實的好醫院。也有很好的醫師。地址寫在下面，因此信請你寄到那邊去。有關她的消息也會傳到我這裏來，所以如果有什麼事，我會通知你。但願有好消息可以寫。相信你也一定很難過，但你要加油噢。即使直子不在也請偶爾寫信給我。

再見。

那個春天我寫了相當多信。每週給直子寫一次信，也給玲子姊寫信，還寫了幾封給綠。在大學的教室裏寫，面對家裏的書桌一面膝上抱著「海鷗」一面寫，休息時間在義大利餐館的桌上寫。簡直像藉著寫信，才好不容易把快要分崩離析的生活勉強支撐住不倒下去似的。

因爲不能跟妳說話，因此對我來說度過了非常難過而寂寞的四月和五月，我在給綠的信上這樣寫。這是我第一次體驗到這麼難過而寂寞的春天，要是這樣的話倒不如二月繼續三次還好得多。雖然事到如今跟妳說這話也沒有用了，但妳的新髮型眞的跟妳非常搭配。非常可愛。我現在在義大利餐館打工，從廚師學會美味的義大利麵做法。希望不久能做給妳吃。

*

我每天去大學上課，每週兩次或三次在義大利餐館打工，跟伊東談書和音樂，向他借了幾本 Boris Vian 的書來看，寫信，和「海鷗」玩，做義大利麵，整理庭園，一面想著直子一面自慰，看了很多的電影。

綠來跟我說話是在接近六月中旬的事。我跟綠已經兩個月沒說話。她下課後坐到我旁邊的位子，暫時托著腮沉默不語。窗外下著雨。梅雨季節特有的，沒有風伴隨的筆直的雨，把一切的一切全都濡濕了。其他學生都走出教室不見了之後，綠還一直以那個樣子沉默著。並從牛仔裝上衣口袋裏掏出 Marlboro 香菸來含在嘴上，把火柴遞給我。我擦火柴幫她把香菸點上火。綠把嘴唇縮成圓形，把煙往我臉上慢慢地吹過來。

「你喜歡我的髮型嗎？」

「非常好看啱。」

「有多好？」綠問。

「有全世界森林裏的樹全部倒下那麼棒。」我說。

「眞的這樣想？」

「眞的這樣想。」

她看了我的臉一會兒，終於伸出右手。我把那握住。看起來她比我更鬆了一口氣似的。綠把煙灰彈落地上之後很快站起來。

「去吃飯吧。我肚子餓扁了。」綠說。

「到哪裏？」

「日本橋高島屋百貨的餐飲街。」

「何必還特地跑到那種地方去呢？」

「我偶爾想去那裏呀。」

我們搭地下鐵去到日本橋。大概因爲從早上就一直下雨的關係，百貨店裏空空的沒什麼人。店內飄散著雨的氣息，店員們好像也閒得發慌似的。我們走到地下餐飲街，仔細比較過每家櫥窗裏的菜式樣本模型後兩個人都決定吃什錦飯盒。雖然是午餐時間，但餐飲街客人依然不太多。

「好久沒在百貨公司的餐飲街吃飯了啊。」我一面用只有在百貨店餐飲街才看得到的白色光滑的杯子喝著茶一面說。

「我喜歡這樣的地方噢。」綠說。「會有一點好像在做什麼特別的事似的心情。大概是小時候的記憶吧。因爲爸媽只有偶爾才會帶我到百貨公司。」

「我倒覺得好像是經常去。因爲我媽很喜歡上百貨公司。」

「眞好啊。」

「也沒什麼好的。我可不喜歡去什麼百貨公司。」

「不是這個啦。我是說被疼愛著長大眞好的意思。」

「因爲是獨生子啊。」

「我小時候就想，等我長大以後，一定要一個人到百貨公司的餐飲街痛快地吃很多想吃的東西。」綠說。「可是也很空虛噢，一個人到這種地方來慢慢吃著也沒什麼意思。既沒有特別好吃的東西，空間又大而無當，人擠人好吵噢，空氣又壞。雖然這樣有時候還是會想來哟。」

「這兩個月好寂寞噢。」我說。

「這個，在信上已經讀過了。」綠以無表情的聲音說。「總之吃飯吧。我現在除了這個之外，什麼都不能想。」

我們把裝在半圓形便當盒裏的什錦飯全部吃光之後，喝了湯，喝了茶。綠抽起香菸。抽完菸她什麼也沒說就突然站起來拿起雨傘。我也站起來拿傘。

「現在要去哪裏？」我試著問看看。

「到百貨公司來在餐飲街吃完飯了，接下來當然是上屋頂吧。」綠說。

雨天的屋頂一個人影也沒有。寵物賣場看不見店員，商店和兒童騎乘的遊樂車馬賣票口的鐵捲門也關閉著。

我們撐著傘，在淋得濕嗒嗒的木馬、庭園椅、貨攤架之間漫步著。我很驚訝在東京都心居然有這樣毫無人跡的荒涼地方。綠說想看望遠鏡，因此我爲她塞進硬幣，在她看著時一直爲她撐著傘。

屋頂一隅有個附屋簷的遊戲區，排著幾台適合孩子玩的遊戲機器。我和綠在那裏一個像踏腳台般的地方並排坐下，兩個人望著雨景。

「說一點什麼嘛。」綠說。「你不是有話要說嗎？」

「我不太想解釋什麼，不過那時候我眞的很慘，頭腦恍恍惚惚的。所以很多事情都進不了腦子裏去。」我說。「不過不能跟妳見面之後，我才恍然大悟。正因爲有妳在，所以我到目前爲止才能勉強撐過來。如果沒有了妳，實在非常難過而寂寞。」

「可是你人概不知道吧，渡邊君？不能跟你見面，我這兩個月有多難過、多寂寞？」

「不知道啊，有這種事嗎？」我吃驚地說。「我只想到妳在生我的氣，所以不想見我。」

「你爲什麼這麼笨呢？當然是想見你呀，我不是說過我喜歡你嗎？我可沒有那麼簡單就一會兒喜歡，一會兒不喜歡一個人喏。這個你也不知道嗎？」

「這個當然知道，不過——」

「所以呀，我火大了噢，眞想狠狠的踢你一百遍。因爲好久不見了，結果一見面你居然呆呆的淨想著別的女人，連看我都不看一眼。那我當然火大啊。不過這個另當別論，其實我一直想是不是該跟你分開一點比較好。也爲了讓很多事情更淸楚地明朗化。」

「什麼很多事情？」

「我跟你的關係呀。也就是說，跟你在一起的時候漸漸變得快樂起來了啊，比跟他在一起的時候快樂。這樣子不管怎麼說，你不覺得不自然，而且不太妙嗎？當然我是喜歡他噢，雖然他是多少有點任性、偏狹、專制霸道，不過也有很多優點，而且是我第一個喜歡的人。不過，你這個人很特別喲，對我來說。跟你在一起覺得非常合得來。我信賴你、喜歡你、不想放掉你。總之連自己都漸漸混亂起來。於是我到他那裏去坦白跟他談了。問他怎麼辦才好。他說不要再跟你見面了。如果再跟你見面的話就要跟他分手。」

「結果怎麼樣了？」

「跟他分手了啊，乾乾淨淨地。」說著綠含起Marlboro，用手掩著擦火柴，吸進煙。

「爲什麼？」

「爲、什、麼？」綠怒吼。「你腦筋有問題呀？會記得英語假設法、理解數列、讀馬克斯，爲什麼不懂這種事情呢？爲什麼還用問呢？這種事情爲什麼要讓女孩子來說呢？當然是因爲喜歡你勝過喜歡他啊。我也一樣，本來想喜歡更英俊的男孩子噢。不過沒辦法吧，因爲已經喜歡上你了啊。」

我想說什麼，但喉嚨好像有什麼卡住了似的沒辦法順利說出口。

綠把菸蒂丟進積水中。「嘿，你不要一副那麼難看的臉色嘛。我會傷心的。沒問題喲，因爲我知道你另外有喜歡的人，所以並沒有對你期待什麼。不過總可以抱抱我吧？因爲我這兩個月也眞的很難過啊。」

我們在遊樂區的後面撐著傘擁抱。身體緊緊貼著，嘴唇互相探索。她的頭髮、牛仔夾克的領子都有雨的氣味。女孩子的身體眞是柔軟而溫暖哪，我想。我胸部透過她的夾克可以清楚地感覺到她乳房的觸感。我覺得眞的是好久沒有接觸到活生生的人體了似的。

「上次跟你見面的那天晚上我去跟他見面談過。然後就分手。」綠說。

「我非常喜歡妳喲。」我說。「打心裏喜歡喏。我想再也不要跟妳分開了。可是沒辦法噢。我現在身不由己動彈不得。」

「因爲那個人？」

我點點頭。

「嘿，告訴我。你跟那個人睡過嗎？」

「一年前只有一次。」

「然後就沒有見過嗎？」

「見過兩次噢。不過沒有做。」我說。

「那又爲什麼呢？她不喜歡你嗎？」

「我也說不上來。」我說。「事情非常複雜。各種問題糾纏在一起，因爲那個一直長久繼續著，所以到底是怎麼樣我也漸漸搞不清楚了。我跟她都一樣。我所知道的，只有那是做人的某種責任。而且我不能把那放掉不管。至少我現在是這樣覺得。就算她不愛我也一樣。」

「嘿，我是個活生生有血有肉的女孩子噢。」綠把臉頰緊緊貼著我的脖子說。「而且我讓你擁抱，向你告白說我喜歡你喲。如果你叫我做這個，我什麼都可以做噢。雖然我有些方面多少有點亂七八糟，不過却是誠實的好孩子，工作勤快，臉長得也滿可愛，乳房形狀美好，做菜好吃，父親的遺產還存了信託基金，你不覺得是大拍賣嗎？如果你不要的話，我很快就會到別的地方去喲。」

「我需要時間。」我說。「需要時間思考、整理、判斷。雖然覺得抱歉，不過現在我只能這樣說。」

「不過你打心裏喜歡我，再也不想放開我對嗎？」

「當然是這樣想啊。」

綠把身體移開，咧嘴笑著看我的臉。「可以呀，我等你。因爲我相信你。」她說。「不過你要我的時候，只能要我一個噢。而且抱我的時候只能想我噢。你明白我的意思嗎？」

「非常明白。」

「還有你對我做什麼都沒關係，可是只有不能再傷害我噢。我過去的人生裏已經受過太多傷，不想再受更多傷了。我要變幸福噢。」

我抱緊她的身體親吻。

「不要撐著那無聊的傘了，用雙手抱得更緊一點哪。」綠說。

「不撐傘會淋得一身濕噢。」

「沒關係啦。管他的，無所謂。我現在什麼都不想只想要你緊緊擁抱。我已經忍耐兩個月了啊。」

我把傘放在腳邊，在雨中緊緊抱住綠。只有奔馳在高速公路上車輛鈍重的輪胎聲簡直像霧靄般籠罩著我們周圍。雨無聲而執拗地繼續下著，把我們的頭髮淋得透濕，像眼淚般沿著臉頰滴落，她的牛仔夾克和我的黃色風衣被染成深暗的色調。

「差不多要不要到有屋簷的地方去了？」我說。

「到我家吧。因爲現在沒有人在。這樣子會感冒的。」

「真的。」

「嘿，我們好像是從河裏游泳過來似的噢。」綠一面笑著一面說。「啊！好舒服。」

我們在毛巾賣場買了大毛巾，輪流到洗手間去擦乾頭髮。然後搭地下鐵轉車到她茗荷谷的公寓去。綠立刻讓我去沖淋浴，然後自己也沖洗過。並在我等衣服乾之前借我浴袍穿，她自己則換成 Polo 襯衫和裙子。我們在廚房的餐桌喝咖啡。

「談談你的事吧。」綠說。

「我的什麼事？」

「嗯……你討厭什麼東西？」

「我討厭鷄肉、性病和太多嘴的理髮師。」

「其他呢？」

「討厭四月孤獨的夜晚和附有蕾絲的電話套。」

「還有呢？」

我搖搖頭。「其他想不起來了。」

「我的他──也就是以前的他──討厭很多東西喲。比方我穿極短的迷你裙啦、抽菸啦、一喝就醉啦、說一些噁心的話啦、說他朋友的壞話啦……所以如果你討厭跟我有關的這類事情的話，就說出來不要客氣喲。能改的我會好好的改。」

「沒有什麼啊。」我考慮一下說著搖搖頭。「什麼都沒有。」

「眞的？」

「妳穿的衣服我什麼都喜歡，妳做的事說的話走路的方式喝醉的樣子，一切都喜歡喏。」

「眞的照這樣就可以嗎？」

「因爲我也不知道怎麼改變才好，所以這樣就好了。」

「你有多喜歡我？」綠問。

「全世界叢林裏的老虎全都溶解成奶油那麼喜歡。」我說。

「嗯。」綠似乎有點滿足地說。「再抱我一次好嗎？」

我跟綠在她房間的床上互相擁抱。一面聽著屋簷的雨聲我們一面在棉被裏親吻，然後從世界的成立方式談到白煮蛋喜歡幾分硬爲止的各式各樣的話題。

「下雨天螞蟻到底在做什麼噢？」綠問。

「不知道。」我說。「大概在清掃螞蟻窩，整理儲藏品吧。因爲螞蟻很勤快呀。」

「那麼勤快爲什麼螞蟻從以前到現在都不進化還依然是螞蟻呢？」

「不知道啊。不過大概身體不適合進化吧。也就是說跟猴子比起來。」

「你倒有很多事情不知道啊。」綠說。「我還以爲渡邊君對世上的事情大多都知道呢。」

「世界很大。」我說。

「山很高、海很深。」綠說。然後把手從浴袍邊伸進來握住我勃起的陰莖。然後吞一口氣。「嘿，渡邊君，很抱歉這眞的不是開玩笑。這樣大又硬實在進不去喲。好討厭。」

「開玩笑吧。」我嘆一口氣說。

「開玩笑的。」綠吃吃地笑著說。「沒問題，請放心。這樣子總是可以進得去的。嘿，可以仔細看看嗎？」

「隨妳高興。」我說。

綠鑽進棉被裏玩弄了我的陰莖一會兒。拉拉包皮，用手掌測測睪丸的重量。然後從棉被裏探頭出來呼地吐一口氣。「不過我非常喜歡你的這個噢。不是奉承。」

「謝謝。」我老實地道謝。

「不過渡邊君，你不想跟我做吧？在很多事情還沒明朗以前？」

「不可能不想做吧。」我說。「想做得腦子都快瘋掉了。可是不能做啊。」

「眞是頑固的人。如果我是你的話就會做了。做完後再想。」

「眞的會嗎？」

「假的。」綠小聲說。「我想我也不會做。如果我是你的話，我想還是不會做。而且，我喜歡你這種地方。眞的眞的喜歡咾。」

「有多喜歡？」我問了，但她沒回答。然後代替回答地把身體靠過來緊緊貼著我的身體吻我的乳頭，用手握著我的陰莖慢慢開始動。我首先想到的是和直子手的動法相當不同。雖然兩者都很溫柔都很棒，但有點不同，因此覺得好像完全是別種體驗似的。

「嘿，渡邊君，你在想別的女人對嗎？」

「沒有想啊。」我說了謊。

「眞的?」

「眞的啊。」

「這種時候要是想到別的女人,我不喜歡喏。」

「不可能想啊。」我說。

「想摸我胸部或那裏嗎?」綠問。

「是想摸,不過我想還是不要摸比較好。一次做太多事刺激太強烈了。」

綠點點頭在棉被裏摸索著把褲子脫掉,把那抵在我陰莖的先端。「可以出在這裏噢。」

「不過會弄髒啊。」

「我眼淚都快流出來了,你少說無聊話。」綠以好像要哭出來似的聲音說。「那洗就行了嘛。別客氣盡量隨你高興地出吧。如果你在意的話,就買新的送我啊。或者不中意我所以出不來?」

「怎麼會。」我說。

「那麼你就出吧。沒關係,放出來吧。」

我射完精,她檢查著我的精液。「出得滿多的嘛。」她佩服似地說。

「太多了嗎?」

「沒關係呀,傻瓜。隨你高興出啊。」綠一面笑著一面吻我。

到了傍晚,她到附近去買菜,爲我做了飯菜。我們一面在廚房的餐桌喝著啤酒一面吃炸蝦,吃青豆飯。

「吃多一點，製造很多精液噢。」綠說。「然後我會幫你溫柔地弄出來。」

「謝謝。」我道了謝。

「我啊，知道很多做法噢。開書店那時候，從婦女雜誌上學的。懷孕的女人不是不能做嗎？那時候要如何讓先生不會有外遇，雜誌把各種處理方法編成專輯。眞的有各種方法噢。你期待嗎？」

「期待喲。」我說。

和綠道別後，在回家的電車上我翻開在車站買的晚報看看。試想想這種東西我一點都不想看，就算看了也完全無法理解。我一面睨著那莫名其妙報紙的紙面，一面繼續想道：自己往後到底會變成怎樣下去呢？包圍著自己身邊的事情到底又會怎麼改變下去呢？有時候，我似乎可以感覺到在我周圍，世界正怦怦地打著脈鼓動著。我深深嘆一口氣，然後閉上眼睛。我對自己今天一整天的行爲完全不後悔，而且如果今天可以重新再來一次的話，我確信還是會完全一樣地照做。還是會在雨中的屋頂緊緊擁抱綠，淋得濕嗒嗒的，在她床上任她用手指引導射精吧。關於這些我沒有任何疑問。我喜歡綠，也非常高興她能夠回到我身邊來。我想如果是跟她的話，兩個人以後應該會相處得很好的。而且綠正如她自己所說的，是個活生生有血有肉的女孩子，她把那溫暖的身體交付在我的手臂裏。以我來說，眞是好不容易才壓制住想要讓綠脫光衣服展開身體，讓我浸身沉入那溫暖之中的強烈欲望。要我制止握著我的陰莖開始慢慢動起來的手指我實在辦不到。我正需要那個，她也正需要那個，我們已經相愛了。誰能制止得了這個呢？對，我是愛著綠的。而且，也許我應該是更早以前就知道了。我只是長久之間繼續迴避那結論而已。

問題在於我無法適當對直子說明這種狀況的展開，這一點上。如果發生在其他時期也還好，但現在我不可能向直子說得出我喜歡上其他女孩子了。而且我還是愛著直子的。雖然不管那是在什麼過程中以如何不可思議的扭曲的愛法，我依然沒錯是愛著直子的，在我心中還爲直子保留著相當寬廣還沒沾手碰過的空間。

我所能夠做的事，只有寫一封信把一切都向玲子姊坦白供出。我回到家坐在簷廊，一面眺望著雨下個不停的夜裏的庭園，一面試著在腦子裏排出幾種文章的字句。然後面對書桌寫信。我開頭這樣寫道。「我不得不給玲子姊寫這樣的信，對我來說實在是一件難過得無法忍受的事。」然後從頭到尾說明綠和我到目前爲止的關係，說明今天兩個人之間發生的事。

我一直愛著直子，現在依然還同樣地愛著她。但我和綠之間所存在的東西是某種決定性的東西。而且我感覺那是我的力量所無法抗拒的，我覺得我好像會就這樣一直被往前沖著走似的。我對直子所感覺到的是一種極其安靜、優雅、清澈的愛情，而對綠所意識到的則完全是相反種類的感情。那正站起來走動、呼吸、鼓動著。而且那正在動搖我。我變得不知道該怎麼辦，正非常混亂。雖然絕對不是在找藉口解釋，但我向來也一直盡可能誠實地活著，對誰都沒有說謊。也一直注意著不要傷害到別人。然而爲什麼卻會被丟進這種像迷宮般的地方來呢？我眞是完全不明白。我到底該怎麼辦才好呢？我除了玲子姊之外沒有其他可以商量的對象。

我貼上限時專送的郵票，那天晚上就把信丟進郵筒。

玲子姊的回信寄來是在那五天之後。

前略。

首先報告好消息。

直子似乎比預料中還早朝向康復途中邁進著。我也曾跟她在電話中談過一次，她說話方式已經相當清楚了。或許在不久的將來就可以回到這裏來也不一定。

其次是關於你的事。

我認爲你不必那樣把每件事都想得那麼嚴重。能夠愛別人是一件很棒的事，而且只要那愛情是誠實的話誰都不會被遺棄在迷宮中的。請你要有自信。

我的忠告非常簡單。首先第一，如果你被叫做綠的女孩強烈吸引的話，你和她墜入情網是當然的。也或許會順利，或許會不太順利。但所謂戀愛這東西本來就是這樣。因爲已經陷入戀愛中了，只有順其自然了吧。我這樣認爲。這也是誠實的形式之一。

第二，你要不要跟綠做愛，那是你自己的問題，我什麼也不能說。請跟綠好好商量，獲得可以接受的結論吧。

第二，這件事請對直子保持沉默。如果狀況變成不得不對她說的話，那時候我跟你再兩個人來想出好辦法吧。所以現在暫時不要告訴她。這件事請交給我來辦。

第四，你到目前爲止一直是直子的支柱，就算你不再對她懷有戀人的愛情了，你還是可以爲直子做很多事。所以請你不要把一切想得太嚴重。我們（所謂我們是指包括正常人和無法正常的人的總稱）都是住在不完全的世界的不完全的人。總不能像用尺量著長度，用分度器測著角度，或像銀行存款般刻板地活著。對嗎？

以我個人的感情來說，綠小姐似乎是一位相當漂亮的女孩子，你的心會被她吸引，我在讀著信時就可以知道了。而同時你也被直子吸引這點我也很清楚。這種事情既不是罪惡也不是什麼。在這廣大世界裏是經常有的事。就像在天氣晴朗的好日子裏在美麗的湖上泛舟時，天空也美，湖也美是一樣的。請不要再這樣煩惱了。事情即使放著不管它也自然會往該流的方向流，不管怎麼費盡心力人會受傷的時候，就是會受傷。人生就是這麼一回事。雖然我好像在講什麼偉大道理似的，但你也差不多可以學習這種人生之道了。你有時候太過於想把人生往自己的做法拉進去。如果你不想進精神病院的話，就把心稍微放開一點讓身體隨著人生的波浪流吧。連像我這樣無力而不完全的女人有時候都還會覺得活著眞棒啊。這是眞的噢！所以你大可以變得更快樂更幸福。請你努力變幸福吧。

當然我覺得你跟直子不能有 Happy ending 好結果是很遺憾。但終究誰又知道什麼才是好的呢？所以你都不用對任何人客氣，如果你覺得可能幸福的話，就捉住那機會變幸福吧。雖然這只是我憑經驗的想法，這種機會在人生之中只有兩次或三次，如果放過的話也許會一輩子後悔喲。

我每天彈著吉他並不特別爲了給誰聽。這好像也有點無聊噢。下雨的黑夜也令人討厭，但願什麼時候還能在有你和直子在的房間裏一面吃葡萄一面彈吉他。

那麼到此擱筆。

六月十七日

石田玲子

349
10

11

直子死了之後，玲子姊仍然寫了幾次信給我，說那不是因為我，也不因為任何人，那就像下雨一樣誰也阻止不了。但對這些我沒有寫回信。要說什麼才好呢？而且那些怎麼樣都已經無所謂了。直子已經不存在於這個世界，已經化成一把灰了。

八月底直子靜悄悄的葬禮之後，我回到東京對屋主打招呼說我會暫時不在請多關照，對打工的地方說很抱歉但我暫時不能來。並給綠寫了一封短信，說現在什麼也無法說，雖然覺得很抱歉但請稍微再等一些時候。然後我三天之間，每天繞電影院從早到晚看電影。看完東京的全部首輪電影之後，便把行李塞進背包，把銀行存款提光，到新宿車站搭上眼睛所見到的第一輛快車。

到底到什麼地方如何走過的，我完全想不起來了。雖然還記得很清楚不少的風景、氣味和聲音，但卻完全想不起地名這東西。也記不得順序。我從一個地方到另一個地方，搭列車或巴士，或攔路過的卡車坐上助手席移動，在空地、車站、公園、河邊、海岸或其他只要有可以睡覺的地方就在任何地方攤開睡袋來睡。曾經到派出所請他們讓我過夜，曾經在墳墓旁邊睡過。在人行道上只要不妨礙別人可以慢慢睡著的地方到處都無所謂。

我把走累的身體包進睡袋咕嘟咕嘟地喝了便宜的威士忌，立刻就睡著。如果去到親切的地方，人們會拿食物給我，或借我蚊香，到了不親切的地方人們會把警察叫來把我趕出公園。不管到什麼地方，對我來說都無所謂。我所求的只有到陌生的地方沉沉昏睡而已。

缺錢了，我就勞動肉體打零工三、四天當場賺得眼前需要的錢。到處總有什麼工作可做。我沒有特定目的地只是從一個地方移動到另外一個地方。世界是寬廣的，到處充滿了不可思議的事象和奇怪的各種人。我有一次試著打電話給綠。因爲非常想聽她的聲音。

「你呀，學校老早都已經開學了噢。」綠說。「也有不少人報告都已經提出了。你到底在幹什麼？你這已經是三星期毫無音訊了噢。你在什麼地方做什麼呢？」

「很抱歉，現在還回不了東京。」

「你要說的只有這個嗎？」

「因爲現在還沒辦法，什麼都說不出來。等到十月——」

綠什麼也沒說便咔鏘地掛斷電話。

我就那樣繼續旅行。有時候住便宜的旅館到浴室刮鬍子。看見鏡子發現自己的臉眞是非常糟糕。由於日曬的關係皮膚變得粗粗沙沙的，眼睛凹陷，消瘦的臉頰上帶有莫名其妙的斑紋和傷痕。看來好像剛剛才從黑暗的洞穴裏爬上來的人似的，但仔細看那確實是我的臉。

我那時候所走的是山陰的海岸。鳥取縣或兵庫縣的北海岸那一帶。沿著海岸走比較輕鬆。因爲沙灘的什麼地方一定有可以舒服地睡覺的地方。可以撿一些流木來當柴升火，也可以到魚店買魚乾來烤了吃。並喝著威士忌，一面傾聽海浪的聲音一面想直子。她已經死掉不在這個世界了，這件事是非常奇怪的。對我來說無論如何都還無法接受這個事實。我實在無法相信這件事。雖然我甚至親耳聽見那聲音了，但我卻無論如何都無法適應她已經歸於虛無這樣的事實。

我實在太過於鮮明地記得她了。我依然記得她輕輕地用嘴含著我的陰莖，那頭髮垂在我下腹部的光景。記得那溫暖、氣息，和無奈的射精感觸。那簡直就像五分鐘前才剛發生的事一般，讓我記得淸淸楚楚。而且覺得直子就在身旁，只要一伸手就能夠觸摸得到一般。然而她卻已經不在了。她的肉體已經不存在這個世界的任何地方了。

我在怎麼也睡不著的夜裏想起直子的各種姿勢。不可能不想起來。因爲在我心中實在積存了太多關於直子的回憶，而這些回憶正一一想撬開任何一點點的縫隙往外鑽出來。我實在無法壓制阻止這些的奔騰而出。

我想起她在那雨天的早晨，穿著黃色雨衣打掃鳥舍，搬運飼料袋的光景。想起那形狀倒塌了一半的生日蛋糕，和那夜把我的襯衫都哭濕的直子眼淚的感觸。對了，那一夜也下著雨。冬天裏她穿著駝毛大衣走在我身旁。她總是夾著髮夾，總是用手摸著那髮夾。並以澄澈透明的眼睛注視著我的眼睛。穿著藍色長袍彎曲雙膝把下顎搭在那膝蓋上。

就這樣她的印象像漲潮的海浪般一波又一波地向我沖來，把我的身體沖往奇怪的地方去。在那些奇怪的地方，我和死者一起活著。在那裏直子是活著的，跟我交談，或者也曾經互相擁抱過。在那些地方，死並不是終結生的決定性要素。在那裏死只不過是構成生的許多要素之一。直子包含著死而依然在那裏繼續活著。而且她對我這樣說。「沒關係喲，渡邊君，那只不過是死噢，你不要介意。」

在那些場所我沒有感覺到所謂悲傷這東西。因爲死是死，直子是直子。你看，沒關係呀，我不是在這裏嗎？直子一面好像有點害羞似地笑著說。她那經常習慣的一些小動作撫慰了癒合了我的心。而且我這樣想，如果死就是這麼回事的話，那麼死也不壞嘛。對呀，其實所謂死並不是那麼不得了的事噢，直子說。死只不過是死而已呀。而且我在這裏非常輕鬆噢。從陰暗的海浪聲之間直子這樣說。

然而海浪終於退潮，我一個人被留在沙灘。我既無力，又無處可去，哀傷化爲深沉的黑暗將我包圍。那樣的時候，我經常一個人哭泣。與其說是哭泣不如說簡直像流汗似的，淚水兀自潸潸流溢出來。

Kizuki死的時候，我從那死學到一件事情。而且把那當做一種諦觀一種領悟來體會。或者感覺已經親身體會學到了似的，那就是這樣一回事：

「死不是生的對極，而是潛存在我們的生之中。」

這確實是眞實的。我們藉由生這件事同時在培育著死。但那只不過是我們不得不學的眞理的一部分而已。直子的死則教給我這樣的事。不管你擁有什麼樣的眞理都無法治癒失去所愛的哀傷。不管是什麼樣的眞理、什麼樣的誠實、什麼樣的堅強、什麼樣的溫柔，都無法治癒那哀傷。我們只能夠從走過那哀傷才能脫離哀傷，從其中學到些什麼，而所學到的這什麼，對於下一個預期不到的哀傷來臨時仍然也毫不能派上用場。我一個人孤伶伶地一面側耳傾聽著那夜裏的海浪聲，傾聽著風聲，一面日復一日地一直想著這些事，一面喝光了幾瓶威士忌，啃著麵包，喝著水壺的水，頭髮裏滿是沙子，一面背著行囊在初秋的海岸一直往西方走著。

在一個風很強的黃昏，我正在一艘廢棄船旁邊的背風面捲在睡袋裏流著淚時，一個年輕的漁夫過來遞一根菸給我。我接過來抽了戒掉十幾個月以來的第一根。他問我爲什麼哭。我幾乎是反射性地說了謊，說因爲母親死了，因此難過得不得了而繼續在旅行。他打心裏同情我。並從家裏拿來一升瓶裝的酒和兩個杯子。

在強風猛吹的海灘，我們兩個人喝著。那個漁夫說我也在十六歲時失去母親。她身體並不怎麼強壯，但卻從早到晚拚命辛苦工作，因此把身體耗損過度而死了，他說。我一面喝著杯中的酒一面恍惚地聽著他的話，隨便漫應著。我感覺那像是極其遙遠的世界的事。我想那到底又怎麼樣嘛。而且突然有一股強烈的憤怒想要揪死這個男人。你的母親跟我有什麼關係？我已經失去直子了啊！那麼美麗的肉體竟然從這個世界上消失了啊！而你幹嘛談到你母親的什麼呢？

不過那憤怒立刻消失了。我閉上眼睛，漫不經心恍惚地聽著那漁夫的話。終於他問我吃過飯了沒有。我回答沒吃，不過我的背包裏有麵包、乳酪、番茄和巧克力。於是他叫我在這裏等他便不知道走到什麼地方去了。我想阻止他，但他卻頭也不回地很快就消失在黑暗中了。

沒辦法我只好一個人喝著杯裏的酒。沙灘散落著一大片放完煙火的紙屑，海浪簡直像在瘋狂憤怒地發出轟轟巨響沖到岸邊裂成碎浪。一隻消瘦憔悴的狗一面搖著尾巴走過來在我所升起的薪火邊徘徊著，一面尋尋覓覓看有什麼可以吃的，發現什麼也沒有之後便放棄地離去了。

三十分鐘左右之後，剛才那個年輕漁夫帶著兩個壽司餐盒和新的一升瓶裝的酒回來。他說，吃這個吧，下面那盒是海苔卷和油豆腐皮包飯，所以就當做明天的份。他把一升瓶的酒注入自己的杯子，也注入我的杯子。我道了謝，把足足有兩人份之多的壽司吃了。然後兩個人喝酒。喝到實在不能再多喝了時，他叫我到他家去住，我說一個人睡在這裏比較好，他便不再邀我。並在臨別時從口袋裏拿出折成四分之一的五千圓鈔票塞進我襯衫的口袋裏，說道，用這個買點什麼有營養的東西吃吧，你的臉實在不成樣子了。我拒絕他說已經受他照顧太多了，不能連錢也接受，但他卻不肯收回去。他說這是我的心意不是錢，所以你不用多想帶著吧。沒辦法我只好道謝接受了。

漁夫走掉後，我忽然想起高中三年級時，第一次睡過的女孩。並想到自己對她是做了多麼殘酷的事啊，心情變得毫無辦法的冰冷。我竟然連她會如何想，如何感覺和如何受傷，都幾乎沒有想到過。而且到現在這一刻爲止，連她的事情幾乎連想都不太想起過。她是個非常溫柔的女孩子。但在當時我對那溫柔只以爲是極平常的東西，幾乎連回頭看一眼都沒有。她現在不知道怎麼樣了，還有是不是原諒我了？

我開始覺得非常不舒服，我在廢船旁邊嘔吐了。由於喝太多酒的關係，頭很痛，我對漁夫說謊，還收了他的錢，我覺得心情變得很厭煩。我想差不多該回東京去了。總不能永遠一直這樣繼續下去。我把睡袋捲起來收進行囊裏，揹著走到國鐵車站，向車站的職員問看看我現在想回東京該怎麼辦才好。他查了時刻表，告訴我說如果夜車能順利轉接得上的話，早上應該可以到大阪，再從那裏搭新幹線到東京。我道過謝，用剛才那個男人給我的五千圓鈔票買了到東京的車票。在等列車時，我買了報紙看看日期。上面是一九七〇年十月二日。正好持續旅行了一個月。不能不想辦法回到現實世界了，我想。

一個月的旅行，並沒有把我低落的心情提升回來，也沒有撫平直子的死對我的打擊。我以和一個月前不太有改變的狀態回到東京。一個人窩在屋裏過了幾天。幾乎所有的記憶都不是和生者而是和死者相連的。我爲直子所保留的幾個房間百葉簾低垂，家具用白布覆蓋著，窗格上積了一層薄薄的塵埃。一天的大部分時間，我就在那樣的房間裏度過。而且我也想到 Kizuki。喂，Kizuki 你終於得到直子了啊，我想。算了！沒關係，她本來就是你的。那終究是她該去的地方吧，或許。不過在這個世界，在這個不完全的生者的世界裏，我對直子也盡了我最大的力量噢。而且我和直子也曾經努力想辦法兩個人一起建立新的生活方式噢。不過沒關係，Kizuki。直子給你吧。因爲直子選擇了你呀。直子在像她自己的心一般暗的森林深處上吊了。嘿 Kizuki，你以前把我的一部分拖進死者的世界裏去。而現在，直子又把我的一部分拖進死者的世界裏去。有時候我覺得自己好像變成博物館的管理員了似的。在沒有任何一個人來訪的空蕩蕩的博物館裏，我爲我自己管理著那裏喲。

*

回到東京的第四天，我收到玲子姊的來信。信封上貼著限時專送的郵票。信的內容極簡單。一直跟你聯絡不上非常擔心。希望能打電話來。早上九點和晚上九點我在這個電話號碼前等候。

我晚上九點試著撥了那號碼。玲子姊立刻來接。

「你還好嗎？」她問。

「馬馬虎虎。」我說。

「嘿，我後天就去見你可以嗎？」

「來見我，你是說來東京嗎？」

「嗯，是啊。我想跟你兩個人好好談一次。」

「那麼，玲子姊，妳要離開那裏了嗎？」

「不離開不是不能去見面嗎？」她說。「差不多也是可以出去的時候了。因爲已經待了八年。再待下去就要腐朽掉了啊。」

我話說不太出來而沉默了一下。

「後天搭新幹線三點二十分到東京車站，你能來接我嗎？還記得我的臉吧？或者直子死了，就對我這個人不再有興趣了？」

「怎麼會。」我說。「後天三點二十分我會去東京車站接妳。」

「你會立刻找到的。因爲抱著吉他盒子的中年女人不會太多。」

確實我在東京車站立刻就找到玲子姊了。她穿著男裝的毛料外套白色長褲紅色運動鞋，頭髮依然短短的有些地方翹起來，右手拿著茶色旅行皮箱，左手提著黑色吉他盒。她看見我時便把臉上的皺紋擠出來笑了。一看見玲子姊的臉我也自然地微笑起來。我爲她提旅行皮箱並排走到中央線的月台。

「嘿渡邊君你什麼時候臉變成這麼慘的？或者東京最近流行這麼慘的臉？」

「因爲我去旅行了一陣子。沒怎麼好好吃像樣的東西。」我說。「新幹線怎麼樣？」

「那個好過分喏。窗子不能打開呀。途中想買便當居然都不行。」

「裏面不是會來賣什麼嗎？」

「你說那又貴又難吃的三明治啊？那種東西連餓得半死的馬都會不肯吃而留下來喲。我以前喜歡在御殿場那一站買鯛魚飯吃的。」

「妳這樣說會被人家當老人看待喲。」

「沒關係呀，我就是老人嘛。」玲子姊說。

在往吉祥寺的電車裏，她似乎很稀奇地一直眺望著窗外武藏野的風景。

「經過八年之久連風景也會不同嗎？」我問。

「嘿渡邊君。你不知道我現在是什麼樣的心情吧？」

「不知道啊。」

「我好害怕好害怕都快要瘋掉了。不知道該怎麼辦才好呢。一個人獨自被丟進這樣的地方。」玲子姊說。

「不過你不覺得『快要瘋掉』是很棒的表現法嗎？」

我笑著握住她的手。「不過沒問題的。玲子姊已經完全不用擔心，而且妳是憑自己的力量出來的啊。」

「我能從那裏出來不是憑我的力量噢。」玲子姊說。「我能從那裏出來，是託直子和你的福噢。我無法忍受留在直子已經不在的那個地方，而且有必要到東京來跟你好好談一次。所以才會終於離開那個地方。如果什麼也沒發生，我或許就會一輩子都待在那裏也不一定。」

我點點頭。

「玲子姊今後打算怎麼樣？」

「到旭川去。嘿旭川喏！」她說。「音樂大學時的好朋友在旭川開音樂教室，兩、三年前就邀我去幫忙，但因爲我不喜歡去寒冷的地方而拒絕了。不是嗎？好不容易才成爲自由之身，而要去的地方竟然是旭川，實在不太感興趣喲。那裏你不覺得有點像是沒做成功的陷阱似的地方嗎？」

「沒那麼糟糕啊。」我笑了。「我去過一次，是個還不錯的地方。氣氛有一點意思噢。」

「眞的？」

「嗯，一定比在東京好。」

「嗯，反正也沒有其他地方可去，而且行李已經寄去了。」她說。「嘿渡邊君，你什麼時候能來旭川玩嗎？」

「當然會去。不過妳現在馬上就要去嗎？在那之前會留在東京一陣子吧？」

「嗯。可能的話希望能慢慢的留個兩、三天。可以在你那裏打攪嗎？我不會給你添麻煩的。」

「完全沒問題。我可以在壁櫥裏睡睡袋。」

「眞不好意思。」

「沒關係呀。是非常大的壁櫥。」

玲子姊在兩腳之間夾著的吉他盒上用手指輕輕敲著打拍子。「在去旭川之前，我大概有必要讓身體習慣喏。因爲還完全不習慣外面的世界。而且有很多事情都不知道，又緊張。這些你能幫我一點忙嗎？因爲我除了你沒有別人可以拜託。」

「如果我能幫得上的話，多少我都願意幫忙啊。」我說。

「我會不會妨礙你？」

「妳到底會妨礙我的什麼呢？」

玲子姊看著我的臉，彎起嘴角笑了。於是我們沒有再多說什麼。

在吉祥寺下了電車，改搭巴士到我住的房子之前，我們沒有怎麼說話。只是斷斷續續地談了一點有關東京街頭樣子變了，她上音樂大學時代的事，或我到旭川去時的事之類的。關於直子的事一概沒提。我有十個月沒見到玲子姊了，但我跟她兩個人走著時，我的心卻不可思議地感覺到很溫柔、被安慰了。並覺得以前也曾經有過一樣的感覺呀。試著想想我跟直子在東京的街頭走著時，也有過完全相同的感覺。正如過去我和直子共同擁有Kizuki這個死者一樣，現在我和玲子則共同擁有直子這個死者。想到這裏，我便忽然變得什麼也說不出來了。玲子姊有一會兒一個人講著，但發覺我不開口之後，她也沉默了，就那樣兩個人一直保持無言地搭巴士到我住的房子去。

秋天的開始，正好和一年前我去京都造訪直子時一樣，光線清晰澄澈的午後。雲像骨頭般又白又細，天空像可以穿透般的高。秋天又來了啊，我想。風的味道、光的色彩、草叢裏開的小花、些微聲音的響法，告訴我那到來了。季節每一次巡迴，我和死者們的距離便逐漸拉遠。Kizuki依然還是十七歲，直子依然還是二十一歲。永遠地。

「來到這種地方眞是鬆一口氣啊。」下了巴士，環視四周後玲子姊說。

「因爲是什麼也沒有的地方噢。」我說。

我從後門進到庭園，帶她到那獨立的小屋時，玲子姊對很多東西感到佩服。

「非常好的地方嘛。」她說。「這些全是你做的嗎？這些架子啦、桌子啦？」

「是啊。」我一面燒開水泡茶一面說。

「你手滿巧的嘛，渡邊君。屋裏也相當乾淨。」

「這要感謝突擊隊。因爲是他使我愛乾淨的。而且托他的福，房東也很高興噢。說我幫他保持清潔。」

「啊，對了對了。我去跟房東打個招呼。」玲子姊說。「房東住在庭園那邊對嗎？」

「打招呼？需要打招呼嗎？」

「那當然。你這裏跑來一個中年女人，還彈吉他什麼的，房東也總會怎麼想吧？這種事還是事先招呼過比較好噢。所以我爲了這個還特地帶了糕餅禮盒來呢。」

「妳還滿懂事的嘛。」我佩服地說。

「這就是年齡的關係呀。我就說是你阿姨從京都來的，你也要好好配合著說噢。不過啊，這種時候，年齡相差多一點倒輕鬆噢。因爲誰都不會懷疑。」

她從旅行皮箱拿出糕餅禮盒來走掉之後，我坐在簷廊又喝了一杯茶，和貓玩玩。玲子姊大約二十分鐘左右後才回來。她回來後從旅行皮箱裏拿出煎餅罐說是給我的禮物。

「去了二十分鐘之久到底談了什麼呢？」我一面咬著煎餅一面問看看。

「那當然是關於你的事啊。」她一面抱起貓來磨擦著臉頰一面說。「說你很乖，佩服你是個很認眞的學生噢。」

「說我？」

「是啊，當然是你呀。」玲子姊笑著說。然後她發現我的吉他便拿起來，稍微調一下弦後彈了卡爾羅塞・喬賓(Carlos Jobim)的〈狄莎菲娜(Desafina do)〉雖然很久沒聽她彈吉他了，但那和以前一樣地溫暖了我的心。

「你在練習吉他嗎？」

「房東堆在儲藏室裏的，借來偶爾彈一彈而已。」

「那麼，我來免費教你好了。」於是玲子姊說著放下吉他，脫下毛外套靠在簷廊柱子上，抽著菸。她外套裏面穿的是短袖的船員格子花色襯衫。

「嘿，這件襯衫很漂亮吧？」玲子姊說。

「是啊。」我也同意。確實是紋路非常瀟灑的襯衫。

「這是直子的噢。」玲子姊說。「你知道嗎？直子跟我衣服尺寸幾乎一樣噢。尤其是住進那裏的那段時間。她那時候長了一些肉，尺寸變了，不過雖然如此大體上還是可以說一樣。襯衫、長褲、鞋子和帽子都一樣。尺寸不一樣的大概只有胸罩吧。因爲我幾乎沒有胸部。所以我們衣服經常交換穿。或者不如說是兩個人共同擁有衣服一樣噢。」

我重新看看玲子姊的身體。這麼說來她的個子確實和直子差不多。由於臉形和纖細的手腕，使玲子姊看來的印象似乎比直子消瘦矮小，但仔細看時其實體格似乎相當結實。

「這長褲和上衣也一樣噢。全部是直子的。你看我身上穿著直子的衣服會不會覺得討厭？」

「沒這回事。我想直子也很高興有人穿她的衣服吧。尤其是玲子姊。」

「很不可思議喲。」玲子姊說著小聲地彈響手指。「直子對誰都沒有寫遺書，但只有衣服的事卻確實地寫了留下來喲。在便條紙上只很草地寫了一行字，放在書桌上。『衣服請全部送給玲子姊』這樣。你不覺得這孩子很怪嗎？自己正想要死的時候，怎麼會想到衣服的事呢？其實那種事怎麼樣都無所謂的對嗎？應該還有堆積如山般更多想說的話吧。」

「也許什麼都沒有也不一定噢。」

玲子姊一面吐著煙一面落入沉思。「嘿，你，想從頭到尾一一聽對嗎？」

「請妳說吧。」我說。

「知道醫院檢查結果後，認爲直子的病情目前雖然正在復原中，但還是趁現在做根本的集中治療，對以後長遠會比較好，因此已經決定讓直子移到大阪那家醫院去做比較長期的住院。在這裏爲止我在信上確實也提過了噢。我想那應該是在八月十日前後寄出的。」

「那封信我看過了。」

「八月二十四日直子的母親打電話來，說直子想到那邊去一次有沒有關係？她說自己也想整理行李，而且因爲暫時不能跟我見面想要好好的跟我談談。問我方便的話可以來住一夜嗎？我說當然沒關係呀。我也非常想見直子，很想跟她談。於是第二天二十五日她跟她母親兩個人搭計程車來了。於是我們三個人整理了行李。一面聊了很多話。接近黃昏時直子對她母親說她可以回去了，剩下的沒問題，於是她母親便請人幫她叫了計程車坐上回去了。直子看來非常有精神，我和她母親那時候也完全沒留意到。說眞的到那時候爲止我還非常擔心呢。心想她大概非常失望憔悴吧。因爲我非常瞭解在那種醫院接受檢查和治療是相當消耗身心的。我擔心她是不是受得了。不過我看見她的第一眼，就想，啊，這樣子應該沒問題。臉色比我想像的健康，而且還微笑著甚至會說笑話，說話法也比以前正常多了，還自豪地說是到美容院去做了新髮型，我想如果是這樣的話即使她母親不在，她和我兩個人也不用擔心吧。因爲她還說這次乾脆在醫院確實地完全治好算了。我說對呀，也許這樣比較好。於是我們兩個人到外面散步談了很多。今後要怎麼樣，談了很多這類的話噢。她還這樣說呢。如果我們兩個人可以離開這裏，一起生活一定很好噢。」

「跟玲子姊兩個人嗎？」

「是啊。」玲子姊說著輕輕聳聳肩，「於是我說了噢，我是沒關係，但渡邊君可以嗎？於是她這樣說『他的事情我會好好處理』。這樣而已。並談到跟我兩個人要住哪裏啦，要做什麼之類的。然後到鳥舍去跟鳥玩。」

我從冰箱拿出啤酒來喝。玲子姊又點起香菸，貓在她膝上沉沉地睡著。

「那孩子從一開始就已經全部決定好了噢。所以才會那樣有精神地微笑著，看來很健康的樣子噢。一定是已經下了決心的。心情放輕鬆了啊。然後在房間裏整理各種東西，把不要的東西丟進庭園的大油桶裏燒。代替日記的筆記本啦、信啦，這些全部。連你的信也在內喲。於是我想奇怪，問她爲什麼燒掉呢。因爲那孩子向來一直把你的信非常珍惜地保管著常常重新讀的。於是她說『以前的全部處理掉，今後要重新再生啊』，所以我想噢，是這樣啊，還滿單純地接受了。因爲也有道理呀，那樣的說法。然後想道但願這樣做這孩子也可以康復變幸福。因爲那天直子眞的很可愛喲。眞想讓你看看。

「然後我們像平常那樣在餐廳吃晚飯，去澡堂洗澡，然後把特別珍藏起來的高級葡萄酒打開兩個人一起喝，我彈著吉他。照例是披頭四的歌。〈挪威的森林〉和〈Michelle〉之類，那孩子喜歡的。於是我們心情變得很好，關了燈，大致脫了衣服，上床躺下。那是非常熱的夜晚，窗戶打開也幾乎沒有風吹進來。外面已經像塗上一層墨似的黑漆漆的，只有蟲鳴聽起來特別大聲。房間裏悶悶的充滿了夏天草的氣息。然後直子突然提起你的事。

跟你做愛的事噢。而且是非常詳細地說。你怎麼幫她脫了衣服，怎麼觸摸身體，自己如何濡濕，如何放進去，那是多麼美好之類的，眞是淸楚地告訴我。於是我問，爲什麼到現在突然提那件事呢。因爲以往那孩子從來沒有這樣明顯地談過做愛的事。當然我們做爲某種治療法是會坦白地提到做愛的事噢。不過這孩子絕對沒有跟我這麼詳細地說過，因爲害羞嘛。而突然一五一十地說出來，當然，我也嚇了一跳噢。

「『只是有點想說了啊。』直子說。『如果玲子姊不想聽的話我可以不說。』

「『沒關係呀，如果妳想說的話，就盡情地說吧。我會聽的』我說。

「『他的那個進來時，我好痛好痛都不知道該怎麼辦才好。』直子說。『我這是第一次。因爲是濡濕的，進倒是很順的就進去了，但總之很痛噢。頭腦都快變糊塗了。他一直進到深處想到大概差不多的地方了吧，於是把我腳稍微抬高一些，再往更深處進去。於是，我全身變得冰冷。簡直像被泡進冰水裏一樣。手跟腳頓時感到麻痺的寒氣。到底會變怎麼樣呢，我會不會就這樣死掉呢？我想如果會也沒關係吧。不過他知道我在痛，便保持在深處不再動了，溫柔地抱著我的身體，一直爲我吻著頭髮、脖子、胸部，很久。這樣子，身體才逐漸的暖和回來。於是他慢慢地開始動起來……嘿，玲子姊，那眞的很棒噢。腦子裏好像要溶化掉似的。甚至讓你覺得想要被他就那樣抱著，做一輩子噢。我眞的那樣想噢。』

「『如果那麼好的話，就跟渡邊君在一起，每天做就好了啊？』我說。

「『可是不行啊，玲子姊』直子說。『我自己知道。那個來了，又已經走掉了。那是再也不會回來了。不知道爲什麼就是一生只能有一次而已。在那之前之後，我都沒有任何感覺喲。既沒有想要做過，也沒有濕過噢。』

「當然我也好好向她說明過噢，這種情形是年輕女孩子經常會有的，隨著年齡增加幾乎都會自然變好的。

而且已經有一次順利過，不用擔心哪。我剛結婚的時候也有很多不順利的地方，也很辛苦噢。

「『不是這樣』直子說。『我沒有擔心什麼，玲子姊。我只是不想讓任何人再進到我裏面去了。只是不想讓任何人擾亂了。』」

我喝完啤酒，玲子姊抽完第二根菸。貓在玲子姊膝上伸著懶腰，換個姿勢又再睡著了。玲子姊稍微猶豫一下又含起第三根菸來點火。

「然後直子開始抽抽嗒嗒地哭起來。」玲子姊說。「我到她床邊坐下撫摸她的頭，說沒問題呀，一切都會順利的。像妳這樣既年輕又漂亮的女孩子是不能不讓男人擁抱變幸福的噢。在暑熱的夜裏，直子全身被汗和淚弄得全濕了。我拿毛巾來，爲那孩子擦臉和身體。連褲子都濕了，所以我說妳脫掉一下吧，幫她脫了……嗨，不奇怪喲。因爲我們一直一起洗澡的，她就像我妹妹一樣。」

「這我知道。」我說。

「直子說要我抱她。雖然我說這樣熱的天氣不能抱，不過她說因爲這是最後一次了，於是我抱她。身體用大毛巾包著，讓汗不要黏著，我抱了她一會兒。而且等她稍微鎮定下來後再爲她擦汗，幫她穿上睡衣，讓她睡下。她立刻就沉沉地睡著了。或許是裝成睡著的也不一定。不過不管是怎麼樣，那臉都非常可愛喲。看起來簡直像從出生之後一次也沒受傷過的十三、四歲女孩子的臉一樣噢。看她那樣之後我也就睡了，放安心了。

「六點鐘醒來時，她已經不在了。把睡衣脫掉留下，但她的衣服、運動鞋，和平常放在枕頭邊的手電筒不見了。我那時首先想到她不在了。因爲不是嗎？帶著手電筒出去表示在黑暗的時候從這裏出去了啊。於是我愼重起見再看看桌上時，就發現那張便條紙。『衣服請全部送給玲子姊』。於是我立刻到大家的地方去叫他們分頭找直子。於是全體從宿舍裏到周圍的樹林徹底地尋找。花了五個小時才找到噢。那孩子，自己連繩子都預備好帶來了噢。」

玲子姊嘆一口氣，摸摸貓的頭。

「要不要喝茶？」我試著問。

「謝謝。」她說。

我燒開水泡茶，回到簷廊。已經接近黃昏，日光逐漸變弱，樹影長長地延伸到我們腳下來。我一面喝茶，一面眺望著棣棠花啦、杜鵑花啦、南天竹等，好像心血來潮隨意亂種般奇怪雜然的庭園。

「然後過不久救護車來把直子載走，我被警察訊問各種事情。訊問也問不出什麼來喲。既有留下類似遺書的東西，又很明顯是自殺的，而且那些人也想精神病患者大概也會自殺吧。所以只是照例形式上的訊問而已。警察回去之後我立刻打了電報，給你。」

「好寂寞的葬禮啊。」我說。「靜悄悄的，人也少。家裏人一直只介意著我怎麼知道直子死了。一定是不想讓周圍的人知道是自殺的。我實在不該去參加葬禮的。我因此覺得心情好悽慘，立刻就去旅行了。」

「嘿渡邊君，要不要散步？」玲子姊說。「順便去買菜做晚飯吧。我肚子好餓了。」

「好啊，有沒有想吃什麼？」

「火鍋。」她說。「因爲我好幾年好幾年都沒吃火鍋了。甚至做夢都會夢見火鍋噢。放肉和葱、荀蒻絲、煎豆腐、春菊，咕嗞咕嗞地煮──」

「那個好是好，但我沒有煮火鍋的鍋子啊，我這裏。」

「沒關係，交給我辦。我去跟房東借。」

她立刻到母屋那邊去，借了很像樣的火鍋用鍋、瓦斯爐和長長的塑膠管來。

「怎麼樣？不得了吧？」

「眞的。」我佩服地說。

我們在附近的小商店街買齊了牛肉、蛋、青菜和豆腐，到酒店去買了看來還不錯的白葡萄酒。我主張自己付錢，但結果她全部付了。

「如果被人家知道讓外甥付買菜錢的話，我在親戚裏會被當笑話噢。」玲子姊說。「而且我還滿有錢的。所以你不用擔心。不管怎麼說我都不會身無分文地出來呀。」

回到家玲子姊就洗米煮飯，我拉開塑膠管準備在簷廊吃火鍋。準備好後，玲子姊把自己的吉他從吉他盒裏拿出來，坐在天色已經變得有點暗的簷廊，確定樂器的情況後便慢慢地彈起巴哈的賦格曲。細微的地方刻意或慢慢地彈、或快速地彈、或盡情揮灑地彈、或敏感用情地彈，這各種聲音令人依戀地清澈傳進耳裏。彈著吉他時的玲子姊，看來就像在望著自己中意的衣裳時的十七、八歲女孩子一樣。眼睛閃閃發亮，嘴唇閉得緊緊，偶爾露出微微的笑影。彈完曲子時，她靠在柱子上眺望天空，在想著什麼。

「我可以跟妳說話嗎？」我問。

「可以呀，因爲我只是在想肚子好餓了啊。」玲子姊說。

「玲子姊不去見你先生和女兒嗎？他們在東京吧？」

「在橫濱。不過我不去，以前不是說過了嗎？他們最好不要跟我再扯上關係比較好。他們有他們的新生活，而跟我則是越見面越難過。不見面反而最好噢。」

她把空的 Seven Stars 香菸盒揉成一團丟掉，從皮包裏拿出新的一盒，拉開封條含起一根。但並沒有點火。

「我是已經完了的人。在你眼前的只不過是我自己的殘存記憶而已。我自己心中最重要的東西已經在老早以前死掉了，我只不過是依照那記憶行動著而已。」

「不過我非常喜歡現在的玲子姊。不管是殘存記憶也好是什麼也好。而且或許這種事情怎麼樣並沒有關係，不過玲子姊能穿直子的衣服，我覺得非常高興。」

玲子姊咧嘴微笑，用打火機點上香菸。「你這麼年紀輕輕的竟然很懂得讓女人開心的方法啊。」

我有點臉紅起來。「我只是坦白說出我的感覺而已。」

「這個我知道。」玲子姊笑著說。

在那之間飯煮熟了，因此我在鍋裏放了油開始準備做火鍋。

「這個，不是夢吧？」玲子姊一面用鼻子聞著香味一面說。

「百分之百眞實的火鍋。憑經驗來說。」我說。

我們算是沒怎麼說話，只是默默地夾著火鍋的菜吃，喝著啤酒，並吃飯。海鷗聞到香味也走了過來，因此我們分一些肉給牠。吃飽之後，我們兩個人靠在簷廊的柱子上，眺望月亮。

「這樣滿足了嗎？」我問。

「沒話說，非常滿足。」玲子姊好像很痛苦似地回答。「我從來沒有像這樣吃過。」

「現在要做什麼？」

「休息一下之後我想去澡堂洗澡。想痛痛快快地洗個頭。」

「好啊，附近就有。」我說。

「不過渡邊君，如果方便的話，我希望你能告訴我，你跟那個叫做綠的女孩子已經睡過了嗎？」玲子姊問。

「妳是指做愛過沒有嗎？沒有噢。我決定在很多事情還沒有明朗以前不做。」

「這樣不是已經明朗了嗎？」

我表示還不太清楚似地搖搖頭。「因爲直子已經死了所以事情已經塵埃落定到應該落定的地步了是嗎？」

「不是這樣。因爲你從直子死以前已經決定好了對嗎？說你跟那位叫做綠的人離不開了。直子是活著，或死了不是沒關係嗎？你選擇了綠，直子選擇了死。因爲你已經是成人了，必須對自己所選擇的東西好好負責才行。不然一切的一切都會變糟糕噢。」

「可是我忘不了啊。」我說。「我對直子說我會一直等她的。可是我卻沒有等。結果最後的最後竟然放棄她了。這不是要怪誰或不要怪誰的問題。是我自己的問題。我想即使我不中途放棄結果也可能會一樣。我想直子還是會選擇死吧。不過跟這個沒關係，而是我覺得我很難原諒自己。雖然玲子姊說那是心的自然動搖的話也沒辦法，但我跟直子的關係卻不是那麼簡單的東西。試想一想我們從一開始就彼此聯繫在生和死的交界線上。」

「如果你對直子的死感覺到某種痛似的東西的話，那麼你就終此一生都繼續去感覺那痛吧。而且如果能學到什麼的話，就從中學習吧。不過和那是兩回事，也請你和綠小姐兩個人幸福地過吧。你的痛和綠小姐是沒關係的。如果你再傷害她下去的話，會無法挽回喲。所以或許雖然很辛苦不過請你堅強起來。再多成長一點變成大人吧。我是爲了對你說這個而特地離開那個地方到這裏來的噢。搭乘那像棺材一樣的電車。」

「玲子姊說的我非常瞭解。」我說。「不過我對這個還沒準備好。嘿，那眞是個寂寞的葬禮喲。人是不應該那樣死法的。」

玲子姊伸出手撫摸我的頭。「我遲早也都會像那樣死掉噢。我也是，你也是。」

＊

我們走河邊的路大約五分鐘左右到澡堂去，洗完感覺很淸爽地回到家。打開葡萄酒瓶栓，坐在簷廊喝。

「渡邊君，你再拿一個玻璃杯來好嗎？」

「好啊。不過要做什麼呢？」

「我們兩個人現在來爲直子舉行一個葬禮呀。」玲子姊說。「來一個不寂寞的。」

我拿了玻璃杯來，玲子姊注入滿滿的葡萄酒，放在庭園的石燈籠上。然後坐在簷廊，靠著柱子抱著吉他，抽起香菸。

「還有如果有火柴的話也拿來好嗎？越大的越好。」

我從廚房拿來特別大的火柴，在她旁邊坐下。

「然後我彈一曲，你就幫我把火柴棒排一根在那邊好嗎？我現在開始要盡興地彈。」

她首先非常寧靜地彈了亨利•曼西尼(Henry Mancini)的〈甜蜜芳心(Dear Heart)〉。「你送過這張唱片給直子對嗎？」

「對。前年聖誕節。因爲她非常喜歡這首曲子。」

「我也喜歡這首。非常溫柔優美。」她又再輕輕彈了〈Dear Heart〉旋律的幾小節，然後啜著葡萄酒。「好吧，看看喝醉之前能夠彈幾曲。嘿，要是這樣的葬禮的話不會寂寞不是很好嗎？」

玲子姊轉到披頭四的曲子，彈了〈Norwegian Wood〉、彈了〈Yesterday〉、彈了〈Michelle〉、彈了〈Something〉、一面唱一面彈了〈Here Comes the Sun〉、彈了〈Fool on the Hill〉。我排了七根火柴棒。

「七曲。」玲子姊說著啜了葡萄酒，抽了菸。「這些人確實很瞭解人生的悲哀和溫柔噢。」

所謂這些人當然指的是約翰・藍儂(John Lennon)、保羅・麥卡尼(Paul McCartney)，還有喬治・哈里遜(George Harrison)。

她喘過一口氣把香菸熄掉，再拿起吉他彈了〈Penny Lane〉、彈了〈Blackbird〉、彈了〈Julia〉、彈了〈When I'm Sixty-Four〉、彈了〈Nowhere Man〉、彈了〈And I Love Her〉、彈了〈Hey Jude〉。

「這樣幾曲了？」

「十四曲。」我說。

「哦？」她嘆一口氣。「你總可以彈一曲什麼吧？」

「我彈得很差噢。」

「很差也可以呀。」

我拿了自己的吉他來，雖然斷斷續續的但也彈了〈Up on the Roof〉。玲子姊在那之間慢慢地抽著菸，啜著葡萄酒。我彈完之後她便啪啪啪地拍手。

然後玲子姊細心而優美地彈了編成吉他曲的拉威爾的〈獻給逝去的公主〉和德布西的〈月光〉。「這兩首曲子是在直子死後我才練熟的。」玲子姊說。「她對音樂的喜好到最後都沒有離開多愁善感的層面。」

然後她演奏了幾首巴卡拉克(Bacharach)的曲子。〈Close to YOu〉〈The Raindrops Keep Falling on My Head〉〈Walk On By〉〈Wedding Bell Blues〉。

「二十首。」我說。

「我簡直是活人點唱機噢。」玲子姊很愉快似地說。「我音樂大學時代的教授如果看見這樣一定會大吃一驚吧。」

她一面啜著葡萄酒、抽著香菸一面一首接一首地彈著她所知道的曲子。彈了將近十首bossa novas，彈了羅傑、哈特與加休因(Rogers and Hart and George Gershwin)的曲子，彈了巴布・狄倫(Bob Dylan)、雷・查爾斯(Ray Charles)、卡洛・金(Carol King)、海灘男孩(The Beach Boys)、史提夫・汪達(Stevie Wonder)、〈向上走〉、〈藍天鵝絨〉〈綠草原〉等，總之彈了所有的各種曲子。有時閉上眼睛輕輕搖搖頭，有時合著旋律哼唱著。

葡萄酒喝完之後，我們便喝威士忌。我把庭園裏玻璃杯中的葡萄酒灑在石燈籠上，然後注入威士忌。

「現在這是第幾曲？」

「四十八。」我說。

玲子姊第四十九曲彈〈艾利娜利格比(Elenor Rigby)〉，第五十曲彈〈挪威的森林〉。彈完五十曲之後，玲子姊手放下來休息，喝了威士忌。「這樣子該夠了吧？」

「夠了。」我說。「眞不得了。」

「你聽我說好嗎?渡邊君，把那寂寞葬禮的事忘得一乾二淨吧。」玲子姊一直注視著我的眼睛說。「只記得這個葬禮就好了。很棒吧?」

我點點頭。

「特別附送。」玲子姊說。於是第五十一曲彈了每次都彈的巴哈的賦格曲。

「嘿渡邊君，跟我做那個嘛。」彈完之後玲子姊小聲說。

「眞不可思議啊。」我說。「我也想到同樣的事。」

在窗簾拉緊的幽暗房間裏，我和玲子姊眞的就像是理所當然似地互相擁抱，互相尋求著彼此的身體。我脫掉她的襯衫，脫掉長褲，脫掉內衣。

「嘿，我雖然度過相當不可思議的人生，但從來也沒想過會讓小我十九歲的男孩子脫褲子。」玲子姊說。

「那麼妳要自己脫嗎?」我說。

「沒關係，你脫吧。」她說。「不過我到處全是皺紋，你不要失望噢。」

「我喜歡玲子姊的皺紋哪。」

「我會哭噢。」玲子姊小聲地說。

我親吻她的很多地方，如果有皺紋就用舌頭撫平那裏。並把手放在少女般薄的乳房上，輕柔地咬乳頭，把手指貼在溫暖濡濕的陰部，慢慢移動。

「嘿，渡邊君。」玲子姊在我耳邊說。「那裏不對喲。那只是皺紋喏。」

「這種時候妳也只會說笑話嗎？」我吃驚地說。

「對不起。」玲子姊說。「我好害怕噢。因爲一直都沒做了。有點像十七歲女孩子到男孩子租的房子去玩被脫光衣服似的感覺喲。」

「我眞的覺得好像在侵犯一個十七歲少女似的感覺噢。」

我把手指伸進那皺紋中間，從脖子吻到耳朵。捉住乳頭。並在她呼吸開始變急喉頭稍微開始顫抖時，我慢慢張開那瘦瘦的腿慢慢進入裏面。

「嘿，沒問題吧，你會小心不讓我懷孕吧？」玲子姊小聲地問我。「這種年齡還懷孕會很不好意思的。」

「沒問題的。放心吧。」我說。

陰莖進入深處之後，她顫動著身體嘆一口氣。我一面溫柔地摩擦似地撫摸她的背一面動了幾次陰莖，然後沒有任何預兆地突然射精。那是無法制止的激烈射精。我還依然緊緊抓著她，往那溫暖中注入好幾次精液。

「對不起。我忍不住了。」我說。

「傻瓜，你不用考慮這個啊。」玲子姊一面拍著我的屁股一面說。「你每次都一面想著這些一面跟女孩子做的嗎？」

「嗯，是啊。」

「跟我做的時候可以不用想那些喲。忘掉吧。喜歡什麼時候出就什麼時候出吧。怎麼樣，感覺好嗎？」

「非常。所以才忍不住啊。」

「根本就不用忍什麼啊。這樣就很好啊。我也非常舒服噢。」

「嘿，玲子姊。」我說。

「什麼？」

「妳應該再跟什麼人戀愛的。我覺得這麼棒的人眞可惜呀。」

「嗯，這個嘛，我會想一想。」玲子姊說。「不過人在旭川能談什麼戀愛嗎？」

我過一會兒之後把再度硬起來的陰莖插入她裏面。玲子姊在我下面呑進一口氣把身體縮起來。我抱著她一面靜靜地移動著陰莖，兩個人一面談各種事。我依然保持在她裏面並談著話眞是非常棒。我一開玩笑她便咯咯咯地笑，於是那震動也傳到陰莖來。我們長久之間一直保持著那樣地相擁著。

「這樣子非常舒服。」玲子姊說。

「動一動也不錯噢。」我說。

「那麼你試一下看看。」

我把她的腰抱起來再往更裏面進去之後，把身體繞圈子似地品味那感觸，在品嘗盡興的時候射精。

結果那一夜我們交了四次。性交四次之後，玲子姊在我臂彎裏閉上眼睛深深嘆一口氣，身體輕微地抖顫了幾次。

「我可以一輩子都不再做這件事了吧？」玲子姊說。「嘿，你這樣說嘛，拜託。說已經把人生剩餘部分的也全部做光了，所以請放心吧。」

「這種事誰知道呢？」我說。

＊

雖然我勸過她搭飛機會比較快而且輕鬆，但玲子姊主張搭火車去。

「我喜歡搭火車接青森函館聯絡船喏。我才不想在空中飛呢。」她說。於是我送她到上野車站。她拿吉他盒，我提旅行皮箱，兩個人並排坐在月台的長椅上等列車來。她穿著和到東京來時同一件毛外套，白色長褲。

「你覺得旭川眞的沒那麼壞嗎？」玲子姊問。

「是個好地方。」我說。「我不久會去拜訪妳。」

「眞的？」

我點點頭。「我會寫信。」

「我喜歡你的信喏。雖然直子全都燒掉了。那麼好的信眞可惜。」

「信只不過是紙而已。」我說。「即使燒掉了會留在心裏的還是會留下，信就算保留著，不會留在心中的也就不會留了。」

「老實說，我非常害怕。一個人孤伶伶地去旭川。所以你要寫信喏。讀你的信總覺得你好像就在身邊似的。」

「如果我的信就可以的話，要多少我都可以寫。不過沒問題。玲子姊不管到什麼地方一定都會順利的。」

「還有我覺得身體裏面好像還有什麼頂著似的，這是錯覺嗎？」

「殘存記憶，這叫做。」我說著笑了。玲子姊也笑了。

「不要忘記我噢。」她說。

「忘不了的，永遠。」我說。

「雖然也許再也見不到你了，不過不管我到什麼地方去，都會永遠記得你跟直子噢。」

我看著玲子姊的眼睛。她哭了。我情不自禁地吻了她。雖然通過周圍的人們都在偷瞄著我們，但我已經不在意那些了。我們還活著，而且不得不只想到繼續活下去。

「祝你幸福。」臨別時玲子姊對我說。「因爲，我能夠忠告你的事全部都忠告完了，所以已經說不出什麼了。只能祝你幸福。連我的份和直子的份加起來那麼幸福噢，我只能這樣說。」

我們握了手告別。

*

我打電話給綠，說我無論如何都想跟妳說話。有好多話要說。好多不能不說的話。全世界除了妳以外我已經什麼都不要了。我想跟妳見面談話。一切的一切都想跟妳兩個人從頭開始。

綠在電話那頭長久沉默著。簡直像全世界的細雨正降落在全世界的草地上一般，那樣的沉默繼續著。在那之間我額頭一直抵著玻璃窗閉著眼睛。然後綠終於開口了。「你，現在在哪裏？」她以安靜的聲音說。

我現在在哪裏呢？

我手依然拿著聽筒抬起臉，試著環視電話亭周圍一圈。我現在在哪裏呢？但我不知道那是什麼地方。看不出來。這裏到底是哪裏呢？映在我眼裏的只有不知正走向何方的無數人們的身影而已。我正從不能確定是什麼地方的某個場所的正中央在繼續呼喚著綠。

後記

我原則上是不喜歡爲小說加上後記的，但我想這本小說或許有這個必要。

首先第一，這本小說是以我大約五年前所寫題目叫〈螢〉的短篇小說（收錄在《螢・燒倉房・及其他短篇》裏）爲主軸所完成的。我一直想以這短篇爲基礎寫一本大約四百字稿紙三百頁左右的清爽戀愛小說，打算在開始寫下一本《世界末日與冷酷異境》之前，也就是所謂爲了轉換氣氛而做做看的輕鬆心情下開始的，但結果卻變成接近九白頁稿紙，很難說是「輕」的小說。大概這本小說要求被寫得比我所想的更多吧。

第二，這本小說是極個人性的小說。就像《世界末日……》是自傳性一樣的意味，就像F・史考特・費滋傑羅(Scott Fitzgerald)的《溫柔的夜》和《大亨小傳》對我來說是個人性的小說一樣的意味，這本也是屬於個人性的小說。這大概是某種感情上的問題吧。正如我這個人會被人喜歡或不喜歡一樣，我想這本小說必然也會被人喜歡或不喜歡。對我來說我只希望這部作品能夠凌駕我這個人而存續下去。

第三，這本小說是在南歐寫的。從一九八六年十二月二十一日在希臘米克諾斯島的維拉開始寫，於一九八七年三月二十七日在羅馬郊外的公寓式飯店裏完成的。離開日本對這本小說起了什麼作用，我無從判斷。既覺得似乎有什麼作用，又覺得似乎沒有任何作用。只是沒有電話也沒有訪客，可以專注於工作是一件非常值得慶幸的事。這本小說的前半段是在希臘，中途夾進西西里，後半是在羅馬寫的。在雅典的便宜旅館房間裏沒有所謂桌子這東西，我每天都走進非常吵鬧的塔貝爾納（taberna 小餐館）裏，用隨身聽耳機一面反覆聽了一百二十次左右之多的〈花椒軍曹寂寞芳心俱樂部（Sgt. Pepper's Lonely Hearts Club Band）〉錄音帶一面繼續寫這本小說。在這層意義上這本小說是受到藍儂和麥卡尼 a little help 的。

第四，這本小說謹獻給我幾位已經死去的朋友，和幾位繼續活下去的朋友。

一九八七年六月

村上春樹

藍小說 ⑬

挪威的森林

著　者—村上春樹
譯　者—賴明珠
董事長
發行人—孫思照
總經理—莫昭平
總編輯—林馨琴
出版者—時報文化出版企業股份有限公司
台北市108和平西路三段二四〇號四F
發行專線—（〇二）二三〇六六八四二
讀者免費服務專線—〇八〇〇二三一七〇五
（如果您對本書品質與服務有任何不滿意的地方，請打這支電話。）
郵撥—〇一〇三八五四～〇時報出版公司
信箱—台北郵政七九～九九信箱
時報悅讀網—http://www.readingtimes.com.tw
電子郵件信箱—liter@readingtimes.com.tw
主編—鄭麗娥
編輯—高桂萍
校對—江韶文、賴明珠
印　刷—嘉雨印刷有限公司
初版一刷—一九九七年六月十日
初版二十五刷—二〇〇三年三月二十八日
定　價—新台幣二八〇元
⊙行政院新聞局局版北市業字第八〇號

Printed in Taiwan
ISBN 957-13-2300-4

國家圖書館出版品預行編目資料

挪威的森林 / 村上春樹著 ; 賴明珠譯. -- 初版. -- 臺北市 : 時報文化, 1997[民86]
面 ; 公分. -- (藍小說 ; 913) (村上春樹作品集)

ISBN 957-13-2300-4(平裝)

861.57 86005573

編號：AI 913	書名：挪威的森林
姓名：	性別：________ 1.男　2.女
出生日期：　年　月　日	身份證字號：

________ 學歷：1.小學　2.國中　3.高中　4.大專　5.研究所（含以上）

________ 職業：1.學生　2.公務（含軍警）　3.家管　4.服務　5.金融　6.製造　7.資訊　8.大眾傳播　9.自由業　10.農漁牧　11.退休　12.其他

地址：________縣（市）________鄉鎮區________村________里

________鄰________路（街）________段________巷________弄________號________樓

郵遞區號________

（下列資料請以數字填在每題前之空格處）

________ **您從哪裡得知本書／**

1.書店　2.報紙廣告　3.報紙專欄　4.雜誌廣告　5.親友介紹
6.DM廣告傳單　7.其他________

________ **您希望我們爲您出版哪一類的作品／**

1.長篇小說　2.中、短篇小說　3.詩　4.戲劇　5.其他________

您對本書的意見／

________ 內　容／1.滿意　2.尚可　3.應改進
________ 編　輯／1.滿意　2.尚可　3.應改進
________ 封面設計／1.滿意　2.尚可　3.應改進
________ 校　對／1.滿意　2.尚可　3.應改進
________ 翻　譯／1.滿意　2.尚可　3.應改進
________ 定　價／1.偏低　2.適中　3.偏高

您的建議／

____

____

____

請沿虛線撕下後對折裝訂寄回，謝謝！

請沿虛線摺下裝訂，謝謝！

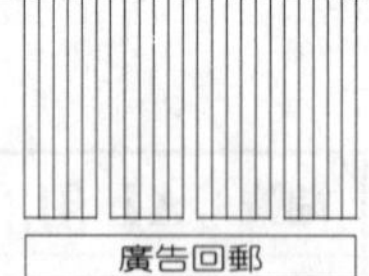

地址：108台北市和平西路三段240號3樓
讀者服務專線：080-231-705・(02)2304-7103
讀者服務傳眞：(02)2304-6858
郵撥：01038540 時報出版公司

請寄回這張服務卡（免貼郵票），您可以——

●隨時收到最新消息。

●參加專為您設計的各項回饋優惠活動。

無限馳騁藍色想像空間——無國界的小說新地帶。

揮發感性筆觸：捕捉流行語調—進藍的、海藍的、灰藍的……

寄回本卡，掌握藍小說系列的最新訊息